从 中 原 到 中 国

王战营 / 主编

《中华文脉》编辑出版委员会

主　编　王战营

编　委（按姓氏笔画为序）

王　庆　　王中江　　王守国　　冯立昇
刘庆柱　　李向午　　李伯谦　　李国强
张西平　　林疆燕　　耿相新　　顾　青
黄玉国　　葛剑雄　　董中山

中华文脉
SINIC CONTEXT

从中原到中国

王战营/主编

诗国晨曦

古今风雅话《诗经》

陈炜舜 著

中州古籍出版社
·郑州·

图书在版编目（CIP）数据

诗国晨曦：古今风雅话《诗经》/ 陈炜舜著.
郑州：中州古籍出版社，2025.1. -- （中华文脉：从中原到中国 / 王战营主编）. -- ISBN 978-7-5738-1777-8

Ⅰ. I207.222

中国国家版本馆CIP数据核字第2025ZD7823号

SHIGUO CHENXI GUJIN FENGYA HUA SHIJING
诗国晨曦：古今风雅话《诗经》

出 版 人：	许绍山
策划编辑：	卢欣欣　刘　琳
责任编辑：	刘　琳
责任校对：	刘丽佳　苏晓园
美术编辑：	曾晶晶
装帧设计：	曾晶晶

出版发行：中州古籍出版社（地址：郑州市郑东新区祥盛街27号6层
　　　　　邮政编码：450016　电话：0371-65788693）
发行单位：河南省新华书店发行集团有限公司
承印单位：河南新华印刷集团有限公司
开　　本：710mm×1000mm　1/16
印　　张：25
字　　数：400千字
版　　次：2025年1月第1版
印　　次：2025年1月第1次印刷
定　　价：68.00元

本书如有印装质量问题，请与出版社调换。

序言

韩愈《进学解》曰："《诗》正而葩。"我觉得，这是对《诗经》最为精辟的概括。"正"是描述其内容，"葩"是形容其表现。性情的中正、事理的平正、语言的雅正，是情思内容的"正"。音乐的醇美、风物的和美、文字的优美，是语言表现的"葩"。

今天，由香港中文大学陈炜舜教授为我们讲解《诗经》，也可谓既善且信，所以"正"；充实为美，所以"葩"。首先，炜舜教授专业研究的路子最正。他是楚辞学的权威，著有《明代楚辞学研究》（2003）、《楚辞练要》（2006）、《屈骚纂绪》（2008）、《明代前期楚辞学史论》（2011）等，又主持编选了中华书局出版的《文选资料汇编·骚类卷》（2021）。他开课讲过《诗经》，此前又与门人合著过《中学生文言经典选读：诗经》（2021），加上对先秦的典籍有着广泛而深入的了解，著有《神话传说笔记》（2016）、《先民有作：古逸诗析注》（2019）等。这一切，使得他换一个相邻的题目也驾轻就熟。

这本书是面向大众的，为我们原原本本地介绍了《诗经》及其传播与研究的前世今生，梳理了三百篇中反映的广阔的社会生活，也择要讲解了《诗经》的文本之体式、韵律和篇章，使我们读完全书，对《诗经》何以在中国文化历史中享有如此崇高的地位，以及在当代人生活中继续散发着夺目的光彩，有了十分全面的认识和了解。我个人在阅读过程中，感觉到本书有两大特色：一是发新意亦尊重旧说，二是释汉典且参照西书。

《诗经》研究的各个历史阶段，都自承旧说而又自出新意。从汉代独传《毛诗》，而后郑玄笺注，到唐孔颖达疏，完成了旧说的集成。宋人疑古辨经，刷新了对《诗经》的整体认识。朱熹的《诗集传》自称"尽去《小序》""尽涤旧说"，更针对文本、贴近日常地对《诗经》作出新的解释。"凡《诗》之所谓《风》者，多出于里巷歌谣之作。所谓男女相与咏歌，各言其情者也。"这是朱子的核心观点之一，其所出新意在此，但也留下了问题。到了20世纪，新旧说法互见，而以闻一多等人的工作最为胜义纷呈。他们用现代学术眼光来看待《诗经》，结合了文字学、音韵学、人类学、考古学的多重知识，给出很多令人耳目一新的解读。

1949年以后，学界将马克思主义的阶级分析贯彻到《诗经》研究领域，特别把《国风》视为上古社会人民生活与情感的反映。在大学时代，我接触到余冠英、高亨等人的《诗经》读本，他们基本上都是沿着这一路径解读《诗经》的。但是，令今人不满的恰恰是，他们将阶级与人民的概念泛化了，新意渐渐变成了陈说。最近二十多年来，研究者又必须清理这样一些陈说，而采取一种"还原的读法"。如扬之水《诗经别裁》（2000），其序言一开始就针对朱子"多出于里巷歌谣之作"一说而反驳道，《诗经》时代的"小人"，或者说"庶民"，从现代考古发掘可见其生活条件的恶劣，是没有余裕来创造精神生活的。"《风》诗中的大部,情感意志与精神境界,月旦人物与观察生活的眼光,又何尝属于庶人与奴隶。""《雅》《颂》不论,《风》诗中的大部分作品,从内容到语言,原非可以'里巷歌谣'概之,因此很难用后世的概念,说它是'民间文学'。"这样一来,几十年前的旧说又被动摇了。

对此,炜舜教授的看法十分公允:这些歌谣的确不是原汁原味的民歌,不过我们也不能否定它们有民间的渊源,其生成动因是"饥者歌其食,劳者歌其事",只不过在民间流传后,经过了周朝历代掌管诗乐的太师整理,加以沙汰或润饰。不要以为底层人民就不会对社会现状发声,比如《左传·宣公二年》中的"宋城者讴"就证明了民歌的存在,而汉儒不重本义地说《诗经》解《诗经》,恰恰可逆向证明不少《风》诗的民间性。

我举一个具体的例子,来证明炜舜释《诗经》的近情与合理。《豳风·七月》有两处,一直聚讼纷纭:"同我妇子,馌彼南亩,田畯至喜。""女心伤悲,殆及公子同归。"郭沫若在《青铜时代》里,把这几句翻译成:"我们要带起老婆儿女,到那向阳的田里给送点饭去,犒劳在田地里监工的管家。""姑娘们的心里有点惊惶,怕的是有公子哥儿们把她们看上。"这说法对后来人影响极大。高亨《诗经今注》、王力《古代汉语》、游国恩等人《中国文学史》皆从之。接受面最广的余冠英《诗经选》(1956)的白话译文是:"送汤送饭上垄边,田官老爷露笑脸。""姑娘们心里正发愁,怕被公子带了走。"这样的说法很难让人接受。如果说"田畯"确实是监工的田官,如王粲《务本论》中所说的"设农师以监之,置田畯以董之,黍稷茂则喜而受赏,田不垦则怒而加罚",至于馌食是不是给他吃了说不好;"女心伤悲"被解释成"那些青年女子的心却是悲凉的,她们不但劳苦穷困,而且随时有被主人霸占蹂躏的危险",实在是无稽之谈了。怪不得钱锺书在给周振甫《管锥编》

审读意见的批注上曾打趣道:"殆如《三笑》中之王老虎抢亲耶?诗中无有也。"

炜舜教授把"田畯"解读为农神,像"妈祖"一样的"田祖",认为前几句意思是农夫带着妻儿参加籍田礼,而田官将农神"开过光"的食品分享给大家,讨个好彩头。至于后两句,他写道:

> 此时此刻,这些少女心中却思春愁嫁,害怕不能和心爱的公子一起回去……短短两句就使女性幽微易感的心态跃然纸上。

绝无"诗中无有"的阶级观点的痕迹,也不像朱熹把女子视为许嫁之女,"预以将及公子同归而远其父母为悲也",而是"谨遵毛公、郑君之《传》《笺》",回到了"春女悲"的原初解释上去:"春,女感阳气而思男;秋,士感阴气而思女。是其物化,所以悲也。悲则始有与公子同归之志,欲嫁焉。"这一段文字写得如此优美,配得上原诗的春光骀荡。王渔洋就激赏《诗经》这一章写出了阳春之明媚,扬之水也称赞其"把事镶嵌在了鲜翠流丽的背景中"。扬之水显然也是采信《毛诗》的,说这位一向不大谈性情的毛公,为《七月》一诗作《传》时,"倒是心明眼亮,觑得此中情致"。

由于炜舜教授的学术视野中西兼摄,所以在讲解《诗经》的场合,他会适时地、适当地加以比较。他当年是香港拔萃男书院的高才生,英语属于他的看家本领。在大学本科时又辅修了意大利语,所以他是一位能够阅读莎士比亚与但丁著作原文的学者。而他因在大学里开课也正好写过一本《从荷马到但丁》(2009)。他是一位语言奇才,对德语、俄语也都有了解。旧学邃密,新知深沉,这多方面的禀赋使得他在研究中国文学经典时,往往能够左右逢源。

也举其中一个例子。对于《月出》《宛丘》《东门之枌》中的巫女，他会拿古希腊罗马神话来做对照，司灶女神维斯塔（Vesta）神庙中的女祭司须保持童贞，而爱情女神维纳斯（Venus）及其前身阿芙洛狄忒（Aphrodite）的祭司则对爱情持开放的态度，炜舜教授的看法是："如果说《月出》《宛丘》中的巫女犹如维斯塔圣洁的祭司，《东门之枌》中的巫女则近似维纳斯烂漫的随侍。"对于《东门之枌》中"不绩其麻，市也婆娑"两句，他的解读尤为精彩：

> 此段后两句极具画面感：子仲姑娘带着青年们在宛丘巡游舞蹈，乃至整个市集上的女孩们全都放下手中的织布工作，即兴随着她起舞。这简直就是音乐剧中的镜头！尤其是"市也婆娑"，令人想起西班牙语歌曲 *Bailando por la calle*（《沿道而舞》），如此俊秀绮丽的诗句，仿佛会从纸上跳出来！

本书是在桐庐母岭的舒羽山庄完稿的。从长时间繁剧的写作中忽然轻松下来，我们举酒相庆，炜舜教授用哈萨克语唱起了《可爱的一朵玫瑰花》，令一座皆惊。精通古典文学与文献，极有语言天赋，对文字极具敏感性，同时又热爱音乐，对世界上各种语言的民歌经常张口即来，这样一个人，当然是为我们讲解《诗经》的不二人选。作为他二十年前的老同学，他让我为此书作一小序，我也就不揣谫陋，略赘片言如上，谨以为序。

江弱水

二〇二三年正月吉日于桐庐母岭

目录

追寻《诗经》的源头

第一章 天造草昧：从洪荒走来的诗歌 —— 003

第二章 礼乐兴衰：《诗经》产生的时代 —— 017

第三章 君子作歌：多元的原作者身份 —— 032

第四章 茫茫九州：《诗经》产生的疆域 —— 044

第五章 学诗以言：《诗经》早期的编纂流传 —— 054

生活于《诗经》中的先民

第六章 教以六诗：《诗经》在先秦的体用 —— 067

第七章 执子之手：《诗经》中的婚恋亲友 —— 089

第八章 不素餐兮：《诗经》中的农事狩猎 —— 117

第九章 王于出征：《诗经》中的战争徭役 —— 144

第十章 我有嘉宾：《诗经》中的祭祀宴饮 —— 170

第十一章 敬而听之：《诗经》中的政治美刺 —— 196

《诗经》的文学美

第十二章 穆如清风：《诗经》的体式之美 —— 221

第十三章 以雅以南：《诗经》的韵律之美 —— 235

第十四章 云谁之思：《国风》篇章析隅 —— 262

第十五章 倬彼云汉：《雅》《颂》篇章析隅 —— 293

观乎人文说《诗经》

第十六章 秉文之德：《诗经》的文化意义 —— 317

第十七章 克开厥后：《诗经》在后世的跫音 —— 343

主要参考文献 —— 373

后记 —— 387

追寻《诗经》的源头

第一章

天造草昧：从洪荒走来的诗歌

一、诗歌的产生

早在洪荒时代，歌谣乐章应该就已产生了，正如《礼记·乐记》所言："歌咏所兴，宜自生民始也。"诗歌是最古老且最具有美学特征的文学体裁，它的起源是与语言的产生密不可分的。科学家推断，人类的语言产生于晚期智人（Homo sapiens sapiens）阶段，也就是中国的山顶洞人时期（距今约1.8万至1.1万年）。晚期智人的口腔缩短、喉头下降，舌根部位自由活动的余地扩大，发音器官有了较大改善，能发出清晰的声音，而脑容量已经具备产生语言所需要的思维水平。西哲卢梭（J.-J. Rousseau）和孔狄亚克（É. de Condillac）都认为，语言起源于上古先民对各种感受引起的感叹，原始语言就是由感叹声演变而来的。尽管现代语言学家认为这种说法有很大缺陷，但从文学的角度看它却极具启发性——抒情的语言，无疑是诗歌的重要肇端。先民在祭祀、劳作、婚恋等活动中，有感而发，形成了诗歌，久而久之又回过头来将诗歌运用于那些场合中，这就是最早的颂诗、号子、情歌。古人说的"相从而歌，饥者歌其食，劳者歌其事"（何休《春秋公羊传解诂·宣公十五年》），正是这个意思。一首诗是怎样生成的呢？《毛诗序》有很精彩的讲述：

> 诗者，志之所之也。在心为志，发言为诗。情动于中而形于言，言之不足，故嗟叹之；嗟叹之不足，故永歌之；永歌之不足，不知手之舞之、足之蹈之也。

换成今天的语言，大意就是说：诗歌是人类志向的表现。还在心中就是志向，将志向用语言表达出来就是诗。情感在心中被触动，就会以语言来表达，语言不足以表达，就会呀嗟叹息；呀嗟叹息不足以表达，就会长声歌咏；长声歌咏不足以表达，就会情不自禁地手舞足蹈。换言之，这些上古诗歌绝大部分都是与音乐、舞蹈同时出现的，可谓三位一体。不难想见，作为语言结晶的诗歌，产生年代远远早于文字的出现。或者说，正因为没有文字记录，先民才会把普遍的情感、重要的信息以精美的语言形式传之久远。节奏的强弱交替，韵律的回环往复，篇幅的短小精练，情感的动人心魄，义理的四海皆准，让这些诗歌便于记忆、诵读、流布的同时，也使先民们一唱三叹，在美感中获得愉悦，在哲思中获得升华。

然而令人遗憾的是，正因为没有文字的记载，这些洪荒时代的诗歌早已亡佚殆尽。不过《吕氏春秋·古乐》对上古葛天氏之民的诗歌乐舞略有记载，聊以让我们想象那洪荒之世的文艺生活：

> 昔葛天氏之乐，三人操牛尾，投足以歌八阕。一曰《载民》，二曰《玄鸟》，三曰《遂草木》，四曰《奋五谷》，五曰《敬天常》，六曰《建帝功》，七曰《依地德》，八曰《总禽兽之极》。

葛天氏是上古部族的名称。该部族举行宗教仪式，内容是三位祭祀者一边手持牛尾巴、顿足打拍子，一边唱八首祭歌。这与后世的祭祀规模相比实在简朴得可怜。幸运的是，《吕氏春秋》竟把那八首祭歌的题目都记录下来了。今人蒋述卓说：《载民》是歌颂土地恩德，《玄鸟》是歌颂部族图腾，《遂草木》是祈求草木茂盛，《奋五谷》是祝愿五谷丰登，《敬天常》是对崇奉的上天表达敬意，《建帝功》是赞扬天帝功德无量，《依地德》是酬谢土地神，《总禽兽之极》是祝愿飞禽走兽大量繁衍生殖。（《宗教艺术论》）如此看来，这八首祭歌的内容已经涵盖了先民生活的方方面面。

二、《断竹歌》：洪荒时代的诗歌

西方学者柯马丁（Martin Kern）认为："中国文学体系和'诗歌'的起源可以追溯到西周时期，当时还没有'诗歌'或'文学'的独特概念。青铜器铭文为宗教和政治仪式的特定场合使用了诸如韵律、节奏和节拍等特征。这种强化的、具有美学特征的言语形式——当时在《尚书》的演讲、《诗经》的诗歌和《周易》的诗句中也有比较系统的体现——靠着我们通常所说的'诗'的语言特征，在形式上与日常言语有所区别。"（《龚鹏程×柯恩 | 语文学的全球实践和对中国古代的解释》）那么，洪荒时代的诗歌难道真的一首不存吗？答案又并非如此。在"诗"的概念明确产生以前很久，诗，或者说至少是韵文，就已经出现了。

这些作品在先秦两汉的古籍中，还保留了一二。如东汉赵晔编撰的《吴越春秋》中，有这样一段记载：

> 范蠡复进善射者陈音。音，楚人也。越王请音而问曰："孤闻子善射，道何所生？"音曰："臣，楚之鄙人，尝步于射术，未能悉知其道。"越王曰："然愿子一二其辞。"音曰："臣闻弩生于弓，弓生于弹，弹起古之孝子。"越王曰："孝子弹者奈何？"音曰："古者人民朴质，饥食鸟兽，渴饮雾露，死则裹以白茅，投于中野。孝子不忍见父母为禽兽所食，故作弹以守之，绝鸟兽之害。故歌曰'断竹，续竹，飞土，逐宍'之谓也。"

楚人陈音引用的这首《断竹歌》，南朝文论家刘勰在《文心雕龙》中评论道："黄歌断竹，质之至也。"认为这首诗产生于轩辕黄帝时代，可见是十分古老了。刘勰又说："断竹黄歌，乃二言之始。"他认为这首作品共四句，每句两字，极为质朴简单。除了从形式上来看，我们还可以考察这首诗的内容。"断竹""续竹"，就是把竹子砍断后重新接续，制成弹弓。"飞土"的"土"，指的是土制的弹丸。"宍"是"肉"的古字，"逐宍"意思是追逐鸟兽。有学者将这首诗的主旨解释成狩猎，但结合陈音所言的上下文来看，恐怕未必如此。根据陈音的说法，弹弓是上古的孝子所发明的——因为在那个时代，人死后只是用白茅把遗体裹起来，弃置于荒野，却并没有进一步的埋葬程序。因为遗体暴露在外，自然会引来鸟兽争食。孝子于心不忍，才发明弹弓驱逐鸟兽，避免它们伤害死去亲属的遗体。这不由得让我们想起《孟子·滕文公上》的一段相关记载：

> 盖上世尝有不葬其亲者。其亲死，则举而委之于壑。他日过之，狐狸食之，蝇蚋姑嘬之。其颡有泚，睨而不视。夫泚也，非为人泚，中心达于面目。盖归反虆梩而掩之。掩之诚是也，则孝子仁人之掩其亲，亦必有道矣。

大意是：上古先民不埋葬父母。父母死了，就抬着扔到山沟中。过了一段日子再经过那里，发现亲人的遗体被狐狸撕咬、被苍蝇和蚊子咀吮。那人不禁额头上冒出了汗，斜着眼睛，不敢正视。这汗不是流给别人看的，而是心中的悔恨在面目上的流露。后来，他回家取来筐和铲子把遗体埋了。埋葬尸体之举诚然是对的，孝子仁人埋葬父母，自然有他们的道理。孟子认为丧葬的起源，正是出于人类对死者的亲爱孝敬之心。比较之下，我们发现陈音所描述的那个时代，更是早在丧葬出现以前。那是多么久远的世界啊！不过，纵使当时的人们尚未实行丧葬，也已滋生了孝敬之心，所以会制造弹弓，驱赶可能伤害亲人遗体的鸟兽。也许好奇的朋友会问："为什么不干脆顺道把鸟兽射死当食物？"我们看到"飞土"一句，大概就能猜到——是不能也，非不为也。当时的技术水平尚无法制造强有力的弹弓、具有杀伤力的弹丸，因此只能把泥丸射到鸟兽身上，让它们知痛而退罢了。不仅如此，《说文解字》对"弔（吊）"字的解释，也可以引为佐证：

> 弔，问终也。古之葬者，厚衣之以薪。从人持弓，会驱禽。

就字形而言，"弔"从人从弓，持弓就是为了驱赶伤害遗体的鸟兽。也许在那个年代，哪家有人去世，亲友就会陪同孝子一起持弓驱禽，顺便加以安慰，因而产生了"问终""吊唁"之义。综合以上所言种种，我们不难察觉，这首《断竹歌》保存了珍贵的文学、社会学、人类学史料，诗中所描绘的洪荒而具有人情味的世界，是从未经历过那个年代的后人所难以伪造的。回头看刘勰把《断竹歌》的产生定在传说中的轩辕黄帝时代，恐怕还是太晚了些——黄帝被称为"人文初祖"，相传曾制衣冠、建舟车、定音律，如果当时的人们竟还处于"死而不埋"的阶段，没有与之配套、更为文明的丧葬习俗，似乎有些说不过去吧。

三、文字时代的古逸诗

上面提到的《断竹歌》，我们可以把它归于古逸诗之列。所谓古逸诗，传统上是指相传产生于先秦时代、散见于各种典籍却并未收录在《诗经》或《楚辞》中的诗歌。的确，文字时代的来临，为诗歌的保存与传播提供了便利，现存古逸诗有数百首之多——尽管它们真伪莫辨。

在神话传说中，黄帝身边有一位叫仓颉的史官，他发明了文字，华夏从此进入文明时代。现代考古发现，河南贾湖、湖北大溪、山东大汶口、陕西半坡等遗址出土的器物上都出现过许多象形符号，有的距今已超过八千年。这些符号也许就是汉字的前身，却仍不成体系，难以解读。它们距离商代甲骨文——也就是中国和东亚已知最早的成体系的文字，仍有两千年以上的时间，这是一个漫长的孕育与发展阶段。尽管至今发现的甲骨达十六万片之多，但里面具有文学性的文字却少之又少，如：

> 东方曰析风曰协，南方曰因风曰凯，西方曰彝风曰韦，北方曰伏风曰役。（《京津》520）

相对于其他卜辞，这段甲骨文字更令人感到蕴含创作元素，富于节奏韵律，难怪被称为《四方风神歌》。进而言之，商代甲骨文是占卜记录，并非普通图籍，找不到太多文学性的文字也是情有可原的。而且甲骨文中的"册"字，显然就是以绳索穿上竹片或木牍的象形。只是竹、木保存不易，今天早已腐朽，使我们无法一窥商代图籍的全貌而已。

由于华夏版图辽阔，各处方音不同，产生的诗歌自然也有不同的风格。《吕氏春秋·音初》便将东、南、西、北四方之音的起源分别追溯到夏王孔甲、大禹，商王河亶甲和商族始祖母简狄身上。我们先举南音为例：

> 禹行功，见涂山之女。禹未之遇而巡省南土。涂山氏之女乃令其妾待禹于涂山之阳。女乃作歌，歌曰："候人兮猗。"实始作为南音。周公及召公取风焉，以为《周南》《召南》。

这首诗歌大概是历来诗歌中篇幅最短的：不仅只有四个字，"兮""猗"二字还都是感叹词，相当于现在的"啊"。据说大禹因为治水的缘故，十三年间三过家门而不入。于是他的妻子女娇派遣了婢女在涂山的南面等候大禹回家，并唱了这首《候人歌》。候人，就是等人。诗歌并未交代候人的来龙去脉，却尽在不言中。句中四字，感叹词竟占了一半，把等待丈夫归来那种殷切而焦灼的心情表现得淋漓尽致。《候人歌》篇幅短小，却情感洋溢，开启了诗歌运用"兮"字来增强抒情色彩的先河。至于"猗"字，意思与"兮"一样。《魏风·伐檀》"河水清且涟猗"，安大简作"河水清且涟兮"，可见"猗""兮"二字相通。到了《楚辞》作品中，"兮"更成为不可或缺的用字。难怪《候

人歌》会被推许为"南音之始"。再看北音方面:

> 有娀氏有二佚女,为之九成之台,饮食必以鼓。帝令燕往视之,鸣若谥隘。二女爱而争搏之,覆以玉筐。少选,发而视之,燕遗二卵,北飞,遂不反。二女作歌,一终曰:"燕燕往飞。"实始作为北音。

有娀氏是上古部族,族长育有两位美丽的女儿,叫作简狄和建疵。她们住在九层高台,不与外界接触。若要饮食,便击鼓为讯。上帝派燕子探视她们,两人想留下可爱的燕子做伴,于是用玉筐把它罩住。过了一会儿,筐内毫无动静。谁知揭筐一看,燕子就向北飞走了,只留下两枚燕卵。两人若有所失,便创作《燕燕》一曲,也就是"北音之始"。并未被《吕氏春秋》记载的这个故事的后半部分,便是简狄服食燕卵,竟神奇地怀了孕;而后诞下一子,取名为契,契的十四世孙是商朝的建立者成汤。这则富于传奇性的叙事,跟希腊神话中宙斯化为黄金雨、与被父王软禁在青铜高塔中的达那厄公主(Danaë)结合而生下英雄珀尔修斯(Perseus)的故事异曲同工。①

话说回来,《吕氏春秋》关于四方之音起源的记载,看似不经之谈,却应有更古老的依据,值得注意。尤其是《候人》《燕燕》乃至《破斧》(亦即孔甲所作的东音)在《诗经》中都能找到同名的篇章,似乎由

---

① 不仅如此,唐代玄奘《大唐西域记》记载揭盘陀国(Khabandha)的开国传说,也与之类似。据说汉代有一次与波斯帝国和亲,公主一行越过葱岭(帕米尔高原)时遇到匪徒拦路。和亲队伍只好暂时在山谷驻扎,将公主安置于孤峰之上,严密防守三个月之久。再度起行之际,大家发现公主竟然怀孕了。一位侍女说,这段时间日神之子每天都骑着金马来与公主相会,腹中的孩子就是他的。由于进退两难,大家决定就地建城,这就是揭盘陀国的开端。该国王族自称"提婆瞿呾罗"(Devagotra),亦即"汉日天种"。

此可见四方之音的源远流长。

四、《卿云歌》：真与伪的杂糅

西汉学者伏胜的《尚书大传》中有这样一段记载：虞舜晚年将帝位禅让给大禹。在禅让仪式举行之际，天上出现了"卿云"的祥瑞。于是虞舜即兴唱道：

卿云烂兮，纠缦缦兮。
日月光华，旦复旦兮！

这就是历史上相当有名的《卿云歌》。按照传统的说法，"卿云"乃是五彩祥云。

《卿云歌》的意蕴十分有趣，可以分为两层来论析。第一层是对大自然景象的描写：天上卿云，五彩缤纷，非常灿烂。五色缠绕，非常绵长。这是状写卿云之外貌。卿云的颜色如此美丽，它是从哪里来的呢？由太阳和月亮的照耀而来。白天有太阳的照耀，夜晚有月亮的照耀，那么人们每天都可以欣赏到如此灿烂美丽的卿云了。如果把这首《卿云歌》纯粹解读成对自然天象的歌颂，已是非常优美。

进而言之，东汉郑玄注"旦复旦兮"一句云："言明明相代。"字面意思指日、月两个发光体相互轮替。清代沈德潜据而指出："旦复旦，隐写禅代之旨。"（《古诗源》）可见此诗的内容不仅只是对大自然的歌颂，更有另一层含义，即充满了政治抒情的意味。日、月皆为君主的象征，相对而言，云自然为臣民的隐喻。沈德潜的门人张玉毂所著《古诗赏析》认为此诗的表现手法是"赋中有比"："赋景也。然上二比臣德已彰，下二比君位当代，辞气肃穆，浑然不露。"也就是说，上须有圣君，下才有贤臣，卿云因日月照耀而焕发五彩，正是贤臣因圣君信任栽培而发挥长才的比喻。此诗作者由五彩斑斓而绵长缠绕的卿云入手，引申出那绚丽的光芒是来自日月交替的照耀。日月相轮不仅代表着改朝换代，其光华日复一日，还暗含着对圣贤在位、河清海晏的期待。

这首诗究竟是不是虞舜所作？历来都有很大争议。窃以为，这首诗出自西汉伏生的《尚书大传》，时代应该不会太迟。卿云到底是一种什么云？《史记·天官书》记载：

> 若烟非烟，若云非云，郁郁纷纷，萧索轮囷，是谓卿云。卿云见，喜气也。若雾非雾，衣冠而不濡，见则其域被甲而趋。

首先必须指出：《天官书》这段描写卿云的韵文恐怕并非司马迁所作，而是引用了更为古老的谚语。至于"卿云见，喜气也"，应系旁注而错入正文者。"被甲而趋"是指披上盔甲前进打仗，与我们所认知天下太平的祥瑞意象并不太相合，但《史记》却照引不误，以求存真。卿云虽以"云"名，但它应该跟云不完全相像，因此《史记》才会说"若云非云"。"郁郁"是有文采之意。"纷纷"是繁盛之意。"萧索"不是指凄凉，而是向外扩展的意思。"轮囷"，表示卿云为圆形。"衣冠而不濡"，如果正值大雾，我们总会感觉到湿润的气息，而这种湿润之气在天上，却并未下降到地面，所以不沾衣冠。

讲到这里，大家应该可以猜到，卿云既为五彩而圆形，大概并非所谓"祥云"，而是日晕。《天官书》中除记录卿云外，同时也记录了日晕。在西汉乃至先秦的语境中，日晕确与兵象有关，这与卿云"见则其域被甲而趋"所预示的是一致的。卿云本为罕见的气象，其传说源自往古；在流传过程中，神话色彩日增，至西汉已难详知其为何物。故此，《天官书》将卿云与日晕并列，亦有保存旧说之意。卿云与战争的关联，我们可以参考《左传·昭公十七年》："昔者黄帝氏以云纪，故为云师而云名。"孔颖达疏云："黄帝以云纪事，明其初受天命，有云瑞也。云之为瑞，未能审也。《史记·天官书》曰：'若烟非烟，若云非云，郁郁纷纷，萧索轮囷，是谓卿云。'"《左传》说黄帝即位时以云为祥瑞，孔颖达不知其详，只是引用了《天官书》之文，并略去"被甲而趋"几句，可见他也觉得卿云难以与战争联想到一处。这时，晋人崔豹《古今注》的一条资料就非常重要了：

华盖，黄帝所作也。与蚩尤战于涿鹿之野，常有五色云气，金枝玉叶，止于帝上。有花葩之象，故因而作华盖也。

华盖是天子所用的五彩圆盖，正符合卿云的状貌。黄帝大战蚩尤，兵捷雾消之际，天日重见，卿云（五色云气或日晕）出于天穹，黄帝于是仿而制作华盖。以卿云为战胜之瑞，其因当在此。

有学者认为，《卿云歌》为楚歌形式，不可能出现于虞舜之际，当系后人伪托。如此推断自然是有道理的。然而我们以为，此诗的伪托者也应知道卿云神话内涵及黄帝以云为瑞的背景，了解卿云不仅是美丽的气象，象征着日月的光华，更含有朝代交替的意义——无论交替是透过征伐还是禅让的手段。因此从这首《卿云歌》可以看出，古逸诗纵然真伪参半，但它所记载的内容往往值得我们参酌玩味。

五、《周易》古歌

我们再谈一谈《周易》中的古歌。刚才提到,现存不少古逸诗,可能是伪造的,但《周易》的经文大概形成于殷末周初之际,其中搜罗了一些古歌作品,年代比较可靠。这些古歌的产生必然不晚于殷末周初,因此比《诗经》中大多数作品的产生年代都要早。如"中孚卦"九二爻有一首古歌作品:

> 鸣鹤在阴,其子和之。
> 我有好爵,吾与尔靡之。

有人认为这是一首年代久远的情诗,从鹤的和鸣联想到夫妇之间举案齐眉的感情。仙鹤是捕鱼好手,也是长寿吉祥的象征。而根据闻一多先生的研究,捕鱼在先秦往往是求爱的隐喻。山北水南谓之阴,这只仙鹤在水南岸高声长鸣,引得它的伴侣相和。诗人触景生情而唱道:"我有一杯好酒,愿与你一起享用。""靡"此处可读成"磨",共享之意。爵是古代饮酒器,模仿鸟类姿态而制造。诗人扣住鸟的意象,从仙鹤求偶导入爵酒合卺,构思巧妙,很有电影感。

以上这四句诗是不是完整的作品,今人已无法考究,但很明显这四句诗语义上是完足的。《周易》中也有一些零碎的句子,其实是同一首诗,分布在不同的爻辞中,"大过卦"就是其中一个例子:

> 九二,枯杨生稊,老夫得其女妻。无不利。

> 九五，枯杨生华，老妇得其士夫。无咎无誉。

九二和九五两爻，都在讲人生的哲理，显然出自同一首歌。至于老夫少妻和少夫老妻会发生什么情形，这里不详细讨论。值得大家注意的是，《周易》中还有更零碎的句子，分布在不同卦爻辞中，如"屯卦"：

> 六二，屯如邅如，乘马班如。匪寇，婚媾。女子贞不字，十年乃字。

> 六四，乘马班如。求婚媾，往吉，无不利。

> 上六，乘马班如，泣血涟如。

类似的句子还见于"贲卦"：

> 六四，贲如皤如，白马翰如。匪寇，婚媾。

如果将这些零散的句子拼合在一起，会变成一首较为完整的诗歌。"匪寇，婚媾"，意思是并非来打劫，而是来求婚的。两个短句押韵，音调急促活泼，大概是泛声或副歌。今人黄玉顺把这首诗称为"婚礼之歌"，又说："从体裁看，似乎是典型的'风'，而且似乎属于'南国之风'；而其手法，仍然用质朴的'赋'。"（《易经古歌考释》）所谓"南国之风"，当是指诗中多用"如"字富韵，与"南音"或楚歌体接近之故。原始先民建立婚姻制度后，逐渐发现近亲繁殖的恶果，但与其他部落尚未有通婚协定，于是便通过掠夺妇女来缔结婚姻。像古罗马建城后，趁着摆设市集的机会抢夺萨宾新娘，就是一例。这种婚姻方式违背了女方的意志，甚至对她们造成身心伤害，在今天看来虽很野蛮，但却是人类从野蛮步向文明轨迹的一环。直到近代，抢婚习俗还残留在中国某些偏远地区，不过大体已变为恋爱成婚的仪式。抢婚前，男女双方约好时间地点，男子依约率人去抢夺女子，女子佯装呼救，女方亲友也假装营救。抢婚者此时向追赶者抛撒铜钱，作为缓兵之计。女子被抢回男家后，举行正式婚礼。

那么，这首《周易》古歌所反映的，果真是原始野蛮的抢婚制度吗？"屯如邅如"，"屯"音谆，"邅"音毡，"如"是助词。"屯邅"为迟疑不前之貌，形容抢婚者锁定目标后，蓄势待发。他应该不止来过一次，有时骑着黄底白斑马，有时骑着纯白马。马犹如此，人打扮得干净漂亮，可想而知。几次尝试后，抢婚终于成功，这时女子在马背上哭个不停。古人认为泪尽血出，这当然是没有科学根据的。吴宏一指出，这里所谓泣血，是指眼泪和胭脂混在一起化为红色，看上去像血一样。这女的浓妆艳抹，男的人马楚楚。如果说抢婚只是临时起意，两人事先毫无共识，大家相信吗？

第二章

礼乐兴衰：《诗经》产生的时代

一、夏代：传说中诗歌编集工作的先声

《诗经》作为五经之一，论者认为是现存最早的诗歌总集，可谓中国诗歌的源头，也是古人必读的经典。《诗经》共收录自西周初年至春秋中期的诗歌三百零五篇（另外还有六篇有题目无内容，即有目无词，称为笙诗），故又称《诗三百》。西汉是经学时代，《诗三百》被尊为儒家经典，始称《诗经》，并沿用至今。

现存不少古逸诗，就有产生于西周初年以前的作品。尽管这些作品的真伪仍有争议，但毋庸置疑，在西周建国以前产生的诗歌已受到了人们的关注、收集——如果不是结集的话。如前章所言，《卿云歌》虽然不能确认为传说中的圣君虞舜之作，但卿云作为改朝换代的符码，却源远流长。此外，虞舜作为三皇五帝之一，虽是传疑时期的人物，但古帝王中在他名下的作品却为数最多，除了《卿云歌》外，还有《帝

载歌》《元首歌》《南风歌》《思亲操》等。不仅如此，舜是传说中《九韶》之乐的制作者，还发表过"诗言志，歌永言，声依永，律和声，八音克谐，无相夺伦，神人以和"（《尚书·舜典》）的论述。这些文字今天看来都难脱伪托之嫌，但从另一方面来看，虞舜作为一个箭垛式人物，似乎代表着传疑时代帝王重视诗教的形象。再如《山海经·大荒西经》记载：

> 西南海之外，赤水之南，流沙之西，有人珥两青蛇，乘两龙，名曰夏后开。开上三嫔于天，得《九辩》与《九歌》以下。

夏后开就是大禹之子、夏朝的正式建立者夏启。相传由于夏启具有半人半神的身份，因此有机会登上天庭做客，并由天上把《九辩》之舞、《九歌》之乐带回人间，成为夏民族的祭祀乐舞。夏人的这则神话故事，无疑强调了《九辩》《九歌》的神圣性，以及"此曲只应天上有"的优美程度。[①]夏人的《九歌》应该是有歌词的，只是早已亡佚；不过战国时代屈原改写《九歌》，配以新词——也就是今本《楚辞》中收纳的文字，或许可让我们由此略为想象原始《九歌》的面貌。

夏代《九辩》《九歌》的性质属于贵族作品，接近周代的《雅》《颂》。而民歌方面，也不乏如前章所引涂山氏的《候人歌》。不仅如此，夏代似乎开启了更深远的诗歌传统——采诗制度。这要追溯到上古三代的帝王巡狩制度。《孟子·梁惠王下》中齐景公与晏婴的一番对话，较为详细地讲述了这个制度设置的原因。当时景公希望仿效

---

① 唐代敦煌话本《叶净能诗》之"唐明皇游月宫"的故事中，明皇在月宫中暗暗记下仙女的乐舞，带回人间加以改写而成《霓裳羽衣》，在母题上显然可溯源至夏启这则神话。

古代圣贤君王，出门观光巡游，于是向丞相晏婴询问。晏婴回答说："天子到诸侯国家去，叫作巡狩，就是巡视各诸侯所守疆土之意。诸侯去朝见天子则叫述职，就是报告自己分内工作之意。春天巡视耕种情况，补助缺粮者；秋天巡视收获情况，补助歉收者。"讲述了巡狩、述职的意义后，晏婴更征引夏代的谚语：

> 吾王不游，吾何以休？吾王不豫，吾何以助？一游一豫，为诸侯度。

春游为游，秋游为豫。此谚大意为：我王不出来春游，我怎么能得到休息？我王不出来秋游，我怎么能得到补助？一春游、一秋游，足以作为诸侯的法度。换句话说，天子的游豫并非为了山水之乐，而是要去体察民瘼。只有这样的巡游，才会得到老百姓的支持，天子才会受到爱戴。《礼记·王制》："天子五年一巡守。……至于岱宗，柴而望祀山川，觐诸侯，问百年者就见之。命大师陈诗，以观民风。"这固然是周代的礼制，但陈诗观风之举，恐怕也由来已久。巡狩固然是为了视察诸侯、了解民瘼，但天子毕竟日理万机，无法时时僻处乡野。因此，通过采诗来考察民情，就十分有必要了。《左传·襄公十四年》引《夏书》曰：

> 遒人以木铎徇于路，官师相规，工执艺事以谏。

所谓遒人，大概指征集言论（包括诗歌在内）的官员。而木铎是一种以木为舌的铜质大铃，音响特殊，巡行振鸣可引起众人的注意。杜预注更直接说摇动木铎是为了"求歌谣之言"。《左传》这段文字也见于《古文尚书》的《夏书·胤征》："每岁孟春，遒人以木铎徇于路，官师相规，工执艺事以谏，其或不恭，邦有常刑。"也就是说，夏廷在每年的孟春之月便宣令官员用木铎在路上宣布教令，官长互相规劝，百工依据他们从事的技艺进行谏说。如果此说可信，《候人歌》乃至晏婴引用的夏代的谚语也许都属于夏代遒人收集的遗篇。即使他们的编集成果早已不存，却毕竟为后来《诗经》的编纂起到了示范作用。

二、《诗经·商颂》是商代的作品吗？

据说商代的建立者成汤曾制作《大濩》《桑林》《晨露》等乐章，但今已不存。《吕氏春秋·音初》则谓第十二代商王河亶甲（又称整甲、戋甲）早年与兄仲丁争王位失败，徙居西河（今渭南一带），怀念故土，因此创作了西音。后来秦穆公更依西音而制作了秦音。穆公的秦音虽因文献无征而难以确定，但参考《诗经·秦风》的激越杀伐之调，可以推想河亶甲的西音大概也不无凄楚之感。此后，《周易》中的一些古歌也产生于商周之际，勉强能算作商代诗歌。而最能引起人们兴趣的，当属《诗经》中的《那》《烈祖》《玄鸟》《长发》《殷武》等五篇《商颂》：它们是否也属于商代作品？

不少学者认为，五篇《商颂》乃是殷商后裔祭祀、追述殷商祖先的颂歌。而所谓殷商后裔，指的就是宋国公族。[①]武王伐纣后，封纣子武庚于殷都朝歌，继承殷商的香火，并将三弟管叔、五弟蔡叔、八弟霍叔分别封于朝歌附近的卫、鄘、邶，加以环伺监控，号称三监。武王去世，周公摄政，管叔、蔡叔等因不满而纠集武庚作乱，引发周公东

---

① 周王分封建国，有公、侯、伯、子、男五等诸侯。周王室成员可称王族，诸侯家族成员则称公族。

征之举。乱平后,周公营建新都洛邑(成周,今河南省洛阳市),将顽抗的殷遗民迁往成周及陈、许、蔡、郑等诸侯国。周公又将长子伯禽封于鲁(今河南省鲁山县),后迁奄国旧地(今山东省曲阜市),赐以殷民六族。殷都朝歌及邶、鄘并入卫国,由九弟康叔担任始君,并赐以殷民七族。周公另封纣王庶兄微子启于殷商故地商丘,是为宋国,以延续殷商宗祀,也统领另一部分殷民。由于"宋"与"商"音近,先秦典籍常常将宋国直接称为"商",如《庄子》"商太宰荡问仁于庄子"、《韩非子》"子圉见孔子于商太宰"等皆是。正因如此,今天的学者未必认为《商颂》的创作早于西周建国之际。而《商颂》的整理,与宋国公族、孔子的七世祖正考父有莫大关系。《国语·鲁语下》载闵马父之言道:

> 昔正考父校商之名颂十二篇于周太师,以《那》为首。

太师,就是周天子身边的大乐官。《毛诗序》则说:

> (宋君)微子至于戴公,其间礼乐废坏。有正考父者,得《商颂》十二篇于周之太师,以《那》为首。

《史记·宋微子世家》中记载:

> 襄公之时,修行仁义,欲为盟主。其大夫正考父美之,故追道契、汤、高宗,殷所以兴,作《商颂》。

这几笔资料的内容异同互见。首先看《史记》,认为《商颂》是正考父赞美宋襄公之作，显然相信《商颂》乃周代宋国之作。这种说法并非司马迁杜撰，如刘宋裴骃《史记集解》："《韩诗·商颂》章句亦美襄公。"清人王先谦更进一步指出，齐、鲁、韩三家均认为《商颂》是正考父所作。（《诗三家义集疏》）但清代学者还指出，正考父曾辅佐宋戴、武、宣公，年代比襄公早百许岁，绝不可能作诗赞美襄公。

再看《国语》之说，近人王国维认为"校"当解作"效"，即进献之意。（《说商颂》）亦即平王东迁后，正考父可能将《商颂》十二首献给周太师，以备文献。不过，历来都有学者认为"校"为校对之意，也就是说周太师和宋国可能各自保留了十二篇《商颂》，由于宋国后来礼乐废坏，正考父才手持宋国的残缺本到周太师处作校勘。至于《毛诗序》则认为宋国当时已无存本，所幸正考父从周太师处取得。无论哪种说法，大抵都认为正考父只是搜集者或整理者，而非创作者。观《国语》将这组诗歌称为"商之名颂"，能称为"名颂"，必然具备几个条件：一是年代久远，二是流传广泛，三是作者著名，四是内容精彩。现存五篇《商颂》的文字固然上佳，但如《史记》般将正考父视为作者却颇有问题。进而言之，颂作为宗庙祭祀乐曲的特殊性质，不可能如《国风》作品那般脍炙人口；在正考父时代，《商颂》最多也只有两个拷贝，一为周太师所保管，一为宋国所保存。因此，能够符合"名颂"条件的大概只有"年代久远"一项。那么，《商颂》"年代久远"到了怎样的程度呢？不外乎上至商代、下至宋国"礼乐废坏"前夕。据《逸周书·世俘解》记载，武王灭商后共得九鼎及商王宝玉一万四千、佩带玉一十八万。那么，商代的军政礼乐等文献也必为周人所得。如果《商颂》果真是商代作品，周太师便有可能得于此时。今人王永则推测，《商颂》原有十二篇，现存的五篇皆始作于商代，歌颂殷商诸先公先王；亡佚的七篇则作于周代宋国，歌颂历代宋公。

由于后七篇仅歌颂一方诸侯,达不到"监三代之功"的效果,因此被《诗经》的编者删去。(《〈商颂〉十二篇之原貌索隐——兼论王国维之〈说商颂〉》)观现存五篇《商颂》,虔敬鬼神之态度、杀伐决绝之音节,与《周颂》颇为不同。又今人徐正英指出:近年来随着新的甲骨文大量涌现和研究的不断深入,《商颂》乃商朝作品的直接实证也陆续被发现。如一批学者从《小屯南地甲骨》中释读出了多次出现的"学商""奏商""舞商"词语,并确认其意思即为"学《商颂》""奏《商颂》""舞《商颂》",表现的是商朝贵族子弟举办祭祀活动前反复举行的盛大"彩排",其学习、演奏和表演的都是《商颂》内容。如此更能证实《商颂》确为商人旧作而非"宋颂"。①因此我们推断,宋国自有可能保存商代颂歌,然后由正考父到周太师处校对音节、配合乐调,并为了符合当时语言习惯而作了一些文字改动和修饰。因此,不妨将五篇《商颂》视为起源于商代、最后在春秋宋国形成定本的作品。

三、《诗经》中最早的周人诗作

与《商颂》一样,《豳风·七月》的创作缘起也可追溯到西周建国以前。《毛诗序》认为此诗的主旨乃是:"陈后稷、先公风化之所由,致王业之艰难。"但并未明言创作年代。《汉书·地理志》则云:

> 昔后稷封斄,公刘处豳,太王徙岐,文王作酆,武王治镐,其民有先王遗风,好稼穑,务本业,故《豳诗》言农桑衣食之本甚备。

---

① 徐正英:《诗经学公案再认识》,《光明日报》,2016年12月31日。

这段文字的主旨虽为爬梳周人的农业传统，但隐隐点出《七月》之所以收在《豳风》，乃因其内容可追溯到商代前期公刘处豳之时。清代崔述《丰镐考信录》因此对《七月》有以下论述：

> 此诗当为大王以前豳之旧诗，盖周公述之以戒成王，而后世因误为周公所作耳。

太王即文王的祖父古公亶父，是公刘的九世孙。以一世三十年计算，公刘处豳到太王徙岐，周人在豳地前后居住了两三百年。《七月》收录于《豳风》，大概正因为其文本最早形成于这个时期的豳地。其后，周公将这首诗重新传述，以戒饬年幼的成王，因此后世误以为此诗为周公所作。崔述的这种看法，在方玉润的《诗经原始》中有进一步阐发：

> 《豳》仅《七月》一篇所言皆农桑稼穑之事。非躬亲陇亩，久于其道者，不能言之亲切有味也如是。周公生长世胄，位居冢宰，岂暇为此？且公刘世远，亦难代言。此必古有其诗，自公始陈王前，俾知稼穑艰难，并王业所自始，而后人遂以为公作也。

方氏从周公的生平经历与知识体系切入，认为他身为贵族子弟、一国宰辅，未曾亲自从事农耕，不可能创作出如此"亲切有味"的作品。而周公的时代去公刘太远，也难以代公刘立言。因此，方氏怀疑《七月》一诗在周人居豳时已经产生，只是周公将之陈列于成王面前，让他知道稼穑艰难以及周人以农立国的根本，后人因此误将周公视为作者。《七月》这首长诗虽如全视角的长幅卷轴般展现出一幅月令图，但文字和月份的叙述时见重复之处，并不像后世民歌那样从一月唱到十二月，一段一月。且有的句子看似是简短的谚语（如"黍稷重穋,禾麻菽麦""昼尔于茅,宵尔索绹"等），却粘接到一章之中。如第六章：

> 六月食郁及薁,七月亨葵及菽。八月剥枣,十月获稻,为此春酒,以介眉寿。七月食瓜,八月断壶,九月叔苴,采荼薪樗,食我农夫。

假使依照时间顺序,应该为：六月食郁及薁,七月亨葵及菽、七月食瓜,八月断壶、八月剥枣,九月叔苴、采荼薪樗,食我农夫,十月获稻、为此春酒、以介眉寿。但目前文字并非依照时序,押韵是一个主因："六月食郁及薁,七月亨葵及菽"押觉部,"八月剥枣"至"以介眉寿"四句押幽部,"七月食瓜"至"食我农夫"五句押鱼部。该三个段落中,各自的时序却是清楚的。且如第二段,红枣和稻米都是酿春酒的原料,可见这四句的内容具有整体性,并非随意拼凑一处的。这说明这三个段落可能原本是独立的谚语或小诗,由《七月》的传述者将之合为一处,但为免周章,文字就不复进一步调整了。再观《周礼·春官·籥章》云：

> 掌土鼓豳籥。中春,昼击土鼓,吹《豳诗》,以逆暑。中秋,夜迎寒,亦如之。凡国祈年于田祖,吹《豳雅》,击土鼓,以乐田畯。国祭蜡,则吹《豳颂》,击土鼓,以息老物。

郑玄注曰："《豳诗》,《豳风·七月》也。《豳雅》亦《七月》也。《豳颂》亦《七月》也。"今人赵逵夫认为：

> 同一篇作品既称为"雅",又称为"颂",似不近情理。我以为《七

> 月》之前三章之开头二句用重章迭句法，而且从周历"一之日"（夏历十一月）唱到夏历八月，其近于"风"。所谓"豳诗"（按：非"豳风"），应指此三章。第四章又从四月唱起，至第七章，直唱到十月（周历年末）。这便是"豳雅"。第八章又从"二之日"唱起，主要说祭祖的事，以"万寿无疆"作结，我以为此即"豳颂"。[①]

其说甚为合理。我们因而据此怀疑，《七月》一诗或许是由若干首原本独立而主题各不同的诗歌乃至许多短小的诗句、谚语在漫长的年代中缀合而成。而周公陈诗之前，也许对此诗的文字作了最后的修订。换言之，周公之于《七月》，其作用与正考父之于《商颂》是颇为相似的。此外，今人马银琴于《〈诗经〉史诗与周民族的历史建构》一文中认为，《大雅·绵》为古公亶父"作五官有司"后依据当时史官的记录而作。如此看来，此篇也可追溯至先周时期。

如果说《商颂》和《七月》的产生年代仍有争议，那么将《周颂》视为周代最早的一组作品，应该没有疑义。《周颂》共三十一篇，皆为西周时期的宗庙祭祀乐章，祭祀对象包括祖先、天地、农神等。大多数篇章都是周初武王、成王在位时所作，其中最早的当数《大武》诸篇。根据《周礼·春官·大司乐》记载，周人将黄帝《云门》、帝尧《大咸》、帝舜《大韶》、夏禹《大夏》、商汤《大濩》及周武王《大武》定为六代乐舞。前四种为文舞，后两种是武舞。《大武》相传由周公创编，内容歌颂武王伐纣的武功，其后则用作宗庙之乐，祭祀祖先。根据《礼记·乐记》所言：

[①] 赵逵夫：《论〈诗经〉的编集与〈雅〉诗的分为"小""大"两部分》，《河北师院学报（社会科学版）》1996年第1期，第83页。

> 且夫《武》，始而北出，再成而灭商，三成而南，四成而南国是疆，五成而分周公左、召公右，六成复缀，以崇天子。

近人王国维《周〈大武〉乐章考》据此认为《大武》共分为六"成"，亦即今天所谓六段、六幕。第一幕描写出兵的情形，舞队由北边上场；第二幕表现翦灭殷商；第三幕表现继续向南进军；第四幕描写平定南部边疆；第五幕舞队分列，表达周公、召公的分疆治理；第六幕舞队重新集合，列队向武王致敬。学者一般认为，《大武》的歌诗内容全部收录在《诗经·周颂》内，其中《武》《酌》《桓》《赉》《般》五篇确定无疑，至于第六篇，或云《昊天有成命》，或云《时迈》《我将》，仍有争论。此外，王国维还认为《宿夜》也是《大武》的乐章，而《诗经·周颂》中并没有《宿夜》篇，有人据而认为《逸周书·武寤解》或即《宿夜》。赵逵夫指出，《左传·宣公十二年》记载随武子引《酌》诗二句、《武》诗一句，直曰《酌》《武》而不言"《诗》曰"或"《周颂》曰"。下文楚庄王引《时迈》五句，也只说"武王克商，作颂曰"，未称《诗》或《周颂》；他引《武》《赉》《桓》中的诗句而曰"又作《武》，其卒章曰""其三曰""其六曰"，将这几首诗统归之《大武》乐章而非《周颂》。可见，当时《周颂》中作品尚未以《周颂》的名称编入《诗》。而且，《大武》之诗六"成"，本为一组，但在《周颂》中却被打乱了次序。可见《周颂》之编集而列入《诗》，在西周灭亡之后经历了较长一段时间，《大武》乐章也不再演奏，中原有的人已对它不甚了了（所谓"礼失而求诸野"，南方的楚国倒还保留着较原始的典籍），所以才形成这种状况。①不过在春秋后期，孔子依然有

---

① 赵逵夫：《论〈诗经〉的编集与〈雅〉诗的分为"小""大"两部分》，《河北师院学报（社会科学版）》1996年第1期，第83页。

机会聆听到《大韶》和《大武》，并作出这样的评论："《韶》尽美矣，又尽善也。""《武》尽美矣，未尽善也。"在他看来，《大韶》《大武》在音乐艺术上都登峰造极了。但在内容上，《大韶》体现出虞舜时期天下为公的道德政治，故能尽善；而《大武》体现的则是周武王伐纣的历史，虽然诛灭暴政、为民除害，却难免存在着以暴易暴的缺憾，因此未能尽善。但无论如何，《大武》乐的大部分歌词皆保存于《诗经·周颂》中，这在六代乐中可谓硕果仅存；何况它反映的是武王伐纣的重大事件，又创作于西周建国之初，其珍贵的历史与文学价值，是毋庸置疑的。

四、《诗经》中最晚的诗作

《诗经》中多数作品的确切年代难以考证，即如前文所论《商颂》《豳风·七月》的肇始年代，至今仍颇有争议。因此，将成于西周初年《周颂》诸篇定为《诗经》最早的作品，虽然略嫌保守，却无大过失。至于最晚的作品，今日学界公认的是《陈风·株林》。《毛诗序》曰：

> 《株林》，刺灵公也。淫乎夏姬，驱驰而往，朝夕不休息焉。

朱熹《诗序辨说》认为"《陈风》独此篇为有据"，其《诗集传》则云：

> 《春秋传》：夏姬，郑穆公之女也。嫁于陈大夫夏御叔。灵公与其大夫孔宁、仪行父通焉。泄冶谏不听而杀之。后卒为其子征舒所弑，而征舒复为楚庄王所诛。

株邑是夏征舒的食邑，在今河南柘城；株林则指株邑郊外的树林。而诗中提及的"夏南"，则是征舒的表字。征舒之母夏姬是著名的美女，嫁给陈国大夫夏御叔后诞下征舒，又与陈灵公及大臣孔宁、仪行父私通。君臣三人甚至在朝堂上戏谑征舒，令征舒羞怒不已，于是设计将陈灵公射杀，酿成了一场内乱。而《株林》一篇，正是陈国百姓揭露、讽刺灵公君臣与夏姬的淫行之作。陈灵公死于周定王八年（前599），那么《株林》篇当成于此前数年，时值春秋中叶。

另一首时代可能较晚的作品为《邶风·击鼓》，这是一位远征异国的士兵所歌唱的思乡曲。但是，此诗的时代背景至少有两种说法。《毛诗序》云："《击鼓》，怨州吁也。卫州吁用兵暴乱，使公孙文仲将而平陈与宋，国人怨其勇而无礼也。"《郑笺》更将其落实于《左传》鲁隐公四年（前719）夏，州吁联合陈、宋、蔡共同伐郑的史事。不过，清人姚际恒《诗经通论》则认为："此乃卫穆公背清丘之盟救陈，为宋所伐，平陈宋之难，数兴军旅，其下怨之而作此诗也。"考《春秋经·宣公十二年》，宋师伐陈，卫人救陈而被晋所伐，正值卫穆公在位。如果将创作背景坐实于鲁宣公十二年，亦即周定王十年（前597），那么《击鼓》的创作更晚于陈灵公去世两年。不过，此仅姚际恒一家之言，尚未成为定论。

稍早于《陈风·株林》的作品，当为《秦风·渭阳》。《毛诗序》云："《渭阳》，康公念母也。康公之母，晋献公之女。文公遭丽姬之难未返，而秦姬卒。穆公纳文公。康公时为太子，赠送文公于渭之阳，念母之不见也，我见舅氏，如母存焉。"晋献公之女嫁与秦穆公为正妻，号称秦姬，诞下太子罃，也就是后来的秦康公。晋国骊姬之乱时，秦姬之弟重耳出逃，流亡在外达十九年。秦姬期盼爱弟能早日返回晋国，却始终难以实现愿望，抱憾而终。此时重耳在秦穆公的帮助下即将返回晋国继位，成为后来的晋文公，因此太子罃送别舅父之际，不由得念及亡母，心中倍添哀思。近人陈子展考定此诗当作于周襄王十六年（前636），至迟不过次年（《诗经直解》）。可见《渭阳》之作，年代稍早于《株林》。

此外，与《渭阳》同期产生的还有《閟宫》《泮水》《駉》《有駜》等四篇《鲁颂》，亦即鲁国宗庙乐歌。这四篇作品大抵可分为两类，《閟宫》《泮水》歌颂周人先祖姜嫄、后稷而为鲁侯颂德祈福，风格近《雅》。《駉》和《有駜》歌咏鲁国的马政，体裁类《风》。再者，诗中还记述了鲁侯征伐淮夷胜利的史实。由于鲁国公室为周公之子伯禽的后裔，而周公有大功于周室，因此天子特许鲁国郊祭诸礼可仿效王室的规模。对于《駉》篇的创作背景，《毛诗序》云：

> 《駉》，颂僖公也。僖公能遵伯禽之法，俭以足用，宽以爱民，务农重谷，牧于坰野，鲁人尊之，于是季孙行父请命于周，而史克作是颂。

《郑笺》云："季孙行父，季文子也。史克，鲁史也。"历来古文经派皆将四篇《鲁颂》的著作权一并归于史克名下。不过，《閟宫》篇结尾处有"奚斯所作"的字样，今文三家《诗》因而相信《鲁颂》的作者为鲁大夫奚斯。今人郭令原认为，"《鲁颂》四篇是反映鲁僖公君臣活动的历史文献，保留了春秋时期鲁僖公的重要史料"。"鲁本周公后裔，宗族中最大的国家，虽然后来积弱衰微，到了僖公时代，颇修郊祀，争会诸侯，自然欲为宗国之长。既然在春秋时代，各国诸侯'人同此心，心同此理'，鲁僖何能例外？"①从时代背景推断鲁僖公（前659—前627年在位）授命创作《鲁颂》的可能性，具有一定说服力。鲁僖公去世于周襄王二十五年（前627），陈灵公即位于周顷王六年（前613），时代恰好相接。因此，将《鲁颂》视为《诗经》中创作年代较晚的作品，庶无大谬。

---

① 郭令原：《〈鲁颂〉——颂僖公图复周公之业，争伯诸侯也》，《甘肃社会科学》1997年第2期，第73—74页。

第三章

君子作歌：多元的原作者身份

一、平民

《诗经》是一部合集，作品经过长期流传整理，成于众手，因此我们不应简单地将甲诗视为民间作品、乙诗视为贵族作品。而那些在基层采诗乃至作诗的士，名义上属于贵族，实际上却可能有很大的贫富贵贱差距。他们的作品究竟属于民间作品还是贵族作品呢？吾人在后章《〈国风〉是民间作品吗？》一节中会详加讨论。简而言之，如果说甲诗的原作者（prime author）或早期主要作者之一具有平民身份，或云其文本之产生源自民间，则庶几无大谬误。故此，如闻一多所言《国风》反映了一个"榛榛狉狉"、尚未开化的上古民间社会（《诗经讲义》），固未必然；若因民间色彩浓郁的作品系经过周太师等人之手整理而将之断定为贵族作品，可谓过犹不及。《诗经》各篇的原作者，绝大多数属于佚名。其中少数留名的几位，如芮良夫、召公虎、尹吉甫、许穆夫人等,都是历史上较为知名的贵族人物。至于平民原作者而能留下姓名行迹者,则没有一例。但是,这些平民的背景非常多元化,就女性身份而言,有少女、新妇、思妇、弃妇、寡妇等;就男性职业而言,则有士兵、役夫、农民、猎手、伐木工等,不一而足。当然,对于各位平民原作者的身份、职业乃至性别的判定,古今学者众说纷纭,有异有同。兹举几例,以见其余。

如《魏风·陟岵》的篇旨,《毛诗序》云:"《陟岵》,孝子行役,思念父母也。国迫而数侵削,役乎大国,父母兄弟离散,而作是诗也。"这是《毛诗序》难得点出《国风》作品本义的例子。朱熹《诗集传》也说:"孝子行役,不忘其亲。"如此说法至今都没有异议。

又如著名的《卫风·氓》,今天一般认为原作者是一名弃妇。《毛诗序》云:"《氓》,刺时也。宣公之时,礼义消亡,淫风大行,男女无别,遂相奔诱,华落色衰,复相弃背。或乃困而自悔,丧其妃偶,故序其事以风焉。美反正,刺淫泆也。"《毛诗序》作者主张美刺教化说,故将《氓》定位为"刺时"之诗:诗中的女主人翁早年与人私奔,后因色衰爱弛而遭人抛弃,困顿之中对当年所作所为感到后悔,于是将自己的经历以诗歌方式加以陈述,作为讽刺。宋代朱熹《诗集传》则云:"此淫妇为人所弃,而自叙其事,以道其悔恨之意。……盖一失其身,人所贱恶,始虽以欲而迷,后必以时而悟,是以无往而不困耳!"朱熹继承《毛诗序》的说法,相信此诗作者是一名弃妇,但他认为女主人翁创作此诗的动机不过是由于当下生活困顿而对当初的"无媒苟合"产生悔意,并没有所谓"刺时"的想法。换言之,"悔恨"为诗歌本义,"刺时"只是引申义。"淫妇"一语的价值判断,以及"悔恨"的原因为何,在现代人看来都值得商榷,姑且不论。但汉、宋诸儒皆相信《氓》诗的原作者为一位民间弃妇,与今人的认知并无太大差异。至于所谓"美反正,刺淫泆"的引申义，不过是解诗者强调读者要以此诗为反面教材而已。

当然，也有一些古今解读不同的篇章。如《邶风·凯风》，《毛诗序》认为是赞美孝子之作："《凯风》，美孝子也。卫之淫风流行，虽有七子之母，犹不能安其室。故美七子能尽其孝道，以慰其母心，而成其志尔。"朱熹《诗集传》承其说而申发道："母以淫风流行，不能自守，而诸子自责，但以不能事母，使母劳苦为词。婉词几谏，不显其亲之恶，可谓孝矣。"而三家《诗》则认为是七子孝事其继母的诗。近人一般相信此诗是七位儿子歌颂母亲劬劳，并深深自责之作；寻绎文义，似乎更为合理。再如《魏风·伐檀》，《毛诗序》认为是"刺贪也。在位贪鄙，无功而受禄，君子不得进仕尔"。玩味其意，指伐木者为没有官爵的小人，一旦上位，便导致贵族失志，尊卑颠倒。三家《诗》中的《鲁诗》的说法也颇为接近："《伐檀》者……伤贤者隐避，素餐在位，今贤者隐退，伐木小人在位食禄，悬珍奇，积百谷，并包有土，德泽不加百姓。"（《太平御览》卷五七八引蔡邕《琴操》）其说可谓失之冬烘。朱熹《诗集传》则说："诗人言有人于此，用力伐檀，将以为车而行陆也。今乃置之河干，则河水清涟而无所用，虽欲自食其力而不可得矣。然其志则自以为不耕则不可以得禾，不猎则不可以得兽，是以甘心穷饿而不悔也。诗人述其事而叹之，以为是真能不空食者。"可见朱熹已打破了汉儒以社会阶级来判断"君子""小人"的陈腐思想，提出但凡自食其力，便是"不素餐"，便是值得敬佩的君子。而今人余冠英进一步解释道："这诗反映被剥削者对于剥削者的不满。"（《诗经选》）今人大多赞同余氏之说，认为全诗是站在平民劳动者的角度来责问、讽刺那些不劳而获、占有社会资源的统治阶级。

二、贵族

　　二《雅》、三《颂》的原作者，固然以贵族占多数，而《国风》中也并不乏其人。如前章所言，二《雅》诸作不仅是以雅言创作，还产生于西周王畿。因此，《国风》中的若干作品虽然贵族色彩较浓，却因产生于方国而非京畿，故而并不另编入二《雅》之中。此外，将《国风》与二《雅》中以贵族为原作者的作品加以比较，我们不难发现《风》诗的民间色彩整体上还是比较浓郁的。如《卫风·硕人》四段描摹庄姜之美，笔触富丽堂皇，但如"硕人其颀""硕人敖敖"之复沓，乃至末段以捕鱼象征性爱（闻一多说）的手法，皆不难令人联想到民歌。相比之下，如《大雅·荡》全诗八章，七章皆以"文王曰咨"开头，但文字古奥、引经据典，于冷峻中蕴藏着激愤，予人以冷水浇背之感，丝毫不似《硕人》之活泼轻盈。《风》《雅》文体之异同，由此可窥见一斑。兹举几位有贵族背景的原作者，略加介绍。

　　芮良夫，西周厉王时大臣，畿内姬姓诸侯芮国（在今陕西大荔东南）之国君。《国语·周语上》及《逸周书·芮良夫解》记载，厉王重用荣夷公，实行专利，并打算任用荣夷公为卿士，芮良夫曾极力谏阻，认为荣夷公好利，选用此人会导致周朝败亡。厉王不听，专任荣夷公，三年后国人暴动，厉王出奔于彘。《大雅·桑柔》一篇，相传为芮良夫所作。《毛诗序》云："《桑柔》，芮伯刺厉王也。"东汉王符《潜夫论·遏利》引《鲁诗》云："昔周厉王好专利，芮良夫谏而不入，退赋《桑柔》之诗以讽，言是大风也，必将有遂，是贪民也，必将败其类。王又不悟，故遂流死于彘。"不仅如此，新出土之清华简中还发现《芮良夫毖》一诗，诗前序文提及："周邦骤有祸，寇戎方晋，厥辟、御事各营其身，恒争于富，莫治庶难，莫卹邦之不宁。芮良夫乃作毖再终。”今人马芳据而指出：“在国家危难的时刻，芮良夫劝戒与民争利的执政者，要敬天保民，止欲戒贪，招贤纳士，齐备法度，只有这样才能维继统治。”[①]这首久佚的毖诗正好与《桑柔》内文相互参照。

尹吉甫，为西周宣王时期的重臣。当时猃狁迁居焦获，入侵至泾水北岸，侵扰甚剧。宣王五年（前 823），尹吉甫奉命率军反攻，直到太原，并奉命在洛邑征收南淮夷等族之贡物，在朔方筑城垒。在这段时间，尹吉甫创作了《崧高》《烝民》等诗，皆收在《大雅》中。此二诗末段皆出现了“吉甫作诵”的字样，因此可以确定原作者的身份。再如同样收在《大雅》的《韩奕》，《毛诗序》认为：“尹吉甫美宣王也，能锡命诸侯。”但朱熹《诗集传》却认为此说“今未有据”，不宜武断地将此诗归在尹吉甫名下。20 世纪中叶，李辰冬出版《诗经研究方法论》《诗经通释》，认为三百篇全部是尹吉甫一人之作。此说至今仅能备一家之言。《崧高》《烝民》二者皆为送别诗，《崧高》赠予申伯、《烝民》赠予仲山甫。两诗体式风格十分接近，全诗皆为八章，每章八句，章法整饬，叙事清晰，而富于崇高之美。可见尹吉甫作为卓越贵族诗人的身份，的确不宜为我们所忽略。

另一位值得注意的贵族诗人为许穆夫人。她名义上是卫宣公与宣姜的女儿、卫懿公之妹，事实上是懿公的庶兄公子顽与宣姜私通所生。她还有四个兄弟姐妹：齐子、戴公、文公、宋桓夫人。据刘向《列女传》记载，许穆夫人待嫁之际，许穆公、齐桓公都遣使求婚。卫懿公被许国厚重的聘礼打动，但许穆夫人认为许国境远国弱，一旦卫国遭敌人进

---

① 马芳：《从清华简〈周公之琴舞〉、〈芮良夫毖〉看“毖”诗的两种范式及其演变轨迹》，《学术研究》2015 年第 2 期，第 138 页。

攻，许国毫无救援力量；齐国强大，又是卫国的邻国，无疑是更好的选择。但目光浅狭的卫懿公固执己见，仍把她许配给许穆公。周惠王十七年（前660），北狄入侵卫国，懿公死于乱军之中。未几，宋桓公在夫人的请求下迎接卫国难民南渡黄河，立戴公于漕邑。戴公即位一月就死去，于是改立文公。远在许国的许穆夫人得悉卫国国破君亡，心中大恸，也请求丈夫许穆公援救，却无法如愿。于是她毅然回到卫国，一边招募百姓进行军事训练，一边向齐国求援。在齐桓公的支持下，许国才勉强派人参战，联军终于击退北狄。卫国得以复国，许穆夫人厥功至伟。

据《毛诗序》之言，《鄘风·载驰》乃是许穆夫人所作："《载驰》，许穆夫人作也。闵其宗国颠覆，自伤不能救也。卫懿公为狄人所灭。国人分散，露于漕邑，许穆夫人闵卫之亡，伤许之小，力不能救，思归唁其兄，又义不得，故赋是诗也。"而朱熹《诗集传》也赞成《毛诗序》之说，并申发道："（许穆夫人）闵卫之亡，驰驱而归，将以唁卫侯于漕邑，未至，而许之大夫有奔走跋涉而来者，夫人知其必将以不可归之义来告……乃作此诗以自言其意。"这是依据诗中的内证："大夫跋涉，我心则忧。""既不我嘉，不能旋反。"许穆公不仅不敢出手助卫，眼见夫人星夜驰援，还派身边的大夫们追赶，劝她回去。但许穆夫人义无反顾，于是写下这首诗，表达了自己深厚的家国之思，令人动容。虽然《载驰》并未如《崧高》《烝民》那般在篇章中自道原作者之名，但从文字反映的语气与史实来看，《毛诗序》之言诚然不虚，此说故而为现代学者所接受、承袭。

幽王时期，刺诗为数更多。如幽王命尹氏执政，大夫家父作《节南山》以抨击。值得一提的还有《小雅·巷伯》的原作者寺人孟子。《毛诗序》："《巷伯》，刺幽王也，寺人伤于谗，故作是诗也。"标题中的"巷伯"，就是宦官之意，所谓"巷"指的是宫中小道。这是一首怒斥造谣诬陷者的诗,由于末段有"寺人孟子,作为此诗"的句子,原作者的名字因此也流传下来。孟子为什么成为寺人(宦官),又因何事被人污蔑?有人以为孟子是因耿直获罪,而遭周幽王处以宫刑,一如西汉时期的司马迁。但这只属推测,已经无法考证。不过可以确认的是,孟子必然富于文化素养,精于文墨。进而言之,无论孟子是早年获罪,还是因为诗中所言的诬陷而受刑,他在宫廷内一定具有政治地位。在王官尚未失守、职业世袭的年代,普通平民乃至宫中从事体力劳动的仆役是不大可能写出这样一首文采斐然的诗来。如果说孟子是一位"准贵族",庶无大谬。

再者,汉儒将不少《国风》作品的著作权归在某历史人物名下的模式,"五四"以来虽然一直被视为附会(《载驰》为极少数例外),但这种情况在先秦时代已经出现了。如《左传》便认为《小雅·常棣》系召公虎作于厉王之世。又近年出土的清华简《耆夜》篇,记载周武王八年伐灭商纣的党羽耆(黎)国,"乃饮至于文大室",也就是在文王的庙堂举行庆功仪式,君臣之间相互唱酬。武王举爵,以《乐乐旨酒》一终酬毕公高,以《輶乘》一终酬周公旦。周公继之,第一终《赑赑》酬毕公高,第二终《明明上帝》酬武王。歌毕持爵未饮之际,有蟋蟀跃入堂中,于是周公又歌一终《蟋蟀》。前四终可算是古逸诗,末终则与《唐风·蟋蟀》的文字上大同小异。既然《蟋蟀》一诗录入《唐风》,理应是晋地的民歌,但《耆夜》却似乎指向另一种可能,那就是此诗为周公旦所作。因此有专家推测:后来周天子可能将《蟋蟀》之乐赐予晋国,在当地长期流传的过程中,此诗作者、来源渐遭淡忘,于是被误认为晋国民歌了。不过《耆夜》中武王、周公的赋诗,到底是即兴创作,还是征引成作?今人刘光胜认为四终乐诗实际上早已选定,武王、周公只是届时吟唱,并非即兴创作,否则两人在饮至礼上接连赋诗,创作才华令人惊异。①但是,堂上出现蟋蟀后,周公即兴赋《蟋蟀》一诗,显然不在典礼流程之内。因此在文献依然不足征的情况下,《蟋蟀》的原作者是谁,如今依然悬疑难决。无论如何,周公赋《蟋蟀》的个案为此诗的传播接受史补充了一个重要环节,同时也在提醒我们,面对汉儒称某诗成于某历史人物之手的说法,可以存而不论,却不宜轻率否定。

三、帝王

前文谈及《耆夜》中武王所赋《乐乐旨酒》《輶乘》二终,虽不太可能为武王即兴创作,甚至创作者只是模拟武王的口吻,却展示了先秦诗歌中的一个重要特征——代言。《乐乐旨酒》与《輶乘》虽然是不见于《诗经》的逸诗,但《周颂》中以武王、成王口吻创作的作品却有一定数量,与《耆夜》的情况正可互参。今人廖群论道:"中国古代诗歌大多为主观抒情的言'我'之作,这一点似无多大异议。不过具体审视就会发现,这些'我'实际上又有自言与代言之分,对它们作出的甄别,直接关系到对作者创作意图、作品情感内容乃至文学特征的理解。"②前文所论基层的士可能模拟平民口吻作诗,这自当算作代言。从广义的角度来看,后世的伪托古人之作也能算作一种代言——如前章所谈虞舜名下的《卿云歌》便是。孔德成老师曾经说:"我们总说某书是伪书,但伪书就未必没有价值。考证出它作伪的年代背景后,这部伪书不就成了最好的史料么?"既然如后世伪托的《卿云歌》

---

① 刘光胜:《清华简〈耆夜〉考论》,《中州学刊》2011年第1期,第166页。
② 廖群:《"代言"、"自言"与"刺诗"、"淫诗":有关〈国风〉的两种阐释》,《文史哲》1999年第6期,第57页。

都具有价值，更何况清华简中乃至《诗经·周颂》中武王、周公、成王名下的诗作？这些作品即使并非亲笔，却是授意而作，得到挂名者的首肯，与后世伪托又大为不同。为什么会如此呢？龚鹏程说："《诗经》风雅颂，风即风化，雅为朝廷雅道，颂为对古代帝王之赞颂。把风解释为风谣，乃是后来的事。天下风气风俗，必定是君子之德风、小人之德草，上梁不正则下梁歪的。帝王倘能作诗，且能以诗风化教化臣民，自然社会也就温柔敦厚了起来。汉人解释《诗经》动辄说系文王、周公、召公所作，原因在此。"（《列朝帝王诗漫谈序》）

如前所言，《大武》乐章已经分散到《周颂》之中。而这些作品多半是以武王的口吻而创作。如《我将》一首云：

> 我将我享，
> 维羊维牛，
> 维天其右之。
> 仪式刑文王之典，
> 日靖四方。
> 伊嘏文王，
> 既右飨之。
> 我其夙夜，
> 畏天之威，
> 于时保之。

此诗是周武王观兵于孟津，出发前祭祀父亲文王的祷辞，灭商后又将此诗确定为《大武》乐章之一"成"。全诗共十句，无韵，文字质朴庄严，以周武王的口吻向上帝和文王之灵陈述出兵目的，祈求庇佑。

又如《赉》是克商后祭祀文王之庙的作品：

> 文王既勤止，
> 我应受之，
> 敷时绎思。
> 我徂维求定，
> 时周之命，
> 於绎思。

全诗短短六句，反复告诫众人以文王为榜样，不可懈怠荒淫。其中"我徂维求定"一句，表达武王前往伐纣只为求天下太平，并非崇尚武力的意思。春秋中期，楚庄王在邲之战胜利后曾引用此句，可见该理念影响深远。这些诗作相传出自周公旦之手，但文中的"我"显然应解作武王自道，而这些歌词的内容无疑得到了武王的首肯。今人邓佩玲指出："有关《大武》的创作背景，古书记载似乎相当一致，大致以为是西周初年武王克商后所作；但是，如果再参考《礼记·乐记》中有关舞容的记述，便知《大武》'六成'分别象征不同历史阶段，反映的史事从武王灭殷到成王时期周召分陕而治，倘若《大武》舞容是武王克商后所作，那如何能预示成王期间的事情？所以，我们在此提出一个假设，《大武》乐章（指音乐和诗篇）虽然作成于武王之时，但《乐记》所记的舞容却是后来根据实际需要而编排的。因此，《乐记》所记述的象征意义大概并非由周初乐章作者所赋予，'六成'诗篇的内容与舞容间的配合似乎亦并非必定一致，可应实际情况而改变。"[①] 此

[①] 邓佩玲：《〈雅〉〈颂〉与出土文献新证》，商务印书馆，2017 年，第 115 页。

说甚为合理。进而言之，既然《礼记·乐记》谓《大武》舞容反映的史事下及周召分陕而治，则其原作者周公在为成王摄政期间调整舞容，赋予《大武》新的含意，似乎也有可能性。

《周颂》除了武王、周公之作外，还有成王之诗。其中《闵予小子》《访落》《敬之》《小毖》四篇相连，皆以成王口吻而创作。李学勤指出，四篇并置，主旨非孤立，文句多近似，这在《毛诗序》中已有暗示："《闵予小子》，嗣王朝于庙也。《访落》，嗣王谋于庙也。《敬之》，群臣进戒嗣王也。《小毖》，嗣王求助也。"这四篇作于何时，古代已有争议。东汉郑玄以为《闵予小子》是成王除武王之丧后，将始即政时朝庙之作。曹魏王肃则认为是周公结束居摄、还政于成王时所作。唐代孔颖达偏向王肃之说，进一步提出周公在武王去世后已开始摄政，年仅十三岁的成王未得朝庙，无政可谋，故不可能在此时作诗。此说无疑更合情理。清华简的发现，进一步证实王、孔二家的看法。如《周公之琴舞》中，成王作儆毖之诗九篇（九絉），第一首相当于《周颂·敬之》。所谓儆毖，就是警诫之意。今人李守奎指出，周公之作是对多士的儆戒，成王所作既有自儆，也有对辅臣的儆戒。参《周颂·小毖》中惩前毖后的旨意，与简文恰好呼应。① 由此可见，颂诗不全是歌颂之体，也有儆毖之体，自戒戒人，有所作为。再如《小雅》之《庭燎》《瞻彼洛矣》等篇也皆为周天子口吻，大概是宣王名下之作。

行文至此，我们依次谈到平民、贵族、帝王等各种社会阶层的原作者，他们名下的作品有一个共同性，那就是皆以第一人称的语气进行抒情、叙事与说理。然而，《诗经》中还有很大一部分作品的内容是以第三人称的语气来展开的。这些作品的原作者背景，有的尚不难

---

① 李守奎：《清华简〈周公之琴舞〉与周颂》，《文物》2012年第8期，第73页。

猜测。如《小雅·宾之初筵》透过描写西周末年官员们的宴饮场面，讽刺了酒后失仪、失言、失德的现象，传统认为此诗乃卫武公所作。纵然全诗采用了旁观者的角度，但文字极富现场感，足见原作者必为宴上嘉宾之一，即使并非卫武公，也当是高级贵族。《郑风·溱洧》描写当地青年男女在上巳之日的游春盛况，虽是站在旁观者的角度，语调却颇有歆羡之意，不难想象原作者大抵也是这些男女中的一员。然而，有些作品的情形则不太容易推断了。如《郑风·大叔于田》赞美大叔狩猎的好身手，《鄘风·蝃蝀》指责女子私奔，《邶风·新台》讥刺卫宣公强娶儿媳，《齐风·敝笱》嘲讽文姜与其兄长齐襄公私通等，原作者的身份便实在难以确凿得知了。

第四章

茫茫九州：《诗经》产生的疆域

一、以地区命名的《国风》作品

不计年代仍有争议的《商颂》，《诗经》作品的创作时间即使从西周初年算至春秋中叶，前后也延绵了五百多年。而从产生的地域来看，除了周王畿之外，还涵盖了当时各诸侯国统治的地区，包括现在陕西、山西、河南、山东、湖北等地，地域十分辽阔。我们知道，《诗经》分为十五《国风》、二《雅》、三《颂》等三个部分，这固然是以体裁为分类，但同时也涉及了产生的地域。二《雅》、三《颂》都产生于周天子的王畿，作品以"雅言"或全国通用语（lingua franca）为基调；十五《国风》多产生于诸侯国境内，原本是以各地方言来创作。

国风，战国楚竹书《孔子诗论》又称"邦风"。无论国、邦，指涉的都不仅是诸侯国，还可能是地区。《诗经》的十五《国风》，包括周南、召南、邶、鄘、卫、王、郑、齐、魏、唐、秦、陈、桧、曹、豳等地的诗歌共160篇。原作者方面，一般认为以民间诗人为主，也有少数的贵族诗人。换言之，《国风》篇章多接近民歌，具有浓郁的地方色彩。以地区命名的《国风》作品，包括《周南》《召南》《豳风》，而《邶风》《鄘风》也可算进去。兹一一论之。

据《史记·燕召公世家》记载："成王既莅政，二公为左右相，自陕以东周公主之，自陕以西召公主之。"史称"分陕而治"。也就是以陕原（今河南三门峡市陕州区西南）为界，把周王朝划为东、西两大行政区；周公驻守东都洛邑，统领东方诸侯，召公驻守西都镐京，统治西方诸侯。这两大行政区的南疆，达到长江、汉水、汝水流域。近人郭晋稀云："南国为南方之国，为通名，其他十三国则专名也。"（《诗经蠡测》）当时周朝在这一带分封了许多小国，以镇守更南边的楚国。由于这些诸侯国疆域不大，一首民歌可能会在几国流传。如果勉强断定其为某国之风，则显得过于死板。这就像中国西部歌曲《掀起你的盖头来》，我们一般都知道是音乐家王洛宾于1940年在甘肃酒泉一带搜集改编而成。但他所参照的原本，一说来自乌孜别克族民歌《卡拉卡西乌开姆》，一说来自维吾尔族民歌《亚里亚》。而《卡拉卡西乌开姆》和《亚里亚》这两首歌曲在旋律和内容上都有一定的相似性。此外，哈萨克、柯尔克孜等族也有自己的版本。实际上，此曲产生于苏联的乌兹别克苏维埃社会主义共和国，原名为《黑眉毛的姑娘》。1932年，苏联作曲家哈恰图良（A. Khachaturian）还曾在《G小调单簧管、小提琴、钢琴三重奏》（作品编号：30）第三乐章中采用过这段旋律。与此同时，这首歌也传到中国，在西部诸民族流播。由于年代较为晚近、信息较为发达，《掀起你的盖头来》一曲的源流尚班班可考；但先秦时代的情况，就不可同日而语了。因此，《诗经》编者使用"周南""召南"的名目，不失为一种"模糊的精确"。所以，《周南》《召南》

所录即是当时长江流域诸小国采集到的歌谣，长江下游一带（今河南南部及湖北江汉平原）的就称"周南"，长江上游一带（今河南西南部、陕西南部及四川）的则称"召南"。《诗经》中，《周南》录诗11首，《召南》录诗14首。"二南"之写作年代，古代学者相信在西周初年，而今人一般认为它们大多作于两周之交。

邶、鄘、卫原本都是国名。周武王灭商后，将商纣京都朝歌（今河南省淇县）附近之地分封给纣王之子武庚，号称殷，以承续商王室香火。武王又在殷国附近设立三个诸侯国，以便监督武庚：朝歌以东为卫国，由武王三弟管叔鲜监管；朝歌以西为鄘国，由五弟蔡叔度监管；朝歌以北为邶国，由八弟霍叔处监管。合称"三监"。武王去世后，其子成王年幼继位，由武王四弟周公执政。管叔等人嫉妒周公功高，联合武庚反叛，史称"三监之乱"。周公率兵镇压，诛灭武庚与三监，并将鄘、邶连同原来的殷地合并入卫国，一起封给九弟康叔，定都朝歌，封爵为侯。东周惠王十七年（前660），卫国被狄人攻破，卫懿公被杀，在宋桓公和齐桓公的救援下，在漕邑（今滑县东南）重建卫国。传至秦二世元年（前209），苟延残喘的卫国才终于被秦人所灭。邶、鄘、卫三风，春秋时代已视为一组诗。如《左传·襄公二十九年》记载吴公子季札到鲁国参观周乐，"使工为之歌《邶》《鄘》《卫》"，可以为证。但《毛诗》则将之分为三卷，包括《邶风》19首、《鄘风》10首、《卫风》10首。如此划分，大抵是基于歌曲产生于故邶、故鄘、故卫之地。因此，邶、鄘、卫三者合而观之皆为卫国之风，分而论之则为卫三个区域之作。整体来看，这些作品大多是狄人灭卫以前朝歌一带的作品，只有少数是此后产生于漕邑的诗篇。由于卫国地居齐晋争霸的要冲，商业发达而昏君多，加上又是殷商故地，保留了殷人热情浪漫的民风，因此卫诗最大的特点，就是政治讽刺诗和婚恋诗不在少数。

豳（一作邠）地在今陕西旬邑西，为周王室先祖公刘的封地。豳在周代究竟为地名还是诸侯国名，至今仍有争议。不过，豳地到东周已归新兴的秦国所有，可知《豳风》诸作应全部为西周乃至时代更早的作品。《豳风》共有诗7篇，多与周公有关，如《东山》《破斧》等为参加东征的士兵所作，《鸱鸮》据说为周公自己所作，不一而足。难怪季札观乐时评论《豳风》道："美哉，荡乎！乐而不淫，其周公之东乎？"如前章所论，《七月》大抵产生于先周时期，当时周人仍然定居于豳地，属于殷商的诸侯国。后来西周建立，豳地被纳入天子王畿的范围（是否分封给畿内诸侯不可知）。不过，也许一来豳地口音与雅言有差异，二来当地产生的诗歌有着自身的独特传统和特殊地位，故而别具一格，并未纳入二《雅》的体系。

二、以方国命名的《国风》作品

以方国或诸侯国命名的《国风》，包括《王风》《郑风》《齐风》《魏风》《唐风》《秦风》《陈风》《桧风》《曹风》等。西周灭于犬戎后，周平王东迁，定都洛邑，是为东周之始。《王风》便是在东周洛邑附近采集的歌谣。当时王室土地日蹙，威望一落千丈，但名义上仍是天下共主，故这些诗歌称为《王风》而非《周风》。《王风》共收录诗作10首，皆为东周之作。由于"平王播迁，家室飘荡"，因此《王风》诸作多有离乱悲凉的气氛。值得一提的是，近年整理的安徽大学藏战国竹简《诗经》中，于《秦风》之后、《鄘风》之前有所谓《侯风》（《矦风》），其内容包括《毛诗·魏风》中的《汾沮洳》《陟岵》《园有桃》《伐檀》《硕鼠》《十亩之间》六篇。今人黄德宽认为《侯风》即《王风》，而现代整理者相信当年之抄写者直接称之为"侯",盖有贬斥之意。但《侯风》所收六篇作品皆在《毛诗·魏风》之中,疑为抄手误置所致。①

郑国本在西周镐京附近的咸林,是周宣王封予同母弟王子友的采邑。王子友封爵为伯,曾担任周幽王的司徒,后因勤王而死于犬戎之乱,谥号为桓公。其子武公掘突、孙庄公寤生随平王东迁,仍任司徒,定都于洛邑附近的新郑(在今河南)。东周初年,郑国为一强国,但不久便趋于衰弱。周安王二十六年(前376),郑国为韩国所灭。郑国地处中原,往来商旅云集,男女交往比较开放,故《郑风》21首中,多是以情爱为主题的歌谣。

齐国为东方大国,东临大海,占有渔盐之利,商业非常发达。武王伐纣次年,封三公之首的太公姜尚于齐地,爵位为侯,都治营丘(今山东淄博市临淄区)。自齐国太公起,历经西周、春秋时期,共传31代,六七百年之久,史称姜齐。齐康公十九年(前386),大夫田和篡权自立,是为田齐,仍都临淄。历经8代君主,治齐一百六十余年,于公元前221年亡于秦。《齐风》共有11首作品,不少诗篇产生于东周前期,作品主题以婚恋为最多,其次为徭役、政治讽刺等。

西周初年,周室封同姓于魏(今山西芮城北),至东周惠王二十二年(前655)魏为晋献公所灭,献公将魏地赐封给功臣毕万,并任命他为大夫。毕万死后,其子孙以封地为氏,称魏氏。此后,毕万之子魏犨因辅佐晋文公有功,子孙得到重用,成为晋国六大家族之一。周考王七年(前434),韩、赵、魏三家分晋,位列"战国七雄"。战国时期的魏国距离春秋前期魏国的灭亡已有二百余年之久,二者不宜

---

① 安徽大学汉字发展与应用研究中心编,黄德宽、徐在国主编:《安徽大学藏战国竹简(一)》,中西书局,2019年,第115页。

混淆。但今人胡平生认为,安大简中的《魏风》被称为《侯风》,是因为其原本的抄写者可能是魏国人,而所谓的"侯"指的乃是战国时期的魏文侯。①此说与前文所引《侯风》即《王风》之论自有抵触,如果可信,则前后两个魏国之间仍有一定的文化传承。春秋前期的魏国幅员小而土地贫瘠,人民生活困苦。7首《魏风》作品,多作于春秋前期,也就是亡国前不久,因此每多愤慨讽刺之音。

唐国始封之君为周成王弟叔虞,爵位为侯。唐国都治在今山西翼城西(一说太原),《水经》:"晋水出晋阳县西悬瓮山,又东过其县南,又东入于汾水。"因唐叔封国有晋水流经,后来又被称为晋国。周平王二十六年(前745),晋昭侯封叔父成师于曲沃(今山西闻喜东北)。后来曲沃日益壮大,成师之孙曲沃武公于周僖王三年(前679)攻灭翼城的晋侯嫡系,史称"曲沃代晋"。此后晋国日益强盛,至晋文公时称霸诸侯。晋国后期,卿大夫势力壮大,最终导致三家分晋。《唐风》收录诗作共10首,大抵作于曲沃乱晋的六七十年间,故作品每多哀伤无助之感。

秦本为周天子的附庸,西周孝王时,封大臣非子于秦(今甘肃天水故秦城),专掌牧马。东周初年,秦襄公护驾有功,周平王将秦列为诸侯,位居伯爵,建都于雍(今陕西宝鸡市凤翔区南),自此日渐强大,最终统一天下。春秋前期,秦国的版图包括今陕西中部、甘肃东南部,《秦风》10首主要产生于这个区域。由于秦国毗邻西戎,修习战备,因此尚武精神是《秦风》篇章的主要特点。

周文王时,虞舜后裔遏父担任陶正。周武王时,将长女太姬嫁给

---

① 胡平生:《安大简〈诗经〉"㠯(侯)"为"魏风"说》,《出土文献研究》(第十九辑),中西书局,2020年,第82页。

遏父之子胡公满，又将他封于株野（今河南柘城县胡襄镇），后迁都宛丘（今河南周口淮阳区一带），国号为陈，位居侯爵。陈国共历25世，延续五百余年，中间曾两度亡国、两度复国。至周敬王四十一年（前479），楚惠王杀陈愍公，陈亡不祀。由于陈国临近楚国，加上太姬好祭祀，影响所及，巫风兴盛。《陈风》录诗10首，多有巫音，浪漫绮丽。

桧国为周初所封，或作邻国、会国，国君为上古火正祝融氏的后代，故地在今河南新密、新郑一带。西周末年为郑桓公所灭。《桧风》收录4首，皆为西周作品。

曹国始君为周武王、周公的六弟曹叔振铎，封地在今山东西南菏泽、曹县一带。春秋时期，曹国成为列强争霸的对象之一。后来曹国与宋国交恶，周敬王三十三年（前487），宋景公擒杀曹伯阳，曹亡。《曹风》录诗4首，多为春秋时期的作品。

三、以雅言创作的《雅》《颂》作品

南宋郑樵《六经奥论》云："风土之音曰风，朝廷之音曰雅，宗庙之音曰颂。"这个说法在今天仍有很大影响力，人们往往认为《国风》为平民之作、二《雅》为贵族之作、三《颂》为宗庙之作。但是，如此认知虽具有一定概括性，却未必精准。如近人朱东润便在《国风出于民间论质疑》一文中，举出历来认为是归宁女子所作的《周南·葛覃》而论道："《葛覃》云：'言告师氏。言告言归。'民间何从得此师氏，随在夫家，出嫁之女，犹必事事秉命而行？"今天有学者认为，《诗经·国风》作品多半为士的阶层所作。但士也有等级贫富之别，因此描摹民间生活的样态也比较多元化。此外，如《卫风·硕人》是歌颂君夫人庄姜之作，《邶风·燕燕》据说是庄姜送归妾之作，笔触皆雍容华贵。

从内容风格及原作者之身份而言,实在难以将这类作品归入民歌之列。那么,《硕人》《燕燕》为何不能收在二《雅》之中呢?我们且先考察一下"雅"的名义。

宋儒朱熹云:"雅者,正也,正乐之歌也。"而近代王国维指出,《墨子·天志下》引《大雅》即作《大夏》,"雅""夏"二字在古代同音通用。20世纪90年代发现的战国楚竹书《孔子诗论》,将"大、小雅"称为"大、少夏",进一步印证了王氏之说。周人以夏人的后裔自居,故将西周王畿称为"夏",二《雅》便是产生于镐京一带的作品。再者,周朝把王畿内的乐歌尊称为正乐,自然是王权的表现。王畿之地的音乐为雅音,语言为雅言(等同于后世的官话、普通话),这又呼应了朱熹"雅者,正也"的旧说。

雅诗又分《小雅》《大雅》,主要区别在于音乐的不同和产生时代的远近。赵逵夫指出,《小雅》《大雅》为两次所辑,故于先辑成的部分加"小",后辑成的部分加"大"。先辑成的部分是《小雅》74首,其中宣王时代的占总数一半以上;其次为幽王时期的作品,占小部分;西周灭亡之后及厉王以前之作,只有个别篇章。而王畿之内,贵族、官员多有,当然也不乏平民,故《小雅》的作品既有典雅的贵族之作,也有接近民歌的诗篇。由于《雅》《颂》篇章较多,后世《诗经》的编纂者为了检索方便,遂将之分为若干"什",一般每"什"录诗10篇左右。《小雅》部分即分为《鹿鸣之什》《南有嘉鱼之什》《鸿雁之什》《节南山之什》《谷风之什》《甫田之什》《鱼藻之什》。

赵逵夫又指出,平王东迁以后,典籍散乱,有些西周时常常用到的祭祀用诗,在东周时已不太用了,《大雅》中的不少作品就是这一类。《大雅》编辑在《小雅》之后,作品的主题与时限都比《小雅》要广。《大雅》录诗31首,共分为《文王之什》《生民之什》《荡之什》,

包括周人祭祖时所用、带有史诗性质之作，歌颂文王、武王德政之作，礼仪之作，宣王时政之作等四类，是文献性较强的作品。除第四类外，其余产生时代都很早。

由此可见，纳入二《雅》的作品有两个先决条件：其一为产生于西周王畿、内容多半以畿内人事为背景，其二系以镐京一带流行的雅言为创作语言。雅言就是正言、标准语，也就是西周国都镐京一带的官话，地位相当于今天的普通话，用于很多正式场合。正因如此，十五《国风》中纵有本地贵族作品，也不可能纳入二《雅》；而豳地虽在王畿境内，但语音大抵与镐京雅言有所差异，加上其特殊性质，也就自成一风了。不过，如周公整理《豳风·七月》而进呈给成王采览，或许在文字上有所调整，使其便于用雅言诵读，也未可知。且十五《国风》中方言词语极少，大抵皆经过周太师的统一整理。换言之，这些《国风》作品虽原以各自的方音创作、吟诵，但经过周太师整理后，必然都以雅言吟诵了。这与今日全国各地民歌在整理后基本仍以普通话演唱如出一辙。且《论语·述而》云："子所雅言，《诗》、《书》、执礼，皆雅言也。"这条实证不但说明孔子讲授《诗经》时用雅言，也说明流传本的《诗经》最宜以雅言来诵读。

三《颂》包括《周颂》31篇、《鲁颂》4篇、《商颂》5篇。其中《周颂》分为《清庙之什》《臣工之什》《闵予小子之什》，《鲁颂》全属于《駉之什》，《商颂》全属于《那之什》。清人阮元《释颂》云："'颂'字即'容'字也。……三颂各章，皆是舞容。"今人周满江则认为，"容"字应指礼容，指祭祀等礼仪。又说："三颂中并不包括所有的礼容用诗，用于祭祖、祈年报赛等祭礼的诗，《周颂》有28篇，《商颂》5篇，全是祭祖诗。用于朝会宴饮及歌颂功德仪式的诗，《周颂》4篇，《鲁颂》4篇。可见三颂主要是天子、诸侯的祭礼用诗，也有其他礼仪用诗。《商颂》

是商朝天子的祭诗,鲁国一向享受特殊待遇,二者自然在颂中。"(《诗经》)《周颂》主要为西周前期的作品,文字古奥、句式参差,多为无韵之诗。其为宗庙祭祀之作,使用雅言演唱无疑。《鲁颂》为春秋时期鲁国之作,产生年代较晚,文字也更接近《国风》之复沓或二《雅》之铺叙,其中《閟宫》为《诗经》中篇幅最长的一首作品。但是,由于周天子特许鲁国郊祭诸礼可仿效王室的规模,《鲁颂》诸篇仍以镐京雅言演唱,也无疑问。今人陈桐生认为,"本来《鲁颂》应该像《周颂》一样写得古色古香,但事实上《鲁颂》作者主要用的是风诗语言",因此《鲁颂》"名为颂诗而实体《国风》"。[①]不过《鲁颂》文字不如《周颂》古雅,毕竟与不同时代的语言习惯也颇有关系。至于《商颂》诸篇文本的产生虽或可追溯到商代,但入周以后为宋国公室用于祭祖,文字上也由正考父加以整理、润色。正考父之于《商颂》,也许一如周公之于《七月》,除了修订内容,还要使其文字便于用雅言诵唱。

[①] 陈桐生:《论〈鲁颂〉借名为颂而体实国风》,《学术论坛》第40卷(2017年1月),第29页。

第五章

学诗以言：《诗经》早期的编纂流传

一、采诗与献诗

《诗经》原作者的身份并非全部为贵族，也是有平民的。题材的类别，有爱情、婚姻、征战、祭祀、宴饮等，繁复多样。就当时的社会状况来说，交通不发达，通信不方便，那么这样的一本书，是在什么情况下才能汇编在一起呢？不仅如此，我们还可以进一步推问：是谁编选成书的？什么时代编成的？问题接踵而至。从前文所论可知，如《周颂》中的《大武》乐章及《商颂》《鲁颂》等，原本大概就是自成体系、独立汇集流传的。但《大武》收入《诗经·周颂》时，各"成"被打乱了次序；《商颂》十二篇而亡其七，仅有五篇纳入《诗经》。不过，这些颂诗本为周天子、鲁、宋庙堂及其史官所固存，搜集工夫未及《国风》、二《雅》之费事耗时。

《国风》、二《雅》的作品，应是通过采诗和献诗的方式而收集的。

关于采诗,参见前文已引用过《左传·襄公十四年》引《夏书》的这段资料:

> 遒人以木铎徇于路,官师相规,工执艺事以谏。

如果采诗是夏代的旧制,到周代真可谓源远流长了。何休《春秋公羊传解诂·宣公十五年》曰:

> 从十月尽,正月止,男女有所怨恨,相从而歌,饥者歌其食,劳者歌其事。男年六十、女年五十无子者,官衣食之,使之民间求诗,乡移于邑,邑移于国,国以闻于天子。

他认为采诗者是由无子女的老年人担任,由他们到民间去求诗,求得后由乡、邑、方国层层上递,最后呈给天子。此说出自东汉,去古较远,但想必有一定根据。这些年老的采诗者,或许也属于士阶层,是遒人在基层社会的对口者。《汉书·食货志上》也提到:

> 孟春之月,群居者将散,行人振木铎徇于路以采诗,献之太师,比其音律,以闻于天子。故曰:王者不窥牖户而知天下。

意指每年初春,百姓将要结束冬日聚居,重新分散到田野去耕种的时候,遒人就摇着木铎开始采诗。而太师会将遒人所搜集的诗歌加以整理,包括音律和文字,并且改诗歌的语言为雅言,然后向天子演唱。为什么要演唱?如《汉书·艺文志》所说:"王者所以观风俗,知得失,自考正也。"如果当地的老百姓对政府某些施政不满,就会作诗讽刺,满意的话就会作诗歌颂。天子听了这些诗歌，就可以了解各地的施政得失，此谓之采诗。

至于献诗，《国语·周语上》云：

> 故天子听政，使公卿至于列士献诗，瞽献曲，史献书，师箴，瞍赋，矇诵，百工谏，庶人传语，近臣尽规，亲戚补察，瞽、史教诲，耆、艾修之，而后王斟酌焉，是以事行而不悖。

意思是天子要公卿、士大夫等贵族和官员献诗，看看官员对时局是否有所颂扬或讽谏。采诗和献诗是两种搜集方式，前者是通过遒人采集，后者是通过贵族官员进献。因此吴宏一指出："采诗是官员到民间去采集歌谣之言，献诗是官员或贵族所呈献的诗篇；采诗是在上位者有取于下，而献诗是在下位者有奏于上。但二者虽似有别，实则一事。"（《诗经与楚辞》）采诗以民间作品为主，辑为《国风》；而献诗则以贵族作品为主，辑为二《雅》。今本《诗经》中，大部分《国风》作品和一些《小雅》作品，是通过采诗而来；二《雅》大部分作品和一小部分的《国风》作品，尤其是以政治讽谏为主题的，无疑就是当时献诗所得；至于某些《大雅》作品和《周颂》，则是由周朝历代掌握诗乐的太师整理、保存而来。孔子之前，周朝的民间没有什么高等教育可言。民间不兴私学，《诗经》《尚书》这些典籍都保留在宫廷里面，平民要接受教育非常困难。《诗经》除了让天子"知得失，自考正"以外，也是贵族子弟学习的课本之一。

由于现存关于采诗的记载多出自汉代文献，一直有学者怀疑周代采诗制度是否存在。今人胡宁考察分析上博简《孔子诗论》中论《邦风》之语，提出孔门的风诗观包括两个关键："一方面，风诗来自民间，故可以'观人俗''大敛材';另一方面,正因为风诗来自民间,反映民情民俗,统治者可以凭借风诗得化导民众之道。以诗观俗与化民成俗,是先自下而上后自上而下的过程,是收集诗歌供庙堂之用,而后实施教化的过程。在孔子看来,风诗是有民间来源的,'采诗观风'制度的存在是诗用与诗教之基。"[1]无论如何,采诗与献诗的讲法是有一定根据的,因为要编成《诗经》这样一部诗集,必须动员国家的力量,才有机会完成编集。通过采诗、献诗的渠道,王官到民间采集的诗歌,公卿以至列士所呈献的作品,以及太师所保存的旧章,越到后代,累积的资料一定越多。经过周朝历代乐官不断筛选、整理、加工、配乐,我们今天所说的《诗经》就逐渐形成了。不过,此书当时还不被称为《诗经》,只被泛称为《诗》而已。它的编纂,既非成于一时,亦非出自一人。它被编订成我们今天看到的样子,应该肇端于孔子采为教本之后。

二、《诗经》的早期编纂

《诗经》有十五《国风》,有二《雅》,有三《颂》,录诗共 305 首。如此一部诗歌总集,不可能为一时一地所编。如前所论三《颂》部分,《周颂》之《大武》乐章、《商颂》、《鲁颂》等,原本大概就是自成体系、独立汇集流传的。那么每一《国风》及二《雅》的情况也大抵近似,是在采诗与献诗的过程中加以汇整,最后才一并结集。不过,将这些分别结集的各类乐章汇整一处,绝非一蹴而就之事。刘毓庆认为周人为礼作乐,而诗又从属于乐,最早的诗集应该是为典礼用乐而编辑的。"二南""正雅"与《周颂》等"正经"在《诗经》中最为平和,格

---

[1] 胡宁:《从新出史料看先秦"采诗观风"制度》,《上海大学学报(社会科学版)》2017 年第 6 期,第 85 页。

调最为雅正，乃谓"治世之音"，应该是编订最早、最权威、最有影响的一部分。刘氏相信，宣王时曾对典礼乐诗进行编辑，当是历史上第一次系统整理典礼乐歌。（《诗骚论稿·〈诗经〉结集历程之研究》）宣王享国四十六年，为西周中兴之世，有修复礼乐之举，不难想象。可是，若《诗经》最早的本子为宣王动用国家力量所编，似当以《周颂》居首，而非如今本《诗经》之"风雅颂"编次。如此看来，即使宣王时代真有编纂之事，这部早期的《诗经》本子的编次到了东周之世也颇有调整。再观今人赵逵夫对于《诗经》的编纂，有"两次编集说"，很值得参考。他认为，第一次编集的只有《周南》《召南》《邶风》《鄘风》《卫风》《小雅》。这次所编集的作品大部产生于西周末年、东周初年，而以宣王时代的为最多。也就是说，第一次编集的作品时间较为集中，没有太早的，也没有太迟的。而编者大概是召穆公的后裔。

西周厉王暴虐，国人起义赶走厉王后，周定公、召穆公主持朝政，进入所谓"共和"时期。《史记·周本纪》云："召公、周公二相行政，号曰'共和'。"而厉王的太子静得到召穆公的养育和保护。此外《竹书纪年》记载，共和年间曾由共伯和摄行天子事。共伯和大概就是后来的卫武公，曾在厉王时期担任司马，掌有兵权，因此与周召二公分掌文武之事务。共和十四年（前828），厉王死于流放的彘地，于是二公拥立太子静即位，是为宣王。宣王即位之初，有赖周定公、召穆公团结宗族，文治武功兼行，才能兴国安邦。尤其是召穆公，不仅曾追荆蛮、伐淮夷，南征北战，还长于诗才，其功勋尤不可磨灭。

平王东迁之后，周、召二公世裔的地位今不如昔，使他们产生了对过去的深深怀念。《诗经》最早的本子，就是周、召二公的后代抱着这种思想感情而编集的，时维公元前7世纪末叶，约当春秋前期。《周南》《召南》冠于全书之首，正好凸显了周、召二公的功勋。但周定公的颂歌并不见于《诗经》，而《召南》、二《雅》中都有歌颂召穆公的功业的作品，二《雅》中甚至还收有召穆公本人名下的作品，如《召南·甘棠》《小雅·黍苗》《大雅·江汉》等皆是，因此《诗经》最早由召穆公后裔编纂的可能性较大。至于先《周南》而后《召南》，一来因为周公之位向在召公之前，是为定例。二来可以强调周公旦一系在宗周历史上的地位，以及周召二公的特殊作用。三来同题于篇首而不居第一，也可以避免非议。至于收纳卫国之风，则是因为卫武公和在周厉王居彘之时同周、召二公共同主政，至犬戎杀周幽王之后，又有佐周平戎的勤王之功。《卫风》首篇为《淇奥》，《毛诗序》云："《淇奥》，美武公之德也。有文章，又能听其规谏，以礼自防，故能入相于周，美而作是诗也。"可以互参。

至于其他篇章，都是第二次增编的，编集时间大约在公元前6世纪前期，亦即春秋中叶。其上限为《陈风·株林》产生之后，下限为季札观乐（前544）之前。此次编集，《国风》中增入了《王风》《郑风》《齐风》《魏风》《唐风》《秦风》《陈风》《桧风》《曹风》《豳风》。以《王风》居首，可见编者依然有尊王之观念。《郑风》居次，因为郑也是宗族封国，而且曾在东周初年小霸。齐为姜太公封地，当时齐桓公已经称霸。魏、唐皆周初所封姬姓小国，故列之齐国之后。秦、陈均为异姓之国，两国诗的时间下限也最晚，可见收集得迟，故列于齐国之后。桧、曹皆小国，诗也最少，故附之秦、陈之后。而《豳风》不仅《七月》兼有雅颂性质（见前引《周礼·春官·籥章》），而《鸱鸮》《狼跋》等若为周公所作，也近乎雅诗。因此将《豳风》殿后，既可上承《国风》，也能下启二《雅》。

第二次的编集者并无缅怀先祖荣耀之思，而以网罗遗篇为务，因此眼界更为开阔。如《国风》方面，似乎凡有作品留存的方国和地区，都在关注之列。《大雅》作品的产生时代已远,多半只能在朝廷藏书室或太史处才找得到,加上礼法的变化与编辑的方面,于是另立一卷,以与《小雅》区隔。三《颂》皆在此次编集录入,《周颂》年代久远,《鲁颂》乃新近所作,《商颂》则在正考父校订后许久才获得编者注意,故已亡去七篇。①

就地域上而言,首次编集所包括的地区有三个:第一是江、汉、汝、淮流域,也就是周南、召南之地。第二是卫国,包括邶、鄘二国的故地。第三是西周王畿之内,也就是《雅》诗产生的范围。而在第二次增编的作品地区,西至于秦(陕西、甘肃),东至于齐(山东),北至于卫(河南北部)、晋(山西),南至于江汉流域(湖北)。

三、孔子与《诗经》

孔子出生在鲁国。这是周公教化所及的旧封地,对文化的继承发扬,古籍的整理保存,都比较注意。《左传·昭公二年》记叙晋国韩宣子到鲁国时曾经赞叹道:"周礼尽在鲁矣!吾乃今知周公之德,与周之所以王也。"可见鲁国的文化地位,在列国间是公认的。这一年孔子十二岁。尽管孔子后来在政治上不得意,但他开启私人讲学的风气,有教无类,还对古代文献进行搜集、整理。他感叹王道陵夷、礼乐崩坏,怀念周公的美德,因此致力于搜集鲁、周、宋、杞等故国文献,重加整理,编成《诗》《书》等六经教本,用来教导学生。这些教本流传下来,就成了儒家学派的经典。《论语·述而》云:"子所雅言,《诗》、《书》、执礼,皆雅言也。"可知孔子在讲授《诗》《书》,教导礼仪时都使

---

① 赵氏关于《商颂》之说与王永不同,王说可参本书第22—23页所征引者。兹两存之。

用雅言，让人感到正式、庄重，产生肃穆之情。

近人周予同在《"六经"与孔子的关系问题》中指出，孔子门下弟子前后三千人，通六艺者七十二人。既然学生那么多，很难想象他讲学授徒时没有教本。例如《诗经》，在整理编次时便可能有所删订加工。孔子以前，《诗经》已有传本，而且不止一次经过删订加工。孔子采为教本时，也当有所加工。

历代文献都有孔子整理《诗经》的记录，如《论语·子罕》中提到："吾自卫反鲁，然后乐正，雅颂各得其所。"《论语·卫灵公》则云："放郑声，远佞人。郑声淫，佞人殆。""放"为弃绝之意——有趣的是，《左传》中贵族所征引的诗作却以《郑风》为多。今日学者认为，孔子所谓"郑声"是指郑地流行的音乐，而非郑诗篇章的内容——这逐渐演变成孔子删《诗》说，即如《史记·孔子世家》提到：

> 古者《诗》三千余篇，及至孔子，去其重，取可施于礼义，上采契后稷，中述殷周之盛，至幽厉之缺，始于衽席，故曰："《关雎》之乱以为风始，《鹿鸣》为小雅，《文王》为大雅始，《清庙》为颂始。"三百五篇孔子皆弦歌之，以求合韶武雅颂之音。礼乐自此可得而述，以备王道，成六艺。

《汉书·艺文志》也记载："孔子纯取周诗，上采殷，下取鲁，凡三百五篇。"但是，《史记》《汉书》的说法由唐代的孔颖达开始，已备受质疑。孔颖达提到："书传所引之《诗》，见在者多，亡逸者少，则孔子所录不容十分去九。马迁言古《诗》三千余篇，未可信也。"孔子既然如此珍视古代文献，却竟能将《诗经》作品删去十分之九，的确不可思议。

在先秦典籍中，我们找不到孔子关于删《诗》的直接表述，却不难发现一些反证。如《论语·为政》引孔子之语：

> 《诗三百》，一言以蔽之，曰"思无邪"。

从这句话中，我们可以获取两则信息。首先，孔子所见的《诗经》已经是三百篇，故称之为《诗三百》，在当时已有定数。其次，这三百篇中显然包括了孔子所"弃绝"的那些靡靡之音。《史记》也说孔子对古《诗》只"取可施于礼义"之作，然而像《仪礼》所引用过的逸《诗》，如《肆夏》《新宫》等，应皆"可施于礼义"，但为什么反而在摒弃之列呢？这说明当时《诗经》已有传本。再次，孔子希望读者采取"思无邪"的阅读策略：亦即读到淫哇之声时不受其诱惑而耽迷，而是抱持客观清醒的批判态度。最后，季札至鲁观乐在鲁襄公二十九年（前544），乐工所演奏的次序及内容，面貌与今本《诗经》颇为接近。当时孔子年仅八九岁，不可能有删《诗》之举。

实际上，《史记》中"去其重"三字往往为后世所忽略。倒是东汉王充在《论衡·正说》中进一步阐明：

> 《诗经》旧诗亦数千篇，孔子删去复重，正而存三百篇。

也就是说，孔子可能在为学生编辑《诗经》教材前，首先汇集了若干种版本。这些版本合计有数千篇（西汉刘向父子校书依然采用这种计算方式），内容互有长短。因此孔子逐字逐句加以校勘，取长补短，最后仍整理出三百多首作品来，这就是"删去复重，正而存三百篇"的本义。此外，孔子既云"乐正，雅颂各得其所"，可见他晚年对《诗经》的音乐也做过一些整理修订。但这更可能涉及的是《诗经》配乐的复原工作，与所谓"删《诗》"关系不大。清人朱彝尊指出，春秋时期庠序之讽诵、列国士大夫之赋诗言志，典籍记载多出于今本《诗经》；孔子在当时不可能具有如此之影响力，可贸然删改篇目。不过，孔子的整理本得到社会的垂青，倒是很有可能的。

四、逸诗举隅

孔子删《诗》之说固不成立，但现存先秦典籍中的确存在着若干逸诗，这些逸诗与古逸诗在性质上有差异。古逸诗是指不见于今本《诗经》《楚辞》的韵文作品，逸诗则不同，我们依据其出处的上下文，往往可以推断它原来应当收录于《诗三百》，后来却遭到删除——当然，删除之举应该与乐官或早期编者有关，而无涉于孔子。如《左传·昭公二十六年》：

> 齐有彗星，齐侯使禳之。晏子曰："无益也，只取诬焉。天道不谄，不贰其命，若之何禳之？且天之有彗也，以除秽也。君无秽德，又何禳焉？若德之秽，禳之何损？《诗》曰：'惟此文王，小心翼翼，昭事上帝，聿怀多福。厥德不回，以受方国。'君无违德，方国将至，何患于彗？《诗》曰：'我无所监，夏后及商。用乱之故，民卒流亡。'若德回乱，民将流亡，祝史之为，无能补也。"公说，乃止。

当年齐国现扫帚星，齐景公下令行祭以免除灾害。晏婴进谏道："此举毫无益处，只是欺骗上天而已。而且天道不主欺诈，不改初衷，凡人怎么求免呢？说起天现彗星，乃是要扫除秽恶。国君既无恶行，又何须向它求免？若行有不端，求免又能减轻什么？"这时，晏婴引用了两首诗作，从正反两面加以申论。首先，他引用了《大雅·大明》的一章，说明国君若无恶行，天下必然亲附，因此绝不会被彗星所厌恶。然后他又引用一章逸诗，说明如果国君行为昏聩，百姓终将离散，祭司再努力也于事无补。齐景公听后很高兴，就此中止祭祀。值得注意的是，晏婴引用的这两章作品，都声称出自《诗》，但今本《诗经》并不见第二章的文字，可见属于逸诗。这章逸诗的内容无疑也充满哲理："我没有其他取鉴的，就只看夏、商当年如何灭亡。由于国君昏乱，民众最终会离散。"

不仅《左传》时见逸诗，《论语》亦然。如《乡党》篇云：

"唐棣之华，偏其反而。岂不尔思，室是远而。"子曰："未之思也，夫何远之有？"

唐假借为棠，棠棣之华即棠梨花。偏假借为翩，反假借为翻，偏其反即翩翩翻飞，而字是虚词。棠梨花落，季节轮替。看到如斯暮春景象，诗人不禁对情人遥唱道："难道不思念你吗？只是你家住得太远了。"引用这首逸诗后，孔子语带双关地给诗人开了一个玩笑："未之思也，夫何远之有？"意即：这不算真感情，如果真的在想念，早就去找对方了，还会抱怨路途遥远吗？人们常说爱要付诸行动，不要空口讲白话，看来孔子很懂这个道理。不过，孔子此处更把寻找情人比喻成追求理想：天天高唱理想如何远大，却怕苦畏难，可见不过是说说而已；要想实现理想，就脚踏实地去加油吧！所谓"诗无达诂"，孔子这种以情为喻的诗歌诠释方式，影响至为深远。这首作品固然是上佳的情诗，而多元的解读，无疑更丰富了诗歌的内涵。

至于今本《诗经》中，也可能有亡佚的文字。如《小雅·鹿鸣之什》中的《南陔》，以及《白华之什》中的《白华》《华黍》《由庚》《崇丘》《由仪》，篇名还见于《仪礼·乡饮酒礼》和《仪礼·燕礼》，但都仅有篇名而无文辞，历来被合称为"笙诗"。《毛诗序》虽然一一解说诗篇的主旨，却也标明"有其义而无其辞"。有目无辞的原因，一种解释是辞已亡佚，如郑玄以为孔子时代六首笙诗的文字俱在，只是经过秦火才亡佚。另一种解释是本就无辞，朱熹说："此六者，盖一时之诗，而皆为燕飨宾客上下通用之乐。"也就是说它们用笙演奏，本就"有声无辞"，属于"过门曲"之类。再看上博简《孔子诗论》虽是论说《诗经》的专著，却也提及《河水》《角幡》《可斯》《律而》《……阳阳》《中氏》《子立》等今本所无的七篇作品。而近年发现的王家嘴楚简也含有至少八篇不见于今本的逸诗。再如清华简《耆夜》中武王所酬《乐乐旨酒》《輶乘》，周公所酬《赑赑》《明明上帝》，皆为逸诗。《周公之琴舞》开篇谓周公作多士儆毖之诗九篇，目前所见只有首献一篇，不见于今本《诗经》。后文中，成王作儆毖之诗九首，第一首相当于《周颂·敬之》，后八首皆为逸诗。今人徐正英认为：成王这九首作品是一个有机整体。既然第一首是《诗经》作品，后八首也必然是删除之前的《诗经》作品。九去其八的文本还启示我们重新认识司马迁"去其重"的双重含义，即不仅删除不同版本的重复篇目，还同时删除同一版本中的相近篇目。两个层次的"去其重"，孔子将"三千余篇"删定为"三百五篇"就在情理之中了。[①]徐教授此说极具启发性，然而删诗者为孔子或年辈早于孔子的学者，或可俟进一步的探讨。

---

① 徐正英：《诗经学公案再认识》，《光明日报》，2016年12月31日。

另外，今本《诗经》还可能有阙句的情况。如《小雅·沔水》共三章，前两章每章皆八句，而第三章仅有六句，朱熹怀疑脱落了首二句。《周颂·维清》仅有五句，朱熹疑有脱文。《鲁颂·闷宫》共九章，前五章中第一、二、三、五章皆各十七句，独第四章为十六句，朱熹以为脱落一句。安大简的发现，更证明了阙句的情况：如《召南·驺虞》，传世本仅两章，而安大简本却尚有第三章。

由此可见，逸诗可能是整篇的亡佚，也可能是文句的亡佚。整篇的亡佚主要与早期编者的去存有关，文句的亡佚则可能关涉战乱兵燹、传抄讹夺，不一而足。

此外还有一部分所谓逸诗，原本未必收录于《诗三百》中。如郭店楚简《唐虞之道》中有《虞诗》一首："大明不出，万物皆暗。圣者不在上，天下必坏。"既称《虞诗》，当不在《诗三百》之目。又上博简中有《交交鸣鹭》与《多薪》两首逸诗，整理者马承源先生称之为"三百篇外诗音"。而学者曹建国认为，二诗并非《诗三百》的逸篇，而是模仿《诗三百》作品的楚人之诗。与其尝试证明二篇与《诗三百》的关系，不如结合其他材料来探讨春秋战国时期的诗歌创作，及其诗学史意义。（《楚简与先秦〈诗〉学研究》）如此看来，《交交鸣鹭》与《多薪》的性质更接近我们前章所谈到的古逸诗。而在面对出土简帛中发现的这类诗作时，我们诚应抱持着更谨慎却又更开放的态度。

第六章

教以六诗：《诗经》在先秦的体用

一、风、雅、颂概说

《周礼·春官·大师》将"六义"称为"六诗"：

> 大师……教六诗：曰风，曰赋，曰比，曰兴，曰雅，曰颂。

《毛诗序》则提到：

> 先王以是（《诗经》）经夫妇，成孝敬，厚人伦，美教化，移风俗。故《诗》有六义焉，一曰风，二曰赋，三曰比，四曰兴，五曰雅，六曰颂。

孔颖达认为："风、雅、颂者，诗篇之异体；赋、比、兴者，诗文之异辞耳。大小不同而得并为六义者，赋、比、兴是《诗》之所用；风、雅、颂是《诗》之成形。用彼三事成此三事，是故同称为义，非别有篇卷也。"风、雅、颂指的是《诗经》的不同体式，赋、比、兴指的是《诗经》的不同写作手法。日本学者白川静概括孔氏之言云："其次序是'风赋比兴雅颂'，可以解释作风（赋比兴），雅（赋比兴），颂（赋比兴）。"（《诗经的世界》）《毛诗序》以作用来划分风、雅、颂三体："风，风也。风以动之，教以化之……上以风化下，下以风刺上。主文而谲谏，言之者无罪，闻之者足以戒，故曰风。……以一国之事，系一人之本，谓之风。"风，即讽谏之意。如果对上位者进行讽谏，很难直斥其非，因此必须婉转，此谓之"谲谏"。《毛诗序》又提到："言天下之事，形四方之风，谓之雅。雅者，正也，言王政之所由废兴也。政有小大，故有小雅焉，有大雅焉。"雅就是产生于周天子王畿的作品，因此能聚集"四方之风"，成为雅诗。"颂者，美盛德之形容，以其成功告于神明者也。"可见这里强调颂的祭祀功能。

《毛诗序》是从功能考虑风、雅、颂的问题，宋代朱熹在《诗集传序》中，则以作者内容划分。他提到"凡诗之所谓风者，多出于里巷歌谣之作，所谓男女相与咏歌、各言其情者也。惟《周南》《召南》，亲被文王之化以成德，而人皆有以得其性情之正。故其发于言者，乐而不过于淫，哀而不及于伤。是以二篇独为风诗之正经。若夫《雅》《颂》之篇，则皆成周之世，朝廷、郊庙乐歌之词，其语和而庄，其义宽而密，其作者往往圣人之徒，固所以为万世法程而不可易者也"。再如前文所引南宋郑樵之言："风土之音曰风，朝廷之音曰雅，宗庙之音曰颂。"换言之，风就是民歌，雅就是朝堂音乐，颂就是宗庙祭祀的音乐。因此有人认为风是民间文学，雅和颂是贵族文学。然而仔细分析，颂作为宗庙祭祀音乐，大抵没有问题，但若把风、雅分别直接对应成民歌和朝堂音乐，就未免过于简单——盖《国风》中也有贵族风格相对显著的作品，《小雅》中也有民间色彩较为浓郁的作品，这在前章《君子作歌：多元的原作者身份》中已有所论述。而今人周满江又综合而论云："风雅颂是古代的三种诗体，这三体的区分，既有音乐及作者方面的原因，也有政治上的原因。"（《诗经》）此说也值得参考。

《毛诗序》还提到，不同时代会产生不同风格的作品："治世之音安以乐，其政和；乱世之音怨以怒，其政乖；亡国之音哀以思，其民困。故正得失，动天地，感鬼神，莫近于诗。……至于王道衰，礼义废，政教失，国异政，家殊俗，而变风变雅作矣。国史明乎得失之迹，伤人伦之废，哀刑政之苛，吟咏情性，以风其上，达于事变，而怀其旧俗者也。故变风发乎情，止乎礼义。发乎情，民之性也；止乎礼义，先王之泽也。"乱世之时，政治不清明，人们不满于朝政，自然会产生"变风""变雅"。"正风""正雅"以歌颂为主，而"变风""变雅"则以讽谏为主。今人刘冬颖认为："'风雅正变'说是《毛诗》对中国诗学理论所作出的重大贡献，它不仅发展了《左传》《荀子·乐论》《礼记·乐记》关于审音律以知政的思想，更重要的是从理论上解决了在封建专制制度之下诗歌批评现实政治的问题，从而完善了中国传统诗论中的'美刺'说。"（《〈诗经〉"变风""变雅"考论》）

颂体一般只有歌颂内容，因此无所谓正、变之分，但唐朝以后有不同的看法。如唐人成伯玙在《毛诗指说》中提出《周颂》为正颂，而《鲁颂》《商颂》为变颂。宋人王柏《诗疑》提到："颂有两体，有告于神明之颂，有期愿福祉之颂。告于神明者，类在颂中；期愿之颂，带在风雅中。《鲁颂》四篇有风体，有小雅体，有大雅体，颂之变体也。"清人袁枚《随园随笔·诗有变颂》则进一步道："金华王柏谓变风变雅之外有变颂焉，《鲁颂》《商颂》是也。"可备一说。再者，今人李守奎、马芳等还指出即使《周颂》作品中，也可分为祝祷型和儆毖型两类。祝祷型自然属于"告于神明之颂"，而儆戒型的有《敬之》（成王自戒并告群臣）、《小毖》（成王诛三监后自戒并求助群臣）等作，内容风格与祝祷型诚然不同。[①]如果套用正变之说，也许可将儆戒型视为一种"变颂"吧。

二、《国风》是民间作品吗？

朱熹虽然说"凡《诗》之所谓风者，多出于里巷歌谣之作"，但《国风》是否属于民歌作品，一向有争议。汉儒论风诗，往往不是美某公便是刺某王，无论《毛诗》还是三家《诗》皆庶几如此。其说后来虽遭到朱熹的反对，但可见将风诗诠解为与朝堂、贵族相关的作品，在汉代是非常盛行的。朱熹《诗集传》推求风诗本义，虽然将不少情歌贬斥为"淫诗"，但撇除其价值判断，似乎更趋近风诗的原本面貌。

不过"五四"以来，如闻一多、郭沫若等人将《国风》视为古代民间作品之瑰宝者固然所在多有，却也一直有学者认为风诗并非民歌，朱东润便是其一。再如扬之水说："庶人的生活状况，其水平之低下，条件之恶劣，由现代考古发掘中所见，可以知道得很真切……《风》诗中的大部，情感意志与精神境界，月旦人物与观察生活的眼光，又何尝属于庶人与奴隶。"（《诗经别裁》）而今人刘天一认为：《诗经·国风》不是民歌，它反映的是周代贵族对时代的看法，又将原因归纳为两点：

[①] 见李守奎：《清华简〈周公之琴舞〉与周颂》，《文物》2012年第8期，第75页。又马芳：《从清华简〈周公之琴舞〉、〈芮良夫毖〉看"毖"诗的两种范式及其演变轨迹》，《学术研究》2015年第2期，第138页。

一、《国风》诗歌意象与民间事物相差过大，诗中大量出现那些民间不曾有的称谓、服饰、器皿、人物，可推断出《国风》是贵族文化的产物。

二、诗中所反映的思想感情不似传统民歌那么单纯直接，夹杂着大量对社会现实和政治状况的复杂情感，有时借底层人民的口吻发声，实质上是借此表达自己对时代的看法和意见。

然而，若谓底层人民毫无创作诗歌的意兴，则未免太过。如《左传·宣公二年》记载，周匡王六年（前607）春，郑宋发生大棘之战，宋大夫华元被俘。宋国赎回华元，用了兵车百乘、马匹四百。后来宋国修筑城墙，华元担任主管，巡察工程。筑城工人唱道："睅其目，皤其腹，弃甲而复。于思于思，弃甲复来。"讽刺当时弃甲曳兵的华元，现在瞪着眼睛、挺着肚子、抚着络腮胡须来当主管。华元听到后，让车夫回唱："牛则有皮，犀兕尚多，弃甲则那？"牛皮、犀皮库存还很多，丢了一点甲胄又怎样呢？哪知工人们又回敬道："纵有其皮，丹漆若何？"以致华元不得不忍气吞声。这个故事不仅证明了民歌的存在，还记录了底层民众与贵族之间的唱答。更何况假如周代果有采诗制度，那么风诗所具备的民间性是无可否认的。

不过，我们也不能因为这些歌谣有民间的渊源，就完全将之视为原汁原味的民歌。兹从三方面讨论之。第一，民歌来自广大的区域，必然具有浓郁的方言色彩。但今本《诗经》的风诗中，如《陈风·月出》那般具有方言词语的作品毕竟占极少数。这说明此等作品的文字是经过周太师整理，以雅言诵唱的。这种情况在近代也不鲜见。如四川民歌《康定情歌》、广东民歌《茉莉花》，已完全采用普通话演唱。江苏民歌《紫竹调》、湖北民歌《龙船调》、湖南民歌《浏阳河》等，同样是以普通话为基调，然后在某几个字句上特意使用方言发音，以加强地方色彩。

第二，不少原生态民歌的歌词有不良意识，而这种意识尤以男欢女爱为大宗。《诗经》的风诗中关于男欢女爱的描写，如《召南·野有死麕》《鄘风·桑中》《郑风·溱洧》等，或不合乎后世儒家伦理，或不合乎现代道德规范，但在周代社会却未必有太多不妥之处。不难想象，周太师乃至最初采诗作诗的士阶层在整理采诗作品时，是否也会顾及王化，删去一些在当时看来不合礼法的内容？

第三，不少原生态民歌歌词的文义并不清晰，甚至毫无意义，有的纯粹是贪图唇吻流便之乐，如粤语儿歌："何家公鸡何家猜，何家小鸡何家猜……"虽然顺口，但现在看来，最初的含义其实颇为晦涩难明。另有一些歌词的文字在长期流传过程中变得面目全非。如："城门城门鸡蛋糕，三十六把刀。"原本当作："城门城门几丈高？三十六丈高。"但是，像这般能了解歌词原貌的情况毕竟不多。回观《诗经》中的风诗，文义不清、毫无意义的作品完全不见。这说明周太师在整理时应颇有沙汰或润饰之力，而在润饰的过程中，无可避免地会添入说教的成分。

由以上三点可以推想，若《国风》等同于民歌，固嫌太遽；若谓《国风》大部分作品的原作者都为士阶层，似乎也可斟酌。取其折中，我们或许可以认为：士阶层大概是各地与天子所遣派遒人的对口人；他们自己创作诗歌，也在民间搜集诗歌而润色之，然后将这些整理后的诗歌交付遒人，带回天子处。周太师整理民间作品时，也不仅只是配乐，而是有意无意间对文字有进一步的调整。正因如此，我们才会发现不少以民间为背景的作品在文字、意象与内容上多少都濡染了贵族色彩。

最后，我们还可逆向说明不少风诗的民间性。如前所言，朱熹反对《毛诗序》，批评其往往"不得诗人之本意而肆为妄说者"。这种情况在风诗中尤甚。然而，风诗中那些关于民间生活的作品，内容简单质朴，千年以下仍令人心驰神往。即使汉儒再食古不化、胶柱鼓瑟，却毕竟去古未远，宋代至今的读者都能轻易理解这些作品的内容，而汉儒竟无法理解，令人难以置信。如果说朱熹乃至今人探求的风诗之义是本义，那么汉儒以及先秦士大夫所谈论之义则是引申义。这正如今人刘立志所言："孔子、孟子、荀子三人《诗》论对汉代《诗经》学的影响是全面而深远的，其中最为突出的一点是，奠定了汉儒不重本义的说《诗》解《诗》风尚。这一方面是因为孔孟继承了春秋陈《诗》赋《诗》的传统，解《诗》论《诗》都是从用《诗》活动中生发而出。"（《汉代〈诗经〉学史论》）一首诗具有多层结构，当然很常见。这些层次可能是作者自身经营的，也可能是解读者所赋予的。就民歌而言，一般的生成动因是"饥者歌其食，劳者歌其事"，在民间长期流传、修整，形成我们见到的面貌。因为最终成于众手，一首民歌的原作者往往不太可能在作品中留下太强烈的个人烙印，更遑论经营多层结构。因此，《诗经·国风》中许多作品采自民间，即使可能获得周太师的润色，但就其本义的内涵而言，基本上仍属于单一层次。换言之，这些作品的引申义，乃是解经者所赋予的。例如《郑风·子衿》，我们相信情诗的本义也是原作者的本意，而《毛诗序》所谓"刺学校废"则是后来经师的引申义。进而言之，贵族、学者引诗赋诗，乃是站在精英文化阶层的角度。雅颂之作多出自同一阶层的原作者之手，故取义也比较直接。一旦所引所赋为风诗，每每会采取两种手段：要么就断章取义，要么就将此诗整体赋予引申义。既然风诗的本义与引申义之间往往存在着显著的扞格龃龉，这就说明此等风诗的内容具有一定程度的民间色彩，而这种民间色彩与精英文化是颇相径庭的。

三、关于赋比兴

六义中的"赋、比、兴",指的是表现手法。东汉郑玄云:"赋之言铺,直铺陈今之政教善恶。"(《周礼注》)"赋之言铺",就是铺陈的意思,也可以说是直叙、说理。朱熹《诗集传》云:"赋者,敷也,敷陈其事而直言之者也。"不复如郑玄般强调政教,而是将"赋"之手法应用于一切主题的作品。如《郑风·狡童》:"彼狡童兮,不与我言兮。维子之故,使我不能餐兮!"直接描写了打情骂俏的情状,平铺直叙,可以算作"赋"。当然,铺陈还可以大篇幅使用,乃至与排比结合在一起,将一连串内容紧密关联的人、事、物有机有序地组成结构、语气相近的句群。如此既可令笔触酣畅淋漓,也可一气呵成地加强语势、渲染气氛和情绪。如《周南·芣苢》就是整篇以复沓形式采用赋体。再如《大雅·生民》第五章:"诞后稷之穑,有相之道。茀厥丰草,种之黄茂。实方实苞,实种实褎。实发实秀,实坚实好。实颖实栗,即有邰家室。"连用十个"实"字,配上形容词,来体现后稷所种农作物的繁硕。又如《小雅·十月之交》:"皇父卿士,番维司徒。家伯维宰,仲允膳夫。棸子内史,蹶维趣马。楀维师氏,艳妻煽方处。"把周幽王朝廷上包括褒姒在内的奸佞之人一一点出,结合上下文,在冷峻的语气中流露出深深的嗟叹。

何谓"比"?郑玄云:"比,见今之失,不敢斥言,取比类以言之。"(《周礼注》)朱熹《诗集传》说得更清晰:"比者,以彼物比此物也。"从文字学的角度来说,"比"字是指两人并排而立,引申为比喻的意思。《诗经》作品往往以比喻的手法来叙事或抒情,如《邶风·柏舟》:"我心匪石,不可转也。我心匪席,不可卷也。"意思是我心并非卵石,不能随便滚来转去;我心并非草席,不能随意翻来卷去。以此比喻心之坚贞迥异石席,不能屈服于人。这就是现代修辞的明喻手法。又如《魏风·硕鼠》:"硕鼠硕鼠,无食我黍!三岁贯女,莫我肯顾。"将盘剥百姓的上位者比作大老鼠,以突显其贪婪无情的负面特征。这是暗喻或隐喻手法。《卫风·氓》:"桑之未落,其叶沃若","桑之落矣,其黄而陨"。这是借喻手法,分别以桑叶的茂泽与枯萎形象来比喻女子年轻美貌和年老色衰。又如《小雅·天保》:"如冈如陵,如川之方至,以莫不增。"又:"如月之恒,如日之升。如南山之寿,不骞不崩。如松柏之茂,无不尔或承。"前后串用了七个比喻来为君王祝福和祈愿。此为博喻。恰当使用喻体,总能使本体事物更生动具体、鲜明浅近,并让读者进一步展开联想。除了比喻,比还可以包括象征。如《周南·关雎》:"关关雎鸠,在河之洲,窈窕淑女,君子好逑。"雎鸠这种水鸟,据闻十分恩爱,在水边互相和鸣,"关关"就是和鸣的声音。如何从水鸟说到人?一方面是触景生情,另一方面,据说雎鸠这种水鸟对于伴侣是忠贞不贰的,所以诗人从雎鸠和鸣联系到君子、淑女。

所谓"兴",简而言之就是触景生情,先写景状物,以感发意志,引起联想,从而引起所咏之词,以抒情、叙事。孔子说:"兴于诗,立于礼,成于乐。"又说:"诗可以兴、观、群、怨。"可见对诗歌的"兴"义最为重视。值得注意的是在305篇中,毛传标为兴体的达116篇。但毛公所说的"兴"接近"若""如""喻""犹"的含义,故郑笺归纳为"兴者喻也"。如此一来,兴与比的定义就不无混淆之感,难怪朱熹批评"六义自郑氏以来失之"。朱熹《诗集传》重新定义"兴"体道:"兴者,先言他物以引起所咏之词也。"此乃依据孔子旧说而阐发之,大大厘清了比、兴二者的区别。今人李开金以《朱子语类》为依据,进一步探究朱熹对兴的论说,并归纳为四点,甚为可取:第一,在诗的结构上，他认为比和兴都是有迹可循的，"比是一物比一物，而所指之事常在言外；兴是借彼一物以引起此事，而其事常在下句"。第二，在与诗意的联系上，一般来讲是"比意切"而"兴意阔"。第三，从表达效果上看，一般来讲是"比浅"而"兴味长"。第四，也是最基本的，比的作用是"比附"，兴的作用是"引起"。[①]"兴"毕竟是三者中最微妙的概念。从特征上讲，有兴中含比和直接起兴两种情况。如前文所举《关雎》开篇，就是兴中含比。值得注意的是在古人看来，从雎鸠联想到君子、淑女，关系十分直接明显，但"兴"的关系不如"比"明显。再就今天读者而言，一般都不知道雎鸠是什么鸟，更遑论其象征意义，因此《关雎》一篇在他们眼中，"比"就不如"兴"之明显了。因此，兴中含比或直接起兴，有时并不易分辨。相对于"比"，"兴"的象征意义更为强烈，但这种象征可以更直接明显，也可以更隐晦暧昧，更难让人把握，这却也正是象征手法的迷人之处。如《秦风·蒹葭》："蒹葭苍苍，白露为霜。所谓伊人，在水一方。"这自然是触景生情。"蒹葭苍苍"是秋景，看见芦苇的景象，想起伊人，两者之间有何关联呢？若谓完全无关，好像也说不过去——因为"蒹葭苍苍，白露为霜"描述的是一种比较清冷的秋景，似乎暗示了所思念的女子，有一种"遗世而独立"、不食人间烟火的象征意味。个中关系虽难以明辨毫厘，但它已引发人的情绪，因此被称为"兴"。

从使用来说，"兴"则有篇头起兴、篇中起兴和兴起兴结几种形式。《关雎》《蒹葭》都是篇头起兴，毋庸赘言。再如《小雅·蓼莪》末二章："南山烈烈，飘风发发。民莫不穀，我独何害！南山律律，飘风弗弗。

[①] 李开金：《试论朱熹的比兴说》，《武汉大学学报（哲学社会科学版）》，1980年第5期，第31页。

民莫不穀，我独不卒！"""南山""飘风"二句在前文并无照应，乃是于此处凭空起兴，营造出悲壮的视觉与听觉效果。又如《周南·汉广》，第一章以"南有乔木，不可休思"兴起，第三章以"汉之广矣，不可泳思。江之永矣，不可方思"兴结，二者皆是融景入情，兼有比义，亟言追求之难。当然，由于时代的变化，对不少比兴的内涵可能产生误解，一如白川静所说："《诗》所谓'兴'的表达方法，因为和主题缺乏明确关系，以之理解诗意不但困难，而且容易产生歪曲。历来《诗》篇之解释多故事性的附会，也是这样产生的。"（《诗经的世界》）

必须注意的是诚如张健所说：把赋比兴与风雅颂一样视为笼罩整个汉代的观念，以为《毛传》、王逸《楚辞章句》皆在这一观念传统之中，乃是经学史塑造出来的结果。风雅颂之称古已有之，这是两汉学者公认的事实，也是当时的常识。但是，赋比兴并非与风雅颂同步进入汉代学者视野，汉代学者对两者的认同度更迥不相侔。《淮南子》《列女传》《毛传》之以兴说《诗》所承的是孔子"诗可以兴"的传统，王逸以兴解《骚》也属于此一传统，而释兴为譬喻乃是当时学者的共识。但"六诗"中的赋比兴之说，直至东汉末年依然影响有限，经学家未能真正以赋比兴架构论《诗》。魏晋以后，"六诗""六义"说大行，朱熹怀疑《小序》，却相信《大序》，赋比兴被认为是周公以来的说《诗》传统，坚若磐石。在这种观念之下，赋比兴在汉代影响的历史真相被遮蔽。（《重探汉代经学中的赋比兴说》）有兴趣的读者对于相关问题可以进一步地深入探究。

四、春秋时代的引《诗》与赋《诗》

《汉书·艺文志》云："古者诸侯卿大夫交接邻国，以微言相感，当揖让之时,必称诗以谕其志,盖以别贤不肖而观盛衰焉。故孔子曰'不学《诗》,无以言'也。"《诗经》在孔子以前就有早期的本子在流传,同时具备了崇高的地位。春秋时代,虽然诸侯各国之间方言不同,但为了遣使往来,有实际需要,要求大夫贵族学习雅言、接受礼乐教育。其中诗歌最便于记诵,也最能微言相感,引起共鸣。因此学诗赋诗的风气随之而起。《诗经》的实用社会功能,也就由此可以窥见一斑了。《左传·僖公二十七年》记载赵衰云:"《诗》《书》,义之府也。"此时距孔子生年(前551)还有八十二年。

  吴宏一指出:春秋时代,社会上等阶层贵族交往时,流行"赋诗言志"的风气。《诗经》所收的作品,不管是采诗或献诗所得,经过太师配上音乐以后,基上都是乐歌,可以依乐而吟唱。因为是韵文,语言比较含蓄生动,加上涵盖的题材内容包括爱情、婚姻、祭祀、宴饮、战争等,广阔丰富,几乎无所不包,可以应用到更多的方面去,作为大家沟通情感、表达意见的媒介。诸侯大夫,特别是外交官员,在聘(遣使访问)盟(订立盟约)会(政治聚会)成(相互议和)的场合,往往用含蓄的方式,借唱诵诗句来表达心中的愿望和意见。即使在一般宴饮酬酢的场合,也可以用它来作为赞美、讽刺或规劝的工具。假使公卿大夫在外交场合或政治宴会里,赋《诗》不当,或不能了解对方赋《诗》的用意,就算是失礼的行为了。(《诗经与楚辞》)许倬瑜归纳前人研究成果,提出学界赋《诗》的形式有三种看法:赋《诗》即歌诗,赋《诗》即诵诗,以及赋《诗》即歌诗及诵诗。无论如何,三者共同的特点都是将《诗》的篇章内容在对话中完全表达,差别在于表达时诠释方式的不同。至于引《诗》相较于需要完整表达的赋《诗》而言来得更为容易,因其可以在言谈间夹杂一两句《诗》之诗句来抒发自己的意志或是论事说理,不如赋《诗》较为严谨,也因此在《左传》

中引《诗》与赋《诗》的总数量上，引《诗》（180条）比赋《诗》（76条）多出许多。①

根据后人对《左传》和《国语》的统计检索，书中所引的诗句，绝大多数都在今本《诗经》之内。因此，春秋贵族"赋诗见志"的"诗"，指的应是孔子以前的早期《诗经》本子。赋诗见志者在引用《诗经》的诗句时，往往断章取义，取其一端加以发挥，或明喻，或暗喻，借以表达意见；而听别人赋《诗》时，要明白别人的意思，也必须根据不同的场合、对象、背景，去推测赋《诗》者的用意。例如《郑风·将仲子》一篇，本来是写一个为爱情苦恼的女子，为了礼教而婉拒情人追求的心声。可是《国语·晋语》记载，晋公子重耳流亡到齐国时，得到齐桓公赏识，娶了桓公女儿姜氏。后来齐姜为了重耳的政治前途，想让他离开齐国，就引用了此诗末三句"仲可怀也，人之多言，亦可畏也"说给重耳听。原是描写爱情的诗篇，却附会了一段见怀思威、为政治民的大道理，显然是断章取义，扩张了原诗的含义。而重耳听了，却也能体会她的用意。

又《左传·襄公二十六年》记载卫侯入晋被囚的事件：晋国为了报复卫国杀害边卒，通报齐、郑二国来晋，一起谴责卫国。郑国派去的使者子展在聚会时，同样赋了这三句。"仲可怀也"是指晋侯当然值得敬重，"人之多言，亦可畏也"则是指晋是大国，应该宽让一点，释放卫侯，免得被人议论。断章取义，还能令人心领神会，无疑赋者与听者之间一定要有最起码的共识。在什么情况下，才有共识呢？答案是：似乎大家对《诗经》都必须有一定程度的了解。

---

① 参陈葆文指导、许倍瑜著：《论〈左传〉引〈诗〉、赋〈诗〉之外交运用及其意义》，台北教育大学语文与创作学系2014学年年度学生论文发表会。

不过正如柯马丁所言："即使是'同一首'诗，在不同的朗诵场合也会有不同的即兴发挥。"曲解赋《诗》之义以谋求政治利益的案例，也时有记载。如重耳流亡到秦国时，秦穆公设宴款待重耳，首先赋了一首《采菽》，表示要赠予其车辆与马匹。随行的赵衰立即让重耳拜谢，并让重耳赋了一首《黍苗》，表达了久旱望甘霖的求援之意。秦穆公赞叹，并赋《小宛》首章《鸠飞》，暗示自己相助是为了姻亲之情。重耳赋《河水》，恭维穆公海纳百川。几个回合后，穆公再赋《六月》，赵衰赶紧让重耳拜谢。关键在于：《六月》有"王于出征，以佐天子"两句，秦穆公在这里俨然是以天子自居，而把即将成为晋侯的重耳视为辅佐自己的藩臣。而赵衰却故意将这两句诗解为：秦穆公将辅佐周天子的大任交给重耳负责——言下之意也就是秦国放弃了东进图霸之心，难怪赵衰要让重耳立刻拜谢。

五、孔门论《诗》

《汉书·艺文志》云："春秋之后，周道寖坏，聘问歌咏不行于列国。"吴宏一认为，"称诗以谕其志"的赋《诗》风气到春秋以后不行于列国。原因有二：首先是崇尚礼乐的周道衰落了，新起的靡靡之音和世俗之乐，为人所喜爱。（《诗经与楚辞》）如魏文侯对子夏说："吾端冕而听古乐，则唯恐卧；听郑卫之音，则不知倦。"（《礼记·乐记》）齐宣王则对孟子说："寡人非能好先王之乐也，直好世俗之乐耳。"（《孟子·梁惠王下》）这些都是明证。其次，春秋以前学在王官，礼乐教育限于上位者。春秋以降，学诗之士，逸在布衣，言诗的风气已不限于上层社会。金春峰论《诗经》云："这些诗孔子以前已集结为书，供贵族学习，但并未有人对它的意义、特点及它对人生的作用进行反思。

孔子是第一个对之进行自觉反思的人。经过反思，《诗经》就变成'为我'的存在了。孔子的反思可归纳为三点：一是肯定它的抒情的性质，指出它对人生的意义；二是指出它对文学的意义；三是指出评诗的标准。"（《论儒学与诗的发展流变》）可谓慧眼独具。孔子虽然身处春秋后期，但既以恢复宗周礼乐自任，又提倡有教无类的平民教育思想，因而再三强调《诗经》的价值和学习的重要性：

> 不学《诗》，无以言。（《论语·季氏》）
> 诵《诗》三百，授之以政，不达；使于四方，不能专对；虽多，亦奚以为？（《论语·子路》）
> 小子何莫学夫《诗》？诗可以兴，可以观，可以群，可以怨。迩之事父，远之事君。多识于鸟兽草木之名。（《论语·阳货》）

从孔子的话中，可以看出《诗经》有其实用功能：可以娴习辞令，以为应对之用；可以通晓世事，以为从政之用；可以涵泳性情，以为修齐之用。因此，《论语》不止一次记载了孔门师徒论《诗》的言谈。如《论语·学而》：

> 子贡曰："贫而无谄，富而无骄，何如？"子曰："可也，未若贫而乐，富而好礼者也。"子贡曰："《诗》云'如切如磋，如琢如磨'，其斯之谓与？"子曰："赐也，始可与言《诗》已矣！告诸往而知来者。"

子贡问老师孔子："一个人虽然贫穷，却不会去巴结他人；即使富裕，也不会骄傲自大。这样的人怎么样？"孔子回答说："这算是可以的了。但不如这一种人更好：就是贫穷但仍然保持快乐，富裕但仍然能够守好礼节的人。"子贡一听，马上联想到《卫风·淇奥》"如切如磋，如琢如磨"两句，即知道君子自我修养一如加工牙雕和玉器，既切更磋、既琢更磨，使其更加光滑细腻。这令孔子十分欣慰，感到子贡能够举一反三，渐通《诗》道了。①再如《论语·八佾》：

> 子夏问曰："'巧笑倩兮，美目盼兮，素以为绚兮。'何谓也？"子曰："绘事后素。"曰："礼后乎？"子曰："起予者商也，始可与言《诗》已矣！"

"巧笑倩兮，美目盼兮"两句出自《卫风·硕人》，"素以为绚兮"一句则为逸诗。意思是："梨涡一笑嫣然，眼波一动艳然，素白底子绚丽美颜。"子夏向老师请教这几句所指为何，孔子说："在白底子上施彩绘画。"子夏接着问道："礼是后起的吧？"孔子赞叹道："启发我的人是商（子夏本名）啊，从现在开始可以和你谈《诗》了。"美女天生丽质，如果再打扮一番会更好看；作画用的素绢上佳，如果再施以五彩才能作出更好的画。想不到子夏进一步领会到礼也是这样：人要先有忠信仁义的本质，再增益以礼，如此方能表里如一。如果无此本质，即使有礼也不过是虚礼。比较以上两则对话，孔子对子夏评价更高，是因为他从美女化妆、素绢上彩的诗句联想到仁人学礼，翻出了新意——也就是引申义。而子贡将《淇奥》两句印证"贫而乐，

---

① 梁代皇侃《论语义疏》中，"贫而乐"一句"乐"下有一"道"字。今人徐江胜则认为《论语》此句当作"贫而好乐"。[见氏著《"贫而乐，富而好礼"新探》，《中国文化研究所学报》第83—84期（合刊），2008年6月。] 笔者以为无论是"贫而好乐"或"贫而乐道"，句旨皆不妨碍子贡以治玉为喻。

富而好礼",却尚未走出此诗的本义:这两句原来便是以比喻的方式来歌颂卫武公"富而好礼"的。

此外,更有赋错《诗》令孔子啼笑皆非的例子。原壤是孔子的老友,孔子爱之深、责之切,曾批评他少时目无尊长、成年无可称述。《礼记·檀弓》记载,原壤的母亲去世,孔子帮他清洗棺木。此君忽然雅兴大发道:"我好久没有高歌抒怀了。"于是敲打着棺木唱道:

狸首之斑然,执女手之卷然。

这两句大概是逸诗。狸即狸猫,卷为柔弱貌,女假借为汝。合起来意为:"狸猫头上有美丽斑纹,牵你的手多么柔软温存。"狸猫是野生动物,可知这首逸诗原本是男女在野外幽会的情歌。孔子佯装没听见而走开,随从弟子更劝他和原壤断交。孔子依然顾念旧情,没有答应。原壤居丧倒唱起情歌,的确有些奇怪。那大概是他有感于孔子仗义相助,故投其所好,赋《诗》致谢。但可惜他学问不够,引《诗》不当,导致孔子师徒不快。诚然,棺木纹理与狸猫斑纹相似还说得过去,把孔子的手比喻成柔软的女子之手就大不相宜了。年轻的随从弟子学问不错,只是有点儿教条习气,所以建议老师与原壤决裂。而通达人情的孔子深知老友底细,对他的失礼不以为然,毕竟他明白事态并不严重,因此对弟子说:"没有失去的亲人才是亲人,没有失去的老友才是老友。"

李春青说:"不管孔子是否真的对《诗经》进行过整理加工,都丝毫不影响他在诗学观念上的伟大贡献。我们完全可以说,孔子是中国古代第一个对诗歌功能做出全面、深刻阐述的思想家。"(《诗与意识形态:从西周至两汉诗歌功能的演变与中国古代诗学观念的生成》）孔子及儒家这种引诗赋诗的习气，在战国后学手上得到进一步发扬。刘立志认为，孟子与《诗经》有着很大的关系，从今存《孟子》一书来考察，七篇之中引述《诗经》语句或涉及《诗经》的文字共有三十九处（重复者计入）。至于荀子更是一个连接先秦与两汉经学的重要中介人物，不少汉代经学流派宣称的传承谱系在上溯至先秦时都绕不开荀子。就《诗经》而言，《荀子》三十二篇征引《诗经》语句凡八十三处，其中记孔子引《诗》五次，荀子弟子引《诗》一次，其余皆为荀子本人所引。另有不引诗句而论《诗》者十四处，《荀子》全书关涉《诗经》之文总计九十七处。[①]一般认为孟子对三家《诗》影响较大，荀子对《毛诗》影响较大，但仔细考察，其间的异同取舍更为纷繁。今人马银琴指出："战国时代《诗》的传播在官府与民间遭遇了不同的经历，与统治者关系密切的纵横家对《诗》的排斥，以及受统治者重视的法家学说对《诗》的摒弃，反映了《诗》在官府不受重视的真实情况。与此同时，由于儒、墨等私家学派的传习，《诗》在民间找到了最广阔的传播空间。通过私学在民间广泛传播，是战国时代《诗》文本传播的最显著的特点。"[②]其他学派中，甚至如《庄子·外物》还讲了个"诗礼发冢"的笑话：两个儒者以盗墓为生，偷盗的每个环节都合乎诗礼规范。某夜两人又在荒野开工，大儒在墓外把风，见已晨光熹微，吟道：

东方作矣，事之何若？

[①] 刘立志：《汉代〈诗经〉学史论》，中华书局，2007年，第23—41页。

[②] 马银琴：《周秦时代〈诗〉的传播史》，社会科学文献出版社，2011年，第98页。

小儒在墓中一边褪死者衣裳，一边答道：

> 未解裙襦，口中有珠。

真可谓出口成章。古代丧仪，会把珠玉钱谷放入死者口中，统称饭含。《周礼·地官》云："天子含实以珠，诸侯以玉，大夫以玑，士以贝，庶人以谷实。"这位死者嘴里有宝珠，生前只怕是天子了。大儒闻言，怕小儒多虑，于是引诗为证：

> 青青之麦，生于陵陂。
> 生不布施，死何含珠为？

帝王陵墓无人看守，变成了农田，似乎早已改朝换代。只是这位帝王生前不给百姓施舍，死后还含着宝珠做什么？（这四句也为逸诗）引诗后，大儒又耐心教导小儒如何取珠：捏住死者发鬓，按住他颔下胡须，用铜椎固定面颊，慢慢撬开脸颊，这样就不会伤到其口中宝珠。所有举止都那么彬彬有礼，只是儒家所讲法先王、为尊者讳的道理，两位饱学之士就顾不得那么多了。

生活于《诗经》中的先民

第七章

执子之手：《诗经》中的婚恋亲友

一、《诗经》中的恋爱

《论语》记载，孔子曾经批评"郑声淫"。虽然汉儒往往为这些作品赋予美刺的引申义，但南宋大儒朱熹仍将《国风》中的一批作品斥为"淫诗"。对于现代读者而言，这些以爱情婚恋为主题的作品无疑是最吸引人的。人类最初与猿猴揖别之际，在性行为方面并无礼仪和伦理可言。但随着社会的进步，人类逐渐发展出对乱伦的禁忌，我国古代进而产生了"男女授受不亲""父母之命、媒妁之言"等礼教。而在《国风》中，我们仍可觉察到上古时代自由恋爱习俗在周代的残余。举例而言，《鄘风·蝃蝀》一篇，《毛诗序》认为反映了卫文公即位后拨乱反正，提倡道德教化，故而"淫奔之耻，国人不齿也"，此说至今异辞不多。不过，卫国本是殷商故地，当地"淫风"与其说是因为卫文公几代前任君主的荒淫无道而造成的，毋宁说是自商代而降已然。《蝃蝀》首章云：

> 蝃蝀在东，莫之敢指。
> 女子有行，远父母兄弟。

此诗批评女子没有依循常规的礼法而私订终身，此种礼法固然是周代才逐渐完备。但是，为什么诗作会以蝃蝀来起兴呢？彩虹一般出现于雨后初晴之际，古人因而认为是天地阴阳二气失和产生的"淫气"，正好与男女"淫奔"的行为相配。虹蜺、蝃蝀等字皆从虫部，这是因为古人相信彩虹系一种两头蛇——爬虫类颜色鲜艳而多变，而所谓两头蛇，实际上大概只是二蛇交尾的廋词。然而，彩虹五彩缤纷，世界各族先民皆甚为喜爱，为什么中国古人的审美趣味如此怪异，且将彩虹赋予负面的价值判断呢？不难想象在远古时代的中国，先民同样喜爱彩虹，并将之视为爱情婚恋的象征。但是随着礼法日益森严，彩虹仍保持着自由恋爱的隐喻，却被卫道之士斥为天地间的"淫气"了。在商代甲骨卜辞中，虹字作⚇，正是两条蛇的形象，且已被斥为妖祟："王占曰：'有祟。八日庚戌……昃，亦有出虹自北，饮于河。'"[①]当商王看到彩虹的一端伸入黄河，就想象这条蛇正从河中吸水而饮，情形十分怪异。由此可见彩虹被"污名化"的时代之早。但在《诗经》中，仍有从中性或较为正面的角度来使用彩虹隐喻之处。如《曹风·候人》末章：

> 荟兮蔚兮，南山朝隮。
> 婉兮娈兮，季女斯饥。

---

① 见罗振玉编：《殷墟书契菁华》（1914年珂罗版印本），第4页。

当南山上升起蔚然的彩虹，美丽的少女却因恋爱不遂而害起相思病来。

不过周代官方的婚姻政策方面，依然残留了少数上古时代的特征。如《周礼·地官·媒氏》云：

> 中春之月，令会男女，于是时也，奔者不禁。

春耕后的农闲之时，正值万物生发。当此佳日，若有父母不安排嫁娶的婚龄男女，允许他们自由相会，一旦觅得心上人，就可以自相奔就，不会遭到禁止。这在东周战乱之世，的确能保证族群的繁衍，确保民间能提供足够的劳力。而在《郑风》中，就有不少作品描述该节令风情的诗作。如《溱洧》首章云：

> 溱与洧，方涣涣兮。
> 士与女，方秉蕳兮。
> 女曰观乎？士曰既且。
> 且往观乎？洧之外，洵訏且乐。
> 维士与女，伊其相谑，
> 赠之以芍药。

郑国民俗，人们要在三月上巳日的流水中洗去宿垢，祓除不祥，祈求幸福安宁，而青年男女也会在溱水和洧水岸边游春，互诉衷肠。又如《野有蔓草》末章：

> 野有蔓草，零露瀼瀼。

>有美一人，婉如清扬。
>邂逅相遇，与子偕臧。

这首恋歌写一个露水未晞的早上，一对青年男女在田间不期而遇，一见钟情，于是成其好事。此外又如《狡童》《子衿》的女主人翁因男方久不联系而心中牵挂、寝食难安，《褰裳》的女主人翁面对男方可能的移情别恋，态度则更加泼辣：她赌气"要挟"男子蹚水过来，过来就没事了，否则后果很严重。再如《萚兮》这首小诗的背景虽然是秋天，所描写的男女对歌也反映出当时青年交往的情况。而《东门之墠》则直接记录了男女对歌的内容：

>东门之墠，茹藘在阪。
>其室则迩，其人甚远。
>
>东门之栗，有践家室。
>岂不尔思？子不我即。

墠音善，意指整治过的郊野平地。茹藘，茜草。有践，整齐之意。此诗首章为男子所唱，以茜草起兴，谓女方居处离自己不远，但她的人却仿佛远在天边。尾章为女子唱答，谓自己对男方是想念的，只是男方不肯亲近罢了。此诗不论在文字或内容上，都可与《论语》中的逸诗《唐棣之华》参看。

男女自由交往的习俗，直到战国后期依然保存着。如宋玉《登徒子好色赋》记载秦章华大夫所言，谓其年少时候曾离开咸阳出门远游。在春末的溱、洧水边，黄鹂啼鸣，桑田间有一采桑美女，章华大夫于是赋诗以相邀：

> 遵大路兮揽子袪，赠以芳华辞甚妙。

这两句诗并不见于今本《诗经》，但"赠以芳华"一语近乎《溱洧》的"赠之以勺药"，而首句又类似《郑风·遵大路》首章的前两句：

> 遵大路兮，掺执子之袪兮。
> 无我恶兮，不寁故也！

此诗却是以女子口吻而作。男子离家出走，女子拉着他的衣袖，苦苦哀求他留下，希望他不要嫌弃自己，不要贸然抛下多年的旧情。此诗内容虽与章华大夫所引截然不同，但同样出现了"遵大路"字样，二者一为初识时所唱，一为分手时所唱，今昔参照，真可谓情何以堪！男女分手的原因，除了移情别恋，还可能来自家庭的影响。如《将仲子》首章：

> 将仲子兮，无逾我里，
> 无折我树杞。
> 岂敢爱之？畏我父母。
> 仲可怀也，父母之言，
> 亦可畏也。

女主人翁与仲子本是一双热恋中的情侣，仲子还不时翻墙到女子家与之幽会。然而由于礼教束缚，女子担心遭到父母兄长的责怪，也害怕邻居的闲言闲语，唯有忍痛与仲子断绝关系，请求他不要再来。

而清末吴闿生《诗义会通》云:"语语是拒,实语是相招,蕴藉风流。"也可谓得其深意。而《丰》篇的主旨,近人陈子展《诗经直解》则认为是"男亲迎而女不得行,父母变志,女自悔恨"。也就是说,女主人翁与男方情投意合,男方甚至将婚礼仪仗准备就绪到女家亲迎,却临时遭到女方父母的反对,徒劳而返,也令女主人翁悔恨不已。

《郑风》以外,其他地区也不乏相关主题的作品。如《召南·野有死麕》描写一个青年猎手在野外猎得獐子,也收获了爱情。此诗写得热情洋溢,且将男女主角分别称为吉士、玉女。而俞平伯说得好:"当知诗人心中初无迂儒之礼教观念存在,故诱女之男未始不可称吉士,而怀春之女未始不可称如玉也。"①如此说来,《国风》这些作品文字纯朴、感情真挚,虽或经过周太师的润色,但整体上仍颇能忠实反映出周代先民爱情生活的喜怒哀乐,且为我们展示出当时社会丰富多彩的画面。再如《周南·关雎》与《汉广》皆描写男子对心仪女子求而不得的心情。《邶风·静女》《鄘风·桑中》以男子口吻描写与情人幽会的愉悦。《陈风·宛丘》与《东门之枌》表达了男子与巫女之间的情意。《王风·丘中有麻》中的女主人翁讲述了自己与男方定情的过程。《曹风·候人》描绘了少女的单相思。《齐风·甫田》道出了女子与青梅竹马的情人久别重逢的惊喜。《召南·摽有梅》《邶风·匏有苦叶》都描摹出待嫁女子殷切急迫的心情。如是不一而足。

二、《诗经》中的婚姻

除了爱情诗外,《诗经》中还有大量与婚姻有关的作品。描写正

---

① 俞平伯:《槐屋古诗说》,北京出版社,2019年,第77页。

式婚嫁的作品如《卫风·硕人》篇，我们将在后章另作赏析。不过，《硕人》的女主角庄姜是君夫人，全诗也透发出雍容华贵的贵族风韵。相比之下，《唐风·绸缪》无疑更富于民间情调了：

> 绸缪束薪，三星在天。
> 今夕何夕，见此良人？
> 子兮子兮，如此良人何？
>
> 绸缪束刍，三星在隅。
> 今夕何夕，见此邂逅？
> 子兮子兮，如此邂逅何？
>
> 绸缪束楚，三星在户。
> 今夕何夕，见此粲者？
> 子兮子兮，如此粲者何？

东汉郑玄《三礼目录》谓古代娶妻之礼乃是"以昏为期"，也就是说先秦时代的婚礼多半在黄昏时举行。黄昏以后需要燃薪照明，因此柴薪在《诗经》中就成了婚事的隐喻。而此诗中的"束薪""束刍""束楚"正好点出了婚礼的习俗。三星即参星，一般是指参宿四，亦即西方天文学所谓猎户座 α 星，是一颗超亮红巨星，在黄昏后始见于东方天空。三章下来，参星从"在天"到"在隅"乃至"在户"，朱熹指出"在户"已是夜半之际。由此可见婚礼举行之时间的推移，从黄昏直至半夜。而每章后四句则是以戏谑的语气来调侃新婚夫妇，问他们在这千金良宵，将与自己的心上人如何亲昵，以享受这初婚的幸福欢乐。

全诗的生活气息极为浓郁。又如《周南·桃夭》，是著名的祝贺新婚诗：

> 桃之夭夭，灼灼其华。
> 之子于归，宜其室家。
>
> 桃之夭夭，有蕡其实。
> 之子于归，宜其家室。
>
> 桃之夭夭，其叶蓁蓁。
> 之子于归，宜其家人。

"夭夭"为茂盛美丽之意。"灼灼"指花红胜火。"蕡"音坟，指果实硕大。"蓁蓁"为树叶繁密之意。女子在桃花盛放的春日出嫁，诗人祝福她在未来可以宜室宜家。三章中的桃树意象从开花、结实到枝叶繁密，正暗喻着新娘的美丽、成婚产子到开枝散叶。同样收录在《周南》的《樛木》篇，章法与《桃夭》接近，大概也表达了相似的祝福。而《齐风·著》则描写夫婿的亲迎，华贵雍容，一唱三叹。关于描写新婚生活的作品，具有代表性的首推《郑风·女曰鸡鸣》：

> 女曰鸡鸣，士曰昧旦。
> 子兴视夜，明星有烂。
> 将翱将翔，弋凫与雁。
>
> 弋言加之，与子宜之。
> 宜言饮酒，与子偕老。

> 琴瑟在御，莫不静好。
>
> 知子之来之，杂佩以赠之。
> 知子之顺之，杂佩以问之。
> 知子之好之，杂佩以报之。

此诗首章讲到天亮鸡鸣之际，启明星高挂在天，青年丈夫便出门打猎，带回了野鸭和大雁。次章描写了妻子烹饪猎物，以美酒佐肴，并发出"与子偕老"的誓言。两人新婚生活可谓琴瑟静好。末章一唱三叹，谓以珍贵的玉珮赠给对方来表达自己的衷情。

东周是一个战争频仍的时代，男性从事兵役、劳役者众，导致家庭离散，外有旷夫、内有怨女，夫妇相思之诗也应运而生。如《卫风·伯兮》：

> 伯兮朅兮，邦之桀兮。
> 伯也执殳，为王前驱。
>
> 自伯之东，首如飞蓬。
> 岂无膏沐，谁适为容？
>
> 其雨其雨，杲杲出日。
> 愿言思伯，甘心首疾。
>
> 焉得谖草，言树之背。
> 愿言思伯，使我心痗。

此诗首章夸许其夫才具之美，并以此感到荣耀。次章笔锋一转，谓丈夫出征以后，自己思念弥甚，粗服乱发，无心打扮。三、四章复沓，进一步表达自己对丈夫的思念。但又将首、次章之意收束一处，谓丈夫为国出征，自己岂能不牺牲小我而成就大我？因此，即使首疾心痗也在所不惜。全诗为读者展现出一个既深爱丈夫又深明大义的女性形象。此外，如《周南·卷耳》《周南·汝坟》《召南·殷其雷》《召南·草虫》《王风·君子于役》《秦风·小戎》以及后章专门赏析的《小雅·采绿》等篇，都是著名的思妇诗，对后世文学作品影响甚大。当然，征夫念妻之诗也并不罕见。如《豳风·东山》篇以周公东征为历史背景，从一位普通士兵的口吻来叙述战后归家途中的复杂内心。其中三、四章便是关于主人翁对家中妻子的怀念：

> 我徂东山，慆慆不归。
> 我来自东，零雨其濛。
> 鹳鸣于垤，妇叹于室。
> 洒扫穹窒，我征聿至。
> 有敦瓜苦，烝在栗薪。
> 自我不见，于今三年。
>
> 我徂东山，慆慆不归。
> 我来自东，零雨其濛。
> 仓庚于飞，熠耀其羽。
> 之子于归，皇驳其马。
> 亲结其缡，九十其仪。
> 其新孔嘉，其旧如之何？

第三章遥想妻子在家中嗟叹，随即洒扫居处、堵塞鼠洞，准备迎接睽违三年的丈夫回家。第四章沉湎于甜蜜的往事，回忆起新婚之日，春光和煦，黄鹂的翅膀都闪耀着光辉。岳母亲自为妻子结上佩巾，然后她乘坐黄白相间的骏马拉着的马车来到，经过数不尽的仪节，两人终于结为连理……回想新婚的情景历历在目，那是多么美好！但如今征战之余，恍如隔世，不久夫妻重逢，不知又会如何？一种"近乡情更怯"的感触，跃然纸上。

此外，还有两首著名的抗婚诗。如《鄘风·柏舟》以少女的口吻，向母亲表达自己对一个少年的爱情坚定不移，即使遭到母亲反对，也义无反顾。其首章云：

> 泛彼柏舟，在彼中河。
> 髧彼两髦，实维我仪，
> 之死矢靡它。
> 母也天只！不谅人只！

诗作以不系之舟起兴，隐喻自身命运的无法掌控。"髧"，头发下垂貌。"两髦"，男子未行冠礼前，头发齐眉，分向两边之状。可见少女心仪之人尚未成年。"仪"，配偶。"之死"，到死。"矢靡它"，发誓没有他心。"只"，为感叹词。最后两句感叹，可谓哀婉动情，催人泪下。又如《召南·行露》，《毛诗序》谓其旨为"强暴之男，不能侵陵贞女"。其二、三章云：

> 谁谓雀无角？何以穿我屋？
> 谁谓女无家？何以速我狱？

> 虽速我狱，室家不足！
>
> 谁谓鼠无牙？何以穿我墉？
> 谁谓女无家？何以速我讼？
> 虽速我讼，亦不女从！

一个有妇之夫，想依仗官府强迫女子与其成婚，而这位刚烈女子却极力抗拒其无赖纠缠，痛斥男子是鼠雀之辈，专以穿墙破屋为务，誓死不肯相从。难怪清人牛运震称许道："雀鼠骂得痛快而风流。"（《诗志》）

在以男性为尊的宗法社会，女性原就处于弱势。如《王风·中谷有蓷》一篇，嗟叹离异的女子"遇人之艰难""遇人之不淑"，真可谓沉痛深至。且周代官方容许青年男女在每年特定的时段自由交往，却毕竟只是一种权宜之计。即使男女自由结合，在没有正式礼法保障、亲友祝福的情况下，这种结合也往往十分脆弱。如《卫风·氓》篇，就是一首起初为了爱情、无媒而合之弃妇自言婚姻悲剧的长诗。在诗中，她将恋爱、成婚、受虐、遭弃的经过细细道来，并表达了悔恨之心与决绝之情。当初由于沉溺于爱情，她情愿放弃媒妁之言，与氓结合。婚后为家庭操劳不已，但到家境有所改善时，却遭遇丈夫的家暴。但她指出这并非自己的过错，而是丈夫的反复无常。与丈夫分居后，女子回到娘家，又遭到兄弟的讥笑。最后，她今昔相勘，指责丈夫的虚伪和欺骗，坚决表示要与他一刀两断。整体而言，《氓》篇的内容既展现出女主人翁独特的经历，也反映了古代社会中妇女在婚恋问题上的弱势地位。如第三章云：

生活于《诗经》中的先民
第七章 执子之手:《诗经》中的婚恋亲友

> 桑之未落,其叶沃若。
> 于嗟鸠兮,无食桑葚。
> 于嗟女兮,无与士耽。
> 士之耽兮,犹可说也。
> 女之耽兮,不可说也。

此章以桑树起兴,以桑叶之有光泽比喻女子年轻貌美,又以斑鸠多食桑葚而易醉比喻人之沉溺爱情而易受欺骗。进而言之,男人天性果敢,纵然沉溺爱情尚能自拔,而女子一旦坠入爱河则无法挣脱。此真可谓千古至理。南朝《子夜冬歌》云:"我心如松柏,君心复何似?"正得其诗意。

再如《邶风·终风》的篇旨,《毛诗序》云:"卫庄姜伤己也。遭州吁之暴,见侮慢而不能正也。"认为是庄姜遭到卫庄公宠妾之子州吁的欺侮而作:

> 终风且暴,顾我则笑。
> 谑浪笑敖,中心是悼。
>
> 终风且霾,惠然肯来。
> 莫往莫来,悠悠我思。
>
> 终风且曀,不日有曀。
> 寤言不寐,愿言则嚏。
>
> 曀曀其阴,虺虺其雷。

寤言不寐，愿言则怀。

但朱熹玩味此诗内文，认为"有夫妇之情，无母子之意"，又调整《毛诗序》之说道："（卫）庄公之为人，狂荡暴疾，庄姜盖不忍斥言之。故但以'终风且暴'为比，言虽其狂暴如此，然亦有顾我而笑之时，但出于戏慢之意，而无爱敬之诚，则又使我不敢言，而心独伤之耳！盖庄公暴慢无常，而庄姜正静自守，所以忤其意而不见答也。"相比之下，朱说更为合理，但仍将诗中男女主人翁勉强附会为庄姜和卫庄公，尚未摆脱《毛传》窠臼。朱熹如此附会，大抵主要是因为诗中"惠然肯来""莫往莫来"两句：如果是普通夫妻，共居一室，丈夫一般不可能来去无凭；如果这位丈夫是君主，妃妾众多，情况就不一样了。今人李山的《诗经》解读更为合理："《终风》，表现受无良丈夫虐待的女子内心苦闷的篇章。受难的女性不是被遗弃，而是遭虐待。诗人在展示这对变形的家庭关系时，实际揭示出重礼法、重'合二姓之好'的婚姻关系在春秋时期给人造成的性格扭曲，以及这类婚姻关系败坏时呈现出的'怪现状'。诗篇的风雨阴霾的比喻，也极具个性，既是对男子变态性格的象征，也是对女子晦暗、郁闷而又无奈心境的传达。"诗中将男子比喻成风暴、阴霾、疾雷，其性格之变态可想而知。但正如《氓》所言"女之耽兮，不可说也"，虽然男子来时喜怒无常，甚至凌虐不止，令女子深感痛苦，但他不来时却又思念不已。如此看来，二人似乎又不单纯是离异的关系。笔者猜测，这对男女大概也属于无媒之合，但与《氓》不同的是，两人甚至并未稳定同居、形成事实婚姻。男子仅将女子视为变态欲望的对象，女子却深爱男子，甚至为他背负了淫奔之名。得不到礼教的支持、家庭的祝福，女子处境之弱势，就丝毫不难想象了。（附带一提，此诗最为著名的句子大概是"愿言则嚏"：

今人常说"打喷嚏就是有人在想你",这种民间说法竟可追溯到《终风》一篇)

至于悼亡诗方面,《邶风·绿衣》篇是丈夫悼念亡妻之作,值得我们注意:

> 绿兮衣兮,绿衣黄里。
> 心之忧矣,曷维其已。
>
> 绿兮衣兮,绿衣黄裳。
> 心之忧矣,曷维其亡。
>
> 绿兮丝兮,女所治兮。
> 我思古人,俾无訧兮。
>
> 缔兮绤兮,凄其以风。
> 我思古人,实获我心。

此诗前三章讲到天气渐凉,男主人翁更换秋装时找到亡妻缝制的绿衣黄裳,剪裁得宜,细丝密线,做工精良,因而想起亡妻的贤德,心中极为不舍。第四章,缔、绤指自己身上的麻质夏衣。由于亡妻在时,四季更衣都由她负责,自己全然不管。现在妻子不在人间,而自己尚未学会照顾自己,乃至秋凉之际,身上依然穿着夏装。当刺骨冷风吹来,才不得已寻找秋装,益发想起亡妻的好处,因而悲恸不已。全诗在平静的笔调下蕴藏着沉郁的情感,动人甚深。至于妻子悼念亡夫的《唐风·葛生》,则将在后章赏析。

三、《诗经》中的亲情

除了婚恋主题外,《诗经》篇章中以亲友之情为主题者也为数不少。如《小雅·蓼莪》是悼念父母之作,可谓歌颂父母恩情的千古名篇:

蓼蓼者莪,匪莪伊蒿。
哀哀父母,生我劬劳。

蓼蓼者莪,匪莪伊蔚。
哀哀父母,生我劳瘁。

瓶之罄矣,维罍之耻。
鲜民之生,不如死之久矣。
无父何怙?无母何恃?
出则衔恤,入则靡至。

父兮生我,母兮鞠我。
抚我畜我,长我育我。
顾我复我,出入腹我。
欲报之德。昊天罔极!

南山烈烈。飘风发发。
民莫不穀,我独何害!

第七章 执子之手：《诗经》中的婚恋亲友

南山律律，飘风弗弗。
民莫不穀，我独不卒！

《毛诗序》称此诗："刺幽王也，民人劳苦，孝子不得终养尔。"这首诗陈述了国家徭役繁重，壮丁长期行役在外，无法奉养父母，以致不能终养的悲痛之情。《蓼莪》的章法又有特殊之处：此诗六章，一、二章与五、六章皆各四句，两两复沓；三、四章各八句，一气呵成，而整体结构又富于对称之美。一、二章以比为起，提到了莪、蒿、蔚三种外貌十分类似的植物。莪蒿多丛生于水边，又叫作"抱娘蒿"，不仅隐喻着子女成材，还有亲子关系密切的含义。"匪莪伊蒿"的蒿则是普通的散蒿，包括白蒿、青蒿等品种，粗恶不可食用。蔚蒿现在则叫牡蒿。这些品种的经济价值远不如莪蒿高。"蓼"音鹿，"蓼蓼"为长而大之意。这两章说远看莪蒿生得茂密，近看才发现只是一般的散蒿，以此比喻父母望子成龙，结果孩子到头来不仅不成材，还无法报养父母。诗人在这里表达了深切的自责之意。第三章笔锋一转。所谓"瓶之罄矣，维罍之耻"，表面意思是酒瓶空了是酒坛的耻辱，这显然是个比喻。程俊英说："民穷不能养父母是统治者之耻。"如此解释更为合理。酒坛是储存之用，酒瓶则是日常所用，瓶中的酒来自坛子，正如百姓的福祉依靠政府做后盾。如果政府失责，令百姓失去福祉，连父母都不能孝养，难道没有丝毫愧怍吗？这两句的出现，正是《毛传》把全篇与施政状况联系在一处的主因。次六句中的"鲜"读上声，作孤寡解。"怙""恃"都是依靠仰仗之意。"衔恤"即含悲，"至"训为亲，"靡至"也就是失去了亲人。如果父母离世，为人子者不能尽孝，无依无傍，无法共享天伦，那么独自活在世上还有什么意思呢？第四章连用了九个"我"字，虽然句句不离"我"，却也正因是亲身感受、巨细靡遗,因此句句都投射出对已故父母的深情。五、六章进一步申发了第三章"鲜民"之意。"烈烈""律律"都是形容南山高峻险阻的样子,"发发""弗弗"都是状述暴风呼啸扬尘之貌。"穀"为赡养之意。"何"同"荷","何害"即遭受伤害。"不卒"指为父母送终。南山险峻,暴风吹过而众籁皆鸣。诗人透过南山和暴风营造出悲壮的视觉与听觉效果,如此起兴,使读者动容不已。类似的作品还有《唐风·鸨羽》,诗中谓徭役无穷无尽,导致诗人无法耕种,难以养活父母。当时统治阶层对人民的奴役,由此可见一斑。

又如《邶风·凯风》一篇,据三家《诗》之说,是七子孝事继母的诗。现代一般认为是为人子者歌颂母亲并自责的作品:

> 凯风自南,吹彼棘心。
> 棘心夭夭,母氏劬劳。
>
> 凯风自南,吹彼棘薪。
> 母氏圣善,我无令人。
>
> 爰有寒泉,在浚之下。
> 有子七人,母氏劳苦。
>
> 睍睆黄鸟,载好其音。
> 有子七人,莫慰母心。

凯风即南风。首二章谓在夏日南风温煦地吹拂下,酸枣树开始发芽生长。诗人因此触景生情,联想到母亲养育儿女的辛劳,并自责七兄弟虽已成人,却并不成材,完全无法报答母亲的养育之恩。三、四章中,诗人又以寒泉比母、黄鸟比子:寒泉在地下流淌,滋养着浚邑的居民;而母亲生养七子,至今仍劬劳如此。黄鸟鸣叫得婉转动听,而七兄弟竟不能抚慰母亲的心。此诗反复咏叹,纵然并未正面描写母亲,却从七子的自责中反衬出她为子操劳的光辉形象。

再如《魏风·陟岵》描写行役之人的思亲之情,全诗三章,分别以父、母和兄长为主角:

> 陟彼岵兮,瞻望父兮。
> 父曰嗟予子,行役夙夜无已。
> 上慎旃哉,犹来无止!

> 陟彼屺兮,瞻望母兮。
> 母曰嗟予季,行役夙夜无寐。
> 上慎旃哉,犹来无弃!

> 陟彼冈兮,瞻望兄兮。
> 兄曰嗟予弟,行役夙夜必偕。
> 上慎旃哉,犹来无死!

诗人在行役中登上山冈,眺望故乡,父母兄长就在自己面前,对自己叮咛不已——这当然是幻想与记忆的交融。对于三章的描写手法,今人陈文忠说得最好:"从诗篇看,父亲的'犹来无止',嘱咐他不要永远滞留他乡,这语气纯从儿子出发而不失父亲的旷达;母亲的'犹来无弃',叮咛这位小儿子不要抛弃亲娘,这更多地从母亲这边出发,表现出难以割舍的母子之情，以及'娘怜少子'的深情；兄长的'犹来无死'，直言祈愿他不要尸骨埋他乡，这脱口而出的'犹来无死'，强烈表现了手足深情，表现了对青春生命的爱惜和珍视。在篇幅短小、语言简古的《诗经》中，写出人物的个性，极为不易，而能在从对面设想的幻境中，写出人物的特点，更为难能。这在后世同类抒情模式的思乡诗中，也并不多见。"[①]所言非常熨帖。且父母谓"夙夜无已""夙夜无寐"，仅知道劳役之辛苦。而兄长谓"夙夜必偕"，亦即叮嘱幼弟不要掉队、不要单独行动，可见他自己也有行役经验，才能发出此语。不仅如此，诚如徐正英教授所论，父、母、兄三章表达的期待，从能回来就好，到能不抛弃母亲就好，再到能不抛尸荒野就好，其实是越来越低的。《毛诗序》称魏地"国迫而数侵削，役乎大国，父母兄弟离散"，两代魏地居民对行役认知有所不同，更可见当地社会环境之改变。

至于描写兄弟之情的作品，以《小雅·常棣》为代表：

常棣之华，鄂不韡韡。
凡今之人，莫如兄弟。

死丧之威，兄弟孔怀。
原隰裒矣，兄弟求矣。

脊令在原，兄弟急难。
每有良朋，况也永叹。

[①] 姜亮夫主编：《先秦诗鉴赏辞典》，上海辞书出版社，1998年，第213页。

兄弟阋于墙，外御其务。
每有良朋，烝也无戎。

丧乱既平，既安且宁。
虽有兄弟，不如友生。

傧尔笾豆，饮酒之饫。
兄弟既具，和乐且孺。

妻子好合，如鼓瑟琴。
兄弟既翕，和乐且湛。

宜尔室家，乐尔妻帑。
是究是图，亶其然乎？

"兄弟阋于墙，外御其务"两句见引于《国语·周语》，称为"周文公之诗"，可见相传是周公旦的作品。常棣即棠棣，也就是今天的棠梨花。棠棣花开，往往两三朵彼此相依，故而此诗首章起兴，以棠棣之花比喻兄弟。以下三章依次设置了三个场景，说明兄弟的重要：首先是遭逢死丧，则有兄弟收殓；其次是遭逢灾难，则有兄弟相救；最后是遭逢外侮，则兄弟并肩互助——即使两兄弟在家中有争执，一旦有外侮也会毫不犹豫地一致对外，而这些都是再好的朋友也比不上的。第五章谓灾难过去的安宁日子，兄弟间的联系倒不如朋友，这显然反衬出兄弟在危难时的重要性。次二章转入热烈和谐的场面，谓家族欢宴中，兄弟齐聚一堂，妻室随同，大家喜气洋洋。但到了末章，又提出一个疑问：妻室好合，是否比兄弟和睦更为重要？然观儒家经典对于五伦的排列，夫妇关系都在兄弟之前。如《周易·序卦》："有天地然后有万物，有万物然后有男女，有男女然后有夫妇，有夫妇然后有父子。"又如《孟子·滕文公上》："父子有亲，君臣有义，夫妇有别，长幼有序，朋友有信。"《常棣》一诗将兄弟排在夫妇之前，在今天看来或许略显突兀。但正如近人钱锺书《管锥编》所论："盖初民重'血族'之遗意也。就血胤论之，兄弟天伦也，夫妇则人伦耳；是以友于骨肉之亲当过于刑于室家之好。……观《小雅·常棣》，'兄弟'之先于'妻子'，较然可识。"这正是古人看重兄弟的主要原因。由此可见，此诗第二至五章以兄弟与朋友相比，六至八章以兄弟与妻室相较，如此反复衬托，才能进一步体现出兄弟一伦的重要性。周代虽注重宗法，但从周公东征而诛管、蔡开始，兄弟相残之举便不绝于书。到了东周，兄弟间为了权位而施兵机于骨肉者更是无国无之。如《春秋》记载的第一件大事——《郑伯克段于鄢》，便是关于郑庄公与其弟太叔段之间的权力斗争。因此，《小雅·常棣》作为贵族诗作，强调兄弟亲情，当是有感而发。

四、《诗经》中的友情

朋友一伦虽然居于五伦之末，却非常重要：因为君臣、父子、兄弟、夫妇四伦的人数基本上都是固定而有限的，唯有朋友圈子可以无限拓宽。无论在感情上、精神上、职场上乃至生活上，朋友的意义都十分重大。前文谈及的《常棣》篇中讲到，朋友可以在平安无事时与你吃喝玩乐，却未必能如兄弟般急难。这在当时社会固然有一定道理，却也是因为诗人要烘托兄弟手足之情而故作此语。实际上，《诗经》的原作者们也十分理解，朋友固然需要通过饮宴来联谊，但友情却不应仅止于饮宴而已。如《小雅》首篇《鹿鸣》，就阐述了这个道理：

> 呦呦鹿鸣，食野之苹。
> 我有嘉宾，鼓瑟吹笙。
> 吹笙鼓簧，承筐是将。
> 人之好我，示我周行。
>
> 呦呦鹿鸣，食野之蒿。
> 我有嘉宾，德音孔昭。
> 视民不恌，君子是则是效。
> 我有旨酒，嘉宾式燕以敖。
>
> 呦呦鹿鸣，食野之芩。
> 我有嘉宾，鼓瑟鼓琴。
> 鼓瑟鼓琴，和乐且湛。
> 我有旨酒，以燕乐嘉宾之心。

《毛诗序》和朱熹《诗集传》都以为此诗是周天子宴飨群臣之作，今人或从之，但也有不少学者认为只是京畿贵族的宴客之作，如此解释更有弹性。古人相信鹿是一种仁兽，看见有食物便会呼唤同伴。所以，此诗三章皆以鹿之觅食为起兴，是兼具比义，不仅以共食比喻饮宴，且以鹿群间的友爱比喻朋友间的良好互动。首章所谓"承筐是将"，是指来宾献礼，而主人捧筐接受。这是当时饮宴礼中的环节。但随后两句即转入"人之好我，示我周行"，可谓柳暗花明：周行，大路也。

由于来宾爱护我,所以与我饮宴论道,并给我指出一条康庄大路。由此可见,友朋的忠告建言,才是真正的大礼,岂是捧筐接受的物质性礼物可比!次章进一步指出,来宾具有昭然光明的道德品质,待人接物端重而不轻浮,是君子们纷纷仿效取法的对象。在这样的基础下,宾主才会饮酒乐甚,尽兴而归。孔子说益友有三种:友直、友谅、友多闻。《鹿鸣》篇中的来宾,正可归入益友之列。

另一首正面谈及友谊的诗作《小雅·伐木》,同样是以饮宴为背景,其写作手法又与《鹿鸣》有所不同:

> 伐木丁丁,鸟鸣嘤嘤。
> 出自幽谷,迁于乔木。
> 嘤其鸣矣,求其友声。
>
> 相彼鸟矣,犹求友声。
> 矧伊人矣,不求友生?
> 神之听之,终和且平。
>
> 伐木许许,酾酒有藇!
> 既有肥羜,以速诸父。
> 宁适不来,微我弗顾。
>
> 于粲洒扫,陈馈八簋。
> 既有肥牡,以速诸舅。
> 宁适不来,微我有咎。

伐木于阪，酾酒有衍。
笾豆有践，兄弟无远。
民之失德，干糇以愆。

有酒湑我，无酒酤我。
坎坎鼓我，蹲蹲舞我。
迨我暇矣，饮此湑矣。

此诗以伐木与鸟鸣起兴。由于有人在幽谷中砍伐树木，以致栖息树上的小鸟受惊从幽谷飞走，要迁居到更高的乔木上。但迁居后，小鸟早已与同类失散，于是嘤嘤啼鸣，希望得到友侪的回应。诗人至此笔锋一转，反问人可以连小鸟都不如，不需要寻觅朋友吗？接着讲到自己备好美酒美食，把厅堂打扫干净，邀请同姓长辈与异姓长辈前来赴宴。即使他们因故无法出席，自己也问心无愧。最后则讲到现在人心不古，往往因为一口干粮而失和，可谓因小失大。大家是兄弟，就应常常往来，如果酒食不足，我自然会去预备，大家应该趁着闲暇聚首一堂，载歌载舞，把酒言欢。此诗将友朋与诸叔、诸舅、兄弟并举，可见诗人之关怀至广。唯首章起兴处，丁丁伐木声虽与嘤嘤鸟鸣声交错相应，却甚不和谐。诗中以鸟喻人，而伐木之举致使鸟群离散，则似象征着一场灾难。鸟类乔迁后重求友声，也可与诗人备宴款待众多亲朋相参。正因大家皆有遭难经历，故诸叔、诸舅多有未能出席者，诗人知道各有苦衷，也并不为忤。赵逵夫、韩高年认为："周厉王不听'防民之口，甚于防川'的劝谏，最终导致了国人暴动。同时也导致王室内部人心离散、亲友不睦，政治和社会状况极度混乱和动荡。周宣王即位初，立志图复兴大业。而欲举大事，必先顺人心。《伐木》

一诗，正是宣王初立之时王族辅政大臣为安定人心、消除隔阂，从而增进亲友情谊而作。"①如此解读是很有道理的。不过，《小雅》作品中年代最晚者已在东周初年，如《正月》即云："赫赫宗周，褒姒灭之。"如此看来，若将伐木之举视为西周破灭的隐喻，而众鸟"迁于乔木"则可与故周孑遗的贵族随平王东迁对照，比宣王中兴之局面更为贴合（因区区一口干粮而失和，似乎也指出了这些贵族在流离失所中的窘况）。因此，诗人设宴是否为了团结东迁贵族与官员，并向那些离散的僚友发出邀请，值得我们进一步思索。

至于在《国风》中，以友情为主题的篇章为数并不多，且多与战争、狩猎有关。如《秦风·无衣》：

> 岂曰无衣？与子同袍。
> 王于兴师，修我戈矛。
> 与子同仇！
>
> 岂曰无衣？与子同泽。
> 王于兴师，修我矛戟。
> 与子偕作！
>
> 岂曰无衣？与子同裳。
> 王于兴师，修我甲兵。
> 与子偕行！

---

① 姜亮夫主编：《先秦诗鉴赏辞典》，上海辞书出版社，1998年，第329页。

此诗产生于春秋前期，当时秦国尚是伯爵，故诗中的"王"应仍指周天子。（参《卫风·伯兮》"为王前驱"，同样是指周王；而《邶风·简兮》"公言锡爵"，则是将卫侯称为"公"）秦国建国是因两周之际勤王有功，周平王东迁前许诺秦人，只要将犬戎逐出西岐，这片京畿故地就归秦人所有。这自然激发了秦国君臣的斗志，于是一百年间厉兵秣马，终于将整个故周之地纳入统治，并进一步开疆拓土，在西部打稳根基。因此，《无衣》大抵是秦人建国早期攻伐犬戎时的军歌，激昂慷慨、同仇敌忾，表现了秦国士兵互助互爱、团结如一的精神。更何况，伐戎之举本身就是奉周天子之命，师出有名，士气无疑就更高昂了。"与子同仇""与子偕作""与子偕行"，正好与《魏风·陟岵》中诗人兄长"行役夙夜必偕"的叮咛相参照。在家靠兄弟，出外靠朋友，战场上兵刃虽然无情，但同袍的情谊却足以使士兵们成为急难的兄弟。再如《齐风·还》，是两位猎人相互赞美的小诗：

> 子之还兮，遭我乎峱之间兮。
> 并驱从两肩兮，揖我谓我儇兮。
>
> 子之茂兮，遭我乎峱之道兮。
> 并驱从两牡兮，揖我谓我好兮。
>
> 子之昌兮，遭我乎峱之阳兮。
> 并驱从两狼兮，揖我谓我臧兮。

全诗使用兮字句，一章之内每句字数不一，错落有致，富于一唱三叹之美。此诗三章章法相同，首句赞美对方，次句谓两人在峱（音挠）山（今淄博东）相逢，三句写两人惺惺相惜，并驾齐驱，追逐猎物，末句则写对方称赞自己。男性之间的友谊，往往建立于游戏——无论是智力或体能的竞赛活动。这首《还》反映出如此模式，自古已然。

第八章

不素餐兮：《诗经》中的农事狩猎

一、《豳风·七月》简说

《豳风·七月》可谓周人农业生活的百科全书，几乎无所不包，故本节先就此篇加以介绍，再逐一讨论《诗经》中的农事诗、狩猎诗和女性劳作诗。周族有史可考的先公时期，大概与整个商代相终始。商族起源于东方，其先祖相土作乘马、王亥作服牛；入主中原后，先后五次迁都，显示其具有较强的游牧色彩。直到盘庚迁殷，以迄于商亡的二百七十三年间，才一直定都于殷。水土丰美的殷地，令商族在发展后期逐渐演变为安土重迁的农耕民族。相比之下，周族比商族更早选择以农业为本：其王族始祖后稷为农耕之神，尚且只是传说。而《史记·周本纪》记载，商代前期僻处西北的周族领袖公刘"虽在戎狄之间，复修后稷之业，务耕种，行地宜"；《大雅·公刘》谓公刘其后因为戎狄侵凌，率领族人迁往广袤的豳地，"度其隰原，彻田为粮"，大力发展农业。此后直到晚商时期古公亶父自豳迁岐，豳地一向是周人的政治中心兼农业基地。而《豳风·七月》的文本大概逐渐形成于公刘至古公亶父在位的二三百年间，如全视角的长幅月令图卷般展示了豳地平民农耕生活的方方面面。我们在前文中提出，《七月》这首长诗共八章，并不像后世民歌那样从一月唱到十二月，一段一月，而且文字和月份的叙述时有重复之处。此外，有的句子看似简短的谚语，连接到一章之中。我们因此怀疑《七月》是由几首原本独立的诗歌乃至许多短小的诗句、谚语在漫长的年代中逐渐缀合而成的，而每章之中又自有脉络。

再者，先秦古人将月份以十二地支命名，依次称为子月、丑月、寅月等（这种纪月方式在计算生辰八字时仍在使用）。据说夏、商、周建国后为表示与民更始，举措之一就是"改正朔"，亦即在十二个月中选择一个月为"岁首"——也就是一年的开端。我们现在的农历又称夏历，据说是夏代立国后订制的历法，夏历正月乃是寅月，即所谓"建寅"。商代立国后改为"建丑"，也就是以丑月或夏历十二月为岁首（正月）。周代立国后又改为"建子"，也就是以子月或夏历十一月为岁首（正月）。不过，周历与夏历相差了两个月，远不及夏历适合农业用途。因此周代民间仍广泛使用夏历，周历只是一种政治符号而已。如《七月》首章中，七月、九月皆指夏历之月，"一之日"（即一月的日子）到"四之日"则指周历之月。《七月》文本大部分可能形成于古公亶父迁岐以前，而周历的使用却不早于武王伐纣，可见这首长诗最后的整合润色仍在周代建立以后。清人崔述《丰镐考信录》认为《七月》是"大王（古公亶父）以前豳之旧诗，盖周公述之以戒成王"，无论此诗是否与周公有关，但对此诗文字作最后修订的传述者必然生活于西周初年。在这里，我们依次将《七月》各章作一概览。

第八章 不素餐兮：《诗经》中的农事狩猎

先看首章：

> 七月流火，九月授衣。
> 一之日觱发，二之日栗烈。
> 无衣无褐，何以卒岁？
> 三之日于耜，四之日举趾。
> 同我妇子，馌彼南亩，
> 田畯至喜。

朱熹《诗集传》认为："此章前段言衣之始，后段言食之始。二章至五章，终前段之意。六章至八章，终后段之意。"认为本章在全篇中有提纲挈领之功能，"七月流火"以下六句谈衣，与二至五章相应；"三之日于耜"以下五句谈食，与六至八章相应。所言甚是。"火"，旧读为"悔"，又称"大火"，即二十八星宿中的心宿二、天蝎座 α 星。"流"，指星体从夜空高处朝地平线下移的动态。所谓"七月流火"，指农历七月天气转凉，入黑之际能看到大火星从西方落下去。因此，"七月流火"有夏往秋来、寒天将至的意思。到了九月，妇女桑麻之事已毕，于是接受裁制冬衣的工作。否则十一、十二月寒风刺骨，没有足够的衣物，如何度过严冷的冬天？到了次年正月天气尚寒，只能在家里整修耒耜等农具，二月天气渐暖，方才开始下田。"同我妇子"以下三句，在《小雅》的《甫田》《大田》中都有相似的文字。前两句当指妻儿一起到向阳的田间（南亩）送饭，不过末句的解读略有歧义。"田畯"通常释为农官、农正、田大夫。所谓"至喜"，郑玄笺云："喜，读为饎。饎，酒食也。耕者之妇子，俱以饷来，至于南亩之中，其见田大夫，又为设酒食焉。"因此，今人或依此解释为田大夫享用农民的酒食，似乎不确。依照周礼，每年开春都要举行籍田礼。参西周令鼎铭文："王大耤农与諆田，饧。"所谓"饧"，当与酒食有关。又《周礼·春官·籥章》："击土鼓以乐田畯。"籍田礼由君主亲自主持，田大夫只是区区一官员，竟能享受如此隆重的歌舞酒食，显然与其职位不符。故郑玄注《周礼》此段，引郑司农（众）之说曰："田畯，古之先教田者。"换言之，田畯实际上是农神或"田祖"。如今人姚小鸥不仅认为田畯乃是农神，还提出籍田礼包括祭神、耕作、宴飨三个环节。[1] 而张希峰更认为，田畯就是后稷。[2] 故此，这三句宜解作：农夫们携着祭祀田祖后稷的酒食，带着妻儿参加籍田礼。典礼上，田大夫将官方备好带有后稷"神力加持"的食品分发给众人，让大家开春有个好彩头。[3]

第二章仍以"七月流火，九月授衣"二句开头，有复沓之意。后文却是全章主题，谈及春天的活动：

> 七月流火，九月授衣。
> 春日载阳，有鸣仓庚。
> 女执懿筐，遵彼微行，
> 爰求柔桑。
> 春日迟迟，采蘩祁祁。
> 女心伤悲，殆及公子同归。

---

[1] 姚小鸥：《田畯农神考》，《诗经与楚简诗经类文献研究》，商务印书馆，2022年，第69—77页。

[2] 张希峰：《田畯后稷新考》，《中国文化研究》1995年第1期，第43—44页。

[3] 农夫提供的酒食与田大夫分发的食品之间有什么关系？今日台湾妈祖诞辰庆祝活动的模式或可给予我们一点启示：每年农历三月庆祝活动前夕，民间善信会捐献赞助各种食物，庙方也会准备一些，供广大信众免费取用。

第八章　不素餐兮：《诗经》中的农事狩猎

在暖洋洋的春阳之下，黄鹂在婉转地啼鸣。少女们拿着深竹筐，在小路上走着，采集柔嫩的桑叶。春天的日照时间渐长，少女们纷纷采集白蒿。据说以白蒿孵化蚕卵，成功率更高。此时此刻，这些少女心中却思春愁嫁，害怕不能和心爱的公子一起回去。[①] 这一章的文字是《七月》全篇中最为轻盈美好的，即使描摹怀春少女的悲伤都那么明洁可人，短短两句就使女性幽微易感的心态跃然纸上。第三章继续写采桑的工作：

> 七月流火，八月萑苇。
> 蚕月条桑，取彼斧斨，
> 以伐远扬，猗彼女桑。
> 七月鸣鵙，八月载绩。
> 载玄载黄，我朱孔阳，
> 为公子裳。

首句依然是"七月流火"，次句则转为"八月萑苇"，萑（音环）苇即芦苇，八月长成，收割后可以制箔。如此转换，大概是因为下文后段讲到了八月，不过第三句仍从春天说起。三月间，桑树需要修剪，于是拿来斧头，砍掉长得太远太高的枝条。七月伯劳啼叫，标志着夏去秋来。八月份，妇女开始织麻，并染织衣物，有的玄色，有的黄色，有的朱色。值得注意的是，此章末二句承接前文"载玄载黄"，却不再使用"载朱"字样，而是以芸芸女子之一的口吻，说："我染出的

---

① 见唐颖虹：《〈诗经·豳风·七月〉"女心伤悲，殆及公子同归"考辨》，《青春岁月》2017 年第 9 期，第 20—21 页。

朱色最鲜亮，可以为豳公之子制裳。"如此一来，不仅产生句法的变化，也令读者感到每个织女都自视甚高，相互竞赛，颇有趣味。再者，"八月载绩"以下几句，也进一步解释了前文在"七月流火"以后、"九月授衣"以前，织女们如何辛勤工作着。而如此工作不仅集中在七、八、九月，而是从春日采桑之际就开始了。换言之，第二、三章基本上都是在阐述"授衣"的始末。"女心伤悲""我朱孔阳"等尤其具有风诗灵动生姿的特点。相比之下，四至七章的笔法、内容与《小雅》的《甫田》《大田》等篇有相似处，故学者认为即所谓"豳雅"。

第四、五章的焦点从另一个角度谈"授衣"。第四章前四句依次写夏、秋、冬三季的物候景象，后七句则写狩猎：

> 四月秀葽，五月鸣蜩。
> 八月其获，十月陨萚。
> 一之日于貉，取彼狐狸，
> 为公子裘。
> 二之日其同，载缵武功。
> 言私其豵，献豣于公。

四月初夏，远志开始结实，五月蝉声处处。八月份农民开始秋收，十月份黄叶从树上陨落。到了寒冷的十一月，猎人们上山猎取貉子、狐狸，将狐皮为贵族公子制裘。十二月间，猎人们会合一处，一起锻炼狩猎技巧，将猎得的小野猪留给自家，大野猪则献给豳公。由此可见，豳人的狩猎仍然与衣食关系甚大，且阶层划分明确。第五章前六句以不同季节的昆虫起兴，后五句则讲到居室：

> 五月斯螽动股，六月莎鸡振羽。
> 七月在野，八月在宇，
> 九月在户，十月蟋蟀入我床下。
> 穹窒熏鼠，塞向墐户。
> 嗟我妇子，曰为改岁，
> 入此室处。

对于此章五月至十月的六句，扬之水评论其"流泻而出，一气贯注。旷野草丛，墙边屋角，一声声虫鸣，织出一个长长的'仲夏夜之梦'，由远及近，由模糊而清晰，直至谱入清秋的旋律"。（《诗经名物新证》）五月里，蚱蜢开始发出鸣声。六月里，则轮到纺织娘。旧说或云古人相信斯螽是以两股相切的方式来发声，未必然：既然他们知道纺织娘是鼓翅发声，怎会不知道蚱蜢发声是同一原理呢？我们认为所谓动股只是单纯描绘这类昆虫到了活跃的季节，四处跳动。而此处"五月""六月"二句是互文见义，意为：五月是斯螽动股振羽，六月到莎鸡动股振羽。动股着墨偏向动态，振羽着墨偏向静态。后四句从七、八、九、十月来写蟋蟀的动态，依次从田野、屋檐、门口来到床下，可见天气越来越冷了。如果依照此章首二句的句式，第三句大可将主语提前，写作"七月蟋蟀在野"，但如此一来，后面变成"八月在宇，九月在户，十月入我床下"，读起来不管在文义上或音韵上都没么生动有趣了。天气冷了，在一年将尽以前，农夫举家都要搬入室内居住，但搬入之前还要做两大准备：一是清空墙角堵塞的杂物，以便熏鼠；二是以泥涂封以柴竹编成的北窗，使它不再通风，以便保暖。区区一个"嗟"字，却真切描画出农夫们在一年辛劳中深沉的叹息。

如朱熹所言，第六至八章将焦点从"衣"转向了"食"——虽然

第四章谈及的狩猎也为"食"做出了铺垫。第六章谈到的,主要是蔬果。前文已言,本章首二句、次四句、末五句各押一韵,原来大概是三首独立的谚语或小诗,合为一章后时序遂有颠倒之处,兹不赘言。

> 六月食郁及薁,七月亨葵及菽。
> 八月剥枣,十月获稻。
> 为此春酒,以介眉寿。
> 七月食瓜,八月断壶,
> 九月叔苴。
> 采茶薪樗,食我农夫。

六月里,郁李和野葡萄都可以吃了。七月可烹煮葵菜和大豆,各种瓜类也都成熟了。八月间,人们从枣树上打下枣实,又从葫芦藤上摘下葫芦。九月拾取秋麻籽,以供食用;同时又采集一些苦菜,砍伐一些臭椿为柴火来过活。十月稻谷丰收,余粮加上九月收获的红枣,都是酿春酒的原料。冬天酿酒,经春始成,故名春酒。春酒可用于祭礼,向神明祈求长寿。人到老时眉毛中有长毛,称为秀眉,因此古人称长寿为眉寿。第七章谈到秋收以后的农事:

> 九月筑场圃,十月纳禾稼。
> 黍稷重穋,禾麻菽麦。
> 嗟我农夫,我稼既同,
> 上入执宫功。
> 昼尔于茅,宵尔索绹。
> 亟其乘屋,其始播百谷。

为了配合十月份的秋收，九月就要把春夏的菜园改建成打谷场。到了十月，就把各种农作物收进谷仓，包括黄米、高粱、谷子、粟米、麻类、豆类、麦类等，品种繁多。可叹这些农夫在收齐庄稼后，还要负责服役维修宫室。白天外出取茅草，晚上搓制长绳。拿着茅草和长绳，急急忙忙来盖房子。等把这些役务完成，又是开春耕种的时候了。末章与祭祀有关，学者一般认为所谓"豳颂"即此：

> 二之日凿冰冲冲，三之日纳于凌阴。
> 四之日其蚤，献羔祭韭。
> 九月肃霜，十月涤场。
> 朋酒斯飨，曰杀羔羊。
> 跻彼公堂，称彼兕觥，
> 万寿无疆。

十二月、正月间，凿得冰块冲冲作响，并将之收进冰窖。首二句也是互文见义，不可能此月凿冰、下月才收纳。二月早起祭祀，以羊羔和韭菜来祭祀祖先。九月天高气爽，十月秋收后清理打谷场。腊祭后的大酺中，献上两盏清酒，宰杀羔羊来祭祀。农夫们登上豳公的庙堂，举起手中的犀角杯，一起敬祝豳公万寿无疆。本章前四句讲"蚤"祭，由冬入春；后七句讲腊祭大酺，由秋入冬。而以后者的文字尤其端庄典雅，而意绪较为明朗，故有"豳颂"之称。

顺带一提，豳地本为周人先公所居，其后即使古公亶父自豳迁岐，依然为直辖领地。而周人先公如公刘、古公、公季等，皆以公称之，因此我们怀疑，《七月》诗中所谓"公"，当是指灭商以前的周人先公。为免混淆，我们在解说时仍使用"豳公"一词，却未必认为"豳公"

是周族领袖另立的畿内诸侯。再者，若依今人马银琴所言，周人历史要到古公亶父"作五官有司"、正式出现史官职位后才突然变得清晰而详明。①《七月》的内容主要关涉民俗而非历史，其中许多片段即使是由古公时期的史官作初步汇集（最后于成王时期整理成篇），却可能于迁岐以前便已在豳地人民之间口耳相传许久了。

二、《诗经》中的农事诗

郭沫若指出，《诗经》中与农事有关的作品共有十一篇，亦即《国风》中的《豳风·七月》，《小雅》中的《楚茨》《信南山》《甫田》《大田》，以及《周颂》中的《思文》《臣工》《噫嘻》《丰年》《载芟》《良耜》诸作。在前节中，我们已经单独就《七月》作出了分析。本节会继续选取其他相关作品加以考察。我们可以先浏览《小雅·信南山》一篇。此诗是周王祭祖祈福的乐歌，对于农事和祭祀场面有细致的描述。由于周人以农立国，并以后稷为始祖，对于农业的重视是可想而知的。全诗共六章，每章六句。首三章详细讲述了在终南山之野开垦田地、雨露滋润稼穑生长，以及收获谷物制作酒食。首章可谓开篇不凡：

> 信彼南山，维禹甸之。
> 畇畇原隰，曾孙田之。
> 我疆我理，南东其亩。

此章先云终南山诚然是大禹当年所治理过，次云南山下平坦整齐

---

① 马银琴：《〈诗经〉史诗与周民族的历史建构》，《学术论坛》第40卷（2017年1月），第9—16页。

的原野则是周王种植粮食之处——由于周王祭祖时自称曾孙,故诗人沿用之。前后四句,两两采用对偶方式,将古今时空交集一处。因此,人们就在南山之原划分田界、开凿沟渠,并将土地仔细丈量。疆为田界,理为沟垄,此处皆作动词用。次章对雨水描写生动:

> 上天同云,雨雪雰雰。
> 益之以霡霂。既优既渥,
> 既沾既足,生我百谷。

在冬春之交,天上密云满布,雨雪纷纷降下。入春以后,雨雪变成了润物无声的毛毛细雨,湿润而充足,百谷于焉茁壮生长。第三章继续讲百谷:

> 疆埸翼翼,黍稷彧彧。
> 曾孙之穑,以为酒食。
> 畀我尸宾,寿考万年。

首二句谓远望田界阡陌齐整,黄米、高粱都非常茂盛。收成后,周王会以这些农作物为酒食,奉给神主,给予宾客,以求长寿延年。现代祭祀死去的祖先,往往有木制的神主牌位,但先秦时代的祭祀活动中却往往由活着的晚辈或臣下来担当,象征死者的神灵来接受后人的膜拜、祭奠,称之为"尸"。末三章进一步描绘祭祀的情况。第四章云:

> 中田有庐,疆埸有瓜。

> 是剥是菹，献之皇祖。
> 曾孙寿考，受天之祜。

谓田中还种有萝卜、瓜类，把它们切开腌渍，可献于先祖灵前。周王不但能延年益寿，还会蒙受上天赐福。第四章言素祭品，第五、六章则言荤祭品：

> 祭以清酒，从以骍牡。
> 享于祖考，执其鸾刀。
> 以启其毛，取其血膋。
>
> 是烝是享，苾苾芬芬。
> 祀事孔明，先祖是皇。
> 报以介福，万寿无疆。

谓以清酒和赤黄色的公牛来献祭给先父先祖，手持带有铃环的利刀，分开牛毛后取出脂膏。将其进献，芬芳扑鼻。程俊英指出："周人祭礼先用酒降神，然后迎接牲口，周王亲执鸾刀，割开牲口的毛肉，表示这是纯色的。取出牲口的血，表示这是新杀的。又取出它的油，加上黄米、高粱放在艾蒿上烧，使香气四溢。"（《诗经译注》）祭祀诸事都清晰不紊，先祖的神灵于是降临在祭坛，心情愉悦，故而赐予后人洪福，让周王万寿无疆。此诗将农事与祭祀活动合讲，娓娓道来，在叙事的过程中又几次出现"畀我尸宾，寿考万年""曾孙寿考，受天之祜""报以介福，万寿无疆"的祝颂，庄严肃穆，气氛神圣，足见周人对农事的重视态度。

第八章　不素餐兮：《诗经》中的农事狩猎

《小雅》另一篇作品《大田》,则叙述了秋收后周王率众祭祀田祖,并较为详细地记载了农业生产的情况。此诗共四章,首二章每章八句,末二章每章九句。首章描述如何选种、播种:

> 大田多稼,既种既戒,
> 既备乃事。
> 以我覃耜,俶载南亩。
> 播厥百谷,既庭且硕,
> 曾孙是若。

大片的田地上会种植各种农作物,选好种子、修好农具,万事俱备,农夫们就拿着锋利的耒耜,开始在南亩从事劳动。大家在那里播撒挺拔硕大的百谷,周王觉得十分顺意。次章描述除草杀虫:

> 既方既皂,既坚既好,
> 不稂不莠。
> 去其螟螣,及其蟊贼,
> 无害我田稚。
> 田祖有神,秉畀炎火。

所谓"既方既皂",指谷粒已生嫩壳而尚未合满;"皂"指谷壳已结成而仍不坚实。"既方既皂"正与下句"既坚既好"相对,庄稼从稚嫩长到饱满坚实,田间没有穗粒空瘪的禾秆,狗尾草等杂草也被清除了。此外,许多害虫都要杀光,如螟专吃禾心,螣专吃禾叶,蟊专吃禾根,贼专吃禾节,这些都不能姑息苟且,稚嫩的幼禾才不会受

到危害。在田祖神灵的保庇下,害虫都被投进了烈火。第三章描述大田丰收的盛况:

> 有渰萋萋,兴雨祈祈。
> 雨我公田,遂及我私。
> 彼有不获稚,此有不敛穧,
> 彼有遗秉,此有滞穗,
> 伊寡妇之利。

"有渰萋萋"即"渰渰凄凄","渰渰"指阴云密布,"凄凄"指凉风清泠。风云来聚,就下起了细雨。"祈祈"为缓慢之意,可见雨势之柔和。至于"雨我公田,遂及我私"两句,历来一直被征引为周代井田制的证据。井田分为九区,每区一百亩,中间为公田;周围八区分别为八家所有,为私田。而八家共养公田,公田的收获归官府所有,此即孟子所言"周人百亩而彻"。春雨当然是无远弗届的,但在诗人眼中,却是先滋润公田,再洒落私田,这当然源自其惯性思维(一说"雨我公田"的"雨"为灌溉之意)。假如有未割下的嫩禾、割而未收的禾把、遗漏的禾捆、滞留的谷穗,这些都送给孤寡老妇,让她们安生。此章可谓西周农业经济的珍贵记录。末章描述祭祀祈福:

> 曾孙来止,以其妇子,
> 馌彼南亩,田畯至喜。
> 来方禋祀,以其骍黑,
> 与其黍稷,以享以祀,
> 以介景福。

此章二、三、四句与《豳风·七月》首章末三句相似，唯"以其妇子"，《七月》作"同我妇子"。可见在祭祀活动中，不仅农夫们家家齐聚，周王也带着王后、太子前来，与民同乐。大家都自备酒食，在南亩进献给田祖，再由田大夫分发至每个人。"来方禋祀"，近人高亨认为是周王前来祭祀四方之神。所谓禋，本指升烟以祭，此处泛指祭祀。祭祀品中，荤食为赤牛和黑色的猪羊，即所谓三牲太牢；素食则为黄米和高粱。在周王的率领下，大家祭拜田祖和四方之神，祈求洪福降临。

上文所举两篇《小雅》农事诗——《信南山》和《大田》，皆以叙述为主。从这些作品中可以知道，农事与祭祀的关系非常密切。接下来我们可以参考《周颂》中的相关篇章，以见农业祭歌的面貌。值得注意的是，《周颂》农事诗虽与其他篇章一样不分章，有些篇章如《思文》《臣工》《噫嘻》同样不用韵而篇幅较为短小，但如《载芟》《良耜》则篇幅较长而以押韵为主，且某些字句与《小雅》诸篇较为相似，我们怀疑这两篇可能产生时代较晚。整体而言，《周颂》中的这些农事诗皆以较为划一的四言体为主，与其他句式参差不齐的作品颇为不同。兹略举一二，以见其梗概：

> 思文后稷，克配彼天。
> 立我烝民，莫匪尔极。
> 贻我来牟，帝命率育，
> 无此疆尔界。陈常于时夏。

程俊英说："这是郊祀后稷以配天的乐歌。前人有认为是周公所作的，有认为是豳地之颂的。按周自后稷发明播种百谷后，公刘和古公亶父都是以农建国的人物，豳民作诗祭祀后稷，这是很可能的。到周公时，加以润色配乐，定为祭祀后稷配天的乐章，也有此可能。"如果此说可靠，则《思文》一篇的肇始年代也甚为久远了。全诗大意为：后稷文德之盛，足以配享上天。天下百姓得到哺育，莫不是受到您最大的恩赐。您把麦种留给我们，天命以它来普遍供养。不分彼此的疆界，遍及疆土都推广。将此农政常规遍布于中土。不难想象，《豳风·七月》《小雅·大田》等诗中祭祀田祖后稷，《思文》必然是主要的祭歌。

前文谈及的《小雅·信南山》，为秋收后祭祀先祖的作品。而《周颂·丰年》正是如此祭典中的颂歌，可以合看：

> 丰年多黍多稌，
> 亦有高廪，
> 万亿及秭。
> 为酒为醴，
> 烝畀祖妣。
> 以洽百礼，
> 降福孔皆。

此诗前三句言丰收之年，高粱、稻谷皆多，在高高的仓库中，囤积了数量庞大的粮食（古代十万为亿，十亿为秭）。于是取来余粮，制成美味的清酒和甜酒，将之进献给男女先祖。如此方配合各种礼仪，令先祖大大降福给芸芸众生。此诗使用赋笔，抒情较少，但语言益是简洁质朴，益能显现出典礼的庄严。而在一望无穷的农获面前，再多华丽的语言，似乎也不过是冗赘了。

三、《诗经》中的狩猎诗

《豳风·七月》第三章后半涉及狩猎题材，而前文谈及的《齐风·还》是猎人相互赞美之作，《召南·野有死麕》则是关于猎人的爱情生活。此外，《诗经》中以狩猎为主题的作品尚有十余首之多。兹于本节举例说明之。若说农事工作只由平民负责，那么打猎不仅是平民的职业，还是天子王公的礼仪、娱乐的一部分。如《小雅·车攻》，程俊英认为："这是一首写周宣王召会同诸侯举行田猎的诗。据前人分析，宣王会猎诸侯含有示威慑服的意义。"如其诗末章云：

之子于征，有闻无声。
允矣君子，展也大成。

意谓宣王在狩猎过程中，会猎人马都整齐肃穆而寂然无声。大家都认为宣王真是圣明天子，会猎胜利，大有所成。由此可见，程俊英的解说是有道理的。《车攻》后一篇的《吉日》，大概也创作于同一场合。又如《秦风·驷驖》，据程俊英所言："这是一首描写秦君打猎的诗，大致是秦襄公时（约在公元前777年以后）的作品。诗中的公，当即秦襄公。他当时助平王迁都洛阳，被封为诸侯，遂有周西都畿内岐、丰八百里之地。秦风尚武，逐渐强大。这是诗的社会背景。"其诗云：

驷驖孔阜，六辔在手。
公之媚子，从公于狩。

> 奉时辰牡，辰牡孔硕。
> 公曰左之，舍拔则获。
>
> 游于北园，四马既闲。
> 輶车鸾镳，载猃歇骄。

此诗共三章，每章四句。所谓"驖"（音铁），是指黑毛而毛尖略带红色的骏马。首章采用倒叙法，意即秦襄公出猎，其所宠信的车夫与他随行，手中握着六条缰绳，拴着四匹健硕的驖马。由于采用倒叙，文意从驖马开始层层抽绎，引人入胜。次章首句的"辰牡"，指合乎时令的公兽。先秦君主有专门掌管山泽的官员，称为虞人或驺虞，他们一方面保育山泽草木鸟兽，另一方面则有序地提供这些资源，避免"竭泽而渔"。当秦伯前来，驺虞于是驱出一批已经生长健硕的应时兽类，以供狩猎。秦伯说："向左射！"放开箭的尾部，野兽应声倒下。这当然只是狩猎的其中一个场景而已，诗人特意拈出，以小见大。末章言秦伯结束狩猎后，到北园来小憩，仍是那四匹驖马拉着车，驾轻就熟。一旁还有一架轻车，銮铃作响，车上载着各种猎犬。"猃"音险，长嘴猎犬；"歇骄"，一作猲獢，短嘴猎犬。朱熹云："以车载犬，盖以休其足力也。"从这首诗中，秦人的尚武精神诚然依约可见。

关于管理山泽的虞人，《召南》也有一首《驺虞》篇。驺虞的名义，《鲁诗》认为"驺"为天子之囿，"虞"为司兽之官。而今人鲍昌《释〈驺虞〉》一文则以"驺"为饲养牲畜者，"虞"为披着虎皮高声呼叫者，二字合训为猎人。如此解释更为合理，道出此官对于鸟兽既负责饲养，又负责狩猎，可谓操生杀予夺之权。久而久之，驺虞又被讹传为一种不忍杀生的仁兽。《驺虞》篇虽短，诗旨却有不同解说：

彼茁者葭，壹发五豝。
于嗟乎驺虞！

彼茁者蓬，壹发五豵。
于嗟乎驺虞！

近年公布的安大简，文字可与传世文本相参照：

彼茁者葭，一发五豝。
于嗟从乎。

彼茁者蓬，〔一发五豵。
于嗟从乎。〕

〔彼茁者〕著，一发五麕，
于嗟从乎。

方括号内为缺字，据文义补上。参照之下，不难发现两个显著差异，一是安大本多出第三章，言及"一发五麕"。二是传世本的"于嗟乎驺虞"，安大本作"于嗟从乎"。《毛传》《郑笺》以此诗言虞人翼驱五豝，王公唯一发，但杀其一，以见仁德之意。如此看来，安大本"于嗟从乎"的"从"字，不仅指逐兽，似乎也点出了驺虞随从君主驱驰之意。换言之，射兽者乃是君主，而非驺虞本人。再看诗中其他文字。茁为茁壮、茂盛之意。葭为芦苇，蓬为蓬蒿。"壹"与"一"同，"发"为发矢，射满十二箭为一发。①"五",传统说法认为是虚数,表示数目多。今人马楠认为"五"通午,为交午、贯午之意,简而言之就是射中猎物。②"豝"音巴,母野猪,一说兽两岁为豝。豵为小野猪,一说兽一岁为豵。如果像近代某些解说那般,认为驺虞将大小野兽全部射死,自然残忍而不称职,那么此诗当有讥刺之意,但驺虞既为山泽长官,应当不能私自滥杀。且若释"五"为"午",那么即使射杀野兽,数目也未必多了。马楠论安大本道:"仅从文本看来,每章首言搜猎得时,次言君公大夫一发则贯,终言于嗟逐兽,三句文义贯通,应当是表现贵族以时狩猎、习于射御、不失其驰的诗歌。"此说得之。

次者,《诗经》中不少歌颂猎手的诗歌,若从其描述之外表、身手、装备等方面观之,往往带有贵族色彩。如《齐风·猗嗟》所描绘的一位健美熟练的青年猎手,据说就是鲁庄公(此诗容后再论)。而《郑风》中有两首《叔于田》,或云主角为郑庄公之弟太叔段,此说未必然,但其为贵族公子,当无疑义。第一首《叔于田》,程俊英是如此解说的:"这是一首赞美猎人的诗。《诗经》中常用伯、仲、叔、季的表字;特别是女子,多半用它称其情人或丈夫。这是当时的习俗。这首诗,可能出自女子的口吻。诗中用了夸张的艺术手法,塑造了'叔'的美好形象。"为与第一首区别,编者将第二首称为《大叔于田》,此首比前一首更为精彩动人,且果如程氏所言,"可能出自女子的口吻",此诗"写打猎的生动场面,使人如见其人,如临其事。这种铺张手法,

---

① 一说"发"为"驱赶"之意。近人高亨则以"发"通"拨",指拨开芦苇蓬蒿而看到野猪。
② 马楠:《说〈诗经·驺虞〉"壹发五豝"及〈驺虞〉诗旨》,收入邬文玲、戴卫红主编《简帛研究》2021年春夏卷,广西师范大学出版社,2021年,第101—104页。

给汉赋的影响很大"。诗云：

> 叔于田，乘乘马。
> 执辔如组，两骖如舞。
> 叔在薮，火烈具举。
> 袒裼暴虎，献于公所。
> 将叔勿狃，戒其伤女。
>
> 叔于田，乘乘黄。
> 两服上襄，两骖雁行。
> 叔在薮，火烈具扬。
> 叔善射忌，又良御忌。
> 抑磬控忌，抑纵送忌。
>
> 叔于田，乘乘鸨。
> 两服齐首，两骖如手。
> 叔在薮，火烈具阜。
> 叔马慢忌，叔发罕忌，
> 抑释掤忌，抑鬯弓忌。

全诗共三章，每章十句，三言与四言交错，且时有虚字尾的句式，变化多端。首章讲"叔"随着郑伯出猎，他乘着四匹马拉着的马车——四马一车为一乘，手上轻而易举地握着缰绳，宛如丝带，两旁的骖马如舞蹈般整齐。先秦马车设计，内二马各一辔，外二马各二辔，总共六辔。"叔"来到湿地，大家纷纷举起火把，焚烧草木，驱逐野兽。

"烈"为"迾"之假借，火迾指打猎时放火烧草，遮断野兽的逃路。这时跳出一只老虎，"叔"于是赤膊上阵，与之格斗，最后将之擒获，献往郑伯的宫室。末两句是围观者及崇拜者的劝诫，请"叔"不要因为武功高强而麻痹大意，当心猛虎伤害了你。有学者说得好：这两句"看似劝诫，实则是从一个很好的角度，对于'叔'的雄豪自肆作了巧妙的渲染，愈见其无所畏惧的英雄胆气"。赵逵夫则说："诗人夸赞叔，为他而自豪，又替他担心，希望他不要掉以轻心，这个感情，是复杂的。"① 次章"乘乘黄"为乘坐四匹黄马的马车，末章"乘乘鸨"的"鸨"指花纹黑白相间的马。"上襄"为头向上扬，"齐首"指并驾齐驱，这是形容中间的两服。"雁行"指旁边的两骖如大雁般平行飞翔，"如手"更谓两骖一如"叔"双手的延伸，比喻可谓柳暗花明，益发精妙。不过三章开头出场马匹颜色各不相同，看似是三次打猎，但若从"叔在薮"看起，会发现三章前后叙事是连贯的，写的实际上是同一场打猎。由此可见，"乘乘马""乘乘黄""乘乘鸨"的马色虽宛如时装秀一般变换，实则是将"叔"不同场合的形象剪贴到同一场景中，以求变化多姿。马色的替换，仿佛就像诗人及其他围观者、崇拜者的心情一样，在目不暇接中获得了极大的愉悦。至于火迾从"具举"到"具扬"再到"具阜"，似乎也暗示着时间的推移。尾章后四句谓"叔"不仅是好射手，也是好车手，驾车射猎，时而弯腰如磬，勒马使其缓行；时而发出飞箭，追逐禽鸟。各种身段、各种姿态，其美妙令人眼花缭乱。末章后四句则谓"叔"的马速渐渐放缓，发箭的频率也渐渐少了，他打开箭筒盖，收起箭枝，又把弯弓收到弓囊中。《大叔于田》一诗给予现代读者的信息是非常丰富的：我们不仅由此了解到春秋时代王公贵族狩猎的过程，

---

① 姜亮夫主编：《先秦诗鉴赏辞典》，上海辞书出版社，1998年，第158页。

还可从旁观者的视角得悉当时对美男子有怎样的认知：那就是身段健美、武功高强、充满自信且又具备忠于君上的美德。

四、《诗经》中的女性劳作诗

《诗经》中的男性劳作诗，以农事与狩猎为主，偶有关于其他工作者（如《魏风·伐檀》），但为数不多。而女性劳作诗方面，往往涉及植物采集工作的主题，而植物采集依然与衣食关系甚大。如《小雅·采绿》一诗，主题虽是思念行役的丈夫，但也关涉女性自身的工作，那就是采集绿草和蓼蓝做布匹和服装染料，后文有专节赏析。《王风·采葛》则从男子的口吻，表达出对采集植物女子的爱意，一日不见，如隔三秋。而收在《周南》中的《芣苢》，从另一个角度反映出劳动女性的工作情况：

> 采采芣苢，薄言采之。
> 采采芣苢，薄言有之。
>
> 采采芣苢，薄言掇之。
> 采采芣苢，薄言捋之。
>
> 采采芣苢，薄言袺之。
> 采采芣苢，薄言襭之。

此诗传统上分为三章，每章四句，实际上分为六章，每章两句也无不可，因为每章首句皆为"采采芣苢"，末句皆为"薄言×之"，各章差异在于仅更换一字而已。"苤苢",音浮以,《毛传》认为是车前草,有利尿功能,近人闻一多等则认为是薏苡。无论是哪一种植物,都结籽甚多,似乎与生育崇拜有关。采采,茂盛之意。"薄言",发语词,并无意义,主要作用在于补充音节。"薄言采之"的"采"为采集之意,"有"为收藏之意,"掇"为拾取之意,"捋"为以手握物而脱取,"袺"为手提衣襟兜住,"襭"为兜入衣襟并将衣襟系于腰带。全诗反复咏叹,六个动词表达了采集幅度之渐进,于重章叠句中感觉到一种质朴之美。如清人方玉润云:"读者试平心静气涵泳此诗,恍听田家妇女三三五五于平原绣野、风和日丽中,同歌互答,余音袅袅,若远若近,忽断忽续,不知其情之何以移而神之何以旷,则此诗可不必细绎而自得其妙焉。"这首作品可与《召南·采蘩》参看:

于以采蘩?于沼于沚。
于以用之?公侯之事。

于以采蘩?于涧之中。
于以用之?公侯之宫。

被之僮僮,夙夜在公。
被之祁祁,薄言还归。

如前所言,蘩为白蒿,可用于孵化蚕卵。"于以",在何处之意。蚕妇们在沼泽、水边、山涧中采蘩,就是要用于公侯的蚕室。"被"同髲,以他人之发编结发饰,类似今天的假发。"僮僮",高耸貌。"祁祁",众多貌。蚕妇成群结队去采蘩,早出晚归,无非为了公事。只见她们来时、去时,头上都顶着高耸的发饰。

劳作与爱情往往有交集之处。如《魏风·十亩之间》这首采桑女唱出的歌曲:

> 十亩之间兮,桑者闲闲兮,
> 行与子还兮。
>
> 十亩之外兮,桑者泄泄兮,
> 行与子逝兮。

十亩之间,谓郊外场圃之地,泛指桑园之广大。"闲闲""泄泄",都是指悠闲和乐之貌。逝,去也。黄昏时分,一众采桑女完成了一天辛劳的工作,大家在夕阳的残照中结伴而归,行歌互答,其乐融融。有学者认为,《十亩之间》属于情歌,所谓"行与子还""行与子逝"是指采桑女招呼自己的情人——大概是田间耕作的青年农夫——一同回家。如《陈风·东门之池》似乎也证明了这一点:

> 东门之池,可以沤麻。
> 彼美叔姬,可与晤歌。
>
> 东门之池,可以沤纻。
> 彼美叔姬,可与晤语。
>
> 东门之池,可以沤菅。
> 彼美叔姬,可与晤言。

东门之池，旧说是陈国国都宛丘东门外的护城河。"沤"指长时间浸泡，"纻"音柱，苎麻。苎麻为多年生草本植物，可制绳、织布。菅草为芦荻一类的草本植物，其茎浸渍后加以剥取，可以编制草鞋。叔姬即姬家三女儿。"晤"即会面，晤歌、晤语、晤言指当面对歌、交谈、对话。可见叔姬时常在东门之池沤麻、沤纻、沤菅。久而久之，一位年轻小伙子与她结识，郎情妾意，因而唱出了这首歌曲。今人陈铭指出："沤麻的水，是有相当强烈的臭味的。长久浸泡的麻，从水中捞出，洗去泡出的浆液，剥离麻皮，是一种相当艰苦的劳动。但是，在这艰苦的劳动中，小伙子能和自己钟爱的姑娘在一起，又说又唱，心情就大不同了。艰苦的劳动变成温馨的相聚，歌声充满欢乐之情。"①分析可谓十分细致。

而在工作中遭逢的不如意事，也时而在《诗经》的作品中呈现出来。如《魏风·葛屦》，是一位缝衣女工讽刺穿她所缝之衣的贵妇人的作品：

> 纠纠葛屦，可以履霜？
> 掺掺女手，可以缝裳？
> 要之襋之，好人服之。
>
> 好人提提，宛然左辟，
> 佩其象揥。
> 维是褊心，是以为刺。

此诗两章，首章六句，尾章五句。姜亮夫等指出："此诗实际上

---

① 姜亮夫主编：《先秦诗鉴赏辞典》，上海辞书出版社，1998年，第270页。

用了一个很简单而又常见的手法，即对比。作者有意识地将缝衣女与女主人对照起来描写，两人的距离立刻拉开，一穷一富，一奴一主，马上形成鲜明的对照，给人留下了十分强烈而又深刻的印象。"[1]"葛屦（音举）"，葛绳编制的鞋，为夏天所穿。"纠纠"，缠绕交错貌。"掺掺"，同纤纤，形容女子手指纤细柔弱。"要"同腰；"襋"音棘，衣领之意。"要""襋"此处皆作动词，指缝制腰身与衣领。"好人"，美人，指贵妇人。"提提"同媞媞，安闲舒心貌。"宛然"，回转貌。"辟"同避，左辟即向左避开。"揥"音替，发笸，象揥即象牙制作的发笸。"褊"音扁，褊心指心胸狭窄。天气已凉，怎能想象这个缝衣女工依然穿着破旧葛鞋，可以走在结霜的地面？怎能想象她那纤柔的双手，可以缝制出华美的衣裳？首章前四句两两对偶，而两度反问则带出了抑郁不平之气。她裁剪完腰身又裁剪衣领，给那位美丽的贵妇人穿到身上。那位贵妇人穿上新的秋衣后，依然一副安闲舒心的样子，还故意向左转身，装成要佩戴发笸，完全无视这位辛苦劳作的女工，遑论表示谢意。末两句直接道出了作诗的动机：因为这位贵妇人傲慢无礼、心胸狭窄，所以创作此诗加以讽刺。

---

[1] 姜亮夫主编：《先秦诗鉴赏辞典》，上海辞书出版社，1998年，第207页。

第九章

王于出征：《诗经》中的战争徭役

一、武王伐纣与周公东征

武王伐纣之举标志着西周的建立，是中国历史上的大事。在后人看来，这段历史充满了传奇性，明代中后期甚至以此为背景，敷衍成神魔小说《封神演义》。但我们发现，《诗经》中虽然不止一次提到"翦商"，但正面描述伐纣之牧野一战的诗句却为数戋戋，比较著名的大概只有《大雅·大明》的末章：

> 牧野洋洋，檀车煌煌，
> 驷騵彭彭。
> 维师尚父，时维鹰扬。
> 凉彼武王，肆伐大商，
> 会朝清明。

在宽广的牧野上，檀木造的兵车光彩鲜明，由四匹赤毛白腹的骏马拉着，强壮有力。姜太公宛如雄鹰飞扬般勇猛奋发，辅佐周武王疾速攻击殷商，会战的早晨就取得了胜利。这段文字虽然佳胜，但仅有八句三十二字，在有八章篇幅的全诗中毋乃太短。如果这个题材放到荷马等西方游吟诗人手中，恐怕会成为一篇长篇史诗了。

商军兵败如山倒，纣王于是前往鹿台自焚而死。据《史记·周本纪》记载，武王以胜利者姿态来到纣王自焚之处，在战车上亲自对着纣王的遗体射了三箭，然后下车以轻剑击之，再以黄钺斩下纣王的首级，悬挂在大白之旗上，以示为民除害。但是在《楚辞·天问》中却有这样的记载："列击纣躬，叔旦不嘉。""列"为裂之假借，武王与周公旦为一母所生，周公为弟，故称叔旦。周公允文允武，在他看来，纣王固然暴虐，却毕竟是君上，身为殷人的大家长，还是周人的上司。公开羞辱他的遗体，不仅可能贻人以犯上作乱之口实，更会伤害殷人的情感，影响新建立的周朝的统治。因此在周公建议下，武王封纣王之子武庚于殷，以继承殷商的香火，并以殷商为正统，以其继承者自居。与此同时，周公又制定了《大武》乐章，在歌颂伐商正义之举的同时，又揭橥反战思想。如前章所言，《大武》乐章的六"成"后来散见于《周颂》。这些作品的文字是否为周公亲笔，不得而知，但其内容得到周公乃至武王的首肯，应该是没有疑问的。如《周颂·时迈》一篇，一般相信为《大武》之一"成"，其诗云：

　　时迈其邦，
　　昊天其子之，
　　实右序有周。
　　薄言震之，

> 莫不震叠。
> 怀柔百神,
> 及河乔岳,
> 允王维后。
> 明昭有周,
> 式序在位。
> 载戢干戈,
> 载櫜弓矢。
> 我求懿德,
> 肆于时夏,
> 允王保之。

此诗大意为:武王前往各邦巡视,皇天视他为子,故能庇佑周朝兴盛绵长。武王发兵讨商,天下四方皆震惊无比。胜利后,武王以祭祀安抚众神与山川地祇,诸神都承认武王是万邦之主。周朝荣光无上,依照次序来封赏。一边收起干戈和兵甲,一边把弓箭装入囊中。我们现在要讲求美好的道德,将之遍施整个华夏,如此我王方能保有祖先的功业。李山说得好:考古发现的殷商墓葬中摆放成堆的殉葬者的头骨,强有力地证明殷商种族观念的极端狭隘。为了自己嗜血的祖先神,可以残忍地将大量的异族当作牺牲品。殷商社会如此,是因为他们"家天下"的政治观念与宗族血亲意识迭合为一,证明殷商人在政治理念上没有真正成为天下、万方的主人。而殷商这种狭隘的族群观念,正是周人高扬天命的发力点。武力克殷之后,他们还要在观念上"克商"。王朝建立后不久,周公之所以要到成周率先表演《大武》的歌舞,其实都是意在向天下人宣示,他们要高张这样一种新政治:在上天的护佑下和谐地共存共处。①正因如此，《时迈》一诗末五句表达了偃武修文、与民更始的思想，而非继续以兵力震慑天下，对后世影响极大。如《国语·周语》记载，武王的玄孙穆王打算攻伐犬戎，祭公谋父却进谏，提出"先王耀德不观兵"，也就是显示德行而不炫耀武力，又引用《时迈》末五句为证，称之为"周文公"之诗。春秋时期，楚庄王在邲之战击败晋军，下属提议建立京观以示军功，庄王却提出"止戈为武"，同样征引《时迈》末五句为佐证。

不过武王建国不久便去世，其子成王继位时年仅十三，朝政由周公摄行。周公的兄弟管叔、蔡叔、霍叔三人本来分封在朝歌附近，奉命监视武庚，称为"三监"。他们此时却嫉妒周公位高权重，于是勾结武庚及殷商在东方的旧部反叛，史称"三监之乱"。周公赢得共同辅政的堂弟召公奭的信任，于是调动大军直取朝歌，诛灭武庚与三监，诛杀武庚、管叔，放逐蔡叔，贬霍叔为庶人。随后攻伐徐淮九夷、熊盈十七国，最后挥师北上攻打奄、蒲姑等国，诸国相继降服。这场历时三年的战争，史称"周公东征"。传统认为，《诗经·豳风》中绝大多数作品都与周公有关。除前文论及的《七月》外，如《鸱鸮》是周公向成王自我澄清之作、《狼跋》是周公自嗟处境困窘之作等，不一而足。不过《豳风》诸作中涉及东征的两首作品——《破斧》和《东山》，却都为战后士兵的抒情口吻，似非周公自道：

　　既破我斧，又缺我斨。
　　周公东征，四国是皇。
　　哀我人斯，亦孔之将。

---

① 李山：《〈诗经〉的创制历程》，中华书局，2022年，第69页。

> 既破我斧，又缺我锜。
> 周公东征，四国是吪。
> 哀我人斯，亦孔之嘉。
>
> 既破我斧，又缺我銶。
> 周公东征，四国是遒。
> 哀我人斯，亦孔之休。

"斧"为圆孔斧，"斨"为方孔斧，"锜"为凿，"銶"即锹，皆兵器也。"四国"，一说为殷、管、蔡、霍，一说泛指四方之国。"皇"，《毛传》释为"匡"，匡正之意；今人释为惶恐之惶。吪，感化。遒，凝聚、团结。孔，甚也。将、嘉、休，皆美好之意。对周人而言，东征虽是正义之战，却也堪称惨胜。此诗三章皆以残缺的兵器起兴，足见战争之壮烈。残缺的兵器，予人一种特殊的审美感，进而烘托出每章的三、四句周公东征的崇高意义——匡正四方，令天下重归教化与和平。每章末两句可谓悲欣交集：首先一个"哀"字点出了士兵们的心思，即同袍阵亡、生灵涂炭、家室暌隔……这些无不令人伤痛；但是大家参战胜利，得以生还与家人团聚，周朝天下也重归正轨，却也实在值得庆幸。有人将此诗纯粹解读为士兵厌战之作，但玩味全诗一唱三叹，于寂色中见华贵，富于崇高之美，如果当初没有正义之战必胜的决心，战后是写不出这样的作品的。

相对而言，《破斧》篇幅较短却具备宏大叙事的风格，《东山》篇幅较长却更带有个人情思。后者全篇中，完全不谈及战争的动机与过程，只就战后归家途中所见所感细细道来，令人感慨不已。此诗末二章已在前文《〈诗经〉中的婚姻》一节中加以讨论，兹再举出首二章，以见其概貌：

> 我徂东山，慆慆不归。
> 我来自东，零雨其濛。
> 我东曰归，我心西悲。
> 制彼裳衣，勿士行枚。
> 蜎蜎者蠋，烝在桑野。
> 敦彼独宿，亦在车下。
>
> 我徂东山，慆慆不归。
> 我来自东，零雨其濛。
> 果臝之实，亦施于宇。
> 伊威在室，蠨蛸在户。
> 町畽鹿场，熠耀宵行。
> 不可畏也，伊可怀也。

首章言这名士兵前往东方的山峦中参与征战，久久不能归家。现在他终于能离开东方了，看到天上下着蒙蒙春雨，再想起西方的家，令人心情惨戚。此时，他终于可以做一件家常的衣服，脱下盔甲，不再进行军事活动。在一片桑田中，出现许多蜷曲的野蚕。而士兵日夜赶路，无处投宿，也只能蜷缩在别人的马车下凑合一宵（野蚕与诗人之间，似乎存在着比兴关系）。次章言士兵继续赶路，看到当地民居十室九空，葫芦一直蔓延到屋檐下，结出了果实。土鳖虫爬在潮湿的室内，长脚蜘蛛在窗户上结网。屋舍旁的空地变成了野鹿的栖居之处。到了晚上，萤火虫也在闪闪发光。士兵在战场上勇猛杀敌、无所畏惧，但眼见这一片荒凉的景象，却不禁心生畏意——家园荒芜、亲人不知所终，才是真正令人畏惧的。显然，士兵看到的虽然是东方破败的民居，却随即联想到远在西方的家园，是否也会因自己长期在外征战而荒芜。正如黄焯所论："不可畏，乃故作疑问词，正言其可畏也。盖言室久无人，户宇荒秽，可畏亦可怀也。"（《毛诗郑笺平议》）甚是。在前章中，我们已经讨论过《东山》的后两章。裴普贤曾指出：此诗第二章写荒凉景象，是一种凄怆的色泽；第四章回忆结婚时的甜蜜，是一种艳丽的色泽。两种完全不同的颜色，并不觉得矛盾，反而增加色泽的浓度，增加情感的深度，使我们觉得荒凉得更可怕，甜蜜得更美好。（《诗经·先民的歌唱》）此时此刻，士兵自我安慰道：就算家园真的残破了也不可畏，且依然值得怀念。因为那就是自己安身立命的所在。正因士兵抱持这样的信念，在接下来的两章中，他才会想象妻子会怎样在家中等待自己归来，乃至两人新婚之际的美妙场景，继而产生"近乡情更怯"之感。我们认为，此诗第二、四章先后两次使用了"熠耀"一词，闪亮放光之意虽然不变，但前者形容夜间流萤，清冷生寒，后者形容日间黄鹂的羽毛，暖意融融。这是否原作者有意安排，早已不得而知，但区区"熠耀"一词的两度重用，冷暖各异，却产生今与昔、喜与悲、生与死、故乡与异域、和平与战争之间的张力，令人不容小觑。

武王伐纣底定了周家天下，周公东征巩固了周人政权，这两件大事都少不了周公的领导作用。但整体而言，商周鼎革又不仅是一次政治上的改朝换代：以周公为代表的周代统治阶层汲取历史教训，产生了敬天保民的人本主义思想与忧患意识，奠定了此后中国的人文精神基调。不仅孔子对周公极为推崇，稍后的儒生也把《尚书》《诗经》若干篇章乃至《周易·小象传》的著作权归在周公名下。这些说法虽然真伪驳杂，但周公作为西周初年首屈一指的人文学者，其地位是毋庸置疑的。而《诗经》中《大武》乐章诸"成"和《豳风》中与东征相关的篇章，分别展现出周初统治阶层和士兵们对战争抱持着怎样的看法，值得我们细细玩味。

二、武丁伐楚与宣王用兵

说起《诗经》中关于战争的记载，人们往往忽略了《商颂·殷武》。此诗用于高宗（商王武丁）寝庙落成举行的祭典，极力颂扬武丁继承成汤事业。因此，尽管此诗可能最后在宋人手中脱稿，但武丁伐楚的历史，却可谓《诗经》所记载年代最早的战争。《殷武》全诗共六章，首二章即正面描述了这场战争：

> 挞彼殷武，奋伐荆楚。
> 罙入其阻，裒荆之旅。
> 有截其所，汤孙之绪。
>
> 维女荆楚，居国南乡。
> 昔有成汤，自彼氐羌，
> 莫敢不来享，莫敢不来王。
> 曰商是常。

武丁在位期间，朔方、土方经常侵扰商朝边地和属国，于是采取各个击破的策略，将二方征服。此后又用三年时间平定鬼方，并发重兵击败羌方。其后又率兵南征荆楚，以及夷方、巴方、蜀及虎方等。考诸武丁时代的甲骨卜辞，兹举两条关于南征的记载："乙未［卜］，贞：

立事［于］南，右比［我］，中比舉（舉），左比曾。""乙未卜，［貞］：宰立事［于南］，右比我，［中］比舉（舉），左比［曾］。十二月。"立，莅也。事，戎事也。所谓"立事于南"，便是指武丁亲率大军征讨南方。而《殷武》首章言武丁伐楚之功。"挞"，勇武也。"殷武"，殷商武士，一说殷王武丁。武丁对楚用兵，勇猛神速，深（罙）入南方的险阻，俘获了荆楚的军旅，使其土地截然划一，那是因为武丁是成汤的后裔，故能弘扬祖业。次章以武丁的口吻表达对荆楚的训诫：你们荆楚处于殷商的南方，岂不想想当年成汤在位之际，氐、羌等方国皆被征服，来朝进贡，他们一致认为殷商就是真命天子。清华简《傅说之命》三篇，记载了武丁与贤臣傅说之间的对话。下篇中有这样的文字："汝亦惟克显天恫瘝小民，中乃罚；汝亦惟有万福业业，在乃服。"翻译成白话文，就是："你能够彰显上天关怀小民疾苦的前提，在于你刑罚公正；你能福禄昌盛，在于你承担的职事。"如此看来，周人提倡的民本思想，在商代中叶已经萌芽了。但是从《商颂·殷武》首二章来看，似乎依然洋溢着尚武精神，与周人《大武》乐章的思想颇有差距。再加上当代学者从《小屯南地甲骨》发现商朝贵族子弟"学商""奏商""舞商"的实证，我们因此把《殷武》这两章当成源自殷商的遗文，大概不至于有太大谬误吧。[①]附带一提的是，清华简《楚居》记载楚人嫡系先祖季连娶商王盘庚（武丁伯父）之孙女妣为妻，有学者因此推测，这实际

[①] 近人何敬群指出，《诗经》中甚少重复使用同一韵脚。据他统计：十五《国风》160篇共三处，《小雅》74篇共五处，《大雅》31篇共六处，《周颂》31篇共三处，《鲁颂》4篇并无一处。"惟《商颂》五篇十六章，《那》重三'声'字，《烈祖》重两'疆'字，《长发》重两'商'字两'迟'字，《殷武》重两'辟'字，为独多耳。"似乎重复使用韵字乃《商颂》的显著特色。见何敬群：《益智仁室论诗随笔》，人生出版社，1962年，第75—76页。

上是因为武丁伐楚并不顺利，所以不得不与楚人言和，并被迫以宗室之女下嫁。联姻之后，商、楚之间似乎再未发生较大规模的战事，因此后代楚君尊称这位宗室之女为"妣隹"。楚人与殷商王族的姻亲关系，似乎也说明为什么楚人崇尚巫鬼的文化与殷商相近，同时又对同属华夏远亲的姬周王朝不无敌视态度。

西周成康之治以后，周室中衰，发生过昭王南征不返，以及穆王伐犬戎、伐徐偃王等战事，但皆无相关诗歌传世。厉王暴虐，国事陵夷。异族也趁机入侵中原。至宣王继位，多次用兵，北伐猃狁，南征淮夷，皆获得胜利，进一步完成这中兴之世的"武功"，相关诗歌也收录在《诗经》中。如《小雅·六月》赞颂尹吉甫反击猃狁获胜，《出车》赞美南仲出战猃狁得胜，《采芑》记载方叔讨伐荆蛮。《大雅·常武》讲述宣王平定徐国叛乱，《江汉》记述召虎讨伐淮夷。值得注意的还有《小雅·采薇》，以一位返乡戍卒的口吻，道出其爱国热情和征战艰辛。我们先看《大雅·常武》篇，以华丽生动而典雅庄重的笔墨，歌颂宣王平定徐方之役，可谓台阁大手笔。全诗共八章，每章八句，兹仅举末二章为例，以求一脔之味：

> 王旅啴啴，如飞如翰，
> 如江如汉。
> 如山之苞，如川之流。
> 绵绵翼翼，不测不克，
> 濯征徐国。
>
> 王犹允塞，徐方既来。
> 徐方既同，天子之功。

> 四方既平，徐方来庭。
> 徐方不回，王曰还归。

　　王师人数众多，如冲天的飞鹰，进军时如江汉奔流，驻扎时如山岳之稳固，杀敌时川流之就下，沛然莫之能御。军队连绵而齐整地向前迈进，威不可测，势不可胜，如大清洗般大败徐方。宣王的谋划诚然充分，以致徐方君臣诚心归服。徐方归于一统，都是周天子的功德。天下四方皆已平定，徐方君主也前来朝贡。徐方不再奸回作乱，宣王也不赶尽杀绝，就此班师回朝。

　　二《雅》所收宣王时代的战争诗，绝大多数皆如《常武》一样，富于官方色彩，属于宏大叙事，而属于个人心声的作品，却只有《采薇》一首。我们先看此诗前三章：

> 采薇采薇，薇亦作止。
> 曰归曰归，岁亦莫止。
> 靡室靡家，猃狁之故。
> 不遑启居，猃狁之故。
>
> 采薇采薇，薇亦柔止。
> 曰归曰归，心亦忧止。
> 忧心烈烈，载饥载渴。
> 我戍未定，靡使归聘。
>
> 采薇采薇，薇亦刚止。
> 曰归曰归，岁亦阳止。

> 王事靡盬，不遑启处。
> 忧心孔疚，我行不来！

三章皆以采薇起兴，从薇菜抽苗、长出嫩叶到嫩叶变老，应和十月小阳春、一年将尽等时间变化，而心中的忧伤则一以贯之。不难发现，虽然薇菜从作、而柔、而刚，虽然符合其生长过程，但薇菜大概不会在岁暮之际才抽苗。所以，诗句如此安排大抵有两种原因：一是为了押韵，作莫、柔忧、刚阳，两两相配。二是体现出戍卒的视角与心情：在漫长无尽的戍边工作中，薇菜的枯荣、年月的来去已不知几番，久而久之渐渐无感，甚至有时光紊乱的错觉。戍卒虽有家庭，但长期分隔，已与无家无异。在军旅生活中，连休息一阵都没有时间。如此都是因为抵御狁狁。心中的忧愁如火烈烈，对亲人的思念如饥似渴，却因为无法调动，也难以捎信问候家人。由于君王的差事没有止境，全然无法休息，心中忧思满满，却从服役后一直未能回家。四、五章正面描绘了战争情况，情调由哀愁转为激昂：

> 彼尔维何？维常之华。
> 彼路斯何？君子之车。
> 戎车既驾，四牡业业。
> 岂敢定居？一月三捷。
>
> 驾彼四牡，四牡骙骙。
> 君子所依，小人所腓。
> 四牡翼翼，象弭鱼服。
> 岂不日戒？狁狁孔棘！

不远处一片绚丽，原来棠梨花已经盛放了。花下出现一辆高大的战车，那正是主帅的座驾。主帅乘坐着这辆兵车，前面四匹骏马高大健硕。随着主帅四出征讨，哪有安居的时候？一个月中都要争胜好几回。主帅驾驶着雄强的马匹，这些马匹既为将帅所依赖，又能为士兵作掩护。马匹队形整严，训练有素，身上挂着象牙装饰的弓和鲨鱼皮制的箭囊。由于猃狁军情紧迫，哪有一天不戒备？末章终于写到戍卒回家途中的所见所思，也最为感人：

> 昔我往矣，杨柳依依。
> 今我来思，雨雪霏霏。
> 行道迟迟，载渴载饥。
> 我心伤悲，莫知我哀！

在这漫长的归家之途上，沿路景物似曾相识：只是当年从军正值春天，柳丝轻柔、随风摇曳，现在归家已是冬日，雨雪纷纷洒落。一往一还，中间不知隔着几个冬春，却只觉得人生也从春天渐渐走到了秋冬。这时的诗人已经饥渴交煎，但比起心中的哀伤，饥渴又算得上什么呢？饥能食、渴能饮，而那深沉的哀伤却是无人理解，也无人可以疗愈的。如果说《常武》《江汉》等诗能极尽视听之娱，那么《采薇》则直指心性，触碰到读者灵魂深处，令人感叹不已。

从《采薇》四、五章的内容可知，这位戍卒是正面迎击过猃狁的，但他仅以"一月三捷""猃狁孔棘"等句轻轻带过，并不刻意渲染战场上的血腥。武德之首在于禁暴、戢兵，这似乎也说明诗人参与战争，并非逞其滥杀，而是要以武力换取和平。同样，《破斧》《东山》等篇，也同样不正面描写战场的情况。章可敦说得好："战争这么频繁而残酷，但反映这一题材的作品却是这样的少,而且都没有正面战斗的描写,既没有血雨腥风、刀光剑影的战斗经过,也没有流血漂橹、堆尸成山的残酷结局。写的都是雄壮的军威,蔽日的军旗,雄壮的战马,锐利的武器,高涨的士气和神威的统帅。这不能不说是一种特殊的文化现象。这些诗歌,无处不折射着浓浓的人文精神。这是周礼的影响和束缚,是周朝统治者敬德保民、明德慎罚思想的体现,也是周朝统治者本身素质的决定。"①

三、春秋时期的战争诗

春秋时代征战频仍,但翻览《诗经》,如宣王时代以高华典丽的文字叙述战争的作品已为数极少,《鲁颂》之《泮水》《闷宫》可谓其例。淮夷聚居于淮水一带,不奉受周王朝正朔,对诸侯造成威胁,故各诸侯曾多次征伐。鲁僖公于十三年(前647)、十六年(前644)两度与诸侯联军伐淮夷,取得胜利。《泮水》便是赞美僖公平定淮夷以后,在泮宫祝捷庆功,宴请宾客之作。此诗共八章,后四章云:

> 明明鲁侯,克明其德。
> 既作泮宫,淮夷攸服。
> 矫矫虎臣,在泮献馘。
> 淑问如皋陶,在泮献囚。
>
> 济济多士,克广德心。

---

① 章可敦:《〈诗经〉战争诗的独特文学风貌及其成因》,《西北民族大学学报(哲学社会科学版)》2015年第1期,第130—134页。

> 桓桓于征，狄彼东南。
> 烝烝皇皇，不吴不扬。
> 不告于讻，在泮献功。
>
> 角弓其觩，束矢其搜。
> 戎车孔博，徒御无斁。
> 既克淮夷，孔淑不逆。
> 式固尔犹，淮夷卒获。
>
> 翩彼飞鸮，集于泮林。
> 食我桑葚，怀我好音。
> 憬彼淮夷，来献其琛。
> 元龟象齿，大赂南金。

第五章谓鲁侯能修明德，建立泮宫，使将士们在战争中取胜。他们在泮水献上斩获的敌人左耳，如上古士师皋陶般精明审讯敌人，献上俘虏。第六章写士兵们出征获胜，能推广鲁侯仁德之心。三军出征，治理东南，虽然人多势众而肃静无哗，对于战俘并不严惩，最后在泮水献功。第七章写鲁军武器精良，士兵斗志昂扬，虽然克敌有功而并不骄悍，对既有策略完全执行，因此能平服淮夷。末章以鸮起兴，鸮为恶鸟，比喻淮夷，但它们聚集在泮林后，一旦吃过这里的桑葚，就会感怀鲁侯的仁德，前来归顺，献上珍宝。又如《閟宫》一篇，是《诗经》中篇幅最长之作，为鲁国大夫奚斯所作，以鲁僖公作閟宫为主题，歌颂其文治武功。全诗先追叙始祖姜嫄、后稷，再从太王、文王、武王记叙周的兴起，复述伯禽受封为鲁公，后半部分则歌颂鲁僖公的各种业绩，虽不无夸大之嫌，但就文体而言，可谓与西周雅颂之体一脉相承。其中第五至七章也有部分内容夸耀僖公的战绩，如："戎狄是膺，荆舒是惩，则莫我敢承"，"淮夷来同，莫不率从，鲁侯之功"，"淮夷蛮貊，及彼南夷，莫不率从，莫敢不诺，鲁侯是若"。鲁僖公在位，恰好遭逢齐桓公去世（前643）、晋文公称霸（前632）之间的十年，此时天下无霸，僖公能平衡掌权之三桓与众臣（如臧文仲）之势力，使之相互牵制，令国君渐渐恢复集权。因此鲁国伐淮夷虽然战功有限，但积弱之鲁国竟能累次出师，因此鲁人对僖公寄望殷重，尽情歌颂。《泮水》《閟宫》虽然收入《鲁颂》中，但其风格则近乎《大雅》，后世学者或因此将《鲁颂》视为"变颂"。但平王东迁以后，周朝礼崩乐坏，唯有东方的鲁国能大量保存周礼。因此，鲁人虽然没有风诗流传后世，却能创作出接近西周风格的雅颂之作，这与鲁国深厚的文化底蕴是很有关系的。

孟子曾说"春秋无义战"，其理论基础是"礼乐征伐自天子出"。周天子大权旁落，诸侯间的一切战争都不算义战，这种说法未免过于极端。如《秦风·无衣》《卫风·伯兮》二诗，分别提及"王于兴师""为王前驱"，无论征夫、思妇，皆深明大义，因为知道参战有着勤王的动机。又如卫国被狄人攻破后，许穆夫人赶回娘家，提出联齐抗狄，如此战争属于保家卫国，也不可不谓义战。但无可否认的是，由于春秋时代诸侯相互兼并，战争频仍、惨烈，令百姓产生了强烈的反战、厌战思想，这种心态在不少春秋时期的《诗经》作品中往往得以呈现，尤其是如《豳风·东山》或《小雅·采薇》那般以士兵或思妇的角度直抒胸臆者，比起《鲁颂》之《泮水》《閟宫》式的宏大叙事更为普遍。如《邶风·击鼓》便是一首卫国征夫思归不得之作：

击鼓其镗，踊跃用兵。
土国城漕，我独南行。

从孙子仲，平陈与宋。
不我以归，忧心有忡。

爰居爰处？爰丧其马？
于以求之？于林之下。

死生契阔，与子成说。
执子之手，与子偕老。

于嗟阔兮，不我活兮。
于嗟洵兮，不我信兮。

  清人姚际恒《诗经通论》认为，此诗创作背景乃是《春秋·宣公十二年》"宋师伐陈，卫人救陈"而被晋所伐。当时"卫穆公背清丘之盟救陈，为宋所伐，平陈宋之难，数兴军旅，其下怨之而作此诗也"。此诗前三章系征夫自叙出征景况，已经满是哀怨之情：卫国正在修筑城郭、建设漕邑，自己却在镗镗击鼓声中被派往南方，追随孙子仲将军平陈宋之难，环境更为艰苦。一旦派遣过去，归期竟不知何年，令人忧心忡忡。由于征夫士气低落，他不仅没有意识到军队走到了哪里，甚至连自己的马匹走失了也未曾注意，只好到林间去寻觅。对于一个毫无斗志的人来说，军旅生活完全是折磨，而与家人一起的甜蜜回忆更令他痛心疾首。因此，后二章转而回忆临别前与家人誓诺长相厮守，却因此情绪更转激烈,有呼天抢地之感。这两章的用韵与文义,郭晋稀所言最为中肯,兹迻录于此:"第四章'死生契阔',《毛传》以'契阔'为'勤苦'是错误的。黄生《义府》以为'契,合也;阔,离也;与死生对言'是正确的。至于如何解释全章诗义。四句为了把叶韵变成从 AABB 式,次序有颠倒,前人却未尝言及。今按此章的原意,次序应该是:'执子之手,与子成说;死生契阔,与子偕老。'这样诗的韵脚,就成为 ABBA 式了。本来'死生契阔,与子偕老',是'成说'的内容,是分手时的信誓。诗为了以'阔'与'说'叶韵,'手'与'老'叶韵,韵脚更为紧凑,诗情更为激烈,所以作者把语句改为这一次序。第五章'于嗟阔兮'的'阔',就是上章'契阔'的'阔'。'不我活兮'的'活',应该是上章'契阔'的'契'。所以'活'是'佸'的假借,'佸,会也。''于嗟洵兮'的'洵',应该是'远'的假借,所以指的是'契阔'的'阔'。'不我信兮'的'信',应该是'信誓旦旦'的'信',承上章'成说'而言的。两章互相紧扣,一丝不漏。"①

再如《秦风·小戎》,程俊英认为是以征夫之妻的口吻创作的诗歌,创作于秦襄公十二年(前766)奉周天子之命讨伐西戎之时。大概出师之际,这位妻子也在送行的人群中。在独居的时刻,她既想起出师时的盛大场面,回忆起与丈夫共处时的甜美日子,也想象丈夫如今在战场上的情况……思绪万千之下,她衷心希望丈夫能够凯旋,留名世间:

小戎俴收,五楘梁辀。
游环胁驱,阴靷鋈续。
文茵畅毂,驾我骐馵。

---

① 姜亮夫主编:《先秦诗鉴赏辞典》,上海辞书出版社,1998年,第63页。

言念君子，温其如玉。
在其板屋，乱我心曲。

四牡孔阜，六辔在手。
骐馵是中，騧骊是骖。
龙盾之合，鋈以觼軜。
言念君子，温其在邑。
方何为期？胡然我念之！

俴驷孔群，厹矛鋈錞。
蒙伐有苑，虎韔镂膺。
交韔二弓，竹闭绲縢。
言念君子，载寝载兴。
厌厌良人，秩秩德音。

此诗共三章，每章十句。前六句皆描写秦军军备之精良，大抵是思妇在出师时所见，文字古奥，一如清人田雯所言，"奇文古色，斑斓陆离"。后四句文字质朴而感情真挚动人，与前六句形成疏密有度的张力。首章前六句以极细致的笔法描写了秦军的战车、马匹。"小戎"，指车厢较小的兵车。"俴"音贱，浅也。"收"，又名轸，车后横木。"五"同午，交错也。"五楘"，花纹交错的皮条，可加固车辕，增其美观。"梁辀"，曲辕。"游环"，辕马背上可活动的环。"胁驱"，装在马胁两侧的皮扣，可以控制骖马。"阴"，车轼前的横板。"靷"，引车前行的皮带或绳索。"鋈"，白铜或镀锡。"续"，以白铜环紧扣皮带。"文茵"，有花纹的车垫，多用虎皮。"毂"，车轮中心的圆木，伸在两轮之外。"畅毂"，长毂。"骐"，青黑格纹的马匹。"駵"，白蹄之马。次章前六句继续聚焦于马匹。"骝"同駵，赤身黑鬣的马，一名枣騮马。"騧"，黄身黑嘴的马。"骊"，纯黑马。谓战车内二马为骐、骝，外二马为騧、骊。"龙盾"，绘有龙纹的盾牌。"合"，两只盾合挂于车上。"觼"，有舌的环。"軜"，内二马的辔绳。谓以环舌穿过皮带，使外二马内辔绳固定。末章前六句则着眼于武器。"俴驷"，披上金属薄甲的四匹马。"孔群"，指群马很协调。"厹矛"，有三棱锋刃的长矛。"錞"，矛柄下端金属套。"蒙"，遮蔽。"伐"，通瞂，大盾牌。"苑"，文彩，花纹。"虎韔"，虎皮弓囊。"镂膺"，有金属花纹的箭袋。"交韔二弓"，两张弓交错放在袋中。"竹闭"，纠正弓箭，保护其不走形的竹制器具。"闭"，通柲。"绲縢"，绳索。

再观首章后四句，思妇谓其从军的丈夫性情温润如玉。想起他现在身在西戎，不禁内心深处的思绪扰乱纷纷。西戎多林，每以木板建造房屋，故以板屋指代西戎。次章后四句则谓丈夫现在西戎的城邑，将会以何时为归期？不由得令人思念绵长。末章谓想起丈夫就坐卧不安，一时躺着，一时起床，不知如何是好。她希望秉性娴静的丈夫，能在战场上留下有礼有节的好名声。田雯云"读至'在其板屋，乱我心曲'二语，逸情绝调，悠然无尽"，现代读者阅罢，想必也有同感。

《小戎》一诗虽与《无衣》一样以秦军征讨西戎为背景，但风格极为不同：后者士气昂扬、杀伐之音重，前者厚重婉曲，如闻钟鼓礼乐之声。这固然与原作者的身份、性别有关，但进而言之，也许还有别的原因。明人钟惺《评点诗经》云："虽是文字艰奥，亦由当时人人晓得车制，虽妇人女子触目冲口，毕能成章。车制不传，而此语始费解矣。"秦地固然尚武，但妇女也"人人晓得车制"，"触目冲口，毕能成章"，是否钟惺的一种"理想化"描述，不得而知。观此诗三章前六句，文字之艰奥在《秦风》中也不多见，而三章后四句皆以"言念君子"开始，亦复沓手法。因此，若非这位女性原作者极为熟悉车制，我们不妨做出这样一个大胆假设：此诗三章后四句（共十二句）方为诗歌主体，出自女性原作者，故词气动人，富于民歌色彩。此诗后由秦国官方收集，整理者大概觉得过于柔婉，因此于三章前各补入六句，依次描绘战车、马匹、兵器，如此一来不仅展现了战争主题，古奥的文字也呈露"礼乐征伐自天子出"的泱泱之风，而秦君肩负勤王之责，就不言而喻了。

四、《诗经》徭役诗举隅

西周后期以降，不仅用兵频仍，而且政务猥杂，因此也产生了为数不少的徭役诗。服役是周人的义务，而周代的农耕文明又培养出周人安土重迁、以农为本的文化心态，因此对于奔波流离的服役工作往往有怨言。无论是哪一种役务，《诗经》中都称为"王事"。如前文所论《小雅·采薇》："王事靡盬，不遑启处。"又《唐风·鸨羽》："王事靡盬，不能艺稷黍。"《小雅·北山》："王事靡盬，忧我父母。"由于役务无穷无尽，以致役夫无法休息、无法耕种、无法奉养父母。这类怀乡思亲的主题，在《诗经》徭役诗中是十分常见的。车行健指出，这些徭役诗中蕴含着当事人在伦理意识中隐然形成的公私对立与家国矛盾之两难局面，以及从纠结的意识状态落实到实际的行动抉择时，究竟要如何自处与实践的困局。（《释经以立论——汉代毛郑〈诗经〉经解的思想探索》）前节已专门讨论过战争诗，本节仅着眼于一般的公务徭役诗加以讨论。我们先看看《小雅·北山》：

陟彼北山，言采其杞。
偕偕士子，朝夕从事。
王事靡盬，忧我父母。

溥天之下，莫非王土。
率土之滨，莫非王臣。
大夫不均，我从事独贤。

四牡彭彭，王事傍傍。
嘉我未老，鲜我方将。
旅力方刚，经营四方。

或燕燕居息，或尽瘁事国。
或息偃在床，或不已于行。

或不知叫号，或惨惨劬劳。
或栖迟偃仰，或王事鞅掌。

或湛乐饮酒，或惨惨畏咎。
或出入风议，或靡事不为。

朱熹《诗集传》谓此诗为"大夫行役而作"，但观诗中有"偕偕士子，朝夕从事""大夫不均，我从事独贤"等语，可见原作者是贵族阶级中最下层的士子，受到卿士大夫的节制，营营役役，不可终日。首章以采杞起兴，随即讲到自己身为士子，役务永无休止，无法奉养父母。

次章前四句甚为著名，但在此处的上下文中，却不无讽刺之意：普天之下都是天子的领地，走在大地之上的人无不是天子的臣仆。既然如此，大家都应该协力分担政务，为什么如此不公，大夫们可以安逸度日，而我的工作却如此艰苦呢？三章谓自己驾着马车，勤劳王事。那些上级故意夸我年轻力壮，四处奔走理所当然。"嘉""鲜"，称许也。"将"，健壮。"旅"通"膂"，膂力即体力。末三章用排比对处境作出了酣畅的纾泄：有的人安闲享乐，有的人尽瘁国事；有的人高卧不起，有的人奔波不止；有的人对百姓号叫不闻不问，有的人烦恼忧心勤于役务；有的人高枕无忧，有的人长期操心；有的人沉溺饮酒，有的人谨小慎微；有的人高谈阔论，有的人事必躬亲。每两句胪列出两种人，形成巨大的反差，而世间的不公也就跃然纸上了。

再看《小雅·何草不黄》，朱熹云："周室将亡，征役不息，行者苦之，故作是诗。"程俊英也沿袭朱子之说，认为"这是一首征夫苦于行役的怨诗"。诗云：

> 何草不黄？何日不行？
> 何人不将？经营四方。
>
> 何草不玄？何人不矜？
> 哀我征夫，独为匪民。
>
> 匪兕匪虎，率彼旷野。
> 哀我征夫，朝夕不暇！
>
> 有芃者狐，率彼幽草。

第九章　王于出征：《诗经》中的战争徭役

> 有栈之车，行彼周道。

在原野上，有什么草不变成黄色呢？时值深秋，应该回家团聚，而现在却"何日不行""何人不将"，连续三个反问句，从自然转入人事，似乎在发牢骚："行""将"指的都是行走或出征。所谓"经营四方"，乃是因为徭役而四方奔波。第二章有所推进。"玄"是黑色的意思。那些原野上的草不只发黄，而且枯萎变黑，可见已经入冬。"矜"读关，即"鳏夫"之"鳏"。古人只要独身，或与妻子长期分居，都称为"鳏"。夫妇伦常天经地义，但那些征夫只能"独为匪民"——过着不是人过的日子。第三章转用另一种意象。"匪兕匪虎"，承接第二章的"独为匪民"，表示征夫长年营役于野外，似乎跟犀牛、老虎等野兽没有分别，将"独为匪民"的意思进一步阐释。第四章"有芃者狐"，"狐"与上文的"兕""虎"互相呼应。"率彼幽草"，前文提到"何草不玄"，"幽"就是"玄"，也是黑色的意思。"芃"为茂盛之义——狐狸的尾巴是很蓬松的。郊野百草腐黑，而狐毛橙红照眼——如此落差不仅再度应和了"独为匪民"一句，甚至还晕染了一层魅惑感。生机全无的枯草丛中，一只狐狸在踽踽穿梭，令人感到眩惑迷离。不过，诗人在此处添加了几分"暖意"——"有栈之车，行彼周道"。"有栈之车"指高大豪华的马车。当在旷野见到"有栈之车"，似乎增添了一点人气，也把视觉从幻想中拉回现实。但是，当它呼啸而过，这抹暖色却稍纵即逝，旋即回到原来的冷色。"周道"一语双关，"周"本是大的意思，"周道"指宽阔的驿路。但"周"同时也是国号，周天子的道路，"有栈之车"与征夫一样走过。不仅如此，那野狐在征夫眼内自非同类，但征夫在栈车中的达官贵人眼内又何尝是同类，又何尝与野狐有别？比照可知，《何草不黄》一诗对朝政的讽刺，不言而喻。诗中的征夫，到底是服兵役者，还是服劳役者，历来各有不同的说法。但我们比较倾向于后者：因为士兵多半是结队而行，劳役者却未必。全诗孤寂清冷的情调，出自一个孤独劳役者的视界，更为切合。

复如《周南·卷耳》，乃是以思妇的口吻怀念行役的丈夫。此诗与《魏风·陟岵》有相似之处，后者是役夫想象父母兄长思念自己，前者是思妇想象丈夫行役的过程：

> 采采卷耳，不盈顷筐。
> 嗟我怀人，寘彼周行。
>
> 陟彼崔嵬，我马虺隤。
> 我姑酌彼金罍，维以不永怀。
>
> 陟彼高冈，我马玄黄。
> 我姑酌彼兕觥，维以不永伤。
>
> 陟彼砠矣，我马瘏矣。
> 我仆痡矣，云何吁矣。

"卷耳"即苍耳，嫩苗可食，子可入药。"顷筐"，斜口浅筐。首章是思妇自述，谓整日采集卷耳，却采不满浅浅一筐。由于思念丈夫，索性将浅筐放在大路边。以下三章就是她的想象之词，并以丈夫的语气加以叙述。"陟"，攀登。"崔嵬"，山高不平貌。"虺隤"，疲极而病。"金罍"，青铜器皿，可盛酒水。"永怀"，长久思念。"玄黄"，指黑马病久而出现黄斑。"兕觥"，犀牛角制的酒杯。"砠"，多石的山。

"瘏",指马因病而不能前行。"痡",指人因病不能走路。"云何",奈何、怎么办之意。"吁",忧伤而叹。此诗后三章言越前行而路越险难,二、三章尚能借酒消愁,末章则因人马皆病、无法前进而徒呼奈何了。此诗以马、仆之病暗示男主人翁之心态,如此方法也为《离骚》所承袭,其篇末云:"仆夫悲余马怀兮,蜷局顾而不行。"正承此意。且后三章虽皆是逐句用韵,但第二、三章句式四、五、六言交错,词气尚算舒缓,金罍、兕觥也予人以华贵之感。但末章纵然复沓,句式却为之一变,正如清人牛运震所言:"四'矣'字急调促节。"则男主人翁心情之落寞无奈,也就不待明言了。

第十章

我有嘉宾：《诗经》中的祭祀宴饮

一、《诗经》中的祭祀诗

祭祀的起源可以追溯到原始时代。如从红山、良渚、大汶口、陶寺、石峁、二里头等文化的遗存来看，祭祀活动无不具有极为显著的地位。先民面对严酷的大自然而感到无助，逐渐产生了万物有灵思想，通过祭祀、取悦诸神以达到自身生存繁衍的目的。在巫史不分的时代，政权与神权合一，如古希伯来的摩西（Moses）、约书亚（Joshua）、基甸（Gideon）、撒母耳（Samuel）等皆兼具族群领袖与祭司（巫祝）的身份，而甲骨文显示商王也需要频繁地主持占卜活动。此后在世界各地，政权逐渐与神权分离，但祭司阶层依然是知识的掌握者（如印度的婆罗门种姓），祭祀活动给予人民的不仅是对未来的希望梦想，还有对过去的文化记忆，可谓本族群精神的纽带。

周人相信始祖后稷之父为帝喾，而帝喾的人格或神格大抵传承自殷人的上帝帝俊。但与殷人频密祭祀帝俊不同，帝喾之名很少出现在周人祭典中，其人格化形象颇为模糊。虽然《诗经》中也时而出现上帝的称呼，如《大雅·荡》"匪上帝不时，殷不用旧"等，这里的"帝"或"上帝"所指当为帝喾或帝俊，但周人更喜以抽象"天"的概念来取代上帝。进而言之，帝喾既是后稷之父，周人更强调帝喾作为人间先祖的身份，使其形象更为历史化。如《大雅·文王》："文王陟降，在帝左右。"周文王所通达的上帝，其实也就是他自己的直系先祖。这些观念上的变化大概与周人对人本思想的推崇颇有关联。观乎《诗经》中的祭祀诗，前文已颇有谈论。如《周颂》之《丰年》《思文》《臣工》《噫嘻》《载芟》《良耜》，《小雅》之《大田》《信南山》皆涉及农业祭祀。《周颂·敬之》是成王自我警戒之作，但也包纳祭祀上天的意蕴。《鲁颂·閟宫》涉及对姜嫄、后稷的祭祀。《邶风·简兮》中在卫国宫廷中表演的万舞仍具有宗庙乐舞的性质。《大雅·棫朴》则是关于周王的裸祭。如是不一。在本节中，我们以几首不同内容与场合的祭祀诗为例，以供读者参考。

周人认为"王瑞自太王兴"，但《周颂》祭祖往往是一体祭祀。如《有瞽》云："箫管备举，喤喤厥声。肃雍和鸣，先祖是听。"而专一祭祀的先祖，不计上帝（帝喾）、后稷，当从文王开始。如《清庙》篇，《毛诗序》认为是周公建成洛邑后在宗庙里祭祀文王之诗：

> 於穆清庙，
> 肃雍显相。
> 济济多士，
> 秉文之德。
> 对越在天，

骏奔走在庙。

不显不承,

无射于人斯。

其意略云:啊,庄严清静的宗庙中,助祭严肃雍容又高贵。一众官员参与祭祀,秉承着文王的美德。他们遥对文王在天之灵,在庙中奔走不停。唯愿大大显赫、大大继承,不为后代所厌绝。复如《我将》篇:

我将我享,

维羊维牛,

维天其右之。

仪式刑文王之典,

日靖四方。

伊嘏文王,

既右飨之。

我其夙夜,

畏天之威,

于时保之。

由于"文王陟降,在帝左右",所以周天子在祭天时,往往以文王陪祀。有学者认为这首《我将》也属于《大武》乐章之一"成",而程俊英则认为是祭祀上帝、配祭文王的乐歌。其意略云,奉上牛羊等祭品进献于天帝,祈求上天庇佑周朝。后王要取法文王的典章,日日谋求安定四方。文王英名远扬,配祀上帝,享用祭品。后王要早晚勤恳,敬畏天威,方能保有家国。而《维清》篇则是专祀文王:

> 维清缉熙,
> 文王之典。
> 肇禋,
> 迄用有成,
> 维周之祯。

根据汉儒的说法,周公于成王时期制礼作乐,其中纪念文王的征伐功业,会在宗庙中表演《象舞》,而相配的乐歌就是《维清》。其意略云,周代朝政清明,那是因为文王留下了典章。他在西土始行祭天之礼,直到武王大功告成。这真是周家的祥祯。再如《执竞》祭祀武王、《昊天有成命》祭祀成王等,皆是其类,专祀一王。

此外,《周颂》中还有祭祀不同对象的作品。如《天作》是祭祀岐山的诗:

> 天作高山,
> 大王荒之。
> 彼作矣,
> 文王康之。
> 彼徂矣,
> 岐有夷之行。
> 子孙保之。

其意略云:上天造就高高的岐山,当年由太王开始垦荒。一旦化荒地为良土,文王就带领着人民在这里安居乐业。四方民众皆奔赴岐山,岐山道路坦坦荡荡。祝愿周家子孙永远保有此地。再如《丝衣》篇:

丝衣其紑，
载弁俅俅。
自堂徂基，
自羊徂牛。
鼐鼎及鼒，
兕觥其觩。
旨酒思柔。
不吴不敖，
胡考之休。

《毛诗序》曰："《丝衣》，绎宾尸也。高子曰：'灵星之尸也。'"所谓"绎祭"，指正祭次日又祭。正祭对象包括天、地、祖宗，祭祀地点在庙中，由天子主祭，小宗伯助祭。次日的绎祭对象则是其他神灵，祭祀地点是在庙侧之堂，以士助祭。周代关于灵星的祭祀，记载极少。而汉代祭灵星则以后稷配食，岁祀以牛。如此回溯，周代祭祀灵星或许也与后稷、农耕有关。其诗略云：丝质祭服洁白鲜明，所戴皮帽美丽大方。祭祀者从庙堂来到门内，以牛羊祭祀。器物包括各种，犀角杯弯曲优美，美酒香醇柔和。大家毫不喧哗傲慢，虔心祈祷，望神明保佑大家都延年益寿。此诗不仅使用整齐的四言句式，还以幽部（紑、俅、觩、柔、休）与之部（基、牛、鼒）交错为韵，是《周颂》中较为少见的有韵之作。

此外如《周颂》中的《振鹭》，程俊英认为是宋微子朝周助祭时的乐歌，《有客》是微子告辞时周王设宴饯行的乐歌。由于微子是所谓"三恪"之一、殷商香火的继承者，故周王款待甚为隆重。而《商颂》中《那》《烈祖》《长发》为祭祀成汤之作，《玄鸟》《殷武》为祭祀武丁之作。

由于殷商民族秉性浪漫，故诗句节奏强烈、富于尚武精神，读来与雍容文雅的《周颂》相比自然别有一番滋味。

再者如前文所言，如《小雅》之《大田》《信南山》等虽也与田祖祭祀相关，但这些作品乃是描绘祭祀场景，本身却非祭歌。如此情况也见于其他祭祀诗中。如《大雅·既醉》描述周王祭祖的情形，《云汉》描述周宣王求雨的情形，这些作品本身自然未必会正式用于祭祀典礼中。

二、周人史诗概说

史诗是世界文学中的重要体裁，作品皆为长篇叙事诗，内容无所不包，涉及历史、哲学、宗教乃至各种科学知识，且具有人神杂糅的色彩。两河流域的《吉尔迦美什》（Gilgamesh）为人类现存最早的史诗，文本起源于五六千年以前。因为史诗的内容乃是一个族群历史与文化的原点，因此无论传述者、演绎者或聆听者、阅读者都必须抱持着崇高庄严的态度，如古希腊《伊利昂纪》（The Iliad）和《奥德修纪》（The Odyssey），印度《罗摩传》（Ramayana）、《摩诃婆罗多》（Mahabharata）等皆然。由于周人的人本思想，导致中国在商周之际便经历了巫史分流——亦即神职人员与朝廷官员的分工——的文化转变。敬礼重德的精神使各种神灵受到怀疑和否定，中国原始宗教信仰于焉式微。巫史分流不仅催生了后来东周诸子理性主义的思想，同时也导致了中国神话的消亡。史官文化发展、历史著作兴盛，对现实主义的关注令人神杂糅的史诗体裁无法存续。史学兴盛的同时，自然也令史诗这种体裁在中国文学中极不发达，甚至一直有学者质疑汉族古典文学中究竟是否存在史诗这种体裁。西哲黑格尔（F. Hegel）曾说："中国人没有自己的史诗,因为他们的观照方式基本上是散文性的。"近人胡适亦云:"汉民族没有神话史诗。"

不过,如果不拘泥于西方对史诗的定义,《诗经》中依然存在一些关于民族起源、篇幅相对较长的叙事诗。不少现代学者把《诗经·大雅》中的《生民》《公刘》《绵》《皇矣》《大明》等五篇合称为"周民族史诗"。如《生民》一篇,对周族始祖——农神后稷的故事作了传奇般的记载。此诗前四章云:

厥初生民,时维姜嫄。
生民如何?
克禋克祀,以弗无子。
履帝武敏歆,攸介攸止;
载震载夙,载生载育,
时维后稷。

诞弥厥月,先生如达。
不坼不副,无菑无害。
以赫厥灵,上帝不宁。
不康禋祀,居然生子。

诞寘之隘巷,牛羊腓字之。
诞寘之平林,会伐平林。
诞寘之寒冰,鸟覆翼之。
鸟乃去矣,后稷呱矣。
实覃实订,厥声载路。

> 诞实匍匐，克岐克嶷，
> 以就口食。
> 蓺之荏菽，荏菽旆旆，
> 禾役穟穟，麻麦幪幪，
> 瓜瓞唪唪。

这里记述了周人始祖后稷的感生故事。有一次姜嫄外出，看到一个巨人的足迹而感到好奇，踩了一下，竟然觉得腹中震动，回来后发现自己已经怀孕。孩子出生后，她认为是不祥之物，于是把他扔到了窄巷里，牛羊都避开孩子不去践踏。又将孩子遗弃在树林中，恰好被伐木工人们所救。再后来又将孩子遗弃在寒冰之上，飞鸟竟用翅膀为孩子保暖。姜嫄感到神奇，决定把孩子抱回家，起名为"弃"。弃一生下来就很聪明，懂得栽种植物，各种谷物都被他种得非常丰硕。弃的后人形成周民族，而作为始祖的他则被奉为农神后稷。进而言之，后稷不仅是农神、祖先神，也是文化英雄。在世界神话、史诗及民间文学中，无论是文化英雄还是战功英雄，都必须经历若干磨难考验，才能成就其事功与声名。两河流域的吉尔迦美什、古希腊的赫拉克里斯（Heracles）固不必论，中国的后羿多次为民除害，方成就其英名，虞舜多次受原生家庭迫害而依然孝友，方成就其大孝之名。后稷亦复如是，他多次被生母遗弃，方成就其为农神、周祖。而根据今人尹荣方之言，后稷遭弃当为"播种"的举动。[①]如此说法，确能扣合后稷的农神身份。

---

① 尹荣方：《姜嫄履帝迹生稷神话的再认识》，《现代中文学刊》1997年6月号，第26—29页。

今人赵沛霖说:"《大雅·生民》不但是著名的姜嫄弃子和后稷生而灵异神话的最早记录者,而且比其他文献的记载更加详细具体,更加接近于原貌,因而也更加富于神话特征。例如,对于姜嫄临产,后稷出生的具体过程,敢于不加回避地直接进行描述,反映了初民的质直和朴野。而后来的文献如《史记》记录这则神话虽也较详细,但对上述细节却不敢正视,遮遮掩掩。"[1]姜嫄履巨人迹生周祖后稷的故事,与简狄吞燕卵而生殷祖契的故事一样,皆为无夫而孕,固然显示母系社会只知有母、不知有父,还未建立稳固婚姻制度的情状。但《史记·周本纪》的记载却与《生民》略为不同:"周后稷,名弃。其母有邰氏女,曰姜原。姜原为帝喾元妃。姜原出野,见巨人迹,心忻然说,欲践之,践之而身动如孕者。"似乎践迹是偶发状况。但《生民》却说她是"克禋克祀,以弗无子,履帝武敏歆",那么姜嫄履迹怀孕,乃是诚心祭祀、祷求子嗣之后的感应。姜嫄祭祀的是哪位神明?一如前文所引《周礼·地官·媒氏》:"中春之月,令会男女。于是时也,奔者不禁。"这种性自由,源于原始社会祭祀高禖(媒神或生育女神)的狂欢仪式,契与后稷大约都诞于其母祭祀高禖之后。发祥于东北的满族,其神话亦言三位天女于长白山布瑚里湖沐浴,忽有喜鹊衔来朱果。最小的天女佛库伦(Fekulen)吞下果子,怀孕生下布库里雍顺,即爱新觉罗氏始祖。或云满语中佛库伦为 fe gurun 的音转,有"故国"之意。相对于布库里雍顺、后稷和契开创的父系社会,佛库伦、姜嫄、简狄就是故国的化身,代表着已经逝去的母系社会。姜嫄作为母系社会时代的人物,在没有固定配偶的情况下主动祭祀高禖求子,如此珍贵信息在《生民》中依然保存着。但在父系时代《大戴礼记》和《史记》

---

[1] 赵沛霖:《〈诗经〉的神话学价值》,《文艺研究》1994 年第 3 期,第 98 页。

等书的作者们眼中，姜嫄、简狄身为"黄花闺女"而去求子是不可思议的，因此便将其怀孕叙述为意外，并将她们编派为帝喾的妃嫔，但如此叙述无疑去历史真相益远了。

除《生民》以外，《公刘》记录了后稷的曾孙公刘率领部族由邰迁豳，《绵》讲述了古公亶父由豳迁岐，驱逐混夷，《皇矣》《大明》则以赞扬的笔调叙述了文王、武王父子的创业史。有学者指出，周族史诗不仅具有珍贵的历史价值，还具有相当高的艺术价值，其成就可概括如下：（一）比较浓厚的神话传说色彩。（二）叙事与抒情、描写相结合的表现手法。（三）讲究布局谋篇的章法结构。（四）讲究修辞技巧，多用排比、比喻等手法增强史诗的形象性。（五）擅长使用叠音词来摹声摹态。因此，尽管这五首作品篇幅不长，且散落排列，并非一个连贯的整体，但完整勾画出了周族的兴盛史。而今人马银琴则认为，《生民》《公刘》《绵》《皇矣》《大明》这五篇史诗性的作品，依据诗歌本身的叙事模式与特点，实际上可清晰区分为三种类型：其一为历史实录型：《绵》《大明》；其二为神话夸诞型：《生民》《皇矣》；其三为仪式记忆追述型：《公刘》。值得注意的是，《绵》的"民之初生，自土沮漆"与《生民》的"厥初生民，时维姜嫄"是相冲突的。出现如此矛盾，是因为周人的历史意识实际上存在着一个相对漫长的建构过程。《绵》是古公亶父"作五官有司"后由史官所创作，这应该是《周本纪》叙述周人历史至古公亶父突然变得清晰而详明的根源，也是《绵》诗能以清晰的史实为基础追述文王兴起之由的原因。《大明》虽同为实录，但在与史家记事的同一性方面，却表现出主于颂赞的取向，与《绵》完全不同。而《逸周书·世俘解》记载武王于建国后"立政"，其重大意义当体现于史官与乐官之职责分野。《大明》呈现了主于颂美的典礼歌颂，与史官记事有所区别。此后史官与乐官职责两分，前者以文字如实地记述史事、昭明法式，后者以歌乐来纪祖颂功、警戒时王。这种职能分化，一方面从根本上影响了"史诗"进一步发展的可能，另一方面又在颂赞与陈诫两个向度上，潜在地规定了后世文学发展的方向，奠定了美刺文学传统。剥离了记史功能的乐官歌唱，无须恪守史家"持中"传统的约束，于是通过《皇矣》赋予上帝人格化的形象与力量，又通过《生民》追述并神化始祖后稷，唱出了与"民之初生，自土沮漆"相冲突的"厥初生民，时维姜嫄"。在史官传统影响下建立起来的周族可追溯的历史记忆，由此被上溯到了充满神话色彩的始祖后稷。在"尊祖""美周"的形式下，通过神话叙事的方式，周人重新建构了自己的历史记忆。至于《公刘》，与其说是历史叙述，不如说是对以模糊的历史记忆为基础的仪式表演的再现。此篇乃是献诗制度下公卿大夫"言古以劊今"的产物；而宣王的"不藉千亩"，是歌颂"度其隰原，彻田为粮"的《公刘》被献至朝廷的政治原因。[①]当然，再从诗歌语言的表现特点看，中国古代诗歌简约、清隽的风格决定了中国古代不会产生鸿篇巨制的诗史。《伊利昂纪》中仅描写奥德修的一个伤疤就用了75行诗，这在中国古代诗歌中是绝不可能出现的。以《生民》为例，短短一句"履帝武敏歆，攸介攸止"就讲述了姜嫄踏上天帝趾印生子而后得人帮助的经过。这种言简意赅、意蕴深远的表现手法既制约了古诗创作的篇幅长短，使其不可能向长篇史诗发展，同时又呈现了别国诗篇无法媲比的精巧玲珑、微言大义。此外，周代史诗重事实而少怪力乱神之语，即使如《生民》篇亦甚少夸饰渲染之辞。不过到了战国后期，楚人屈原创作的《九歌》和《离骚》，内容人神

---

① 马银琴：《〈诗经〉史诗与周民族的历史建构》，《学术论坛》第40卷（2017年1月），第9—16页。

杂糅，风格朗丽深华，倒更为接近西方意义上的史诗。《离骚》中的主人翁，也就是屈原自己，是一位政治与文化英雄，在人间天上追寻自己的理想却终告失落。《九歌》虽是诸神的祭歌，但诸篇祭歌之连缀与古罗马奥维德（Ovid）的《变形记》（*Metamorphosis*）的模式不谋而合，可视为一篇以主神东皇太一为中心的长诗。这当然是因为楚地不同于中原的巫鬼文化，为这些接近西方意义之史诗的作品提供了丰饶的土壤。

三、从《汉广》《蒹葭》看江妃二女之崇拜

《周南·汉广》篇，《毛诗序》认为："德广所及也，文王之道被于南国，美化行乎江汉之域，无思犯礼，求而不可得也。"周文王的教化遍及南方，令男女守礼，不会产生无媒苟合之事，这当然是一种引申义。程俊英则认为，"这是一位男子爱慕女子不能如愿以偿的民间情歌"。然而，上博简《孔子诗论》论《汉广》："不求不可得，不攻不可能。"金春峰教授认为是江妃二女与郑交甫的神话故事。而此种神话及其浪漫情怀，乃楚文化之特产。（《上博〈诗论〉散论》）金氏的意见来自三家《诗》的说法，认为游女并非普通女子，而是神仙，与《毛诗》所解有所不同。我们可以参考刘向《列仙传》中的故事：

> 江妃二女者，不知何所人也。出游于江汉之湄，逢郑交甫。见而悦之，不知其神人也。谓其仆曰："我欲下请其佩。"仆曰："此间之人，皆习于辞，不得，恐罹悔焉。"交甫不听，遂下与之言曰："二女劳矣。"二女曰："客子有劳，妾何劳之有？"交甫曰："橘是柚也，我盛之以笥，令附汉水，将流而下。我遵其旁，采

> 其芝而茹之。以知吾为不逊，愿请子之佩。"二女曰："橘是柚也，我盛之以笥，令附汉水，将流而下。我遵其旁，采其芝而茹之。"遂手解佩与交甫。交甫悦受，而怀之中当心。趋去数十步，视佩，空怀无佩。顾二女，忽然不见。灵妃艳逸，时见江湄。丽服微步，流盼生姿。交甫遇之，凭情言私。鸣佩虚掷，绝影焉追？

郑交甫是郑国的官员，出使楚国，经过汉水时遇见两个女子，一见钟情，但不知道她们是神仙。郑交甫希望那两位女子送他身上的玉佩作为定情信物，但郑交甫的仆人认为楚人擅长辞令，如果那两个女子不肯解赠玉佩，届时加以面折，郑交甫只会自取其辱。岂料郑交甫不理会仆人的建议，无事献殷勤，吟了"橘是柚也"一段文辞，加以挑逗。二女酬答后，终于解赠玉佩，但郑交甫满怀欣喜地"趋去数十步"后，那玉佩和女子竟都神秘消失。是交甫被女子耍弄了吗？我们认为这只是她们给交甫开了个善意的玩笑，也给了个小小的教训。如此冒昧搭讪、请求定情信物，未必合乎礼法。既然不合礼法，信物又何"信"之有呢？刘向篇末赞语中的"凭情言私"四字就点明了这件事的本质。因此吴宏一《诗经新绎》指出："三家诗援此说诗，大约以为此诗即写郑交甫辞别不见江妃二女之后的惆怅之情。"

博学如刘向，也说江妃二女"不知何所人也"，所幸晋代王嘉《拾遗记》填补了这项信息的空白：

> 周昭王二十四年，东瓯献二女，一名延娟，一名延娱。使二人更摇此扇，侍于王侧，轻风四散，泠然自凉。此二人辩口丽辞，巧善歌笑，步尘上无迹，行日中无影。及昭王沦于汉水，二女与王乘舟，夹拥王身，同溺于水，故江汉之人到今思之，立祠于江。

第十章 我有嘉宾:《诗经》中的祭祀宴饮

> 数十年间,人于江汉之上,犹见王与二女乘舟戏于水际。

东瓯即今天浙江温州一带。《左传》《史记》记载,周昭王晚年失德,意图攻伐南方。由于他沿途扰攘,令居民非常不满。经过汉水之时,周昭王又强迫当地居民造船,以便渡河。居民们极为厌恶,于是在造船之际暗生一计:仅将船以胶黏合,并不上钉。当船行至江心,胶漆遇水溶解,周昭王因此溺毙,令周王室大失颜面。《左传》将这个事件称为"昭王南征而不复"。和周昭王同时遇溺者,《拾遗记》提到的还有延娟、延娱二女。二女虽为昭王侍者,但毕竟是烈女,因此得到江汉一带居民的怜惜。他们"立祀于江",显然就是把二女追封为江汉女神。而延娟、延娱"辩口丽辞,巧善歌笑",也呼应着汉皋解佩故事中"此间之人,皆习于辞"的特长。如此看来,《汉广》容或是以郑交甫的口吻来咏叹江妃二女,甚至可能如《楚辞·九歌》那般,以其中男巫的视角来表达对女神的仰慕,乃至可望而不可即的爱情。

无独有偶,《秦风·蒹葭》篇也可能涉及相关主题。清人方玉润《诗经原始》提出:"此诗在《秦风》中,气味绝不相类。以好战乐斗之邦,忽遇高超远举之作,可谓鹤立鸡群,翛然自异者矣。"《蒹葭》跟其他《秦风》诗篇的风格委实不太相似。为什么《蒹葭》会那样"鹤立鸡群"?我们比较倾向于日本学者白川静的解释:"《汉广》的游女经常游动,故意谓难以接近的女神。水神之祭,神灵大抵乘舟降临祭礼的坛场,祭仪有思慕女神、追踪乘舟的仪式。汉水上流发源于秦地,秦亦有祭祀水神之俗。"而《秦风·蒹葭》就是汉水上游祭祀女神的歌曲。[①]汉水发源于陕西,一直流到湖北,然后在武汉汇入长江,所谓"江汉朝宗"。

---

① [日]白川静著,杜正胜译:《诗经的世界》,东大图书公司,2009年,第65—66页。

汉水便利了周秦荆楚之间的交通,因此沿岸应该有共通的文化。《汉广》篇的江妃二女,是汉水女神。二女作为周昭王的侍者,连楚人都会祭祀她们,那么身在西周王畿的周人呢?可以想象。如此看来,《蒹葭》与《汉广》所共有的求之不得、可望而不可即的情思,的确令我们联想到《楚辞·九歌》中的人神恋爱。白川静将《蒹葭》的"水"解为"汉水",诚然可以将整个脉络打通,正好回应了方玉润的问题。

至于《毛诗序》以《蒹葭》篇旨为:"刺襄公也。未能用周礼,将无以固其国也。"而清人姚际恒《诗经通论》进而发挥道:"此自是贤人隐居水滨,而人慕而思见之诗。"今人扬之水认为《毛诗序》此说难以理解。我们以为,此说虽附会历史政治,忽略了诗作的风格面貌,只能算作引申义,却未必不可解。参《秦风·终南》篇,方玉润云:"此必周之耆旧,初见秦君抚有西土,皆膺天子命以治其民,而无如何,于是作此。"而程俊英承其旨意道:"这是一首周地人民劝诫秦君的诗。《国语·郑语》:'平王之末,秦取周土。'《史记·秦本纪》:'平王封襄公为诸侯,赐之歧以西之地。其子文公,遂收周遗民有之。'这首诗可能就是周的遗民写的。诗用含蓄的语句向统治者问道:你将是我们的君主吗?你永远不要忘记这是周的土地和人民呀。"试想西周覆亡后,秦人接管了西周故地,而江妃二女因与周天子关系密切,容易引发周遗民的故国之思,大概对江妃的崇祀也在秦国官方的左右下逐渐消失了。《毛诗序》"刺襄公未能用周礼"之说,大约就是这样发展出来的。清人牛运震《诗志》由首段前两句而论全诗道:"只两句,写得秋光满目,抵一篇悲秋赋。真乃《国风》第一篇缥缈文字,极缠绵,极惝恍。纯是情,不是景;纯是窈远,不是悲壮。感慨情深,在悲秋怀人之外,可思不可言。萧疏旷远,情趣绝佳。"所论真是切要。此篇正因为文笔的惝恍缥缈,故能把祭祀神灵、追求所思和寻访遗贤这三层含义绾合为一体，丝毫不着痕迹。

四、《陈风》中的巫女与爱情

陈国民风与郑、卫等地相似，热情浪漫，究其原因却有所不同。郑、卫乃殷商故地，陈国则系所谓"太昊之墟"，是一个古老氏族的发祥地。周文王时，虞舜嫡系后裔遏父担任周室的陶正。武王即位后，将长公主太姬嫁给遏父之子胡公满，又将他封于陈国，位居侯爵，以继承虞舜的香火，与夏代后裔杞国、商代后裔宋国并居"三恪"之位。由于陈国与楚国接壤，加上太姬好祭祀，影响所及，巫风非常兴盛。而《陈风》中也多有巫音，如《月出》《宛丘》《东门之枌》等皆是。这些浪漫绮丽的作品，往往以巫女的情愫为主题。

《月出》篇一般认为是月下怀人之作，但诗中的女子在月光下舒展她窈窕的身躯，翩然起舞，似乎是在从事一种拜月的宗教仪式：

> 月出皎兮，佼人僚兮。
> 舒窈纠兮，劳心悄兮。
>
> 月出皓兮，佼人懰兮。
> 舒忧受兮，劳心慅兮。
>
> 月出照兮，佼人燎兮。
> 舒夭绍兮，劳心惨兮。

《墨子》引商代《汤之官刑》曰："其恒舞于宫，是谓巫风。"《说文》

亦云："巫，祝也，女能事无形以舞降神者也。"可见巫风的主要内容特征就是舞蹈，而舞蹈的目的就是降神。也许在一个虚寂无人的夜晚，诗人看到天上的一轮满月，不由得回想起从前某次拜月仪式中对一位舞姿曼妙的巫女一见钟情。时光流逝，景色依然而人踪已杳，纵使月色清凉如水，却灼热了深藏在诗人心中那份旧日情感，令他怅惘徘徊。

这种"求不得"的哀怨，还出现在《宛丘》篇中：

> 子之汤兮，宛丘之上兮。
> 洵有情兮，而无望兮。
>
> 坎其击鼓，宛丘之下。
> 无冬无夏，值其鹭羽。
>
> 坎其击缶，宛丘之道。
> 无冬无夏，值其鹭翿。

一位男子爱上了在陈国国都宛丘（今河南淮阳）从事祭神舞蹈的巫女，他心中明明知道两人不可能走到一起，却始终怀抱着无望的爱情，日复一日地守候着她。而那毫不知情的巫女呢，仍旧手持长羽，随着鼓声继续起舞，从夏到冬，从冬到夏……这真像卞之琳《无题》所写的："付一枝镜花，／收一轮水月，／我为你记下流水账。"而前章赏析的《邶风·简兮》，讲的则是女观众对男舞者的倾慕，可与《宛丘》互参。

陈国的宗教有什么清规戒律，已经不易考证。如果与古代西方相比照，古罗马司灶女神维斯塔（Vesta）神庙中，常设六名维护圣火的女祭司，她们必须保持三十年的童贞。但再看爱情女神维纳斯（Venus）

以及其前身——希腊对应者阿芙洛狄特（Aphrodite）乃至巴比伦对应者伊诗妲尔（Ishtar），她们的女祭司对于爱情却秉持着开放的态度。如果说《月出》《宛丘》中的巫女犹如维斯塔圣洁的祭司，《东门之枌》中的巫女则近似维纳斯烂漫的随侍：

> 东门之枌，宛丘之栩。
> 子仲之子，婆娑其下。
>
> 穀旦于差，南方之原。
> 不绩其麻，市也婆娑。
>
> 穀旦于逝，越以鬷迈。
> 视尔如荍，贻我握椒。

《毛诗序》云："疾乱也。幽公淫荒，风化之所行，男女弃其旧业，亟会于道路，歌舞于市井尔。"此说当然有美刺褒贬之意，自不如朱熹之说平实："此男女聚会歌舞，而赋其事以相乐也。"《国风》中不少关于男女相会的篇章，背景都以春天为主。而《东门之枌》的女主角、子仲家的女儿，大概也是一位巫女。这位子仲姑娘婆娑起舞，从东门的榆树下一直跳到宛丘城中心的柞树下，简直就像嘉年华的巡游一般。参照《宛丘》篇，写到巫女的舞蹈从"宛丘之下"一直跳到"宛丘之道"，好像也有巡回演出的性质。清代陈仅《诗诵》对《宛丘》篇的评论，值得我们参考："自宛丘之上而下、而道，无地不热闹，无冬无夏，无时不热闹，直写出一国若狂景象。"对于陈国巫风兴盛的认知十分准确，我们也可持以解说《东门之枌》等篇。当然，依据"东门之枌""宛丘之栩"两句，我们还可作一种略为不同的解释：也许宛丘的许多地方都有子仲姑娘的舞影，东门和宛丘城中心只是其中两个定点而已。换言之，在宛丘城内随处起舞降神，乃是这位巫女的日常工作。

第一章共四句，前三句都没有动词；蒙太奇式的并置与拼接，足以让女主角华丽登场。而第四句的动词"婆娑"，却更接近一个貌词。这个美丽而神奇的词语，大概需要随文释义，在此处是形容舞姿优美。但它还有多种含义，如盘桓、逍遥、奔波、扶疏、蓬松、悠扬、醉态、老态，甚至容颜美好……几乎无所不包，为读者拉开一片广阔的想象空间。试想一下，当子仲姑娘婆娑起舞之际，会有多少洵有情而无望的倾慕者啊！正因如此，第二章以"穀旦于差"一句开始，就更加洋溢着爱情的快乐。"穀"，善也；"差"，择取也，读作差遣之差。择取一个良辰吉日，一同到南方之原出游。不过这次出游并非幽会，而更接近青年男女的联谊活动。此段后两句极具画面感：子仲姑娘带着青年们在宛丘巡游舞蹈，乃至整个市集上的女孩们全都放下手中的织布工作，即兴随着她起舞。这简直就是音乐剧中的镜头！尤其是"市也婆娑"，令人想起西班牙语歌曲 *Bailando por la calle*（《沿道而舞》），如此俊秀绮丽的诗句，仿佛会从纸上跳出来！

相对于第二章，第三章在复沓中又有进展。前文说选择佳日，此处则是在佳日出发了。每次的出游，当然都有"于差""于逝"的过程，可见第二、三段同样存在着互文见义的关系。就这么唱着、跳着，巡游的青年们沿着宛丘城的大道一直来到了南郊的草原，中途加入者也越来越多。所谓"翩迈"，指屡屡前往，也可指参加者众。大概在这个美丽的春天，青年们的联谊活动已举行了多次。而每次大概都是由子仲姑娘牵头，因为这种联谊活动，也有上古时代生育崇拜内容的孑遗。比如周人始祖母姜嫄"克禋克祀，以弗无子"，应当就是在春日的祭祀中求子。而《郑风》中不少关于青年男女自由结合的记载，同样时值春日。故此，子仲姑娘大概就是这类祭祀环节的主持人。

关于她的身份，我们也可从"贻我握椒"一句中得窥端倪。椒在此处指的是花椒。《离骚》云："巫咸将夕降兮，怀椒糈而要之。"王逸注："椒，香物，所以降神。糈，精米，所以享神。"《楚辞》其他篇章中也往往出现椒。花椒之所以与上古祭祀有关，不仅因为香气浓郁，还因为结果累累而被看成多子多福的象征。如《唐风·椒聊》："椒聊之实，繁衍盈升。"所以子仲姑娘手中的花椒，恐怕也涉及祭祀工作，并非随便采摘、携带的。"茷"音桥，《毛传》云："茷，芘芣也。"陆疏："似芜菁，华紫绿色，可食，微苦。"亦即今天所谓锦葵花。东汉郑玄则串解道："男女交会，而相说曰：'我视女之颜色，美如芘芣之华然。'女乃遗我一握之椒，交情好也。"诗人状述女子的容颜，往往喜用红色、白色。如"人面桃花"显然是指女子的绯红脸色，"凝脂"则比喻皮肤的洁白细腻。但《东门之枌》中，诗人却别出心裁，把子仲姑娘比喻成锦葵花。古人记载锦葵"华紫绿色"，从紫色花朵的角度来思考，如果不是诗人心情激动之下比喻失当，或许可以作几种解释：第一，可能是巫女的一种特殊妆容。第二，锦葵花在陈国乃至当时的中国有一种特殊含义。但这两种猜测都于史无征，只能存疑。第三，为了体现子仲姑娘的特殊身份。《左传·哀公十七年》云："紫衣狐裘。"杜注："紫衣，君服。"可见紫色是古代贵官的服饰。与红色相比，紫色算不上暖色系，更予人一种高冷之感。而这种高冷之感，却也呼应子仲姑娘侍奉鬼神的神秘工作性质，自与一般活泼烂漫的少女不同。不过，子仲姑娘听到这个比喻后的反应，是以一把花椒来回赠。这与《九歌·大司命》中的巫女"折疏麻兮瑶华"之举很类似，都是临时取用祀神植物的花朵来表达情思。如此举动，既可让我们再度确认子仲姑娘的巫女身份,也体现出她在所爱之人面前无须自矜,和一般少女一样流露出活泼烂漫的情态,从冷紫里蓦然透出温红来。这种天真一如宝钗扑蝶那般,稍纵即逝,故而益发使得诗人乃至千年之下的读者都感到格外珍惜。

附带一提,白川静认为《召南·野有死麕》也有相关意趣,诗中怀春之女实为巫女,而引诱巫女的都是祝。死鹿包以白茅,是上祭神灵之时的供品,而怀春的巫女也是荐神之物。此诗意指巫女和吉士以许神之身发生不正常的关系。(《诗经的世界》)白川氏之说甚为新颖,然有待进一步证实,盖无论此诗文本及历来旧说,皆未点破怀春之女的身份,遑论坐实为巫女。白川氏之说,殆有臆测之嫌,兹附列于此备考。

五、《诗经》中的宴饮诗

今人吴洪平指出:"先民在祭祀时,一方面祈求神祇与先祖,降福于他们,保佑他们取得丰收、福泽绵长、战胜对手等;同时他们又通过祭祀向他人展现其自身的威仪。这就为宴饮诗的产生奠定了必要的社会文化基础和氛围。"[①]因此,《诗经》中的宴饮诗往往与祭祀有关。这些作品往往能展现周代礼乐文化,使之更加深入人心,维护了宗法制度,有利于长治久安。肖莉将这些宴饮诗按其性质大致分为三类:其一为祭祀过后的宴饮诗,如《小雅》之《信南山》《行苇》《既醉》等;其二为世俗性宴饮诗,如《鹿鸣》《常棣》《伐木》等;其三为与战

---

① 吴洪平:《〈诗经〉宴饮诗起源微探》,《长江丛刊》2019年1月号,第12页。

生活于《诗经》中的先民
第十章 我有嘉宾：《诗经》中的祭祀宴饮

争有关的宴饮诗，如《彤弓》等。[①]《信南山》《鹿鸣》《常棣》《伐木》几篇，前文已有论述。兹于本节另举数首，以备参考。如《大雅·凫鹥》，《毛诗序》以其篇旨为："大平之君子能持盈守成，神祇祖考安乐之也。"其诗云：

> 凫鹥在泾，公尸来燕来宁。
> 尔酒既清，尔肴既馨。
> 公尸燕饮，福禄来成。
>
> 凫鹥在沙，公尸来燕来宜。
> 尔酒既多，尔肴既嘉。
> 公尸燕饮，福禄来为。
>
> 凫鹥在渚，公尸来燕来处。
> 尔酒既湑，尔肴伊脯。
> 公尸燕饮，福禄来下。
>
> 凫鹥在潀，公尸来燕来宗。
> 既燕于宗，福禄攸降。
> 公尸燕饮，福禄来崇。
>
> 凫鹥在亹，公尸来止熏熏。

[①] 肖莉：《〈诗经〉宴饮诗与周代宴饮礼俗》，《黄冈师范学院学报》第37卷第4期，第54页。

> 旨酒欣欣，燔炙芬芬。
> 公尸燕饮，无有后艰。

此诗共五章，每章六句，采用复沓形式。"凫"音扶，野鸭。"鹥"音衣，沙鸥。"泾"音京，水中。"燕"，通宴。"沙"，水边。"宜"，宜其事也。"为"，助。"处"，止，指居处。"湑"音胥，指酒滤去渣滓而变清。"脯"音府，干肉。"下"，降也。"潀"音中，水交汇处。"宗"，尊也，指尊敬天神。"于宗"，在宗室、宗庙。"崇"，义同申，重也。"亹"音门，峡中两岸对峙如门之处。"来止熏熏""旨酒欣欣"疑为"来止欣欣""旨酒熏熏"之错文。"燔"通焚。"炙"，烤肉。此歌谓野鸭、沙鸥在水边欢快嬉戏、觅食，公尸来到宗庙接受宾尸之礼，就像鸥鸭那样自得其所。人们答谢公尸，献给公尸甘醇的酒醴、鲜美的食物，希望公尸作为中介，代大家向神灵祈求赐福。末章"无有后艰"一句，正对应了持盈守成、居安思危之意。又如《大雅·泂酌》：

> 泂酌彼行潦，挹彼注兹，
> 可以餴饎。
> 岂弟君子，民之父母。

> 泂酌彼行潦，挹彼注兹，
> 可以濯罍。
> 岂弟君子，民之攸归。

> 泂酌彼行潦，挹彼注兹，
> 可以濯溉。

第十章 我有嘉宾：《诗经》中的祭祀宴饮

> 岂弟君子，民之攸塈。

《毛诗序》云："《泂酌》，召康公戒成王也。言皇天亲有德，飨有道也。"清人王先谦《诗三家义集疏》则云："三家以诗为公刘作，盖以戎狄浊乱之区而公刘居之，譬如行潦可谓浊矣，公刘挹而注之，则浊者不浊，清者自清。由公刘居豳之后，别田而养，立学以教，法度简易，人民相安，故亲之如父母。及太王居豳，而从如归市，亦公刘之遗泽有以致之也。"近人高亨《诗经今注》则认为："这是一首为周王或诸侯颂德的诗，集中歌颂他能爱人民，得到人民的拥护。"此诗共三章，每章复沓，以"泂酌彼行潦，挹彼注兹"来起兴。"泂"，远也。"酌"，取也。"行潦"，路边积水。"挹"，舀取。"注"，灌注。"饙"音分，蒸也。"饎"，炊也。"濯"，洗涤。"罍""溉"皆酒器。"岂弟"同恺悌，和乐平易、恩德深广之意。"塈"，通憩，休息。行潦之水浑浊，且非就近能取，往往弃而不用。但君子若能舀来注入水缸，就能用来蒸煮食物、洗濯酒器，以尽其用。诗人认为祭祀未必要选用贵重的食材，只要诚心便好。一如行潦虽然卑微，却能用于炊事以及祭神祀天、宴请宾客。这就像施政的君子如果和乐平易、施以仁义，远方之民也会感恩戴德，前来归附。《凫鹥》《泂酌》提及的宴饮皆与祭祀有关，而《小雅·南有嘉鱼》则与《鹿鸣》相近，是关于世俗的飨宴：

> 南有嘉鱼，烝然罩罩。
> 君子有酒，嘉宾式燕以乐。
>
> 南有嘉鱼，烝然汕汕。

君子有酒，嘉宾式燕以衎。

南有樛木，甘瓠累之。
君子有酒，嘉宾式燕绥之。

翩翩者鵻，烝然来思。
君子有酒，嘉宾式燕又思。

此诗与《鱼丽》《南山有台》属于同一组宴饮诗，为周代燕乐的通用乐歌。宴饮中首先歌《鱼丽》以赞佳肴之丰盛，再歌《南有嘉鱼》以叙宾主相得之情，复歌《南山有台》以祝颂宾客万寿无疆。《毛诗序》云："《南有嘉鱼》，乐与贤也，大平之君子至诚，乐与贤者共之也。"如此看来，《南有嘉鱼》确与《鹿鸣》相似，以宴饮来表达与益友相会之乐。此诗共四章，每章四句。前两章以嘉鱼起兴，比喻宾主间的关系如鱼得水，气氛和睦愉悦。"烝然"，众多也。"罩罩"，同掉掉，鱼摆尾也。"汕汕"，鱼游貌。"式"为发语词，"燕"，通宴。"衎"音看，乐也。嘉鱼之多、之乐，比喻嘉宾众多，在宴会中把酒言欢，怡然自得。第三章转换喻体，谓弯曲的树木上挂着甜美的葫芦，以树木与爬藤之缠绕比喻宾主相得。末章又以鹁鸠为喻，谓宾友如鹁鸠般纷纷飞来，享用宴会的饮食。

在周人看来，殷商亡国的一个重要原因在于纣王等掌权之贵族酗酒，施政丧失理智、朝纲混乱。因此周代建立后，周公即发布《酒诰》，劝诫国人严格节制饮酒。这篇文字也成了周代乃至后世禁酒的主导思想。《诗经》的宴饮诗中虽不时提及饮酒，但都如孔子所言"不及于乱"，宾主依然保持着雍容和雅的仪态。而比较值得注意的反面材料，可以《小雅·宾之初筵》为例。此诗开篇谓宾主彬彬有礼,餐具整齐、酒菜甘美。可是一旦醉酒以后,大家威仪全失,癫狂无礼,胡言乱语,丑态毕露。诗人对这种醉酒失态的情况大力抨击,认为好酒者容易犯过失,饮酒者应该自我节制,不可追求一醉方休,否则非但有丧威仪,更有损于德行。

第十一章

敬而听之：《诗经》中的政治美刺

一、对在上位者的赞美

由于《诗经》在春秋时代便被奉为贵族子弟的教科书，故所收篇章往往会从政治美刺的角度来解读，在今天看来未免有曲解之嫌，充其量只能视为引申义。不过就本义而论之，《诗经》中的确仍有若干篇章涉及政治美刺。需要厘清的是，《周颂》诸篇当然也以赞美为主，但对象一般都是去世的先王；而本节所论赞美诗则以当世之人物为对象。如《大雅·棫朴》就是一首典型的政治赞美诗，传统认为是"美文王"，我们则怀疑赞美对象为宣王，后章将会专门分析此诗。《大雅》中的《崧高》赞美申侯、《烝民》赞美仲山甫，原作者为朝中同僚尹吉甫。《小雅·六月》则是赞美尹吉甫攻伐狁之作。本节接下来会再举数例，供读者采览。

《小雅》中的《瞻彼洛矣》与《裳裳者华》是相连的两篇诗作，

朱熹《诗集传》认为前者是"天子会诸侯于东都以讲武事，而诸侯美天子之诗"，后者则是"天子美诸侯之辞，盖以答《瞻彼洛矣》也"。可见两首皆为赞美诗。先看歌颂周天子检阅军队的《瞻彼洛矣》：

> 瞻彼洛矣，维水泱泱。
> 君子至止，福禄如茨。
> 韎韐有奭，以作六师。
>
> 瞻彼洛矣，维水泱泱。
> 君子至止，鞞琫有珌。
> 君子万年，保其家室。
>
> 瞻彼洛矣，维水泱泱。
> 君子至止，福禄既同。
> 君子万年，保其家邦。

此诗共三章，每章六句，采用复沓手法，各章皆以泱泱洛水起兴，以水势之浩大隐喻周王襟怀乃至周朝国力。首章点明阅兵地点及环境，谓天子亲临戎政，御军服以起六师，故天下所受福禄甚多。"韎韐"音妹鸽，皮革制成的蔽膝，为士兵所服。"奭"音式，赤色貌。次章回环往复，"鞞"为剑鞘，"琫""珌"分别指剑鞘上下端之玉饰。此谓天子视师之时佩带宝剑，剑鞘堂皇，威仪隆重，军容整肃，故而六师欢呼，祝颂天子万寿、保有家邦山河。末章"福禄既同"在首章"福禄如茨"的基础上更进一步，谓天子在阅兵后对诸侯、将士大有赏赐，群情欢欣。全诗格调雍容优雅，富于崇高之美。而《裳裳者华》全诗如下：

裳裳者华，其叶湑兮。
我觏之子，我心写兮。
我心写兮，是以有誉处兮。

裳裳者华，芸其黄矣。
我觏之子，维其有章矣。
维其有章矣，是以有庆矣。

裳裳者华，或黄或白。
我觏之子，乘其四骆。
乘其四骆，六辔沃若。

左之左之，君子宜之。
右之右之，君子有之。
维其有之，是以似之。

此诗共四章，每章六句，首三章为复沓形式，各章又使用顶真手法。每章首二句以花起兴，"裳裳"通堂堂，美盛鲜明貌。前三章从"其叶湑兮"到"芸其黄矣"再至"或黄或白"，将鲜花的繁茂与士兵阵容的鼎盛相比对。首章谓自己遇上诸侯、官兵，心情极为舒畅，因此君臣皆身处美好声誉之中。次章提到诸侯及官兵的品行烂然有文章之美，值得庆贺。三章描写诸侯及官兵车马之盛，谓其乘坐的马车由黑鬃黑尾的白马所拉，手中的缰绳光洁柔软，可见驭术之高。末章章法一变，谓马车无论向左向右，都无所不宜。不仅如此，"左右"也有"佐佑"之意，谓诸侯及官兵辅助天子，得其所哉。"似"，通嗣，继承也。

由于大家得其所哉,因此希望能将这份美德继承下去。终章曲终奏雅,阐缓平和。

另一首著名的政治赞美诗是《卫风·淇奥》。《毛诗序》云:"《淇奥》,美武公之德也。有文章,又能听其规谏,以礼自防,故能入相于周,美而作是诗也。"卫武公名和,早年曾参与共和行政,周室东迁时勤王有功,曾担任平王卿士。卫武公高寿,九十多岁时依然兢兢业业,从容纳谏,深受尊敬,因此国人作《淇奥》以赞美之。其诗云:

> 瞻彼淇奥,绿竹猗猗。
> 有匪君子,如切如磋,
> 如琢如磨。
> 瑟兮僴兮,赫兮咺兮。
> 有匪君子,终不可谖兮。
>
> 瞻彼淇奥,绿竹青青。
> 有匪君子,充耳琇莹,
> 会弁如星。
> 瑟兮僴兮,赫兮咺兮。
> 有匪君子,终不可谖兮。
>
> 瞻彼淇奥,绿竹如箦。
> 有匪君子,如金如锡,
> 如圭如璧。
> 宽兮绰兮,猗重较兮。
> 善戏谑兮,不为虐兮。

全诗三章，每章九句，采用复沓手法。"淇"即淇水，卫国境内河名。"奥"音郁，水边弯曲处。"猗"音阿谀之阿，"猗猗"为长而美貌意。"匪"通斐，文采貌。治骨曰"切"，治象牙曰"磋"，治玉曰"琢"，治石曰"磨"，四者均指有修养、不断精进。"瑟"，仪容庄重。"僩"音献，神色威严。"咺"音喧，威仪貌。"谖"音喧，忘记。"青青"通"菁菁"，茂盛貌。"充耳"，冠冕两旁悬挂的玉石饰物，下垂至耳。"琇莹"，宝石。"会弁"，鹿皮帽。"如星"，指帽上缀宝石如星光闪烁。"箦"通积，堆积。圭、璧皆为隆重典礼所使用玉器，比喻武公身份贵重、品德高尚。"绰"，旷达貌。"猗"通倚。"重较"，车厢上横木，供人倚扶。有重较的马车为古代卿士所乘。此诗首章描写武公才华斐然，且不断精益求精，而其仪表端庄，神色威严，显赫有威仪，令人一见难忘。次章写其服饰华美整齐，末章写其如金锡般坚固、玉礼器般庄严，胸襟广阔，倚着车木向前驰行。他的谈吐幽默，而毫无暴虐之举。据历史记载，卫武公早年袭杀兄长共伯余即位，但他的确才华横溢、施政能力高超，不仅在国内深得民心，且先后参与共和行政、拥戴平王，在诸侯间卓有声誉，可谓逆取顺守，是一个唐太宗李世民式的人物。兼以武公长寿，年近百岁而薨。在东周时代，他大概是硕果仅存的缔造、经历过宣王中兴的老人。而武公去世后卫国国势日渐衰落，因此这位贤君就尤其令国人怀念了。

二、对统治阶层暴虐的批判

与赞美诗相比，《诗经》中的政治讽刺诗为数更多，这当然与时局的实际情况有关。如周厉王残暴，大臣芮良夫作《桑柔》以讽谏。此外尚有《民劳》《板》《荡》等诗，《荡》以文王的口吻斥责殷商，借古讽今以针砭厉王的施政。至于幽王时期的讽刺诗，篇数又明显多于厉王时期，著名者如《十月之交》《北山》《节南山》《正月》《雨无正》《瞻卬》《召旻》等皆为官员所作，若将《何草不黄》等行役诗也纳入，数目就更为惊人了。周室东迁后，传世诗作仅收入《王风》，原作者多为平民，唯《黍离》为大夫所作，而其哀怨吞声之情，与西周雅诗之激愤冷峻颇有差异，此时势不同之故也。与此同时，各诸侯国或战争频仍，或内政紊乱，《国风》中因此多有批评时政之作。兹于本节略举数首，以见其概况。

　　厉王时期的作品，我们举《大雅·民劳》为例。《毛诗序》论此诗旨意云："召穆公刺厉王也。"召穆公即后来共和行政的主角之一召伯虎。《郑笺》云："厉王，成王七世孙也，时赋敛重数，徭役繁多，人民劳苦，轻为奸宄，强陵弱，众暴寡，作寇害，故穆公刺之。"厉王曾命虢仲征淮夷、伐戎，均不克。又任荣夷公为卿士，听信其言而实行专利，垄断山泽物产以聚敛人民之财。还命卫巫监视国人，杀有怨言者，乃至"国人莫敢言，道路以目"。最后民不堪命，发生暴动，厉王于公元前841年被逐而逃亡于彘（今山西霍州东北），朝中共和行政。由于厉王治下生灵涂炭，召穆公因而作《民劳》之诗以劝谏厉王。其诗曰：

> 民亦劳止，汔可小康。
> 惠此中国，以绥四方。
> 无纵诡随，以谨无良。
> 式遏寇虐，憯不畏明。
> 柔远能迩，以定我王。

民亦劳止,汔可小休。
惠此中国,以为民逑。
无纵诡随,以谨惛怓。
式遏寇虐,无俾民忧。
无弃尔劳,以为王休。

民亦劳止,汔可小息。
惠此京师,以绥四国。
无纵诡随,以谨罔极。
式遏寇虐,无俾作慝。
敬慎威仪,以近有德。

民亦劳止,汔可小愒。
惠此中国,俾民忧泄。
无纵诡随,以谨丑厉。
式遏寇虐,无俾正败。
戎虽小子,而式弘大。

民亦劳止,汔可小安。
惠此中国,国无有残。
无纵诡随,以谨缱绻。
式遏寇虐,无俾正反。
王欲玉女,是用大谏。

全诗共五章,每章十句,采用复沓形式。此诗反复出现"中国"

一词，而《礼记·王制》则将中国与夷、蛮、戎、狄合称为"五方之民"，可见"中国"的本义固然指国内，同时也指华夏诸族聚居的中原一带。而根据现存文献及文物所见，"中国"一词最早出现于《何尊》铭文"宅兹中国"一语，时维西周初年，足知"中国"概念产生甚早。"汔"音迄，希求也。姜光斗、顾启指出：五章均以"民亦劳止"开头，再三强调民众的劳苦，可见这在厉王统治的当年是一个多么严重而突出的问题。紧接着，"汔可小康""汔可小休""汔可小息""汔可小愒""汔可小安"，召穆公为民众提出最低的要求。"小康""小休""小息""小愒""小安"为近义词，在修辞上采用递降格，从文外进一步暗示厉王的酷虐。随后，进一步指出，使民众安康便能达到保国安边解民忧的目的。"以绥四方""以为民逑""以绥四国""俾民忧泄""国无有残"即分别从三个方面立言，使诗歌在复沓之中富有变化。①各章五至八句是对厉王的进一步进谏。"无纵诡随"即不要放任奸险小人，对于行为不良者、引诱天子昏乱者、反复无常者、恶行恶言者、花言巧语者，都必须警惕谨慎。如果这些小人得志，就会猖狂，作威作福，造成"畏明""民忧""作慝""正败""正反"等恶果。每章末二句则劝诫厉王，如姜、顾二位所言："首章希望厉王能抚远亲近，永保王位。二章勉励他切勿前功尽弃，以保福禄。三章希望他不仅远恶，还应亲近有德之人，威仪才能保持。四章指出作为一国之主，个人虽很微小但所系事业极其宏大，言行不可不慎。末章明白宣告，为了爱护你周王，才写了此诗来大力劝谏的。"②

《小雅·菀柳》篇，《毛诗序》云："刺幽王也。暴虐无亲，而

---

① 周啸天主编：《诗经楚辞鉴赏辞典》，四川辞书出版社，1990年，第753页。
② 同前注，第754页。

刑罚不中，诸侯皆不欲朝，言王者之不可朝事也。"程俊英则认为："这是一个被周王流放的大臣的怨诗。他曾被周王信任，商议过国政，后被撤职流放。有人说诗中的'上帝'是暗指厉王，有的说指幽王。似以幽王近是。"诗云：

> 有菀者柳，不尚息焉。
> 上帝甚蹈，无自暱焉。
> 俾予靖之，后予极焉。
>
> 有菀者柳，不尚愒焉。
> 上帝甚蹈，无自瘵焉。
> 俾予靖之，后予迈焉。
>
> 有鸟高飞，亦傅于天。
> 彼人之心，于何其臻？
> 曷予靖之，居以凶矜？

全诗共三章，每章六句。前二章为复沓形式，以柳树为比兴，谓柳荫虽茂盛，却无法在树下歇息，一如上帝喜怒无常，不可亲昵，不可自招灾殃。当初让我一起谋划国事，随后却将我放逐。极，通"殛"，惩罚，诛杀。迈，行也，指放逐。末章以鸟起兴，谓再高飞的鸟也要以天为依附，但人心又可以到达什么极限呢？为什么当初与我共谋国事，现在又让我遭遇凶险危难？此诗虽以上帝暗喻幽王，有隐藏真事之意，实则满怀悲愤难以自已，可谓动人心魄。

《国风》篇章中对诸侯的控诉，最著名的大概是《秦风·黄鸟》。《毛

第十一章 敬而听之：《诗经》中的政治美刺

诗序》云："《黄鸟》，哀三良也。国人刺穆公以人从死，而作是诗也。"所谓"三良"是秦国子车氏三位大夫奄息、仲行、针虎。秦穆公于公元前621年去世后，以此三兄弟殉葬。《左传·文公六年》记载："秦伯任好（即秦穆公）卒，以子车氏三奄息、仲行、针虎为殉，皆秦之良也，国人哀之，为之赋《黄鸟》。"《史记·秦本纪》亦云："缪（穆）公卒，从死者百七十七人。秦之良臣子舆（车）氏三人名曰奄息、仲行、针虎，亦在从死之中。秦人哀之，为作歌《黄鸟》之诗。"则此诗的创作时代背景非常清楚。其诗云：

> 交交黄鸟，止于棘。
> 谁从穆公？子车奄息。
> 维此奄息，百夫之特。
> 临其穴，惴惴其栗。
> 彼苍者天，歼我良人！
> 如可赎兮，人百其身。

> 交交黄鸟，止于桑。
> 谁从穆公？子车仲行。
> 维此仲行，百夫之防。
> 临其穴，惴惴其栗。
> 彼苍者天，歼我良人！
> 如可赎兮，人百其身。

> 交交黄鸟，止于楚。
> 谁从穆公？子车针虎。

> 维此针虎，百夫之御。
> 临其穴，惴惴其栗。
> 彼苍者天，歼我良人！
> 如可赎兮，人百其身。

全诗三章，章十二句，采用复沓手法，而每章各咏一人。以首章观之，首二句以黄鸟起兴，谓栖息在荆棘上交交鸣叫，声音婉转，在诗人听来却悲戚万分。因为随穆公殉葬的子车奄息，是才智出众的"百夫之特"。而现在来到他的葬穴，不由胆战心惊。诗人于是叩问苍天，为何要歼灭这样的英才？如果能将他赎回，就算用自己死一百次来替换也在所不惜。第二、三章分悼仲行、针虎，内容同于首章。诗中"棘"与急、"桑"与丧、"楚"与痛楚之楚双关，进一步表达了诗人对子车氏兄弟的痛悼。春秋时期，人殉之风已逐渐式微，很多诸侯国君皆改以牲口殉葬。僻处西北的秦国虽仍沿袭人殉的落后制度，殉者却也多为奴隶，极少以贵族陪葬。据应劭《汉书注》记载："秦穆与群臣饮酒，酒酣，公曰：'生共此乐，死共此哀。'奄息等许诺。及公薨，皆从死。"因此有学者指出子车兄弟之死，源于和穆公的酒后戏言。不过也有人认为，秦穆公是担心能力超卓的子车兄弟在自己身后作乱，为了防患于未然，才出此重手。无论如何，在诗人心目中，子车兄弟是深受秦国百姓的爱戴的。只要百姓过得好，谁当君主又有什么区别呢？

三、对现状的不满

春秋时代，周天子的地位一落千丈，随之而来的一个大问题，就是周王室无法再通过权威来抑制诸侯国间的兼并。小国灭亡后，大量贵族沦为平民，他们固然将知识传播到民间，但其正面影响要到春秋后期才逐渐显现。就他们个人而言，自然大有今不如昔之感。不满现状的作品在二《雅》中已经出现，这些原作品的原作者属于中下层官员，未必与周王有过多直接互动，但因身边之事不平而鸣。如《小雅·祈父》的原作者是西周的王都虎士（类似于御林军），此诗表达了对祈父（掌管军事大权的司马）的不满，抒发了心中的怨怒。程俊英说："原来卫士是保卫都城王宫，现在让他出征抵抗戎人，所以怨愤而作此诗。"全诗云：

> 祈父，予王之爪牙。
> 胡转予于恤，靡所止居？
>
> 祈父，予王之爪士。
> 胡转予于恤，靡所厎止？
>
> 祈父，亶不聪。
> 胡转予于恤，有母之尸饔？

全诗共三章，章四句，采用复沓形式。首二章谓自己是天子的武臣，为何却转而让其处忧愁，居无定所？"厎"音止，亦止之意。末章谓祈父诚然糊涂，不了解下情，竟让自己身处忧愁，使老母在自己出征时去世，现在只能来灵前祭奠了。"尸"，陈列；"饔"，熟食。"尸饔"谓摆设祭品。由此诗可见这位虎士心直口快、敢怒敢言，且因丧母之恸而不能自已。但是不难想象，祈父将虎士调往边疆伐戎，绝非其一人之决定，而是上级的安排。

到了东周时期，来自社会中下层的不满声音就更多了。如《王风·兔爰》，《毛诗序》论其篇旨："闵周也。桓王失信，诸侯背叛，构怨连祸，王师伤败，君子不乐其生焉。"此诗伤时感事，全诗三章，每章七句，以兔、雉比喻自己生不逢时，又表达了对昔日的眷念和对现在的厌倦，唯有以睡眠来逃避现状。故朱熹云："为此诗者盖犹及见西周之盛。"兹举此诗首章如下：

> 有兔爰爰，雉离于罗。
> 我生之初，尚无为。
> 我生之后，逢此百罹。
> 尚寐无吪。

清人崔述《读风偶识》云："其人当生于宣王之末年，王室未骚，是以谓之'无为'。既而幽王昏暴，戎狄侵陵，平王播迁，室家飘荡，是以谓之'逢此百罹'。"程俊英认为原作者是个没落贵族，论道："这个没落贵族留恋西周宣王时代所谓盛世，那时虽有天灾，但无人祸，贵族的地位和利益尚未动摇，东迁以后，有些贵族失去了土地和人民，情设地位起了变化，甚至还要服役，这就是诗人所谓'逢此百罹'的社会背景。他在前后生活对比之下，引起了厌世思想，作了这首诗。"这位诗人大概随平王迁到了洛邑，但留在西周故地的日子也未必更好过。如《秦风·权舆》篇，孔颖达《正义》据《毛诗序》而申论云："刺康公也。康公遗忘其先君穆公之旧臣，不加礼饩，与贤者交接，有始而无终，初时殷勤，后则疏薄，故刺之。"诗云：

> 于我乎，夏屋渠渠。

今也每食无余。

于嗟乎，不承权舆。

于我乎，每食四簋。

今也每食不饱。

于嗟乎，不承权舆。

"夏屋"，大厦。"渠渠"，深广貌。"四簋"，言食物之丰盛。"权舆"，本指草木始发，引申为初始之意。孔子云："士志于道，而耻恶衣恶食者，未足与议也。"此诗首章言居，末章言食，无一及于大道，难怪清人魏源《诗古微》云："《权舆》诗人其冯谖之流乎？"战国后期，冯谖在孟尝君的筵席上弹剑而唱"食无鱼""出无车"，皆关涉平居享乐，然亦有嬉笑怒骂之意，故魏源将二者相比拟，似乎有解围的动机。不过，春秋前期的世风毕竟与战国后期不同，单从《权舆》的内文难见原作者之贤，其人是否滑稽如冯谖也不得而知。程俊英的解释，显然更为合理："这是一首没落贵族回想当年生活而自伤的诗。春秋时代，地主的私田渐多，各国纷纷实行按亩税田。领主没落，生活下降。这首诗就是当时社会变革的一种反映。过去领主住得好，吃得好，都是靠世袭的禄位，祖先传下来的土地、人民，供他们剥削享受；如今一切都丧失了，所以他说'不承权舆'。"此说固然具有说服力，但秦是东周新兴的方国，没有太多历史包袱。《公羊传》称"秦无大夫"，乃是指秦立国后不似西周旧有的诸侯那样分封，而是设置郡县，由秦伯委任长官，皆有任期。因此，那些公族、功臣几乎难以如在关东诸国般世袭。如此一来，《权舆》的原作者若是秦国的贵族或大夫——哪怕是《毛诗序》所谓不再受到重用的穆公朝旧臣，就不无可疑了。

我们认为，这位诗人恰好可与《王风·兔爰》的原作者相参照，他本是西周贵族，却并未随平王东迁，而是留在镐京一带。当嬴秦在此立国，实施新的政策，这位诗人便彻底沦为平民。但他并无平民的谋生技能，因此只好落得衣食不周的境地。

没落贵族如此，平民百姓的生活就更不用说。如前节所论战争诗、行役诗、劳作诗，就有不少是对民生疾苦的反映，这些作品无疑皆表达了对社会现状的不满情绪。兹再举数例，以深入了解。如《魏风·伐檀》，前章已就其旨意颇有论述。程俊英说："这是一首魏国劳动人民讽刺剥削阶级不劳而获的诗。一群工匠，在河边伐木，给剥削者造车。这时，唱起了这首劳动即兴诗歌。他们尖锐地揭露剥削制度的不合理现象：一些人服劳役，一些人不劳而获。表达了对剥削、寄生的奴隶主的憎恨和反抗的精神。"此言虽带有一定的时代色彩，却颇有道理。全诗三章，兹迻录首章于下：

> 坎坎伐檀兮，置之河之干兮，
> 河水清且涟猗。
> 不稼不穑，胡取禾三百廛兮？
> 不狩不猎，胡瞻尔庭有县貆兮？
> 彼君子兮，不素餐兮！

此章第四句开始，质问在上位者不耕作、不狩猎，何以却能取得大量粮食和猎物？末二句讽刺道："那些君子大老爷，真是不会白吃闲饭！"类似的篇章还有《召南·羔羊》，《毛诗序》本以其为美诗："召南之国，化文王之政，在位皆节俭正直，德如羔羊也。"但程俊英说："统治阶级的官吏们过着衣裳公食，吸吮人民血汗的奢侈生活，

第十一章　敬而听之：《诗经》中的政治美刺

诗人写了此诗予以讽刺。"此诗共三章，首章云：

> 羔羊之皮，素丝五紽。
> 退食自公，委蛇委蛇。

"五"通午，交错。"紽"音驼，丝结。"五紽"谓缝制细密。"食"通饲，指公家供给卿大夫的常膳。"公"，公门，即官府。"退食自公"指从官府退朝出来后进食。"委蛇"音威移，悠闲自得貌。全章谓官员穿着缝制精美的羊羔皮袭，退朝后悠悠缓缓从公门出来，享用常膳。文字虽是白描，却带着强烈的厌恶情绪。

更具有概括性的讽刺作品当推《魏风·硕鼠》。《毛诗序》曰："《硕鼠》，刺重敛也。国人刺其君重敛，蚕食于民，不修其政，贪而畏人，若大鼠也。"此诗历来的说法无大差异。此诗共三章，章八句，采用复沓手法。现移录首章于下：

> 硕鼠硕鼠，无食我黍。
> 三岁贯女，莫我肯顾。
> 逝将去女，适彼乐土。
> 乐土乐土，爰得我所。

"贯"为宦之假借，侍奉之意。"女"同汝，指在上位者。"顾"，怜惜、照顾。"逝"通誓。"去"，离开。"适"，前往。"爰"，于是。"所"，处所。程俊英《诗经译注》指出："这首诗写农民不堪统治者的残酷剥削，幻想美好的社会。"王先谦《诗三家义集疏》："鲁说曰：'履亩税而《硕鼠》作。'（王符《潜夫论·班禄》）齐说曰：'周之末涂，德惠塞而耆欲众,君奢侈而上求多,民困于下,怠于公事,是以有履亩之税,《硕鼠》之诗是也。'(桓宽《盐铁论·取下》)"他的考证,说明了诗的社会背景。所谓履亩税,是指原来农民每年要出劳役为公田耕种,私用百亩可不纳税;现在除了服役公田,私田还要纳实物的十分之一为税。《硕鼠》一诗就是在这种双重剥削的制度下产生的。农民负担太重,实在难以忍受,就幻想到美好的理想国去。

四、对统治阶层荒淫的讽刺

平王东迁后另一大问题,就是所谓"礼崩乐坏"的局面。在宗法制度影响日益减弱的情况下,各国贵族中发生不少有违伦常的丑闻。如前文所言,《周礼》允许民间青年男女在春日自由结合,这是原始时代残留的习俗。而郑、卫等国本为殷商故地,保留了较为开放的古老习俗,可以想象。但从人类发展的角度来看,周代宗法制度毕竟为男女交往、婚配定下了规范,有助于社会稳定。举例而言,现代学者往往相信商王武丁与其配偶妇好皆出自殷商王族,夫妇实为同宗,这种情况在近代中国是不可思议的。但姬周立国后强调伦常,严格遵守"同姓不婚"的礼法,虽然对近亲繁殖的杜绝仅及于堂兄妹,而未及姑表、姨表兄妹,但就保证国人身体素质来说毕竟是一大进步。东周以降,乱伦之事不时发生于各国公族间。这些诸侯本是周代宗法的执行者,却因一己荒淫而将之打破,当然令国人深恶痛绝。故此,《诗经》中不少来自民间的政治讽喻诗,都与这种主题有关,而其中最恶名昭著的人物,大概就是卫宣公。

卫宣公是武公之孙、庄公之子,在州吁之乱平定后继位。宣公从前就和父亲的妃妾夷姜私通,二人生有三子。宣公即位后,将三子中

第十一章　敬而听之：《诗经》中的政治美刺

的长子公子伋立为世子。后来宣公为公子伋定亲，迎娶一位齐国公主。这位公主是齐襄公、齐桓公的姊妹，背景显赫。迎亲过程中，宣公乍闻公主貌美，于是心生不良，临时派公子伋出使郑国，将他支走，同时自己迎娶了公主，号称宣姜。为了迎娶宣姜，宣公在黄河边建造了一座行宫，名为新台。这就是史上著名的"筑台纳媳"丑闻。而《邶风·新台》一诗，就是卫国民间对此事尖锐辛辣的讽刺：

> 新台有泚，河水弥弥。
> 燕婉之求，籧篨不鲜。
>
> 新台有洒，河水浼浼。
> 燕婉之求，籧篨不殄。
>
> 鱼网之设，鸿则离之。
> 燕婉之求，得此戚施。

此诗共三章，章四句，采用复沓形式。"泚"音此，鲜明貌。弥弥，盛大貌。"燕"，安也。"婉"，顺也。"燕婉"指夫妇和好。"籧篨"音渠除，旧注云不能俯者，讥讽宣公年老，腰脊僵硬而不能俯视，仿佛身有残疾者。一说籧篨即蟾蜍。"鲜"音藓，善也。"洒"音璀，通漼，高峻貌。"浼浼"音美美，水大貌。"殄"，尽绝也。"鸿"，闻一多以为是"苦蠪"合音，亦蛤蟆，一说大雁。"离"通罹，遭遇也，此处指落网。"戚施"，亦蟾蜍也，比喻不能仰视、貌丑驼背之人。此诗谓宣姜嫁给公子伋，本来可谓天作之合，却因宣公破坏，最后嫁给了一只癞蛤蟆——渔网捕鱼不得却捕到蟾蜍，可谓令人意外。此诗作于宣姜初嫁之时,与卫人歌颂庄姜的《硕人》相比,可谓霄壤之别。然而一个巴掌拍不响,当时女性地位虽然不高,但是宣姜为了齐国的荣誉可以拒婚。她竟欣然接受,大概还是出于个人对权势的追求——与其嫁给私生子公子伋,毋宁嫁给一国之君宣公。此后宣姜取代夷姜而成为君夫人,为宣公生下寿、朔二子。为了夺嫡,宣姜多次陷害公子伋。她让公子寿密劝公子伋流亡,遭到拒绝。想不到公子寿手足情深,灌醉兄长后冒充公子伋赴死,被宣姜所买通埋伏在边境的盗贼杀害。公子伋愧悔莫及,找到盗贼自承身份,也遭杀害。次年宣公去世,公子朔即位,是为惠公。《邶风》另有一篇《二子乘舟》,汉代四家诗皆认为是卫人矜悯伋、寿兄弟之作,现今学者虽未必同意,但仍可见人们一直同情伋、寿二人的遭遇,至汉代而皆然。附带一提的是惠公即位后,伋、寿二人的党羽时刻想为主人报仇,国内政局极不稳定。齐襄公身为宣姜兄长、惠公之舅父,竟逼迫公子伋之弟公子顽与宣姜私通,借以保全宣姜两母子,并安抚各方势力。宣姜为昭伯诞下五个子女,亦即齐子、戴公、文公、宋桓夫人以及著名的许穆夫人。对于卫国公室这些丑闻,《鄘风·墙有茨》云:"墙有茨,不可埽也。中冓之言,不可道也。"又说"所可道也,言之丑也""所可详也,言之长也""所可读也,言之辱也",可见作者对于这些秘事的深恶痛绝。

至于齐襄公私德之败坏,与其妹夫卫宣公相比有过之而无不及。襄公为世子时,就与异母妹文姜私通乱伦。周桓王十一年(前709),文姜嫁至鲁国,成为鲁桓公夫人。十五年后的周庄王三年(前694),即位第四年的齐襄公求婚于周王室,天子允婚,又命鲁桓公主婚。于是鲁桓公奉天子之命,偕夫人文姜至齐议事。孰料文姜与襄公久别重逢,再度私通。鲁桓公责怪文姜,襄公得知后竟将鲁桓公灌醉,派大力士彭生将他勒死,然后又以彭生为替罪羔羊,将他处决,向鲁国谢罪。

鲁桓公死后，世子同继位，是为鲁庄公。文姜不敢返鲁，长期留居齐国，却仍不时与齐襄公相会。《齐风·敝笱》篇，就是齐人讽刺文姜之作：

> 敝笱在梁，其鱼鲂鳏。
> 齐子归止，其从如云。

> 敝笱在梁，其鱼鲂鱮。
> 齐子归止，其从如雨。

> 敝笱在梁，其鱼唯唯。
> 齐子归止，其从如水。

全诗共三章，每章四句，采用复沓形式。"敝笱"，指破败的竹鱼篓，无法制止鱼儿来往出入。"梁"，河中所筑捕鱼堤坝，中留缺口，嵌入竹笱，使鱼能进而不能出。"鲂"，鳊鱼；"鳏"，鲲鱼；"鱮"，鲢鱼。三者皆大型鱼类。"唯唯"，《韩诗》作"遗遗"，形容鱼类进出自如，不能制也。三章首二句兼有比兴之意，讽刺文姜和齐襄公兄妹不知羞耻，破坏礼法，一如大鱼任意出入破败的鱼篓。"齐子"，指文姜。"归止"，已经出嫁之意。"从"，随从之人。如云、如雨、如水，形容随从众多，如云雨流水之不断。言下之意，是指文姜虽已嫁到鲁国，却依然留在娘家齐国，明目张胆与襄公往来，毫不介意旁人的眼光。此外，《齐风》中另一首作品《南山》，同样是以这桩丑闻为主题：

> 南山崔崔，雄狐绥绥。

鲁道有荡，齐子由归。
既曰归止，曷又怀止？

葛屦五两，冠绥双止。
鲁道有荡，齐子庸止。
既曰庸止，曷又从止？

蓺麻如之何？衡从其亩。
取妻如之何？必告父母。
既曰告止，曷又鞫止？

析薪如之何？匪斧不克。
取妻如之何？匪媒不得。
既曰得止，曷又极止？

  此诗共四章，每章六句。每章首四句故意使用雅正的笔调，末二句却以"既曰×止，曷又×止"的问句，将上文的"雅正"加以解构，如抽丝剥茧般将这种不正当的关系层层展现在读者面前。首章追述当年文姜出嫁时，经过齐国崔巍的南山，远远还看得见雄狐在山间缓缓行走。通向鲁国的大路坦坦荡荡，文姜就是从这里出嫁的。如果仅看这四句，真可成为祝颂婚嫁的佳句。但是末二句却叩问："既然要出嫁了，为什么还怀念娘家？"女儿怀念娘家是人之常情，但如此一问，却令读者心生疑窦，不得不读下去。次章前四句描写文姜出嫁的装束：脚下穿着一双麻、葛制成的单底鞋，两足并列，头上的帽带双双下垂，仪态端庄。诗人又问齐襄公道："既然她已经出嫁了，你为什么又要追求她?"行文至此,读者才领悟到诗中不寻常的内容。第三、四章引用的古语,也是关于婚嫁的套语,类似《豳风·伐柯》之文。其大意为:应该怎样种麻?要依照田亩的纵横走向。应该怎样劈柴?不用利斧没有办法。娶妻该当如何?要先告知父母,没有媒妁之言可不成。既已禀告宗庙父母、缔结姻缘,怎容得恣意妄为?可以说,若将每章前四句辑出来看,就是一首良佳的新婚诗。尤其是前四句念起来如此端庄稳重,配上后二句,就节奏而言未免有续貂之感,但仔细玩味其内容,就不难从戛然而止的感觉中体会出讽刺的意味来。如此体式,一如后世的打油体"三句半"或"十七字诗",前三句一如正常五言绝句般铺垫,最后"半句"的那两个字却轻松诙谐,将前文的端矜全然打破了。

再者,《敝笱》后一篇《载驱》,《毛诗序》也认为是讽刺文姜之作。不过程俊英却指出:"这是一首写齐女嫁鲁的诗。齐襄公的小女儿哀姜嫁给鲁庄公,哀姜在途中迟迟不入鲁境,一定要鲁庄公答应她'远媵妾'的条件才去。这首诗写的就是这件事。《毛序》认为诗的主旨是刺襄公与文姜淫乱,据有关历史记载,并非诗的原意。"不过,窃以为《毛诗序》所称讽刺文姜淫乱之旨更合文本本义:细品全诗,似能感受到文姜兴师动众奔齐私通、以耻为荣的情景。《载驱》后一篇《猗嗟》,《毛诗序》云:"刺鲁庄公也。齐人伤鲁庄公有威仪技艺,而不能以礼防闲其母,失子之道,人以为齐侯之子焉。"此诗共三章,每章六句,采取复沓手法。兹仅举次章为例:

猗嗟名兮,美目清兮,
仪既成兮。
终日射侯,不出正兮,

展我甥兮。

"猗嗟",赞叹声。"名"为明之假借,意为面色明洁。"侯",箭靶。"正",靶心。"展",诚然。诗句谓年轻的鲁庄公面容光洁,眉目清朗,完成射仪后终日射靶不停,箭无虚发,如此少年英俊,真是我们齐人的好外甥啊!全诗除"终日射侯"一句外,每句皆以"兮"结尾,一唱三叹,情绪热烈。程俊英遵从《毛诗序》之说而申论道:"这是赞美一位健美艺高的猎手的诗。历来都相信《猗嗟》诗中所描写的主人翁是鲁庄公。这时,他大约是一位十七岁的青年,已经当了四年鲁侯。诗人用赞叹、夸张的词句,塑造了一位健美、熟练的射手形象。有人说,诗人用'展我甥兮'及'以御乱兮'二句微词讽刺,讽刺他样样都好,只是忘记报父之仇,不能制止母亲与襄公私通,那么,诗就以美为刺了。"细玩诗意,的确如此。这般看来,齐人对鲁庄公忘父仇的微词,最终指向的依然是齐襄公和文姜的恶行。

此外,如《陈风·株林》是讽刺陈灵公与大臣夏征舒之母夏姬淫通的诗,是《诗经》中年代最晚的作品,限于篇幅,不再细论。

《诗经》的文学美

第十二章

穆如清风：《诗经》的体式之美

一、以四言为主体的句式

《诗经》的句式，以四言二节拍——也就是所谓"二二"结构为主，类似西洋诗中的扬抑格（trochaic）。如"关关／雎鸠"（《周南·关雎》），前二字为象声词，后二字为名词，语意各个完足，形成偏正结构的词组。又如"蒹葭／苍苍"（《秦风·蒹葭》），前二字为名词，后二字为形容词，语意一样各个完足，形成主谓结构的词组。两个句子的语意和节奏都完全吻合，两字形成一个音步（或云一音步有两音节），每句则有两音步。蔡宗齐说："钟鼓是周代祭、燕、射、军四礼中使用最为广泛，最为重要的乐器，二声一拍是其自然的节奏，正如《诗经》大量使用均用双音联绵词描述钟鼓声的现象所印证。二＋二的节奏最充分地体现出中正平和的礼乐原则，成为《诗经》的主要节奏再顺理成章不过了。"^①由于每句、每音步皆以偶数音节为基础,因此读起来熙然蔼然、雍容咩缓。

当然,"二二"结构还可进一步分拆开来,如"一一二"结构的"鳣/鲔/拨拨"(《卫风·硕人》),"鳣""鲔"皆为鱼名,且二者相对独立,并未凝定,不似"松柏""山川""金玉"等可以组成较为稳定的两字词。"拨拨"则为动词或形容词,作为谓语或表语之用。又如"二一一"结构的"其鱼/魴/鳏"(《齐风·敝笱》),"魴""鳏"这两种鱼名也同样不会凝固成较为稳定的两字词。甚至还有一些"一一一一"结构者,如"椅/桐/梓/漆"(《鄘风·定之方中》),四字分别是四种不同的树名。不过,纵使"鳣鲔""魴鳏""椅桐""梓漆"等并非固定词语,但各个词语仍能组成两音节的音步,诵读起来与典型的"二二"结构毫不违背。

不仅如此,四言句式就语意而言还可以组成"一三"或"三一"结构。如"在水一方"(《秦风·蒹葭》),理论上应该读成"在/水一方","在"为介词,"水一方"为介词宾语。又如"自/天子所"(《小雅·出车》),"自"为介词,"天子所"为介词宾语——"天子"为"所"之定语。"平/陈与宋"(《邶风·击鼓》),"平"为动词,"陈""宋"并为宾语,而"与"为两个宾语间的连接词。因此就文法而言,"陈与宋"三字的关系相对于"平"字而言仍比较紧密。"三一"结构方面,如"彼苍者/天"(《秦风·黄鸟》),"彼"为指事形容词,"苍者"也为形容词,三字皆为"天"的定语。但是在诵读时,大家却都会读成"在水/一方""自天/子所""平陈/与宋""彼苍/者天"。换言之,

---

① 蔡宗齐:《早期五言诗新探:节奏、句式、结构、诗境》,《中国文哲研究集刊》第44期(2014年3月),第13页。

人们早已习惯四言句式每音步两音节的形式，哪怕音步破坏了语意也在所不惜。可见这种"二二"结构早已诗律化、形式化了。

《诗经》中还有少数六言句，如"我姑酌彼金罍""我姑酌彼兕觥"（《周南·卷耳》），"室人交遍谪我""室人交遍摧我"（《邶风·北门》），"行役夙夜无已""行役夙夜无寐"（《魏风·陟岵》），"五月斯螽动股，六月莎鸡振羽"（《豳风·七月》），"曰予未有室家"（《豳风·鸱鸮》），"谓尔迁于王都"（《小雅·雨无正》），等等。与四言句式相似，六言句式同样以二音节的音步为基础，形成"二二二"的节奏，而节奏与语意也配合无间。此外，《诗经》中还有一些句子被人视为六言句，如"振振鹭，鹭于飞"（《鲁颂·有駜》），实际上是两个相连的三言句，基本上是"三三"节奏，与"二二二"节奏并不相同。即使把它视为六言句，充其量也只是具有两个三言复句的变种。不过值得注意的是，后世有些"三三"节奏的六言句也会如四言句一样，每音步两音节的形式会凌驾于语意之上。如元代马致远《天净沙》："枯藤老树昏鸦，小桥流水人家，古道西风瘦马。夕阳西下，断肠人在天涯。"这首散曲前三句为六言，第四句为四言，皆为每音步两音节的形式，非常整齐。而到了最后一句，其实应该读作"断肠人／在天涯"。可是，由于前文节奏的影响，人们一般还是会读作"断肠／人在／天涯"（关于"在"字，下文还会进一步讨论）。六言与四言句式关系之紧密，由此可以窥见。

另外，值得注意的是，《诗经》虽以四言句式为主，但从章法来讲还有一个前提，那就是一章之中的句数基本上都是偶数，两两相承（一般多为四句），不会出现落单的句子。站在文法的角度，一个四言句也许只是一个词组或短语，但两个相连的四言句往往能组成完整的句子。如"关关雎鸠，在河之洲"（《周南·关雎》）、"汉之广矣，不可泳思"(《周南·汉广》)等。在极个别情况下,《诗经》还会出现八言句式。如《小雅·十月之交》共八章,每章八句,以四言句式为主。末章第八句为"我不敢效我友自逸",有学者会将它分为两个四言句。然而末章上面已有七句,若将此句分为两个四言句,本章就变成九句,节奏不无突兀之感。因此我们认为,此句还是算作一句为佳。又如《豳风·七月》"十月蟋蟀入我床下"也是八言句,同样可以分成两个四言句。但与《十月之交》情况相似,《七月》每章十一句,如果把"十月蟋蟀入我床下"拆成两个四言句,此章就变成十二句了。无论如何,这类八言句仍具有一音步两音节的韵律,也就是"二二二二"的节奏,依然属于四言句式的变种——实际上,后世诗歌中也鲜有八言句式,所谓八言句多半是由两个四言复句所组成。

二、五言句式的萌芽

四言是《诗经》句式的主流,一音步两音节的节奏,至今读来仍令人对钟鼓礼乐的世界悠然神往。但是,四言句式的音步与音节皆为偶数,兼以一章乃至一篇的句数也以偶数为主,无乃过于和谐。典型六言句为三音步六音节,音步数为奇数,略有不同。但六言句在《诗经》中一来为数不多,二来与四言句式同样仍以二音节之音步为主,变化不大。相比之下,《诗经》中五言句式的萌芽,就显得特别重要了。

蔡宗齐对《诗经》中五言句的语法结构作出了极为细致的分析归纳。整体而言,可分为"上一下四句"(即"一四"结构)与"上二下三句"(即"二三"结构)两种。"一四"结构的五言句又可细分为七个组别,兹表列如下:

第十二章 穆如清风：《诗经》的体式之美

《诗经》中的"上一下四句"

组别	举例	例数
1. 上一为介词或连词	在／南山之阳（《召南·殷其雷》）	37
2. 上一为动词	远／父母兄弟（《邶风·泉水》）	31
3. 上一为副词或形容词	舒／而脱脱兮（《召南·野有死麕》）	34
4. 上一为疑问或否定词	无／感我帨兮（《召南·野有死麕》）	30
5. 上一为代词	予／又改为兮（《郑风·缁衣》）	29
6. 上一为名词	殷／之未丧师（《大雅·文王》）	15
7. 上一为语助词	伊／寡妇之利（《小雅·大田》）	17
总计		193

蔡氏指出，这七组"上一下四句"的共同特点，就是句中后面四个字紧密相连，形成标准的四言句。诗歌韵律的最小独立单元是双音，而单音不构成韵律单元。上一与下四严重断裂，成为孤立无伴的单音，故上一下四句无诗歌韵律节奏可言，似乎可视为是夹杂在四言诗中的散文句。"上一下四句"与《诗经》四言句的关系最密切，但上一并没有真正扩充下四的表达内容，其作用主要是改变下四的语法功用，使之从独立的肯定句变成从句、疑问句、否定句、加长的宾语、谓宾结构等形式。至于"二三"结构的五言句也可细分为六个组别，兹亦列表如下：

《诗经》中的"上二下三句"

组别	举例	例数
上二为不完整的动词词组	俟我／于城隅（《邶风·静女》）	39
上二为意义完整的动词词组	蓺麻／如之何（《齐风·南山》）	15

续表

组别	举例	例数
上二为否定式情态动词或比较连词	不敢 / 以告人（《唐风·扬之水》）	16
上二为副词或联绵词	何以 / 穿我屋（《召南·行露》）	20
上二为双音名词	虞芮 / 质厥成（《大雅·绵》）	33
上二为未凝固的名词词组	旄丘 / 之葛兮（《邶风·旄丘》）	22
总计		145

蔡宗齐指出，以上六组"上二下三句"是标准的诗句。双音和三音是最基本、最常用的韵律节奏单位，古今中外都是如此。中国古典诗的韵律基本单位只有双音和三音，或说二言和三言两种。这两种韵律单位的自我叠加即形成标准的四言、六言、八言诗行，而两者相互结合则形成五言、七言、九言诗行。同样，在唐代成形的律诗格律中，与节奏单位相交错的声调单位也是只有双音和三音两大类。而《诗经》这种"二三"结构的句式与绝大多数"二二"结构也很不同：下二变为下三，一字之增，不仅让韵律节奏由呆板变为生动活泼，而且促使了韵律节奏与意义节奏的汇合。①

一般来说，《诗经》中的五言句往往零星夹杂在四言句间。如《秦风·蒹葭》首章后四句："溯洄从之，道阻且长。溯游从之，宛在水中央。"全章八句，只有末句为五言，其余皆为四言。二、三章也如是，"宛在水中坻""宛在水中沚"都出现在章末，十分整齐。这三个五言句都是蔡宗齐所云"一四"结构的第三组，上一为副词或形容词。诚然，这个"宛"字在句中仅为状语，未必是全句的主体，甚或接近乐府中

---

① 蔡宗齐：《早期五言诗新探：节奏、句式、结构、诗境》，《中国文哲研究集刊》第44期（2014年3月），第4—12页。

的衬字、词中的逗字。可是一旦拿掉，全篇那种亦真亦幻、缥缈动人的情韵就丧失大半。即使保留"宛"字，而将之压缩为"宛在水中""宛在水坻""宛在水沚"，韵律也变得干涩乏味。足见《蒹葭》一篇中，三个五言句泂然不可或缺。有趣的是，即使它们为"一四"结构，人们在诵读时仍会读成"宛在／水中央"云云，形成更为接近诗句的"二三"结构。我们不妨从唐人王勃的诗作中举例比照。五律《送杜少府之任蜀州》第七句"无为在歧路"为典型的"二三"结构，下三字中的"在"为介词，"歧路"为介词宾语，语意和韵律的起讫是相配合的。但是，王勃乐府《秋夜长》中"君在天一方"一句，理论上属于蔡氏所言"一四"结构中的第五组，上一为代词。下四字中的"在"为介词，"天一方"为介词宾语。然而，我们诵读此句，仍会读成"君在／天一方"的"二三"结构，韵律使语意有所割裂。但是，如果勉强将此处的"在"解释为"存在"（如"国破山河在"之"在"），那么"君在"仿佛成了主谓词组，而"天一方"竟化为"在"的补语。如此读来，又远不及"绣鸳鸯帐暖，画孔雀屏欹"（五代顾夐《献衷心》）之类"一四"结构的"折腰句"显得突兀。究其原因，盖是"在"字不仅多义，又系虚字，故而为诵读创造了弹性。无可否认，《蒹葭》的"宛在水中央"一句与王勃的"君在天一方"结构近似，若置于唐诗中，不失为上佳的律句。

再如《小雅·十月之交》的原作者是一位老臣，参与了皇父（应是幽王时期的上卿虢石父）在向地建设新都的劳役，心中充满怨怒。全诗八章，以四言为主。除了末章末句为八言句外，还有三个五言句。这三个五言句出现之处并不像《蒹葭》那般有规律，但一样十分重要。第四章八句，将幽王身边的八个奸佞一一点名，前七人皆为官员，末一人为王后褒姒，身份并不相同。而末句"艳妻煽方处"为"二三"结构的五言句，属于蔡氏所言第六组，亦即上二为未凝固的名词词组。

此句不仅在语意上凸显了褒姒的地位，还在韵律上打破了前文的单调重复感，令文字更为生动。同样的道理，第六章第五、六句为"不慭遗一老，俾守我王"。慭，愿也。这两句谓虢石父连一位老臣也不愿放过，不让自己留守在幽王身边。蔡氏将此句归入"二三"结构的第三组，即上二为否定式情态动词或比较连词。第八章第五、六句则为"民莫不逸，我独不敢休"。蔡氏将第六句归入"一四"结构的第五组，即上一为代词。整体而言，《十月之交》的三个五言句中有两个"二三"结构，一个"一四"结构。而"我独不敢休"的"独"解作"唯独"，是虚词作状语，因此同样可以与"我"字连读，形成"二三"结构。既然三个五言句都可以读成"上二下三句"，为全诗增入了三个三音节音步，不但令韵律更富于变化，也用以强调语气、灵活章法、承载重要内容。相反，假如从这两个五言句中分别挪去"慭""独"二字，而变成"不遗一老""我不敢休"，于文义无大影响，但情采上无疑就相去太远了。

再如《召南·行露》第二、三章，各有四个五言句：

> 谁谓雀无角，何以穿我屋。
> 谁谓女无家，何以速我狱。
> 虽速我狱，室家不足。

> 谁谓鼠无牙，何以穿我墉。
> 谁谓女无家，何以速我讼。
> 虽速我讼，亦不女从。

刘勰《文心雕龙·明诗》便云："《召南·行露》，始肇半章。"

他认为《行露》有一半篇幅为五言，可谓五言诗的起源之一。蔡宗齐将此八个五言句皆归为"二三"结构，四个"谁谓"句属于上二为不完整动词词组的组别，四个"何以"句属于上二为副词或联绵词的组别。与《蒹葭》《十月之交》不同，《行露》连续大量使用"二三"结构的五言句，因此刘勰等人将《行露》视为五言诗的雏形，是很有道理的。

蔡宗齐还点出：《诗经》时代所用的字、词绝大部分是单音词，没有足够的双音词与单音词搭配使用。从《诗经》时代到东汉末是五言诗漫长的孕育过程，也是汉语双音词的发展过程，两个过程大体上是同步的。入汉以后，双音词开始大量增加，而五言诗亦得以长足的发展。① 此外，《诗经》中还出现了极个别的七言句，如《大雅·召旻》："维昔之富不如时，维今之疚不如兹。"与后世"四三"结构的七言诗句十分接近。不过，同篇还有一句"今也日蹙国百里"，则接近散文句了。类似例子还有《王风·黍离》"知我者谓我心忧"，充其量只能算作"三四"结构的"折腰句"，因此多数学者还是将之视为两句。由此可见，七言句虽已偶然出现于《诗经》，却还处于非常初始的阶段。

三、"兮"字句式的运用

"兮"字是古典诗歌中重要的助词、感叹词，《广韵》作"胡鸡切"，与"奚"字同音。《说文解字》云："兮，语有所稽也。从丂八，象气越丂也。"也就是说，"兮"是语气停留之处。此字从"丂"（音考，气欲舒出之貌），"八"则象气逾越口而出。在马王堆帛书《老子》中，"兮"往往写作"呵"，可见此字在古代的用途与今天的"啊""呀"

---

① 蔡宗齐：《早期五言诗新探：节奏、句式、结构、诗境》，《中国文哲研究集刊》第44期（2014年3月），第13—14页。

非常相似。而根据传世文献，"兮"又与"猗""侯"相通。如《尚书·秦誓》的"断断猗"一句，《礼记·大学》引作"断断兮"。汉高祖刘邦所唱《大风歌》在《史记·乐书》中又被称作"三侯之章"，就是因为此歌共三句，每句有一"兮"字；而"侯""兮"相通，"三侯"即有三次感叹。因此所谓"兮"字句，狭义而言固然是带有"兮"字的句式，广义而言则还可包括带有"猗""侯"乃至其他类似助词的句式。蔡宗齐在分析《诗经》五言句式时，把"兮"字句也包含在内。但鉴于这种句式的特殊性，我们依然在此另立一节讨论之。

如前章所言，《吕氏春秋·音初》记载涂山氏之女所唱的《候人歌》仅有"候人兮猗"四字，其中"兮""猗"皆为感叹词，抒情色彩强烈，故而此歌被奉为"南音之始"。战国后期的《楚辞》作品中的"兮"字句十分常见，被认为是《候人歌》的孑遗。影响所及，"兮"字句甚至成为骚体句式的同义词。简单来说，《楚辞》中的"兮"字句可大体归纳为三种：第一种为"九歌体"，为屈原创作的《九歌》十一篇所采用，"兮"字会放在一句的中间，如："君不行兮夷犹。"（《九歌·湘君》）"若有人兮山之阿。"（《九歌·山鬼》）第二种为"离骚体"，为屈原创作的《离骚》和《九章》部分篇章所采用。"兮"字放在不用韵的奇数句之句末，与用韵之偶数句相连接。如："帝高阳之苗裔兮，朕皇考曰伯庸。"（《离骚》）第三种为"橘颂体"，为《九章》的《橘颂》全篇及《涉江》《抽思》《怀沙》等篇的乱词所采用，"兮"字出现在四言体式的篇章中，一般被放在用韵之偶数句的末端，使之成为富韵形式。如："后皇嘉树，橘来服兮。受命不迁，生南国兮。"（《九章·橘颂》）《招魂》以"些"字收结、《大招》以"只"字收结，也可归入广义的"橘颂体"。由于"橘颂体"有四言句的成分，与《诗经》中的一些句式相似，我们相信这种体式相对产生得较早。"九歌

第十二章　穆如清风：《诗经》的体式之美

体"句式较长，产生较晚。至于"离骚体"，大概是屈原在前二者基础上发展出来的。但是，"离骚体"和"橘颂体"的"兮"字都在句末，用法主要为感叹或语助。而"九歌体"的"兮"字出现于句子中间，从语法结构来看可以是感叹词，还可以作连接词、介词等用途。如"青云衣兮白霓裳"（《九歌·东君》），"兮"字兼具感叹词与连接词之用，可说是被添加在语法结构完足的句子中。而"帝子降兮北渚"（《九歌·湘夫人》），"兮"字的用途则与"于"字接近。

如果由《楚辞》回溯至《诗经》，不难发现"兮"字已经出现得颇为频密。虽然《诗经》的句式就长度与结构而言未及《楚辞》多变，"兮"字作介词用的例证也尚罕见，但其用法已开《楚辞》之先河。对于这些用法，我们可以归结成两类。第一类用于抒情。由于"兮"字的感叹特性显著，在句中使用能造成拖腔的效果，增强诗人、吟诵者乃至演奏者的激动兴奋之情。第二类用于调整句法。由于《诗经》时代的词汇多为单字词，如果要凑成四言句，虚词的增入是一种常见手段，而"兮"就是一个主要虚词。

不过，这两种用法往往并非泾渭分明，而是混合使用。举例而言，《唐风·绸缪》："子兮子兮，如此良人何！"《小雅·蓼莪》："父兮生我，母兮鞠我。"《郑风·萚兮》："萚兮萚兮""叔兮伯兮"。子、父、母、萚、叔、伯皆为单字词，补入"兮"字便能将句式调适成整齐的四言。除了单字词外，"兮"字也用于联绵词中。如《郑风·子衿》："挑兮达兮。"《曹风·候人》："荟兮蔚兮。""婉兮娈兮。"《小雅·巷伯》："萋兮斐兮。""挑达"为往来之意，"婉娈"为美好之意，"萋斐"为花纹错杂之意，皆为联绵词，平时不宜分拆使用。但这些联绵词却可在每字之后分缀一"兮"字，构成四言句。再者，并非联绵词的两字词组，也可配上"兮"字。如《邶风·绿衣》："绿兮衣兮。""绿"为形容词作定语，修饰名词"衣"。但"绿""衣"二字此处却能分缀"兮"字。《卫风·伯兮》："伯兮朅兮。""伯"系女子对丈夫的昵称，为主语；"朅"系勇武之意，为表语。二字组成主谓结构的词组，却也一样能分缀"兮"字。然而，如果说"子兮""父兮""菶兮""叔兮""伯兮"乃至"挑兮达兮""荟兮蔚兮""婉兮娈兮""萋兮斐兮""绿兮衣兮""伯兮朅兮"的"兮"字仅有调整句法的功能，而无与于抒情，实在不太可能。

复观"伯兮朅兮"一句的"朅"字，也见于《卫风·硕人》："庶士有朅。"《诗经》中但凡单字形容词作为表语之用，一般有几种表达方式，其一为前加一"有"字或"其"字。如"有蕡其实"（《周南·桃夭》），"笾豆有践"（《豳风·伐柯》），"庶士有朅""硕人其颀"（《卫风·硕人》），"零雨其濛"（《豳风·东山》）等。其二为使用叠字，如"桃之夭夭"（《周南·桃夭》）、"庶姜孽孽"（《卫风·硕人》）、"南山烈烈"（《小雅·蓼莪》）等。其三为后加助词，如"忧焉如捣"（《小雅·小弁》）的"焉"、"宛然左辟"（《魏风·葛屦》）的"然"等。不难发现，"焉""然"等后加助词也可替换为"兮"字，"伯兮朅兮"即是。类似例子尚有《齐风·还》的"子之还兮"（"还"为"旋"之假借，敏捷之意）、"子之茂兮"、"子之昌兮"，《郑风·野有蔓草》的"清扬婉兮"，《卫风·硕人》的"巧笑倩兮"等。把后加助词替换为"兮"字，除了构词需要，无疑也加强了全句的抒情色彩。

再如《召南·野有死麕》第三章：

舒而脱脱兮，无感我帨兮，
无使尨也吠。

第十二章 穆如清风：《诗经》的体式之美

实际上，一方面，"舒而脱脱""无感我帨"已经是完足的四言句，却在句末添上"兮"字，自然有描摹诗中女主人翁语气之意。而另一方面，由于"无使尨也吠"为五言句，那么前文添入两个"兮"字，似乎也不无将此章句式调适成较为整齐之五言形式的动机。复如《郑风·丰》的前两章：

> 子之丰兮，俟我乎巷兮，
> 悔予不送兮。
>
> 子之昌兮，俟我乎堂兮，
> 悔予不将兮。

"子之丰兮""子之昌兮"的"兮"字既有构成表语、调适句式的功能，也有抒情之意。而其余四句如果不添入"兮"字，已经是较完足的四言句式。一旦添入"兮"字，则前两章每句皆以"兮"收结，抒情色彩极为浓厚，句法也更为一致。由此可见，其余四句的"兮"字的功能主要就是为了抒情，并不如"子之丰兮""子之昌兮"的多元。但无论如何，"兮"字用途的多样性，由此可见一斑。

广义的"兮"字句，虽说可以包括有其他虚词的句子，却未必能一概而论。如刚才所举"怒焉如捣""宛然左辟"两句，"焉""然"固可替换为"兮"，但若说这两句本身属于广义"兮"字句，就未免牵强了。因此，我们所论的广义"兮"字句，主要是指句末使用助词或感叹词者。如《齐风·著》：

> 俟我于著乎而，充耳以素乎而，

> 尚之以琼华乎而。

"乎而"二字的功能与"兮"字甚为接近,即使从诗中挪去也并不影响语意,但增入二字却能加强抒情性。又如《周南·汉广》:

> 南有乔木,不可休思。
> 汉有游女,不可求思。
> 汉之广矣,不可泳思。
> 江之永矣,不可方思。

此处的"思"字也为语气助词,且与《招魂》之"些"、《大招》之"只"相近。有学者认为《汉广》一篇产生于江汉流域,亦即后来的楚地,故此篇的句法与《九章·橘颂》颇为相似,未尝不可视为《楚辞》之祖祢。此说诚然值得我们寻思。

第十三章

以雅以南：《诗经》的韵律之美

一、重章叠咏的特征

《诗经》的许多作品都采用了起承转合的写作策略，这从一篇作品的内部结构而言往往是必然的。但与后世的文人作品不同，《诗经》不少作品仍具有浓厚的民歌色彩，喜欢采用复沓的体式。复沓又被称为重章叠咏，指一首诗的各章不仅句数相同，文字也大体相近，有时只变化几个字，以造成一唱三叹、回环往复的效果。叶君远认为：当时流行于民间的歌曲一般都比较短小，唱过一遍还意犹未尽，故而会反复歌唱。重唱时如果只变动少数词语，自然最简单、最容易传唱，便于记忆。复沓的方式，对于深化意境、渲染气氛、强化感情、突出主题都能起到重要作用。一首重章叠咏的作品中，寻绎各章文字的变化，往往能看出一种文义渐进的轨迹。如《秦风·蒹葭》三章复沓，第一章"蒹葭苍苍"显示清晨时芦苇凝结着一层薄霜而显得苍白；第二章"蒹葭凄凄"指随着太阳升起、薄霜融化,芦苇渐露出碧绿色;第三章"蒹葭采采"谓阳光普照之下,芦苇发出华彩。颜色的变化是与太阳的升起相连的。再如《召南·摽有梅》同样为三章复沓,表达女子冀盼求婚的男子早些前来,不要等到自己青春消逝。第一章说树上的梅子还有七分,第二章说树上的梅子还有三分,第三章说树上的梅子已落光。从梅子数量由多到少的零落过程,象征着时光的流逝,而女子焦灼的心理也就不言而喻了。

  根据新出土清华简、安大简及荆州王家嘴楚简《诗经》,就同一篇作品而言,这些早期写本与今本《诗经》在章节次序上往往不同,有些异文之差距甚至令人怀疑二者是否应该视为同一首诗。以安大简为例,今人郝敬指出:与通行的毛诗相比,安大简的文本出现了多篇章次互异现象,即现存的57首诗中有17首诗发生了明显的章次互异。在六个风部中,周南2首,召南3首,秦5首,侯(魏?)1首,甬(鄘)2首,魏(唐?)4首,秦、魏(唐?)二风居多。其中,章次互异又多表现为诗歌的二、三章互异,共计有11首,而首、二章互异与首、三章互异的各2首,首、二、三章交错互异的仅1首,单章语句互异的仅2首。①再如清华简《耆夜》中的《蟋蟀》与今本《诗经》之《唐风·蟋蟀》,学者多半会视为同一首诗。兹将两种版本排列如下:

---

① 郝敬:《安大简〈诗经〉的异序问题——兼论先秦文献文本的非稳定性》,《安徽大学学报(哲学社会科学版)》2022年第6期,第93页。

第十三章 以雅以南：《诗经》的韵律之美

清华简《耆夜》本	今本《诗经·唐风》
蟋蟀在堂，役车其行 今夫君子，不喜不乐 夫日□□，□□□荒 毋已大乐，则终以康 康乐而毋荒，是唯良士之方方	蟋蟀在堂，岁聿其莫 今我不乐，日月其除 无已大康，职思其居 好乐无荒，良士瞿瞿
蟋蟀在席，岁裔云落 今夫君子，不喜不乐 日月其迈，从朝及夕 毋已大康，则终以祚 康乐而毋荒，是唯良士之惧惧	蟋蟀在堂，岁聿其逝 今我不乐，日月其迈 无已大康，职思其外 好乐无荒，良士蹶蹶
蟋蟀在舍，岁裔□□ □□□□，□□□□ □□□□，□□□□ 毋已大康，则终以惧 康乐而毋荒，是唯良士之惧惧	蟋蟀在堂，役车其休 今我不乐，日月其慆 无已大康，职思其忧 好乐无荒，良士休休

柯马丁比对两个版本，指出了七项差异：（一）简本中大量异文包括：使用不同字符来输写相同词语（字音）而产生的用字异文（orthographic variant）；语言相近而词汇不同的用词异文（lexical variant）；以及词义不同且有时构成完全不同诗句的用词异文。（二）言语的视角不同。清华简本中没有第一人称代词"我"；而在传世本中的描述性语句可视为以"我们"为主语，在清华简本中则体现为对"（你们这些）君子"的劝勉。（三）部分语句的位置处在不同的诗行。（四）每一章包括额外的两行诗句，但并非增加一联对句。这些附加诗句中的部分词语也见于传世本，但以缩略的形式存在。（五）每一章最后两句诗都多出"是唯"两个字，从而偏离了四音节的韵律。然而，通过移除所有非重读（unstressed）助词，这些诗句依然可以被重构为四音节的形式。（六）押韵不同。（七）被置于某个完全不同的历史语境。[1] 再举例而言，

---

[1] 柯马丁：《早期中国诗歌与文本研究诸问题——从〈蟋蟀〉谈起》，《表演与阐释：早期中国诗学研究》，生活·读书·新知三联书店，2023年，第356—357页。

《耆夜》本提及"役车"的首章，在今本《诗经》中却成为了第三章。这似乎是因为《耆夜》记载的是伐耆后的"饮至"，故《蟋蟀》以"役车"章为首章；而《毛诗序》则云晋僖侯"俭不中礼"，"欲其实时以礼自虞乐也"，因而以"岁聿其莫"为首章。如此看来，诚可谓"诗无达诂"，两个版本不仅文字有差异，连旨意都大相径庭。我们固然不可遽信《耆夜》就是周公时代的文献、《蟋蟀》产生于西周初年，而这两种版本孰先孰后，自然容易启人疑窦。柯马丁认为，这二者都属于共享同一个"原本"的变本，而对一首诗而言，在不同变本背后并不存在一个单一的书写源头。我们并不知道该如何去想象最初的《蟋蟀》诗被某人创作出来的那个时刻，或是类似的诗如何由之衍申出来。而就《蟋蟀》来说，作为一个文本的两个平行而彼此独立的具体实现，它们并非简单地以不同的方式被书写，而是更具深远意义地在完全书写不同的东西。也就是说，这是具有不同历史语境和意味的两种文本。[①]尽管如此，柯氏还是认为"《毛诗》中的《蟋蟀》从某些方面来说表现为更标准化的文本"。[②]

再看郝敬对安大简的论述："我们可以对安大简《诗经》从文学文献学的角度作出一个大致的判断。由于此简本与传世文本在风部次序、篇目次序、风部命名和章次顺序等方面出现了较多的差异，综合众多因素，我们认为安大简《诗经》仅仅是毛诗定本出现之前、在口耳相承传播状态中的流传于世的《诗经》众多文本中的一种。在《诗经》文本依然没有最终固定下来的历史阶段，安大简《诗经》仅仅是《诗经》早期面貌的一个侧面呈现，不能完全判断其为《诗经》的祖本，也不

---

① 柯马丁：《早期中国诗歌与文本研究诸问题——从〈蟋蟀〉谈起》，《表演与阐释：早期中国诗学研究》，生活·读书·新知三联书店，2023年，第364—365页。

② 同上注，第362页。

能随意据简本改毛诗。""我们也可以借助对安大简《诗经》的文学文献学的考察,对秦火之前包括《诗经》在内的所有文献的文本流传状态作出一个大致的判断,即在刻版(包括石经)出现之前,无论是口耳相承还是简牍抄录,文本始终处于一个非固定的状态中,差异是在所难免的。而不同时间、不同地域中的文本的变化,不论是增删改逸,对考察最终定本的祖源的唯一性是无能为力的。"[1] 如《蟋蟀》所见,文本的非固定状态有机会直接指向诗篇主旨的不同解读。但另一方面,从《左传》引诗、《孔子诗论》及四家诗说诗等传统来看,这些诗篇也不太可能由于某种单一情况而随意产生新的主旨。由于三家诗的亡佚,无法确认是否三家诗中所有诗篇的章次都与毛诗一致。但我们不妨作出这样的猜想:战国时期,《诗经》中同一篇章在不同学派可能有不同诠释(或引申义),而与不同诠释相配套的,就是章次的差异乃至章节的增删。回观今本《诗经》以《毛诗》为本,其重章叠咏中文义渐进的轨迹往往显而易见,多非读者一厢情愿的臆测。如此看来,大概正是因为《毛诗故训传》的编者依据本学派的说诗旨意,将各篇整理为"更标准化"的文本了。

　　整体来看,《国风》中的重章叠咏更为常见。以《秦风·蒹葭》《召南·摽有梅》《魏风·陟岵》这般单纯复沓的体式来说,三章复沓的作品为数最多,限于篇幅,兹不详举。比较特别的是《郑风·羔裘》:

　　　　羔裘如濡,洵直且侯。
　　　　彼其之子,舍命不渝。

---

[1] 郝敬:《安大简〈诗经〉的异序问题——兼论先秦文献文本的非稳定性》,《安徽大学学报(哲学社会科学版)》2022年第6期,第95页。

羔裘豹饰，孔武有力。
彼其之子，邦之司直。

羔裘晏兮，三英粲兮。
彼其之子，邦之彦兮。

虽然三章复沓，但末章却转用"兮"字句，抒情性更为凸显。较为少见的是四章复沓的作品，如《邶风·日月》《曹风·鸤鸠》等。两章复沓的作品则为数不少，如《召南》中的《小星》《驺虞》，以及《鄘风》中的《柏舟》《鹑之奔奔》，《秦风》中的《渭阳》《权舆》，《陈风》中之《东门之杨》《墓门》等。《卫风·硕人》则为一种变体：此篇第一、三章皆以"硕人"二字开头，但后文内容则并不相似。至于第二章以赋笔描摹庄姜外观、第四章也以赋笔描摹陪嫁队列的前行之状，文字全不相同，但笔法却有相呼应处。因此，第一、二章与第三、四章似两个大复沓。

还有一篇中采取两种复沓句式者，如《郑风·丰》：

子之丰兮，俟我乎巷兮，
悔予不送兮。

子之昌兮，俟我乎堂兮，
悔予不将兮。

衣锦褧衣，裳锦褧裳。
叔兮伯兮，驾予与行。

《诗经》的文学美
第十三章 以雅以南：《诗经》的韵律之美

> 裳锦褧裳，衣锦褧衣。
> 叔兮伯兮，驾予与归。

首两章为一类复沓形式，末两章则为另一类。相近的篇章还有《唐风·葛生》，首三章为一类复沓形式，末两章则为另一类。又《齐风·南山》共四章，每章六句。就前四句而言，首两章与末二章可谓各自复沓，但这四章的末二句皆为"既曰×止，曷又×止"的句式。在复沓的过程中，文字也有变化较大者。如《召南·草虫》：

> 喓喓草虫，趯趯阜螽。
> 未见君子，忧心忡忡。
> 亦既见止，亦既觏止，
> 我心则降。
>
> 陟彼南山，言采其蕨。
> 未见君子，忧心惙惙。
> 亦既见止，亦既觏止，
> 我心则说。
>
> 陟彼南山，言采其薇。
> 未见君子，我心伤悲。
> 亦既见止，亦既觏止，
> 我心则夷。

此诗首章前二句为"喓喓草虫，趯趯阜螽"，次二章前二句为"陟彼南山，言采其×"，乍看之下首章似乎并不复沓。但实际上，三章后五句的文字大体相似。因此，把首章也算作重章叠咏，并无问题。另一种情况是，如果复沓的篇幅达到三、四章，文字上往往会有一种渐变。以《邶风·绿衣》为例：

> 绿兮衣兮，绿衣黄里。
> 心之忧矣，曷维其已。

> 绿兮衣兮，绿衣黄裳。
> 心之忧矣，曷维其亡。

> 绿兮丝兮，女所治兮。
> 我思古人，俾无訧兮。

> 絺兮绤兮，凄其以风。
> 我思古人，实获我心。

此诗当为男子悼念亡妻之作。一、二章文字大抵相同，第二章仅仅改"里"为"裳"、改"已"为"亡"。到了第三章，首句"绿兮丝兮"显然还呼应着前两章的"绿兮衣兮"，但后三句已完全不同。第四章首句"絺兮绤兮"文字进一步变化，但仍保留着前三章的"兮"字句，予读者以一致之感。而末二句"我思古人，实获我心"则承自第三章"我思古人，俾无訧兮"，形成了新的复沓内容。这种"渐变式复沓"令全篇文字不流于呆板，而有摇曳生姿之态。如《召南·何彼襛矣》，《邶风》之《终风》《新台》等篇也可归入此类。

还有一种复沓形式是主体二、三章重章叠咏，但首章或末章却并不复沓，可视为冒头或收束。如《周南·卷耳》：

采采卷耳，不盈顷筐。
嗟我怀人，寘彼周行。

陟彼崔嵬，我马虺隤。
我姑酌彼金罍，维以不永怀。

陟彼高冈，我马玄黄。
我姑酌彼兕觥，维以不永伤。

陟彼砠矣，我马瘏矣。
我仆痡矣，云何吁矣。

此诗为女子思念远行丈夫之作，首章开宗明义道出诗旨，后三章则进入丈夫的视角，并以其口吻来描述自己的行役。第二、三章内容字数极为相似，第四章虽变化较大，仍可算作一次复沓。如此看来，不复沓的首章就是全诗的冒头。类似的作品还有《召南·行露》《邶风·北门》《秦风·车邻》《陈风·宛丘》《陈风·东门之枌》等篇。至于前数章复沓、末章则否的作品，为数也不少。如《周南·汝坟》《召南·采蘩》《邶风·燕燕》《邶风·北风》《邶风·静女》《曹风·下泉》等篇皆是。兹举《郑风·子衿》为例：

青青子衿，悠悠我心。

纵我不往，子宁不嗣音？

青青子佩，悠悠我思。
纵我不往，子宁不来？

挑兮达兮，在城阙兮。
一日不见，如三月兮。

  此诗前两章复沓，第三章收束。值得注意的是，前两章以一般四言句为主，到第三章却换成了"兮"字句，这与前引之《卷耳》末章的"矣"字富韵相比，抒情色彩无疑更为强烈；与《羔裘》相比，则因并非复沓而有腾空翻起之势。值得注意的是，若干《国风》篇章都存在着前数章复沓而以一般四言句为主，到了末章则以"兮"字句来收束的情形。《郑风·子衿》以外，如《召南·野有死麕》《齐风·甫田》等皆是。这种带有冒头或收束的复沓体式，又产生了各个变种。如《邶风·泉水》《曹风·候人》《豳风·九罭》等篇皆为首、尾两章不复沓，而二、三章复沓者。《邶风》之《凯风》《雄雉》皆为首两章复沓，末两章不复沓。《豳风·鸱鸮》恰好相反，首两章不复沓而末两章复沓。《邶风·柏舟》五章，首、四、五章不复沓，而二、三章复沓。如是不一而足。

  值得注意的还有《周南》中的《关雎》与《汉广》两篇。《关雎》云：

关关雎鸠，在河之洲。
窈窕淑女，君子好逑。

参差荇菜，左右流之。

窈窕淑女，寤寐求之。
求之不得，寤寐思服。
悠哉悠哉，辗转反侧。

参差荇菜，左右采之。
窈窕淑女，琴瑟友之。
参差荇菜，左右芼之。
窈窕淑女，钟鼓乐之。

不论是"左右流之""左右采之""左右芼之"，抑或"寤寐求之""琴瑟友之""钟鼓乐之"，都是一个渐进的过程。值得注意的是，除了作为冒头的第一章外，"求之不得"这四句也是孤零零的，因此前人往往将之与前四句合为一章，令此章有八句之长。为了整齐，又把后两段"参差荇菜"共八句也合为一章。但如此分章，总难免有点左支右绌之感。吴宏一曾经讲过，"求之不得"一章可能是会重复的副歌，因为文字完全一样，故省略不记录，其实每一段"参差荇菜"之后都有一段"求之不得"。如此看来，所谓"琴瑟友之""钟鼓乐之"也不过是男子的幻想，并非实写。《汉广》的章法与《关雎》大致相似：

南有乔木，不可休息。
汉有游女，不可求思。
汉之广矣，不可泳思。
江之永矣，不可方思。

翘翘错薪，言刈其楚。

> 之子于归，言秣其马。
> 汉之广矣，不可泳思。
> 江之永矣，不可方思。
>
> 翘翘错薪，言刈其蒌。
> 之子于归，言秣其驹。
> 汉之广矣，不可泳思。
> 江之永矣，不可方思。

此诗"南有乔木"一章为冒头，与"关关雎鸠"一章接近；"翘翘错薪"二章复沓，与"参差荇菜"三章接近；而"汉之广矣"重复三次，其实也可算作副歌，能帮助我们思考《关雎》"求之不得"那四句的情形。

毋庸置疑，复沓结构的篇章在《国风》中出现得最多，但在《雅》《颂》中也不容忽视。以《小雅》为例，第一篇《鹿鸣》为三章复沓体式；第二篇《四牡》共四章，前后两章各自复沓；第三篇《皇皇者华》五章，首章冒头，后四章复沓。再如《大雅》之《凫鹥》《民劳》等为五章复沓。《荡》篇八章，首章为冒头，后七章皆以"文王曰咨，咨女殷商"开头；各章第三句以后的文字虽差异很大，但因首二句完全一样，依然给人以强烈的印象。再如《鲁颂》之《駉》为四章复沓，《有駜》为三章复沓，《泮水》八章，前三章复沓而后五章单行。如是不一，皆与《国风》颇为接近。不过，《风》《雅》《颂》中也有不少并非复沓体式的作品，如《国风》便有《邶风》之《击鼓》《匏有苦叶》《谷风》，《鄘风·载驰》，《卫风·氓》等，《雅》《颂》的例子就更为常见了。以《卫风·氓》为例，全诗六章，每章十句，以弃妇的口吻将自己的情变经历和体验娓娓道来。由于全诗叙事色彩强烈，因此篇幅虽长，却罕见重章叠咏，仅有三、四章分别以"桑之未落""桑之落矣"两句开头，略有复沓之意。同样道理，如《大雅·生民》讲述周人始祖后稷的神话，《大明》讲述王季、文王的婚姻及武王伐纣，《常武》赞美周宣王平定徐国叛乱，都一样具有强烈叙事色彩；而尹吉甫的两首送别诗《崧高》《烝民》则以议论说理为主。这些作品同样鲜见文字复沓。至于《周颂》绝大部分篇章只有一章，就更不可能重章叠咏了。

二、章节句数与押韵

如前文所论，由于四言句篇幅有限，单独使用时往往尚未形成完整的句子，故而需要两句合读合诵，这也形成两句一顿或两句一韵的节奏。若就一章四句而言，其用韵多为AAOA式或OAOA式。影响所及，汉代以降的五言诗、齐梁以后的七言诗，也同样沿袭了两句一韵的特征——纵然五、七言在字数上较四言为多。当然，《诗经》中四言句的押韵模式还是颇有变化的。兹以《邶风·静女》为例：

> 静女其姝，俟我于城隅。
> 爱而不见，搔首踟蹰。
>
> 静女其娈，贻我彤管。
> 彤管有炜，说怿女美。
>
> 自牧归荑，洵美且异。
> 匪女之为美，美人之贻。

首章"姝""隅""蹰"皆在侯部，押韵形式为AAOA。次章"娈""管"在元部，"炜""美"为微脂合韵，全章可谓逐句押韵，形式为BBCC。末章"荑""异""美""贻"亦逐句押韵，形式为DDDD。三章可谓概括了四言句押韵的几种模式。就句数来说，《诗经》一章多半是两个四言句的倍数。如《齐风·卢令》每章两句，《周南·关雎》《曹风·候人》《大雅·棫朴》等篇每章四句，《周南·葛覃》《小雅·白驹》《小雅·渐渐之石》等篇每章六句，《秦风·蒹葭》《小雅·鹿鸣》等篇每章八句，《卫风·氓》《小雅·雨无正》《大雅·民劳》等篇每章十句，《郑风·溱洧》《魏风·园有桃》《豳风·东山》等篇每章十二句，其中前两篇不全为四言句，《小雅·宾之初筵》每章十四句，不一而足。此外，还有一些各章之句数虽然不同，但皆为偶数的情况。如《唐风·扬之水》三章，依次为六、六、四句，首句皆为三言句；《秦风·车邻》三章，依次为四、六、六句；《大雅·思齐》五章，依次为六、六、四、四、四句；《小雅·正月》十三章，前八章每章八句，后五章每章六句；《大雅·大明》八章，依次为六、六、八、六、八、八、六、八句。这些例子可证《诗经》不少作品中，各章的句数未必整齐划一。但是，将句数为四、六、八句的各章搭配使用，依然毫不违和，其因盖是这些句数皆为二的倍数。

不过，先秦乃至两汉时代还有一种奇数句体式的诗歌，如刘邦《大风歌》为三句，梁鸿《五噫歌》为五句，汉武帝《秋风辞》为九句。近人闻一多认为原始九歌就是每章三句、每篇三章的歌曲。由于《大风歌》又被称为"三侯之章"，我们姑且将这种体裁称为"三侯体"。"三侯体"在《诗经》中也不难发现。如前文所举《齐风·著》便是。再如《召南·甘棠》也可算上：

蔽芾甘棠，勿翦勿伐，

第十三章 以雅以南：《诗经》的韵律之美

召伯所茇。

蔽芾甘棠，勿翦勿败，
召伯所憩。

蔽芾甘棠，勿翦勿拜，
召伯所说。

不过，《甘棠》全篇皆为典型的四言句，字面上并无感叹词。用韵方面，王力《诗经韵读》指出"伐""茇""败""憩""拜""说"六字皆属月部，则其形式为OAA/OAA/OAA。且这种每章三个四言句、每篇三章的体式，在《诗经》中却并不多见。再如《召南·驺虞》：

彼茁者葭，壹发五豝。
于嗟乎驺虞！

彼茁者蓬，壹发五豵。
于嗟乎驺虞！

此诗一样是一章三句，但全篇只有两章（安大简有三章）。首章逐句押韵（鱼部），尾章前二句换韵（东部），用韵形式为AAA/BBA。又同在《召南》的《行露》首章云：

厌浥行露，岂不夙夜？
谓行多露。

恰好是《甘棠》或《驺虞》一章的篇幅，"露""夜"皆属铎部，逐句押韵，其形式为AAA。不过《行露》后两章却转成每章六句，且不时带有五言句，这就和《甘棠》颇不相同了。再者，《召南》这三篇（或相关章节）与《齐风·著》还有一个显著差异：后者每章之内皆逐句押韵，而前者各句则或韵或否。此外，《齐风·著》的九句皆以"乎而"收结，也不多有。但是以"兮"字收结者，却常见许多了。如《桧风·素冠》：

庶见素冠兮，棘人栾栾兮。
劳心慱慱兮。

庶见素衣兮，我心伤悲兮。
聊与子同归兮。

庶见素韠兮，我心蕴结兮。
聊与子如一兮。

此诗每章三句，逐句押韵，三章依次为元、微、质三部，用韵形式为AAA/BBB/CCC。且各句长短并不划一，似乎已有《楚辞》风格的端倪。难怪清人陈继揆《读诗臆补》指出："三句成章，连句成韵，后人《大风歌》以下皆出于此。"此外不难发现，《诗经》中篇章出现每章三句，往往为"兮"字句——虽然在押韵、章数等方面多有变化。如《王风·采葛》：

彼采葛兮，一日不见，
如三月兮。

> 彼采萧兮,一日不见,
> 如三秋兮。
>
> 彼采艾兮,一日不见,
> 如三岁兮。

此诗同样每章三句,每章换一韵,但皆为首、三句相押,而次句"一日不见"不仅没有韵脚,甚至并非"兮"字句,三章依次为月、幽、月部,用韵形式为 AOA/BOB/COC。体式相似的篇章还有《唐风·无衣》:

> 岂曰无衣七兮?不如子之衣,
> 安且吉兮。
>
> 岂曰无衣六兮?不如子之衣,
> 安且燠兮。

此诗用杂言与《素冠》相近,却只有两章,每章首、三句相押,依次为质、觉二部,而次句"不如子之衣"也同样既不押韵,也非"兮"字句,用韵形式为 AOA/BOB。再如《魏风·十亩之间》:

> 十亩之间兮,桑者闲闲兮,
> 行与子还兮。
>
> 十亩之外兮,桑者泄泄兮,
> 行与子逝兮。

此诗与《素冠》相同，每章三句、逐句押韵，依次为元、月二部，用韵形式为 AAA/BBB，但全篇只有两章，又与《无衣》一般。

不过，每章三句是能保留"三侯体"特征的最小单位。《诗经》中还有若干作品虽然并非全篇如此，却往往纳入"三侯体"的片段。如前文所举《行露》首章即是。又如《豳风·九罭》：

> 九罭之鱼，鳟鲂。
> 我觏之子，衮衣绣裳。
>
> 鸿飞遵渚，公归无所，
> 于女信处。
>
> 鸿飞遵陆，公归不复，
> 于女信宿。
>
> 是以有衮衣兮，无以我公归兮，
> 无使我心悲兮！

此诗首章四句，是典型的四言体式（"鳟鲂"一句虽为二言，但加上"有""以"乃至"兮"等虚字便能凑出四言），隔句押韵（阳部）。二、三章虽仍采用四言句，却皆为逐句押韵的"三侯体"（依次为鱼、觉二部）。到第四章，更进一步变化为杂言体的"兮字句"，仍逐句押韵（微部），可谓十分典型的"三侯体"。用韵形式为 OAOA/BBB/CCC/DDD。再如《召南·野有死麕》：

> 野有死麕，白茅包之。
> 有女怀春，吉士诱之。
>
> 林有朴樕，野有死鹿。
> 白茅纯束，有女如玉。
>
> 舒而脱脱兮，无感我帨兮，
> 无使尨也吠。

此诗首章为典型四言句，"包之""诱之"为隔句相押的富韵（"诱"在幽部，"包"与之协）。又上古音系中"春"属文部，"麕"与之协，则此章一、三句亦有尾韵，全章四句形成 ABAB 式的用韵。次章仍为四言句，却从 ABAB 式改为 AAAA 式的逐句押韵（屋部），"樕""鹿""束""玉"四个尾韵读来急促紧张，引人入胜。第三章进一步变为 AAA 式的"三侯体"，改用"兮"字句，逐句押韵（月部）。"脱"（音退）、"帨"（音税）、"吠"三字相押，然"脱兮""帨兮"皆为富韵，疑"吠"后亦应有一"兮"字。如果猜测合理，则此诗末章亦为典型之"三侯体"。复如前引之《郑风·丰》，此诗前两章皆为逐句押韵的"三侯体"（依次为东部、阳部），后两章又变回隔句押韵的四言句（"叔兮伯兮"似乎算不上典型的"兮"字句），用韵形式为 AAA/BBB/CBOB/BCOC，可见体式之灵活多变。

复次，如前举《郑风·子衿》末章可见，全章"兮"字句也可为 AAOA 式的四句体（或双行体），而不一定必为"三侯体"。《郑风》中的《缁衣》《遵大路》《狡童》等同样为"兮"字富韵四句体。"三侯体"可与这些双行体，甚至四句体相互搭配，融入篇幅更长的一章中，而未必需要独立成章。如《齐风·东方之日》：

东方之日兮，彼姝者子，
在我室兮。
在我室兮，履我即兮。

东方之月兮，彼姝者子，
在我闼兮。
在我闼兮，履我发兮。

此诗首章用质部，尾章用月部，用韵形式为AOA-AA/BOB-BB。进一步分析，两章前三句实为接近《王风·采葛》或《唐风·无衣》的"三侯体"。两章后二句则为逐句押韵的双行体，第一句又使用顶真格，因此全篇读起来和谐浑成。类似的情况还有《魏风·伐檀》。此诗共三章，每章七句。兹举首章为例：

坎坎伐檀兮，置之河之干兮，
河水清且涟猗。
不稼不穑，胡取禾三百廛兮？
不狩不猎，胡瞻尔庭有县貆兮？
彼君子兮，不素餐兮！

安大简本之《侯风》收录此诗，"猗"字作"兮"，足证二者相通。故此，本章前三句为逐句押韵之"三侯体"（元部），后六句则隔句押韵，全章用韵形式为AAA-OAOAOA。又如《郑风·将仲子》为三章、每章八句，但情况却有所不同。兹以首章为例：

> 将仲子兮，无逾我里，
> 无折我树杞。
> 岂敢爱之？畏我父母。
> 仲可怀也，父母之言，
> 亦可畏也。

首三句为逐句押韵的"三候体"（之部），次二句承接前韵，为隔句相押的双行体。末三句接近副歌，"怀""畏"为微部，全章用韵形式为 AAA-OA-BOB。由此可见，当"三候体"作为零件被融入更长的篇幅时，"兮"字和韵脚都可能相应调整，但这三句中的内容相对完足，则依然不变。

较详细了解"三候体"的特征后，我们便不难把握《诗经》作品章节句数的各种变化。如每章皆有五句的作品，还有《召南》之《小星》《江有汜》，《郑风》之《叔于田》《褰裳》，《秦风·无衣》，《豳风·鸱鸮》，《小雅·四牡》，《大雅》之《文王有声》《泂酌》《卷阿》《召旻》等。就内容来看，这些"五句章"多为"上二下三"或"上三下二"的结构。还有每章前四句为同一语义层次，而末句为单独拈出者。如《褰裳》的"狂童之狂也且"、《文王有声》的"××烝哉"之类。此外，"七句章"的作品有《邶风·北门》，《鄘风》之《柏舟》《桑中》《定之方中》，《卫风·硕人》，《王风·兔爰》，《唐风·鸨羽》，《小雅》之《黄鸟》等。"九句章"的作品有《卫风·淇奥》《魏风·伐檀》《唐风·杕杜》《小雅·鹤鸣》等。"十一句章"的作品有《豳风·七月》。又如《魏风·葛屦》两章，首章六句而尾章五句；《鄘风·君子偕老》

三章,依次为七、九、八句;《小雅·斯干》九章,依次为七、五、五、五、五、七、五、七、七句。可见"奇句章"在搭配组合上颇具灵活度。

三、《诗经》音韵学价值举要

从音韵学的角度来说,汉语的历史可分为三个时期。第一为上古音时期,包括先秦两汉(约前10—3世纪)。第二为中古音时期,由魏晋南北朝至唐宋(3—13世纪)。第三为近代音时期,主要包括元、明两代(13—17世纪)。中古音时期,为反切兴起、韵书发达之世。隋文帝开皇时期(581—600),八位来自南北各地的学者到陆法言家中聚会,商定审音原则。陆法言将讨论内容记录下来,稍后编写成《切韵》一书。全书以韵目为纲,共分为193韵。各韵又按四声而归入平、上、去、入四个部分。同韵的字复以声类、等呼排序。因此,同音字全被归在一处。每一音前标以圆圈(即韵纽),首字之下以反切注音,每字均有释义。换言之,《切韵》就是一本以注音为纲目的字典。《切韵》所记大概并非当时某一种方音,而是将当时同出于魏晋洛阳旧音一系的金陵、洛下两支当时的官音(亦即所谓"南北音系",二者关系大致相当于现今中国大陆与台湾两种大同小异的普通话)加以折中。入唐以后,孙愐以《切韵》为基础,增订为《唐韵》。北宋真宗时代,陈彭年又奉命将《唐韵》扩编为《广韵》。《切韵》《唐韵》已经亡佚,但《广韵》作为官修韵书,影响当时与后世甚巨,成为中古音研究首屈一指的著作。由于《切韵》规范了韵书体例,至近代沿用不废,故其归纳的中古语音体系又被称为"切韵音系"。金元以来,以燕京为都城,但北方战乱不已,语音受到契丹、女真、蒙古诸族的影响,声调减少、入声消失,逐渐形成了近代音。能全面反映近代音面貌的著作，首推元人周德清的《中原音韵》。近代音同样由切韵音系发展而来，也是当今北方官话的前身。

　　由于《广韵》等韵书是以韵部来划分，对于声母的记载并不直接。在现代注音符号、汉语拼音发明以前，学者标音一般都采用反切方法。如"汤"字，《广韵》标示为"吐郎切"。"吐"为反切上字，取其声母，并遵循其阴阳；"郎"为反切下字，取其韵母，并遵循其平仄。切出的"汤"字，现代普通话为第一声，即阴平的 tāng，而非第二声阳平的 táng，这正是因为反切上字"吐"在古音（包括现代粤语）为阴去声，故取其阴阳而读阴平，而不随下字"郎"读阳平。而"郎"字本为平声，故"汤"字同样也是平声。清代学者陈澧（1810—1882）是第一个根据《广韵》反切用字来研究其声韵系统的学者。他采用"系联法"，找出《广韵》所有的反切上字，查出每个反切上字的反切，比较反切上字的反切上字，并遵循以下几个原则：其一，基本条例——凡反切上字同用、互用、递用的，必属于同一声类。其二，分析条例——凡两个反切下字为同一韵类的，那么上字不必同声类。其三，补充条例：有些不能直接系联的切语，可以从"又音"和"互见"的反切来加以考证。根据上述条例，陈澧系联出四十个声类，可谓传统音韵学的一个里程碑。回观"汤，吐郎切"这条资料，由于古代没有留声机，"汤""吐""郎"三字声母、韵母、调值（亦即字音之高低升降）在中古音时期的确切情况，我们已经不得而知。但由于反切及系联法的使用，我们至少知道"汤""吐"二字的声母、阴阳相同，"汤""郎"的韵母、平仄相同。再者，"吐"为"他鲁切"，"郎"为"鲁当切"，可知中古音系中"他"字和"汤""吐"二字的声母、阴阳相同，"当"字和"汤""郎"二字的韵母、平仄相同；"鲁"字与"郎"字的声母、阴阳相同，和"吐"字的韵母、平仄相同……

至于上古音的资料，则以《诗经》为重要著作。但是，《诗经》并非韵书，其作品押韵的模式也并非千篇一律，难以简单而系统性地呈现出上古音中的韵部划分情况。至于声母方面，相关资料就更为缺乏了。先秦以降，汉语语音已经出现很大的变化，《诗经》有些篇章读起来已经不甚押韵。但是人们不知道古今音异，在诵读时随意把某字临时改读为某音，以求和谐，这种方式称为"协韵"说或"叶音"说。此说肇端于北周沈重的《毛诗音义》，而盛行于宋代，吴棫《韵补》、朱熹《诗集传》更是集大成者。今人王力指出："《诗经·周南·桃夭》：'桃之夭夭，灼灼其华。之子于归，宜其室家。''家'与'华'押韵，拿今音读去也很和谐，用不着叶音。但是《诗经·小雅·常棣》：'宜尔室家，乐尔妻孥。是究是图，亶其然乎！'朱熹就在'家'下注云：'叶古胡反。'（即音'姑'）……明末的陈第第一个反对'叶音'说。他说：'时有古今，地有南北，字有更革，音有转移，亦势所必至。'他的历史观点是正确的。依照这个观点，他认为'家'的古音本来就是念'姑'，并不是临时改读，也就无所谓'叶音'。'家'念'姑'而能和'华'押韵，是因为'华'的古音是念'敷'。"[①]的确，由于朱熹的协韵说有太多随意性，导致他在《诗集传》中辨识韵脚时出现讹误。直到明末清初，陈第、顾炎武等人才廓清协韵说之谬，使《诗经》音韵乃至上古音研究走上正轨。

就用韵而言，王力认为《诗经》的韵部可分为二十九部，可归纳为阴声韵（开音节）、入声韵和阳声韵（鼻音韵尾）三种，详情如下：

---

① 王力：《诗经韵读·〈诗〉韵总论》，载《王力文集》第六卷，山东教育出版社，1985年，第4页。

阴声韵：之部、幽部、宵部、侯部、鱼部、支部、脂部、微部、歌部

入声韵：职部、觉部、药部、屋部、铎部、锡部、质部、物部、月部、缉部、盍部

阳声韵：蒸部、东部、阳部、耕部、真部、文部、元部、侵部、谈部

举例而言，《广韵》除东部外，还有冬部。古人依据中古音回溯上古音，认为《诗经》音系也存在着冬部。但王力指出："（清代）严可均曾把冬部并入侵部，章（太炎）氏晚年亦从此说。我认为，从《诗经》用韵的情况看，冬侵合并是合乎事实的，所以《诗经》韵部应该是二十九部，后来由于语音演变，冬部由侵部分化出来，所以战国时代的韵部应该是三十部。"[①] 如《邶风·绿衣》末章："絺兮绤兮，凄其以风。我思古人，实获我心。"作为韵脚的"风""心"二字，唐宋以来的韵母一为后鼻音，一为前鼻音，已经颇为不同。但"风"字从"凡"得声，《诗经》时代收前鼻音 –m，就能与"心"字押韵了（今日粤语中"心"字仍收前鼻音 –m）。

随着现代语言学的发达，对《诗经》音韵的研究可谓一日千里。如竺家宁指出："过去从押韵的角度看《诗经》，会发现有些诗并不押韵，因而研究者称之为'无韵诗'，今天我们要深一层的检视这些'无韵诗'，果真没有韵律吗？当然不是，因为它是传送于口耳的民谣，不可能没有韵律。其实，这些作品的韵律不表现在韵脚的押韵上，而表

---

① 王力：《诗经韵读·〈诗〉韵总论》，载《王力文集》第六卷，山东教育出版社，1985年，第10—11页。

现在其他的地方，例如声母、声调的规律性排比，韵尾类型的错综运用，介音开合洪细的变化等等。"①从这个角度来观察这些"无韵诗"的韵律，可以发现它们仍然具有丰富的音乐性。竺氏从《周颂》中选取了七首作品，逐字配上李方桂的拟音，加以分析。如《武》一篇：

于皇武王！	ʔjag gwaŋ mjagx gwjaŋ
无竞维烈。	mag(mjag) gjiaŋh rwjid ljat
允文文王，	rənx mjən mjən gwjaŋ
克开厥后。	khək khəd kjuat(kwjət) gugx(gugh)
嗣武受之，	sdjəgh mjagx təgwh(djəgwx) tjəg
胜殷遏刘，	siŋ(hrjəŋ、hrjəŋh) ʔrən(ʔjən) ʔat ljəgw
耆定尔功。	gjid tiŋh njarx(liarh) kuŋ

竺氏认为这首诗呈现了声音上的某种规律性，声音产生规律性重复，自然朗诵的时候会产生朗朗上口的节奏性。

（1）首句各字的首尾皆为舌根音（只"武"字的声母例外），主元音皆为 a，且 ag 和 aŋ 交替出现，形成鼻音韵与塞音韵的转换节奏……

（2）第三句各字皆以鼻音收尾，全句形成鼻腔的连续共鸣……

（3）第四句各字的声母皆为舌根塞音，形成头韵现象……

（4）第五句各字之间形成句中韵，四字中有三字的韵母皆为 əg……

---

① 竺家宁：《论上古音与〈诗经〉的无韵诗》，《语言研究》第 32 卷第 3 期，第 59 页。

（5）从纵的结构看，各句由始句至终句，呈现了主元音逐渐高化的迹象，也就是开口度越来越小。首句主元音皆为 a，至末句，除了"尔"字之外，都是张口度最小的高元音 i 或 u。特别是各句的首字，由 a 至 ɔ 至 i，开口度递减。

（6）从纵的结构看，各句的声调在偶数句安排了入声，单数句绝无入声。而和入声相邻接的一定是平声。例如"维烈""开厥""殷遏"都是"平入"的搭配。构成音高变化的极端对比。[1]

现代学者认为《周颂》无韵的主因之一，在于其旋律悠长，每一字都会吟唱许久，纵然使用韵脚也未必能有效展现。然如竺氏所言，则《武》诗的原作者于字里行间使用了头韵（alliteration）、双声、叠韵、平入交错乃至韵母渐变等技巧，可谓十分精细。如此看来，其写作难度又远甚于句末押韵一技了。

---

[1] 竺家宁：《论上古音与〈诗经〉的无韵诗》，《语言研究》第 32 卷第 3 期，第 60 页。

第十四章

云谁之思：《国风》篇章析隅

一、君子淑女：《周南·关雎》

《诗经》名篇甚多，如《关雎》《桃夭》《硕鼠》《蒹葭》《东山》《七月》等，相关赏析文字可谓汗牛充栋，读者自可按图索骥，本书在其他章节也有所涉及。然本书既以介绍《诗经》文化为主旨，故本节仍从《国风》中选取五首作品，下节则从《雅》《颂》中选取四首作品，加以赏析，以见其文学之美。这些作品未必每首皆为普罗大众所熟知，但较为仔细地解读其文本，人们会知道这些作品置于其他"名篇"之间而无愧，并更能全面地了解到《诗经》一书的文学价值。《关雎》收录于《周南》，也是整部《诗经》的第一篇：

| 原文 | 译文 |
| 关关雎鸠， | 雎鸠鸟关关唱， |

第十四章　云谁之思：《国风》篇章析隅

在河之洲。	在黄河沙洲上。
窈窕淑女，	美丽善良女子，
君子好逑。	配君子最理想。
参差荇菜，	荇菜有长有短，
左右流之。	随水顺手择选。
窈窕淑女，	美丽善良女子，
寤寐求之。	醒梦追求不断。
求之不得，	追求不到心急，
寤寐思服。	醒梦思念不已。
悠哉悠哉，	思绪恰如夜长，
辗转反侧。	翻覆总难入睡。
参差荇菜，	荇菜有短有长，
左右采之。	左手摘右手采。
窈窕淑女，	美丽善良女子，
琴瑟友之。	鼓琴瑟表友爱。
参差荇菜，	荇菜有短有长，
左右芼之。	两手连根来拔。
窈窕淑女，	美丽善良女子，
钟鼓乐之。	奏钟鼓娶回她。

　　根据朱熹的分章，此诗共三章，首章四句，次章、末章皆八句。用韵方面，首章一、二、四句押韵（幽部），形式为AAOA；次章首四句隔句押韵（幽部），末四句唯第三句不押（职部），形式为

OAOA-BBOB；末章首四句隔句押韵（之部），末四句换韵，亦隔句押韵（宵、药通押），形式为 OCOC-ODOD。需要补充的是，本章及下章赏析的九篇诗作，我们都尝试用白话翻译。在摸索的过程中，我们发现白话译文如果采用五言则字数太少，七言念起来如顺口溜，杂言或更长的句子如散文，都不像诗的感觉。因此，我们觉得翻译成六言句似乎最为适合——不但长短适中，没有太多赘字冗词，而且能承袭四言那种两字一音步的节奏。这时，即使译文用的是大白话，却还能因着节奏而多出了一点雍容之感。至于保留原文的押韵形式，就更不在话下了。

今人程俊英《诗经译注》认为："这是一个青年热恋采集荇菜女子的诗，诗中所说的'君子'，是当时对贵族男子的称呼；琴瑟、钟鼓是当时贵族所用的乐器，可见诗的原作者可能是一位贵族青年。"闻一多《风诗类钞》又提到此诗"集中描写他'求之不得'的痛苦，只能在想象中和她亲近、结婚"。"雎鸠"是一种雌雄十分恩爱的水鸟，"关关"是雌雄雎鸠在小洲上和鸣的声音，于是引起"窈窕淑女，君子好逑"的想法。何谓"窈窕"？根据西汉扬雄《方言》的说法："秦晋之间，美心为窈，美状为窕。"也就是说心灵之美为"窈"，容貌之美为"窕"，而"淑"又有善的意思，因此作为淑女，内心和外貌都要美。不过安徽大学近期公布的馆藏战国竹简上，"窈窕"写作"要翟"，也就是苗条、身材匀称美好之意。由此可见，"窈窕"毕竟是一个联绵词，不应拆开来解释。不过，我们把"窈窕"解为美状，把"淑"解为美心，也没有问题。"君子好逑"，许多人把"好"读成去声，这不太正确。如果读成去声，是作为动词使用，"好逑"表示喜好去追求。但下面已有"求之不得"之"求"，这里把"逑"字也解作追求的话，叠床架屋，似乎不妥。一般认为"逑"是配偶之意。《周南》的《兔罝》

第十四章　云谁之思：《国风》篇章析隅

提到"赳赳武夫，公侯好仇"，这个"仇"字跟"逑"同义，都是伴侣之意，作名词解。所谓"窈窕淑女，君子好逑"，意思是内心和外表同样美丽的好女子，是君子的好伴侣。从西方语言学来看，拉丁文"朋友"一词为amicus，加上否定前缀变作inimicus，便成了"敌人"（enemy）之意。敌、友原来同根——同一词根。不是冤家不聚头，这与"仇，偶也"的训诂也全然一致。

"荇菜"是一种水草，可供食用。"流"并非解作漂流，而是选择的意思，引申为追求之意。"思"和"服"都是想念的意思，同义并列。"悠哉悠哉，辗转反侧"，表示自己绵长思念之意。有人说半圈是辗，一圈是转。其实"辗转"和"窈窕"一样是联绵词，总之是表达翻来覆去的意思，未必需要分拆作解。"琴"与"瑟"是两种不同的乐器，有学者认为"琴"是来自西方的华夏族，"瑟"是来自东方的东夷族。琴瑟和鸣，不单代表夫妻恩爱，也象征了两个不同族群的融洽关系。此说尚待进一步考证，但古代的婚姻本来就是"将合二姓之好，上以事宗庙，而下以继后世也"，所以诗中提到"琴瑟友之"，可见是非常严肃庄重的，而非贪图一时之快。"芼"有连根拔起的意思。"钟鼓乐之"，同样体现了君子的贵族背景。不论是"左右流之""左右采之""左右芼之"，抑或"寤寐求之""琴瑟友之""钟鼓乐之"，都是一个渐进的过程。有趣的是，除了作为冒头的第一段，"求之不得"这段是孤零零的。吴宏一曾经讲过，"求之不得"一段可能是会重复的副歌，因为文字完全一样，故省略不记录，其实每一段"参差荇菜"之后都有一段"求之不得"。如此看来，所谓"琴瑟友之""钟鼓乐之"也不过是男子的幻想，并非实写。

《毛诗序》对《关雎》有不同的解读："后妃之德也，风之始也。……是以关雎乐得淑女以配君子，爱在进贤，不淫其色。哀窈窕，思贤才，而无伤善之心焉，是《关雎》之义也。"这是其中一种说法，今天有学者认为这种解说不太合理，周文王的王后未免太大方了。这是不是《毛传》的附会？今人已很难判断。西汉刘向引用了三家《诗》的说法，他说："周之康王，以夫人晚出朝，《关雎》起兴，思得淑女，以配君子。"（《三家诗拾遗》）如此看来，《关雎》就变成了一首讽刺诗。大家知道"成康之治"，天下太平，四十余年不用刑罚，但可能到了后期出现"君王不早朝"的情况，因此《关雎》是用来讽刺周康王的。这种解读固然并非《关雎》的本义，但不妨理解为其中一种引申义。这首诗在流传的过程中有这些功用，通过引申义来讽谏，在当时的环境中大概可以接受。诚如吴宏一《诗经新绎》所说，《关雎》表现周文王后妃的美德，是用来教化天下而端正夫妇之道的，所以它既可以用于乡里，也可用于诸侯邦国。

有人觉得把《关雎》解读为"后妃之德"实在不可思议，尤其今日是男女平等的时代，本来就不能接受一夫多妻，"后妃之德"四字似乎特别碍眼。但是，我们也不宜以今规古。古代朝中大臣与后宫妃嫔是对应的，妃嫔也算是官员，与帝王之间并非只有单纯的"色"之牵连，而有"德"之关系。孔子曾谓："吾未见好德如好色者也。"礼制对妃嫔不单要求"色"，而且要有"德"。举个例子，《红楼梦》里面的探春是赵姨娘所生，但她从来不喜欢认赵姨娘为自己的母亲，反而认王夫人为母——纵然如刘姥姥所言："隔了肚皮子是不中用的。"在今人眼中，探春这位女儿好像有点儿不孝。但大家可以想象一下，赵姨娘生了探春和贾环，为何贾环如此可恶？正是贾环从小跟赵姨娘长大，而探春则有赖王夫人教养。当然，个中原因也包含了赵姨娘对贾环有"夺嫡"的期盼，而不愿轻易将他拱手让给王夫人教养。今天，子女天经地义地跟随生母成长，但古代并不如此。赵姨娘和王夫人的区别在哪里？赵姨娘年轻时大概因美貌而被纳为侍妾，可惜出身不佳，没有受到很好的教育，个性也不好，只能以色事人。而王夫人毕竟是大家闺秀，受过较好的德行教育，因此要负责调教所有的子女，不分嫡庶。正因庶子受过嫡母的调教，所以才能和嫡子一样拥有一定的继承权。至于帝王以天下为家，后妃都需要母仪天下，因此选妃时对德行方面的考量远甚于外貌。这样除了令后宫和睦，更有示范作用，使天下家庭效法，此谓之"后妃之德"。《红楼梦》虽然没有描写元妃怎样与皇帝互动，但大家依据她归宁之时的端庄气象，便可窥见端倪。一夫多妻制度在今天看来并不合理，但《毛传》对于《关雎》的引申义，却能让我们重新思考古代礼制。

二、西方美人：《邶风·简兮》

《邶风·简兮》以女性的口吻，讲述了一个"一舞倾情"的故事。全诗共四章，前三章每章四句，末章六句，以四言为主，兼有三言、五言句式，全文及译文如下：

原文	译文
简兮简兮，	鼓声铿铿锵锵，
方将万舞。	万舞正要开场。
日之方中，	太阳正好当空，
在前上处。	领队站前上方。
硕人俣俣，	领队高拔俊美，
公庭万舞。	庙庭万舞开始。

有力如虎，	如虎雄健有力，
执辔如组。	粗缰舞如细丝。
左手执籥，	左手拿三孔笛，
右手秉翟。	右手持着雉尾
赫如渥赭，	面如赭泥润湿，
公言锡爵。	公侯赐酒一杯。
山有榛，	高山榛树高，
隰有苓。	低地甘草娇。
云谁之思？	说我想着谁？
西方美人。	西方数俊豪。
彼美人兮！	那位英俊男子啊！
西方之人兮！	是西方的男子啊！

　　此诗共四章，首三章每章四句，末章六句。而用韵方面，首章隔句押韵（鱼部），形式为OAOA；次章逐句押韵（鱼部），形式为AAAA；三章一、二、四句押韵（耀部），形式为BBOB；末章唯第三句不押韵（真部），形式为CCOCCC。此诗旨趣，《毛诗序》云："刺不用贤也。卫之贤者，仕于伶官，可以承事王者也。"意思是卫国有贤者具足治国的才能，却沉沦下僚而为伶官，可见卫君不进用人才。此后朱熹、方玉润、吴闿生等均持此说。而现代学者余冠英、高亨、袁梅、程俊英等则认为是卫国宫廷女子（贵妇或侍女）观看舞师表演《万舞》，并对他表达赞美、爱慕之诗。的确，此诗末章有"山有榛，隰有苓"两句，大概是关于男女情思的隐语，颇能帮助我们把握全篇的意旨。

第十四章　云谁之思：《国风》篇章析隅

　　首章开端之"简兮"，是舞蹈开始前的击鼓之音。"方将万舞"，即将表演《万舞》之意，可见击鼓之先声夺人。《商颂·那》亦云："庸鼓有斁，万舞有奕。"可见《万舞》与鼓声关系之密切。这场舞蹈在"日之方中"——也就是正午时分表演，而那位领头的舞师，就处于最前列的上首。"在前上处"的"处"字读上声，作动词用。所谓《万舞》的性质，《毛传》认为是"用之宗庙山川"。朱熹以为是"舞之总名，武用干戚，文用羽籥也"。也就是说，这种舞蹈是一种大型宗庙舞，其内容分文舞、武舞两部分，文舞使用雉羽和三孔笛（籥）为道具，武舞则使用盾和板斧（干戚）。而此诗第二、三章便分别状述了武舞和文舞的场景。《那》篇正是殷商后代祭祀先祖的诗歌，可见《毛传》之语不虚。不过，《万舞》的起源可追溯到夏代早期。《墨子·非乐》记载，夏启晚年荒淫恣纵，"《万舞》翼翼，章闻于天，天用弗式"。也就是说他排演《万舞》取乐，舞容齐整，音乐一直传到了天上，乃至天帝都觉得不可为训。那么，如果《万舞》是靡靡之音，怎么可能用于宗庙呢？参考《史记·赵世家》，赵简子自言在梦中"之帝之所，游于钧天，广乐《九奏》《万舞》"，可见先秦时人认为《万舞》也是天庭的舞蹈。而所谓《九奏》，是与《万舞》相配的音乐，闻一多先生认为正是夏启从天庭偷取的《九歌》。我们知道，先民的宗教信仰每涉及生殖崇拜，其仪式在今天看来往往有淫亵的内容，但先民却对此持以虔敬的态度。这就是为什么夏启既可将《九歌》《万舞》用于祭祀，又可用于逸乐了。夏代以后，《万舞》在流传过程中多有损益修订，"淫亵"色彩日益淡薄。

　　"万"字有"萬""卍"两种异体字，指涉《万舞》时，三字可以换用。今人朱兴国指出："远在殷世，卍与万、萬三文，互相通借。以卍为万，在契文已有此种现象，与佛教的卍字相，毫无关涉。萬就是蝎子，既然称'萬舞'，萬舞的基本动作应与蝎子的体态有关。双臂曲折上举，即可模仿蝎子的体态，而'卍'形有四处曲折，据此可以断定，万舞或卍舞的动作要领是曲肢。裘锡圭先生已经指出，'万'是主要从事舞乐工作的一种人，由于'万'人很多，故有称'多万'……曲肢作舞，以舞蹈者称之，则为'万舞'；以舞蹈动作特征称之，则为'萬舞'或'卍舞'。于是，三种名称通用；于是，卍与万、萬三字可以互相通借。"（《万舞与蹲踞式人形考》）此外，"卍"字被认为是描摹北斗斗柄四时方位合一的符号，有学者相信《卍舞》涉及了北斗崇拜的内容；而"萬"为蝎子象形，有学者相信《万舞》是描摹蝎子求偶的形态。这些说法也许尚待进一步求证，却是非常有趣而大胆的假设。

《左传·庄公二十八年》记载："楚令尹子元欲蛊文夫人，为馆于其宫侧而振《万》焉。夫人闻之，泣曰：'先君以是舞也，习戎备也。今令尹不寻诸仇雠，而于未亡人之侧，不亦异乎？'"文夫人即楚文王夫人息妫，为春秋时期著名的美女。楚文王死后不久，由少子成王即位，文王之弟子元担任令尹（宰相）。子元垂涎寡嫂的美貌，竟然在太后宫附近建馆住下，透过排演《万舞》来蛊惑寡嫂。息妫见状哭道："楚国先王排演《万舞》是为了让军队演习防备。现在令尹不率兵讨伐仇敌，却在一个寡妇面前排演《万舞》，不是很奇怪吗？"这段文字说明，楚国官方排演《万舞》比起中原诸国更偏重于军事演习之用，这自然与其族群的尚武精神相扣合。然而，此时的《万舞》尚能诱惑异性，可见夏代《万舞》的"情色"内涵仍有残留。鲁庄公二十八年为公元前666年，与《简兮》一诗的创作年代相去未远，女诗人对舞师产生倾慕之情，是不足为奇的。

了解《万舞》性质后，我们继续解读下文。领头的舞师身材高大，故云"硕人",健壮魁梧,故云"俣俣"("俣"音语)。而他们表演之处,就在"公庭"——也就是卫国宗庙的庭前。由此可见,这场《万舞》的表演规格是非常高的,而观众的身份也非同凡响。卫国本为殷商故地,民风开放,而卫君始祖康叔封又是文王之子、武王之弟,因此卫地将殷、周两种文化较好地融会贯通。《万舞》即如朱熹所言,会用于周天子宗庙,必然庄严肃穆;一旦在卫国公庭演出,大概别是一番景象了。且看这位健硕的舞师,力大如虎,肌肉饱绽,装扮成武士时手中抓起缰绳(辔)、模拟驭马姿态时轻松自如,那几条粗大的缰绳在他手中竟像柔薄的丝带(组),随心所欲舞动。这章描写武舞,虽仅列出一个小片段,但那举重若轻的舞姿却令人印象深刻。

第三章写到文舞部分,也只有两句。那位舞师左手握着三孔笛在吹奏,右手持着山鸡尾羽(翟)在挥动,音乐与舞蹈竟在他身上奇妙合一。诗中并未进一步描写文舞的内容,而是直接跳到结束之际:只见这位舞师脸上红光焕发,就像湿润的赭土。这个比喻十分新鲜:上古时代便会将赭土磨成粉末,当作红颜料,但一般都以干燥状态保存。而赭粉与水调和后,不仅润泽,颜色也更为鲜明。这像极了舞师刚刚舞毕时那张带着汗水的红色面孔,我们甚至隔着纸张还能感觉到他微微的喘息和身体发散的热力。舞师的精彩演出无疑也触动了卫侯(公),于是他高兴地说:"赏赐这位舞者一爵美酒,以示嘉许!"在旁人眼中,这对于舞师当然是莫大的荣耀。顺带一提,爵这种青铜酒器,今人并不陌生。考古学家发现,青铜爵底部往往有炙烧的痕迹,可见这是一种温酒和盛酒的器具,而非如影视作品显示那样直接持以饮酒。因此卫侯说"锡爵"并非要舞师以铜爵饮酒,而是赏他一爵分量的酒,以觚、尊或觯等其他器皿服下。

尽管《万舞》阵容庞大,令人目不暇接,但在卫国公庭中毕竟会定期上演，并不罕见。由此可知，这位舞师能吸引所有观众，并让国君对他刮目相看，足见他舞技超伦轶群。末章"山有榛，隰有苓"两句，在《国风》中不时可见。如"山有扶苏，隰有荷华""山有桥松，隰有游龙"（《郑风·山有扶苏》），"山有苞栎，隰有六驳""山有苞棣，隰有树檖"（《秦风·晨风》），等等。如此起兴，多半与男女欢爱有关。而在《简兮》末章里，榛即榛树，苓为甘草。余冠英认为这种隐语乃是以树代男、以草代女。树高而草矮，这正如张爱玲所写："见了他，她变得很低很低，低到尘埃里，但她心里是欢喜的，从尘埃里开出花来。"观众席上的女诗人身为宫廷女子，却对舞师芳心暗许，真可谓"一舞倾情"。女诗人不仅欣赏舞师的舞技，称他为"美人"（在古代，所谓"美人"未必专指女性），还对他的背景有所了解——知道他是"西方之人"。

有趣的是，末章至此已经四句，满足了前三章体式的基本要求。可是，此章偏还在最后加上"彼美人兮，西方之人兮"两句。清人陈继揆《读诗臆补》云："后一章两'兮'字忽作变调，亦与首章首句神韵相应。"不过首章"简兮"尚是以鼓声烘托其人，此处则不仅再度强调舞师"西方之人"的身份，还转用"兮"字句，满怀深情，足见舞师这一重身份是引人瞩目的。程俊英说："西方，指周。周在卫西。"如果此说可信，可以推断舞师来自周天子的宫廷，接受了良好的训练。其外表、才具本已令人赏心悦目，更何况还有天子近臣的身份？大概由于宗周灭亡、礼崩乐坏，这位舞师丧失了原有的地位，无奈之下只好流落到卫地。所幸他还能在卫国谋得一《万舞》主舞的职位，首度上台，精湛舞技和天子近臣的光环就迷倒了众生。清人牛运震《诗志》云："细媚淡远之笔作结，神韵绝佳。"诗人毕竟是宫廷女子，仍须遵守礼法，对于舞师的爱慕也只能到此为止，吴闿生说"末章词微意远，缥缈无端"

（《诗义会通》），当是此意。

至于朱熹《诗集传》承《毛诗序》之说，认为此诗："贤者不得志，而仕于伶官，有轻世肆志之心焉。故其言如此，若自誉而实自嘲也。"我们只能赞同部分论述。当时士大夫在青少年时代接受六艺教育，固然允文允武，但若因国变而另求生路，稍加训练竟能成为一流舞师，倾倒卫国宫廷，恐怕不大可能。然而，这位舞师的背景是因西周亡国而失位、无法继续在天子身边营生，却是较为可信的。这也大概是朱熹《诗集传》承《毛诗序》言之"贤者不得志"之引申义的由来。我们不妨想象，当卫侯赐爵之际，一般观众固然觉得这是荣耀，但在舞师内心深处，是否会百感交集？再参看杜甫在安史之乱后，与玄宗身边的著名画家曹霸相遇，嗟叹他"即今漂泊干戈际，屡貌寻常行路人"（《丹青引》）。与曹霸相比，这位舞师已经十分幸运了。

三、德容兼善：《卫风·硕人》

《卫风·硕人》被视为中国古代文学中最早刻画女性容貌美、情态美的篇章，原作者虽然不详，史事与背景却是可考的。《左传·隐公三年》："卫庄公娶于齐东宫得臣之妹，曰庄姜，美而无子，卫人所为赋《硕人》也。又娶于陈，曰厉妫，生孝伯，早死。其娣戴妫，生桓公，庄姜以为己子。公子州吁，嬖人之子也。有宠而好兵，公弗禁。庄姜恶之。"可见此篇为卫人咏叹庄姜之作。而《毛诗序》云："《硕人》，闵庄姜也。庄公惑于嬖妾，使骄上僭。庄姜贤而不答，终以无子，国人闵而忧之。"此说把《左传》的文字纠合一处，就有些过度解读了。观《硕人》一篇，毫无哀怨之感，应是庄姜初从齐国来到卫国新婚之作；彼时不育与否全不可知，至于卫庄公惑于嬖妾而生州吁，更是若干年后之事。故而《毛诗序》之说，当是庄姜"美而无子"的形象固化后的产物。这就像宋徽宗的《燕山亭》词中明明有"闲院落凄凉，几番春暮"之语，可见创作时在金国已遭囚数年。徽宗北狩的形象同样被固化，于是有好事者为此词添入"北行见杏花"的副标题，误以为创作于北行途中，就不足为奇了。因此，程俊英将《硕人》的创作时代推算为公元前750年左右，亦即庄姜成婚之年，是很合理的。

而刘向《列女传·齐女傅母》云："庄姜初嫁，重衣貌而轻德行，其傅母规劝之，使其感而自修，卫人为作此诗。"刘向学《鲁诗》，这种说法当承自三家《诗》，诗旨与《毛诗》不同，而是以刺为主。初嫁的庄姜如何"重衣貌而轻德行"？"傅母"之规劝，更是于史无征。因此我们猜测此说若非儒生附会，大抵则是依据第一章"衣锦褧衣"（重衣貌）及第三章"大夫夙退，无使君劳"两句（轻德行）过度诠解而来。不过在我们新的解读下，这几句也并不构成规劝的原因（下详）。总之，汉四家《诗》之说盖皆为引申义而已。

《硕人》篇全篇四章，每章七句，描写了庄姜出嫁的盛况。诗人对庄姜的外表、仪卫乃至性格都进行了刻画，笔触细致，辞采新颖，情调于端庄中不失活泼，深受历代读者推崇。兹移录全文及译文如下：

原文	译文
硕人其颀。	女郎修长美丽。
衣锦褧衣。	绣裳麻纱罩衣。
齐侯之子，	她是齐侯爱女，
卫侯之妻。	卫侯结成连理。
东宫之妹，	太子嫡亲胞妹，
邢侯之姨。	又是邢侯小姨。

第十四章　云谁之思：《国风》篇章析隅

谭公维私。　　　　谭公娶姊为妻。

手如柔荑。　　　　手如嫩芽初成。
肤如凝脂。　　　　肌如羊脂初凝。
领如蝤蛴。　　　　颈如天牛初生。
齿如瓠犀。　　　　齿如瓠籽齐整。
螓首蛾眉。　　　　蛾眉广额蝉形。
巧笑倩兮。　　　　梨涡一笑嫣然。
美目盼兮。　　　　眼波一动艳然。

硕人敖敖。　　　　女郎美丽修长。
说于农郊。　　　　歇车郊野田旁。
四牡有骄。　　　　四马雄健昂藏。
朱帻镳镳。　　　　马嚼红绸飘扬。
翟茀以朝。　　　　垂帘朝见车上。
大夫夙退，　　　　大夫清早退下，
无使君劳。　　　　莫让君主神伤。

河水洋洋，　　　　黄河流水茫茫，
北流活活。　　　　向北浩浩汤汤。
施罛濊濊。　　　　渔网撒入波浪。
鱣鲔发发。　　　　鱼尾击水作响。
葭菼揭揭。　　　　芦苇又高又长。
庶姜孽孽。　　　　陪嫁多少娇娘。
庶士有朅。　　　　侍臣赳赳昂昂。

先从体式上看全诗。此诗全用四言，每章七句，但各章的层次不同。如清人牛运震《诗志》论首章云："首二句一幅小像，后五句一篇小传。"次章则前五后二，三、四章皆前四后三，组合各有变化。而用韵方面，首章微脂合韵，形式为AAOAOAA，以隔句押韵为主；次章前五句韵脂部，后二句为真文合韵的富韵，形式为AAAAABB，逐句押韵；三章韵宵部，形式为CCCCCOC，前四句逐句而后三句隔句押韵；末章除首句外逐句韵月部，形式为ODDDDDD。整体而言，可谓灵活多变。

先秦时代无分男女，皆以长身为美，故前篇《简兮》之舞师被称为硕人，此处庄姜亦然。"颀"音旗，"其颀"即体态修长之义。"衣锦"，即身穿锦缎所制的衣服，"衣"字此处读去声，作动词用。"褧"音炯，一作䌹，为枲麻一类植物所织之布纺成的单罩衫，乃是东周新娘的标准婚服之一，出嫁途中穿在身上，以蔽尘埃。《郑风·丰》亦有"衣锦褧衣"一句，可见不同社会阶层的新娘都乐于穿着这种披风。诗人特别选取"衣锦褧衣"的景象，固然点出庄姜正在出嫁途中。麻衣外见，看似朴素；而锦袍内藏，却仿佛象征着庄姜内心的高贵善良。《中庸》云："《诗》曰：'衣锦尚䌹。'恶其文之著也。"固是儒者将这句诗引申成韬光养晦、披褐怀玉之意，但即使引申也非贬义。若因庄姜身穿新娘"标配"的服饰就如三家《诗》般说她"重衣貌"，无乃太过。随后五句点出她的家世：齐庄公之女、齐太子得臣胞妹、卫庄公的新婚夫人、邢侯谭公两国国君的小姨子。"私"在此处指姊妹之夫（见《尔雅·释亲》）。这五句中，前四句都使用"之"字，具有排比之美，而末句使用"维私"一语，换一个角度表示亲属关系，令文字产生变化之态。强调庄姜血统之高贵，似乎也暗指其教育程度与修养非同凡响。而她的两位姐姐早已成为邢、谭二国的君后，是否也意味着与她有着一样的血统与修养？

次章七句逐一描写庄姜体貌之美，使用了六个形象生动的比喻来摹画其手、肤、颈、齿、额头和眉毛，以烘托其笑容与眼神，可谓纤毫毕至。不要忘记，这七处都集中在头颈和双手上，仍是以"衣锦褧衣"为基础，止于写褧衣未遮蔽的身体部位。但仅仅是头颈和双手，就足以令人惊艳了。我们先看前五句：庄姜的双手柔软细长如白茅之芽，皮肤如凝结的油脂般白皙透亮而没有一丝皱纹，脖子修美如天牛的幼虫，牙齿匀整洁白如瓠瓜籽，额角丰满如蝉首，眉毛细长弯曲如蚕蛾的触须。这五句的描写都是静态的。但值得思考的是，为什么要从手写起呢？我们不妨想象，诗人作为卫国的臣下，对庄姜这位新夫人也当毕恭毕敬、鞠躬如也。何况"天威不违颜咫尺"，近距离直视君夫人是失礼的。因此诗人在弯腰之际，第一眼看到的必然是庄姜的双手。以"柔荑"比喻这双玉手，点出手的特点首先是柔软，其次是修长，最后是白皙，肤色于是连带而及了。因此，"肤如凝脂"一句可谓承前启后，视角就从手部一跃而至颈部，再向上至于牙齿和额头。而直视头颈，太近则失礼，太远则看不清。故而从第三句开始，诗人与庄姜间的距离稍为拉远了一些。静态描写头颈这三句中，最值得玩味的是"蝤首"二字。蝤似蝉而较小，额头宽广方正。所以"蝤首"乃是形容庄姜的前额丰满开阔，亦即后世所谓"天庭饱满"。额头宽大、均匀、光滑而较为突出，无陷无坑无破，仅仅淡扫蛾眉而已，可见庄姜外表端庄大气，真是母仪一国的君夫人之相。

次章前五句所谓静态，乃是逐句抽离来看。如果合观，我们不难发现诗人视角的连贯性。换言之，这五句虽静实动，而动态乃在作为观照者的一方。直到末二句，动态便回到庄姜身上了。"巧笑倩兮，美目盼兮"，上句承"齿如瓠犀"而来，下句承"蝤首蛾眉"而来，皆化静而为动。再从句式来看，此章前四句第二字皆为"如"，每句只写一物；第五句"螓首蛾眉"则写两物,句法一变。末二句从单纯四言句变为"兮"字句,情感充沛,摇曳荡漾,成为描摹美人的千古名句。甚至子夏与孔子论《诗》,也引用到这两句。所谓"倩",朱熹认为是"口辅之美",也就是笑起来出现梨涡。所谓"盼",《论语·八佾》引此句诗,马注:"盼,动目貌。"《毛传》则云:"盼,黑白分。"我们认为,马、毛之说可以合而为一。眼睛黑白分明,自然清澈动人。但庄姜身为君夫人,又是如何"动目"的呢？显然不能眼波横流。"盼"字可组成"顾盼"一词,顾为回望,盼为前瞻。我们认为此义正好与"动目"合观：庄姜人品矜重,目光也自不宜斜睨,因此"盼"就是举目直视之意。而她直视的情态,也恰好与"螓首"一句的端庄风格相呼应。在这一章,诗人带着读者的眼光从庄姜的双手处一直向上看,愈往上看愈有瞻仰之感,故而最终接触到她的眼神和笑容时,感受到的与其说是娇柔妩媚,毋宁说是崇高之美。

第三章首句又出现"硕人"一词,略有复沓意趣。"说"音税,停车之意。庄姜一行进入卫境后,仅在农郊停车稍息,似乎含有不扰民之意。她的车前四匹雄马体格健硕,马嚼两旁有朱帻来缠饰,盛美夺目。"镳"音彪,本指马嚼,这里变成叠字,转指盛美。至于"敖敖",《毛传》、朱熹等皆认为与"其颀"同义,如此解释当然保险。但既略有复沓,文义上或也会出现渐进。而《郑笺》云:"犹欣欣也。"从首章言外形至此章言情态,且承接了上文"巧笑"两句,丰富了诗句的内容,似乎于意为长。自齐国远行至卫,沿途风尘仆仆,并不舒适。而庄姜仍能保持愉悦之容,不以为苦,足证其教养之良好。茀指遮蔽女车的竹席,古代贵族常以彩色的雉羽来装饰,是为翟茀。"翟茀以朝"下三句,朱熹《诗集传》的解释是："此言庄姜自齐来嫁,舍止近郊,乘是车马之盛,以入君之朝。国人乐得以为庄公之配,故谓诸大夫朝于君者宜早退，无使君劳于政事，不得与夫人相亲。"后世多从此说，但我们觉得颇有疑义。其一，如果第三章讲述庄姜已来到卫国宫廷，末章却又回写出嫁一行途经黄河边的景象，于叙述逻辑不合。其二，第三章前四句方描写在农郊休憩，后三句竟突然写到入朝，跳跃太快。其三，庄姜既是贤德夫人，一抵达便促使卫侯宣告退朝，与其身份品格不侔。

我们认为，"翟茀以朝"的"朝"并非指庄姜朝见卫侯，而是卫侯派来的大夫们到农郊来迎接、朝见庄姜。参《左传·定公十四年》："大子羞之，谓戏阳速曰：'从我而朝少君，少君见我，我顾，乃杀之。'速曰：'诺。'乃朝夫人。"少君亦君夫人之义。卫灵公太子蒯聩欲弑母，对家臣戏阳速说："跟着我去朝见夫人，夫人接见我，我一回头看你，你就杀死她。"戏阳速说："是。"于是就去朝见夫人。由此可知，春秋时代卫国臣属去见君夫人，也可以使用"朝"字的。因此，当前来迎接的卫国大夫们到农郊来朝见庄姜，庄姜揭开翟茀，表示自己一切平安，请大夫们先回去禀报卫侯，让君上不必操心，大夫们禀报完毕后也可早些回去休息。如此一来，庄姜之端庄贤德，方才跃然纸上。至于其美貌虽也让大夫们印象深刻，但已落第二义了。我们甚至怀疑，《硕人》一诗的原作者，是否就是这几位大夫之一？

如果我们的怀疑合理，那么第四章的景象，就是这几位大夫拜别庄姜，正欲快马赶回卫都禀报国君时所见。齐、卫以黄河为边界，而这一段黄河乃是由南向北而流。"洋洋"为水盛大之貌，"活活"音郭郭，为水流声。这两句有互文见义之致，谓黄河向北流淌，水面宽广、水声喧哗。这两句似乎再度证明，庄姜小憩的农郊，是在两国界河畔的卫国境内，与卫都还有一段距离。眺望水边，有渔夫张开大网，只听得网声霍霍，原来那是因为有许多鱣、鲔等大鱼入网，鱼尾还拍打着水面，拨拨作响。庄姜一行进入卫国境内后，农郊依旧宁谧，渔人依旧在河边捕鱼，可见丝毫未受干扰。水边的芦荻长得高拔，隔着芦荻还能看到一众陪嫁的姜姓女子同样高长美丽，即使小休之际也仪态端方，随扈的武士们个个威武英挺，这大概是受到庄姜的影响。从句法来说，末章连用六处叠字，至末句其实也可采用"揭揭"，改用"有揭"显然是为了变化句法，使之不过于机械化，让读者有新鲜感。

闻一多指出："《国风》中凡言鱼，皆两性间互称其对方之廋语。"（《诗经通义》）也就是说，捕鱼、食鱼为男女情欲、婚配的隐喻。如《陈风·衡门》："岂其食鱼，必河之鲂？岂其取妻，必齐之姜？"更把食鱼与迎娶齐国姜姓公主相提并论。因此，《硕人》末章对黄河边撒网捕鱼的描写，既是实况，也是隐喻。捕鱼甚多，也与"庶姜"相对应。周代诸侯娶妻实行媵妾制，随正妻一同嫁到夫家的女子，规格较高的是亲姐妹，中等的偕同一个或几个宗族女子（一般是庶出），规格最低的是侍女陪嫁。这些陪嫁女子中，同宗女子大约是庶出，只能担任陪嫁的媵妾，但在娘家仍是公主，因此地位比一般的侍妾高很多，有正式的身份，可以出席正式的宴会。"庶姜"之庶，正为此义。然而，既然这些"庶姜"的地位也不低，且齐卫路遥，她们也应有自己的车驾。诗人在黄河边看到"庶姜孽孽"的景象，必然是因为庄姜一行在此小憩、大家下车舒筋活络之故。

清人姚际恒《诗经通论》论《硕人》道："千古颂美人者，无出其右，是为绝唱。"方玉润《诗经原始》更进一步云："千古颂美人者，无出'巧笑倩兮，美目盼兮'二语。"然而，正因为此诗次章，乃至"巧笑"二句，往往令历来读者忽略了三、四章，对其中的逻辑脉络寻绎不足。首章关于庄姜的显赫家世，今人已觉得不足挂齿。次章关于庄姜的容貌固是佳胜文字，描摹的毕竟还是皮相。唯有第三章叙述她与卫国大夫们的互动，才能体现这位君夫人的端正贤良。承接此义，第四章写大夫们准备赶回卫都向国君禀报见闻，读者才能从那些回环往复的叠字中感受到他们满怀的喜悦。列国贵族美女何其多也，大夫们见多识广，而能对初来乍到的庄姜好感陡生，更重要的恐怕还是她的人格魅力。如此看来，《硕人》所刻画的美人不仅具备容貌情态之美，更兼有品德操守之美。孔子说的"绘事后素"，是否也可以用在德容兼美的庄姜身上？

四、中心如噎：《王风·黍离》

前章已论，《王风》是在东周洛邑附近采集的歌谣。由于当时周天子名义上还是天下共主，故这辑诗歌被称为"王风"而非"周风"。正因如此，不难推断《王风》篇章皆创作于东周，因此多有离乱悲凉的气氛。如《君子于役》为思妇怀念远征的丈夫，《扬之水》为戍卒思归，《兔爰》的原作者大概早年身当宣王盛世，历经幽王失国、平王东迁，因此深感今不如昔。而这些作品中，最具代表性的应当是《黍离》一篇。《黍离》的旨趣，《毛诗序》认为是："闵宗周也。周大夫行役，至于宗周，过故宗庙宫室，尽为禾黍。闵周室之颠覆，彷徨不忍去，而作是诗也。"也就是说，当时周室已东迁洛邑，有大夫至旧都镐京（即宗周）出差，经过西周原来的宗庙、宫殿，已经完全毁坏，成了农田。这位大夫哀悯西周的倾覆，在那里徘徊不忍离去，所以创作了这首《黍离》。朱熹《诗集传》的说法与《毛传》相同。20世纪以后，新说迭出，其中唯有程俊英之说可以作为毛、朱旧说的补充："这是诗人抒写自己在迁都时难舍家园的诗。《毛诗序》认为是周大夫慨叹西周沦亡之作，但诗中并无凭吊故国之意，似不可信。"不过，随着清华简的发现，我们对于西周的灭亡有了新的认识。清华简《系年》第二章云：

> 周幽王取（娶）妻于西申，生坪（平）王。王或（又）取（娶）孚（褒）人之女，是孚（褒）姒，生白（伯）盘。孚（褒）姒辟（嬖）于王，王与白（伯）盘述（逐）坪（平）王，坪（平）王走西申。幽王起师，回（围）坪（平）王于西申，申人弗畀，曾（缯）人乃降西戎，以攻幽王。幽王及白（伯）盘乃灭，周乃亡。邦君、诸正乃立幽王之弟余臣于虢，是携惠王。

也就是说，幽王的确宠爱褒姒与其子伯服（即伯盘），并废黜嫡长子宜臼（后来的平王）的太子之位，但他通过"烽火戏诸侯"来娱乐褒姒，因而导致犬戎入侵之事大抵是子虚乌有。根据《系年》之说，由于宜臼逃往舅家申国，幽王为了斩草除根，并削藩以消除申国的威胁，索性率军伐申。申国不敌，于是联合缯国与犬戎军队抵抗，竟然取得胜利。申国联军杀死了幽王和伯服，更攻下镐京，洗劫一空。虽说幽王废长立幼于理未安，但在宗法森严的西周，幽王伐申，申国就应乖乖交出宜臼，任由其处置，遑论勾结西戎反抗？因此，宜臼实在难脱弑父谋反之名。再者，幽王死后，申侯、缯侯与许文公在申国立宜臼为周天子，是为平王。而平王即位后立刻东迁，除因镐京残破，避开"请神容易送神难"的西戎，又一主因大抵是要摆脱亡父的阴影，另辟天地。然而，平王此时已恶名在外，合法性长期得不到承认，天下诸侯连续九年不来朝贡。甚至如虢公翰等重臣，更在南虢国的携地拥立幽王之弟余臣，号称"携王"或"携惠王"，形成"二王并立"的局面。这种景象直到平王二十一年（前750），才以晋文侯袭杀携王而告终。而平王若为洗刷罪名，兼挟私怨，将父亲丑化成为美色亡国之昏君，是不令人感到意外的。了解如此背景后，我们不妨想象：假若《黍离》的原作者果真是平王朝廷的大夫，幽王之死、二王并立等事，于他而言必定是大禁忌。而他因公到旧都行役，对当地那种残破的景象必然震撼不已。但他在诗中怎能清晰道出所思所想呢？唯有呼天抢地罢了。

历来与《王风·黍离》相提并论的，还有一首古逸诗《麦秀歌》。此诗记载于西汉伏生《尚书大传》和司马迁《史记·宋微子世家》中，据说创作于西周初年：

麦秀渐渐兮，禾黍油油。
彼狡童兮，不我好仇！

麦、禾、黍等，都是粮食作物；秀，指农作物吐穗扬花；渐渐，形容麦芒的形状；油油，形容饱满润泽的模样。"狡童"字面意思指姣好或狡黠的少年，引申为坏小子，是先秦少女责骂情人之词。"仇"音求，配偶之意，"好仇"即佳偶。全诗前两句触景，后两句生情。看到农作物苗壮成长，诗中的女子却感慨道："那个坏小子啊，他不是我的好情人。"生机勃勃的农作物，象征美好的爱情。但想到绿油油的庄稼还有收获那天，所恋慕者对自己却毫无感情，能不令人叹息徘徊？然而，《麦秀歌》在古籍中并非以情歌面目出现。原来此诗作者箕子，是商纣王的叔父。他多次劝谏纣王无效，披发佯狂，仍遭囚禁。周武王早知箕子贤能，在灭商后立刻释放他，请教天人之道，还把他封到朝鲜，成了周朝属国。有次他前往镐京朝见周天子，途经商代故都朝歌，只见宫室残毁，变为农田。箕子怀着亡国之痛，感触身世却又不能哭泣，于是唱出了《麦秀歌》，借女子抱怨情人的模式，来批评纣王不亲贤臣、不听忠言，抒发内心的酸楚怨愤。据说当地的殷商遗民听到箕子悲歌此曲后，莫不哭泣流涕。试想想，箕子本人就是在此地成长的，但此时的旧都一片残破，今昔比对，情何以堪！如果不理解这套以爱情为喻而作政治抒情的写作模式，我们就无法探知箕子创作《麦秀歌》的本意。

这种宫室毁坏、稼穑遍布的情景，同样出现在《黍离》中。因此《毛诗序》以来，《麦秀歌》都是《黍离》的参照文本。只不过《黍离》的原作者并没有采用香草美人的象征手法，而是直书所见、抒发感慨。全诗内容及译文如下：

原文	译文
彼黍离离，	黄米生长成列，
彼稷之苗。	高粱冒出新苗。
行迈靡靡，	远行步履彷徨，
中心摇摇。	心中恍惚悲悼。
知我者，	理解我的，
谓我心忧。	说我心中忧愁。
不知我者，	不理解的，
谓我何求。	笑我何所寻求。
悠悠苍天，	问声茫茫老天，
此何人哉！	谁造成这局面！
彼黍离离，	黄米生长成列，
彼稷之穗。	高粱长出花穗。
行迈靡靡，	远行步履彷徨，
中心如醉。	心中恍惚似醉。

第十四章　云谁之思：《国风》篇章析隅

知我者，	理解我的，
谓我心忧。	说我心中忧愁。
不知我者，	不理解的，
谓我何求。	笑我何所寻求。
悠悠苍天，	问声茫茫老天，
此何人哉！	谁造成这局面！

彼黍离离，	黄米生长成列，
彼稷之实。	高粱结出籽实。
行迈靡靡，	远行步履彷徨，
中心如噎。	胸中哽咽无词。
知我者，	理解我的，
谓我心忧。	说我心中忧愁。
不知我者，	不理解的，
谓我何求。	笑我何所寻求。
悠悠苍天，	问声茫茫老天，
此何人哉！	谁造成这局面！

此诗共三章，每章十句，以四言句为主，偶有三言，三章完全复沓。各章前四句中，一、三句文字不变，押歌部；仅二、四句文字变化。首章"苗""摇"押宵部，次章"穗""醉"为质物合韵，末章"实""噎"押质韵。各章"知我者"以下六句文字亦不变，接近副歌性质，前四句中"忧""求"押幽部，后二句"天""人"押真部。其整体押韵形式为：ABAB-OCOCDD/AEAE-OCOCDD/AEAE-OCOCDD。

《黍离》首章前二句云"彼黍离离，彼稷之苗"，"离离"一词至少有四种解释：成列、下垂、茂盛、鲜明。黍、稷居中国古代五谷之二，为重要农作物。但究竟是今日哪种植物，历来是有争论的。清人马瑞辰《诗经通释》云："按诸家说黍稷者不一。程瑶田《九谷考》谓黍今之黄米，稷今之高粱，其说是也。"根据考古发现，黄米、高粱在七八千年前的新石器遗址如兴隆洼等处皆有发现，可见种植历史之悠久。以今日中国农业而言，黍的种植期为阳历五月下旬或六月上旬，稷则在春夏种植，春季播种时间为三四月份，夏季播种时间为五六月份，在九十月份收割。据诗中所言，原作者此时看到的黍已经生长茂盛，而稷刚刚抽苗，粗略推断时间在春夏之交。"行迈"，远行之意，"靡靡"，迟缓之貌。洛邑距离镐京路途非近，故云行迈。而"靡靡"一词，不仅形容进程迟缓，还点出了心情之沉重。"摇摇"为"愮愮"假借，忧心无主之貌。谷物苗壮、生意盎然，本应使人快慰，为什么诗人却如此悲伤呢？在接下来的文字中，他并没有给出答案，只说："知情的当事人自然知道，不理解我的局外人却会笑我徒寻烦恼。"结合前文对时代背景的分析，我们相信，诗人对两周之际的史事是非常清楚的。他知道幽、平父子是非互见，但自己身为平王之臣，必须与平王站在同一立场。镐京的破败，毕竟与殷墟不同，姬周尚未彻底亡国。如果平王有志，仍可兴复周室、还于旧都。何况旧都宫室遗址现在长满黍稷，而非赤地千里，可见当地百姓已经逐渐安定下来，恢复了农耕生活。那么平王不愿还都，还有什么其他原因？这自是一个众所周知的秘密。那些同为周室忠臣者，从大局着想，当然清楚诗人为何悲伤；而那些苟且偷安、不知亡国之恨者，却会加以轻蔑嘲弄了。在"悠悠苍天"的呼号后，一句"此何人哉"，实际上是对历史与现状的深刻叩问：今日局面，究竟是谁之过？

第二、三章首句"彼黍离离"文字相同，次句从首章的"彼稷之苗"

变成"彼稷之穗",进而是"彼稷之实",可见高粱已从幼苗长出穗子,最后结出籽实,只待收割。如此看来,这位诗人在旧都已经淹留半年之久了。而"彼黍离离"一句,无论出穗、收成,都有不同姿态的"离离"之状。但诗人却将此句的文字保持相同,似乎是为了设定时间的参照点,黍为静,稷为动。首章中,离离之黍与抽苗之稷同时出镜;二章中,黍依然离离,而稷正出穗;三章中,黍仍旧离离,而稷已结实。因此在二、三章中,黍与稷不再处于同一时空,而是产生一种来回交错之感。这种交错的跨度是渐进的,似乎还能超逸全诗,向前穿越到西周繁华之世,向后穿越到不可知的未来……一种历史苍茫之感,油然产生。复观"行迈靡靡",固然可指征途迟缓、心情沉重,但在淹留的过程中,是否也可指久行不返?如果再从"故国乔木"的角度观之,到底是由洛邑来到旧都的诗人久行不返,还是由旧都迁往洛邑的平王朝廷久行不返?在一片黍稷掩映之中,故乡与他乡的分际,竟变得模糊了。

我们当然不能排除,诗人也许并非在旧都停留半年、自夏徂秋,而是因职务关系几次前往,每次都在不同的季节。如果是分为几次,现实中先后前往的季节就未必与诗中三章的次序一致,可能是今年秋、明年夏、后年春……但以艺术来表达,理应加以调整、剪接。甚或诗人只去过一次,不过从此难忘黍稷掩映的图像,回到洛邑后念兹在兹,时时想念旧都不同季节的景况。无论如何,他悲伤的情绪却是越来越强烈。朱熹说得好:"稷穗下垂如心之醉,所以起兴。""稷之实如心之噎,故以起兴。"已注意到稷之生长与悲情深化的同步。进而言之,首章忧心无主,可能是战乱后首度返回旧都,尚不知实况如何。二章如酒醉般难受,大概是久居、重返或想念旧都之际,感觉恍如隔世,当年的繁华恍如一醉,醒后的痛苦无法言喻。三章如鲠噎般无法呼吸,意味着对旧都梦华的怀念、残破现状的悲悯之情已经沦肌浃髓、念兹在兹,而每一思及便气促难安。然而面对如此时局,诗人除了悲伤咨嗟,又可奈何?

如果《黍离》的原作者是经历过西周时代的老臣,那么此诗可谓继箕子《麦秀》之后的另一篇离散文学佳作。如果诗人是成长于东周的青年才俊,透过探访旧都故址,他在精神上也成了一个标准"周余黎民"的孑遗。他没有如《小雅》中《十月之交》或《正月》的原作者那般以优雅而冷峻的文字来评论朝政,而是和箕子一样,以风谣之体含蓄地表达自己的幽怨。他也没有像后世《洛阳伽蓝记》《东京梦华录》《西湖梦寻》的作者一样,以鲜花着锦的笔墨记录镐京的繁盛,但黍稷掩映的质朴景象、如醉如噎的心情,却予我们以无穷想象空间,以及深刻的反思。

五、夏日冬夜:《唐风·葛生》

西晋潘岳因爱妻过世而写下三首《悼亡诗》,从此以后,"悼亡"遂专指悼念伴侣的诗作。如果向前追溯,"悼亡"一体大抵可以在《诗经》中找到例证——《邶风·绿衣》为悼妻之作,《唐风·葛生》则是悼夫之作。兹将《葛生》全文及译文移录于下:

原文	译文
葛生蒙楚。	葛藤遍覆荆木。
蔹蔓于野。	蔹草蔓延荒土。
予美亡此,	吾爱长眠于此,
谁与?独处。	和谁?唯有独处。

葛生蒙棘，	葛藤遍覆荆棘。
蔹蔓于域。	蔹草蔓延墓地。
予美亡此，	吾爱长眠于此，
谁与？独息。	和谁？独自歇息。

角枕粲兮，	角枕多光鲜啊！
锦衾烂兮。	锦被多灿烂啊！
予美亡此，	吾爱长眠于此，
谁与？独旦。	和谁？独自达旦。

夏之日，	夏日炎炎，
冬之夜。	冬夜悠悠。
百岁之后，	到我老死之际，
归于其居。	回你居所相守。

冬之夜，	冬夜悠悠，
夏之日。	夏日炎炎。
百岁之后，	到我老死之际，
归于其室。	回你居室相伴。

此诗共五章，每章四句，以四言句为主，间有三言，前三章、后二章各自复沓。前二章基本上文字不变，一、二、四句用韵。首章押鱼部，次章押职部。第三章前二句换成"兮"字句而用富韵，押元部，产生变化；末句亦押元部，但不用富韵。第四、五章皆偶句用韵，四章铎鱼通押，五章押质部。其整体押韵形式为：AAOA/BBOB/CCOC/

ODOD/OEOE。

此篇之旨意，《毛诗序》是如此解释的："刺晋献公也。好攻战，则国人多丧。"《郑笺》进一步申发道："夫从征役，弃亡不反，则其妻居家而怨思。"所谓"丧""亡"不仅有阵亡之义，也可能指失踪。晋献公多次发动征战，士兵阵亡、失踪甚多，那些军嫂顿失倚靠，当然有哀怨之思。朱熹《诗集传》则云："妇人以其夫久从役而不归，故言葛生而蒙于楚，蔹生而蔓于野，各有所依托，而予之所美者独不在是，则谁与而独处于此乎？"无端引发出"各有所依托"之意，与诗中悲感沉痛的气氛实在不侔。进而言之，如果丈夫生死未卜，妻子心中尚有一丝希望；如果丈夫噩耗确凿，则妻子万念俱灰、恸不自已，不难想象。而诗中这种悲感沉痛，似乎更接近哀悼之思。故而今人程俊英《诗经译注》说："这是一位妇人悼念丈夫的诗。诗句悱恻伤痛，感人至深。不愧为悼亡诗之祖。"虽承自毛、郑旧说而更为明晰，又比朱说更接近事实。

朱熹如此解读，关键原因在于"葛生蒙楚，蔹蔓于野"与"葛生蒙棘，蔹蔓于域"的文字。葛为藤本植物，楚为牡荆，棘为酸枣树，二者皆为灌木。蔹音脸，与葛一样也是蔓生植物。此二语分别为首两章之起兴，于复沓中又有渐进。葛藤生长，先后遮盖了牡荆、酸枣树，蔹草则从原野蔓延至坟墓。"域"此处解作坟墓，参《周礼·春官·冢人》："掌公墓之地，辨其兆域。"这是触目所及之景象，也呈现出时光的流逝。不仅如此，"蒙楚"与"蒙棘"还有象征意义。古代女子既嫁从夫，就像藤萝依附于树木。树木越高，藤萝就越茂盛。朱熹显然也看出这两章的起兴中还有比义，但他却理解偏差了。我们相信，杜甫《新婚别》开首几句更能得《葛生》之旨："兔丝附蓬麻，引蔓故不长。嫁女与征夫，不如弃路旁。"蓬和麻都是灌木，如果爬藤类的兔丝只能把低矮的蓬、麻缠绕，它的藤蔓还能引多远呢？这就像把自己的女儿嫁给朝不保夕的军人，还不如一生下她就丢弃在大路边。由此看来，"蒙楚"与"蒙棘"二语正有女子自嗟命薄如纸之意。

尽管自嗟自怜，但女子并不后悔嫁给一位如荆如棘的丈夫。或者说，她所嗟怜的只是欢愉苦短，对丈夫之爱却无可置疑，否则她不会以"予美"二字来称呼丈夫。至于蔹蔓之野、之域，一为荒原，一为坟墓；前者似指噩耗未闻之时，远眺荒原冀盼丈夫归来，心中犹存侥幸。首章之"亡"，尚可解作失踪；丈夫亡失他方，自己只好索居。次章则指噩耗已闻之后，凭临荒冢悲悼已死丈夫，心中全然绝望。此章之"亡"，固应解作阵亡；丈夫葬于墓地，自己躺于空床。由此可见，"独处""独息"虽可能互文见义，却更是语非虚发。

第三章之角枕即兽骨装饰的枕头，锦衾即锦绣制成的被褥，皆灿烂夺目。闻一多《风诗类钞》认为"角枕、锦衾，皆敛死者所用"。但二者也可能是两夫妇身边的日常用品，一旦丈夫阵亡，就取以殓尸了。"独旦"一语可谓更深一层：盖"独处""独息"尚是一日之消逝，而"独旦"却是翌日之来临。昼为生、夜为死，至黎明重临，女子发现醒来的只有自己一人，而丈夫已长眠窀穸，无法复苏了。此章居五章之中央，在章法上具有特殊功能。清人陈继揆云："前二章为一调，后二章为一调，中一章承上章而变之，以作转纽。'独旦'二字，为下'日''夜''百岁'之引端。篇法于诸诗中别出一格。"（陈继揆《读风臆补》引）所言极是。不仅如此，清人牛运震《诗志》则云："角枕、锦衾，殉葬之物也。极惨苦事，忽插极鲜艳语，更难堪。"此诗首二章有荒芜榛莽之感，末二章有苍茫无穷之思，唯第三章角枕、锦衾的意象摄人心魂，于华美夺目中透发出死亡意识的剪影来。

由三章之"独旦"引出了四、五章。清人姚际恒《诗经通论》曰：

"'冬之夜，夏之日'，此换句特妙，见时光流转。"三章尚是昼去夜来、夜去昼来，四五章则是冬去夏来、夏去冬来，毋宁电影快镜之感。若说"独旦"是描述，那么后文的夏日冬夜、悠悠百岁更是预测乃至誓诺了。南北朝民歌《华山畿》云："奈何许！天下人何限，慊慊只为汝！"怎么办呢！普天之下的人何其多哉，我的空虚寂寞却全都是因为你。尽管中途失伴，女子却誓言要独守余生，直到两人在另一个世界重逢。参《王风·大车》末章："穀则异室，死则同穴。谓予不信，有如皦日。""归于其居""归于其室"，大抵就是"死则同穴"之意。鬼者，归也。只要两人再度结伴，又何处非室、何处非居？行文至此，读者必然体会到字里行间流露出的刚毅果敢之气，如此言语怎能不教人动容！

第十五章

倬彼云汉：《雅》《颂》篇章析隅

一、劬劳于野：《小雅·鸿雁》

前节所论《硕人》《黍离》两篇，虽收入《国风》，大抵却是贵族所作。《小雅》也一样，其作品虽然主要产生于西周王畿，但原作者同样包括了贵族与平民。只是因为王畿达官贵人的作品较多，来自平民的作品在数量上故而就被稀释了。在本节，我们就举两首民间色彩较为浓厚的作品来分析——虽然其原作者未必来自民间。第一首是《鸿雁》。现将全文及译文移录于下：

原文	译文
鸿雁于飞，	鸿雁正在高翔，
肃肃其羽。	身上羽毛楚楚。
之子于征，	使者正在公干，

劬劳于野。	野外奔波辛苦。
爰及矜人，	救援贫苦大众，
哀此鳏寡。	哀怜鳏夫寡妇。

鸿雁于飞，	鸿雁正在高翔，
集于中泽。	聚集湖泽中间。
之子于垣，	使者正在建屋，
百堵皆作。	筑起高墙面面。
虽则劬劳，	虽然奔波辛苦，
其究安宅。	全部安置却难。

鸿雁于飞，	鸿雁正在高翔，
哀鸣嗷嗷。	啼声多么凄清。
维此哲人，	聪明人的心中，
谓我劬劳。	才知我的辛苦。
维彼愚人，	糊涂人的口中，
谓我宣骄。	说我恃位骄矜。

此诗共三章，每章皆以"鸿雁于飞"开首，有复沓之意趣。各章全为四言句，皆隔句押韵，首章押鱼部，次章押铎部，末章押宵部，押韵形式为OAOAOA/OBOBOB/OCOCOC。

关于此诗旨趣，《毛诗序》云："美宣王也。万民离散，不安其居，而能劳来还定安集之，至于矜寡，无不得其所焉。"朱熹《诗集传》不以为然："旧说周室中衰，万民离散，而宣王能劳来还定安集之，故流民喜之而作此诗，追叙其始而言曰：'鸿雁于飞，则肃肃其羽矣。

之子于征，则劬劳于野矣。'且其劬劳者，皆鳏寡可哀怜之人也。然今亦未有以见其为宣王之诗。"清人方玉润《诗经原始》以为是"使者承命安集流民"，"费尽辛苦，民不能知，颇有烦言，感而作此"。今人程俊英继承前说，提出："这是写周王派遣使臣救济难民的诗。周厉王的时候，万民离散，不安其居。宣王中兴，派使臣四出招抚难民，叫他们回到故土，鳏寡都各得其所。诗中以鸿雁于飞比使臣奔走于野。后世以'哀鸿'一词作为流民的代称，就是从这首诗的诗题引申出来的。"我们认为要理解全诗旨趣，诗中"之子""矜人""鳏寡""哲人""愚人""我"几个词语的内涵与关系必须厘清。

鸿雁为水鸟之名，即今日所云大雁。或谓大者为鸿，小者为雁。"于"后接动词，有正在进行之意。首章前二句谓鸿雁飞翔之际，双翼拍动，肃肃作响。此兼比兴之义，与三四句"之子于征，劬劳于野"相对应。"之子"，此人也。既然"鸿雁"是"之子"的喻体，那么"之子"是谁呢？"征"字可解作流民的离散，也可解作救援使臣的出动。劬劳，辛劳也，可解作流民的辛苦，也可解作使臣的勤劳。末二句"爰及矜人，哀此鳏寡"，"爰"为"于焉"的合读，"于是"之义。"矜人"，可怜人。年老无妻为"鳏"，年老无夫为"寡"。寻绎文意，"及"为介词，承接"劬劳"，而以"矜人"为介词宾语；"哀"为动词，承接"之子"，而以"鳏寡"为宾语。"矜人""鳏寡"应可对应《毛诗序》所言流民。"之子"既然哀怜"鳏寡"，其劬劳又可施于"矜人"，那么"之子"当非流民，而作为"之子"喻体的鸿雁乃至哀鸿也就同样不宜解释为流民了。再者，《豳风·九罭》中有"鸿飞遵渚，公归无所""鸿飞遵陆，公归不复"四句，或可作为旁证：将鸿雁比喻为王公，乃是由于鸿雁在天上飞翔，一如王公地位之高；一旦鸿雁停留于水渚、陆地，就像王公暂宿于民间。而在《鸿雁》篇中，使臣地位虽远不及天子，却是天子喉舌，代行天子旨意，因此用鸿雁喻使臣，就比较容易理解了。如此看来，还是程俊英所说宣王"派使臣四出招抚难民，叫他们回到故土，鳏寡都各得其所""诗中以鸿雁于飞比使臣奔走于野"，最为合理。

次章谓鸿雁"集于中泽"，可以看出使臣非仅一人。自天而降，聚集于泽中，与《九罭》"鸿飞遵渚""鸿飞遵陆"之意颇为接近。此章三、四句承接首章三、四句，阐明"劬劳"主要在于"于垣"，亦即筑墙起屋。墙身长、高各一丈为一堵，使臣们建造了多间住所。而最后的结果呢？在于"其究安宅"一句。"究"，《毛传》解为穷，指穷困之人；朱熹解为终，最终之意。"安宅"则指安居，毛、朱并无异议。但问题在于，如果次章之末果真叙述至流民安居，末章的哀怨与不忿就显得冗赘了。我们认为，此句的"安"字，接近《小雅·小弁》"我辰安在"之"安"，作疑问词用，全句当解作："穷人最后安顿了吗？"言下之意，就是尽管使臣们殚精竭虑，最后却仍然无法安置所有流民。

正因救援的资源有限，僧多粥少，使臣们难为无米之炊，只能徒呼负负，此即末章"哀鸣嗷嗷"之意。理解全局的聪明人，会真心感谢使臣们的辛苦。但那些"愚人"，却认为使臣们"宣骄"，亦即宣示骄傲之意。使臣虽不止一人，不过面对众多流民，实在难以照顾周全。如此一来，流民中自然会有人感到使臣态度傲慢了。朱熹虽然认为此诗是"流民以鸿雁哀鸣自比而作此歌"，但他对"宣骄"的解释却值得玩味："知者闻我歌，知其出于劬劳，不知者谓我闲暇而宣骄也。《韩诗》云：'劳者歌其事。'《魏风》亦云：'我歌且谣，不知我者，谓我士也骄。'大抵歌多出于劳苦，而不知者常以为骄也。"朱熹将"谓我宣骄"与《魏风·园有桃》的"谓我士也骄"等三句相连接，可谓慧眼。诚然，流民虽然离散失所，却依然不乏勇于维护自我尊严者。如《礼记·檀弓》记载，春秋时齐国发生饥荒，有人在路上施舍饮食，对一个饥民说："嗟，来食！"以不敬的招呼声施食予人，饥民当然觉得受到侮辱，坚决不吃"嗟来之食"，终因不食而死。但若遵从程俊英之说，诸位使臣是奉王命安置流民，并非为了行善邀名；至少就《鸿雁》一诗的原作者来看，基本上仍保持着哀矜勿喜的态度。不过，当人们遭遇苦难、尊严被剥夺之际，却往往对尊严最为敏感。因此，使臣们在劳累中某些不经意的举动，也许会被流民解读为不友善，并加以渲染、流播众口。例如新宅无法安置所有人，大概便会引起鼓噪。如此一来，官民竟皆视对方为"宣骄"，真可谓愚不可及了。

末章如此结束，似乎并不圆满。但试想想，如果以"其究安宅"——"穷人最后都得到了安居"作结，不仅毫无曲终奏雅之致，反倒如官样文章，庸俗可厌。而这个不圆满的收结，却能引人深思：官民之间，"何其相须之殷，而相遇之疏也？"（韩愈《与于襄阳书》）未能安置的流民尚夥，最终如何妥善处理？乃至官民关系如何改善？这些弦外之音真个挥之不去。如此看来，《毛诗序》谓此诗"美宣王"，已落第二义矣。

二、归沐以观：《小雅·采绿》

本节所举另一首《小雅》是《采绿》，《毛诗序》述其旨趣云："《采绿》，刺怨旷也。幽王之时，多怨旷者也。"怨旷，就是怨女与旷夫。由于丈夫长期在外行役，导致夫妇无法相见，于是发出了哀怨之声。但所谓"刺怨旷"，则于理不合。康熙时期学者陈启源《毛诗稽古编》进一步解释道："《叙》云刺怨旷也，盖谓刺时之多怨旷耳。征役过时，王政之失，故复申言之云：幽王之时多怨旷者也。""征役频兴，室家暌隔，民生愁困，谁实使然？"今人程俊英也承袭此说：

"这是一位妇女思念外出的丈夫的诗。丈夫逾期不返,她无心采绿采蓝,也无心打扮。她想象如果丈夫回来,就赶紧洗发欢迎,陪他打猎钓鱼,时刻跟他在一起不相分离。"此诗全文及译文如下:

原文	译文
终朝采绿,	整早采集荩草,
不盈一匊。	采满一把不到。
予发曲局,	长发鬈曲绞绕,
薄言归沐。	也想回家洗好。
终朝采蓝,	整早采集蓼蓝,
不盈一襜。	围裙也没放满。
五日为期,	说好五月回家,
六日不詹。	六月还未归还。
之子于狩,	爱人若去打猎,
言韔其弓。	帮他套好弓矢。
之子于钓,	爱人若去垂钓,
言纶之绳。	帮他理好渔丝。
其钓维何?	看他钓了什么?
维鲂及鱮。	好多鳊鱼鲢鱼。
维鲂及鱮,	好多鳊鱼鲢鱼,
薄言观者。	幸福守望不语。

《诗经》的文学美
第十五章 倬彼云汉：《雅》《颂》篇章析隅

此诗全为四言，共四章，每章四句。前二章句法复沓，后二章则否。首章逐句押韵（屋觉合部），次章一、二、四句押韵（谈部），三章隔句押韵（蒸部）。末章理论上也是隔句押韵（鱼部），但第三句因重复上句而也带有韵脚，其实只是一种巧合，姑亦计算在内。该诗押韵形式为：AAAA/BBOB/OCOC/ODDD。

首、次章句法复沓，但于重复中有变化。理解这两章，首先可以了解绿、蓝这两种草类。"绿"与"菉"相通，为草名，一名荩草、王刍、黄草，一年生草本植物，叶子卵状披针形，花呈白色或紫色。茎叶可以用作黄色染料。与后来《离骚》将菉视为恶草不同，《诗经》时代对该草有另一种认知。《本草纲目·草五·荩草》："此草绿色，可染黄……古者贡草入染人，故谓之王刍，而进忠者谓之荩臣也。"《大雅·文王》中，就有"王之荩臣"一句，可见绿草在周人心目中的地位。《文王》相传为周公旦所作，尚无确证，但其产生年代当在西周前期。而《采绿》则产生于幽王时期的京畿一带，原作者也可能受到这种文化心理影响。蓝亦一年生草本植物，即蓼蓝，又称靛青；叶卵形或宽椭圆形，含蓝汁，可制染料，也可作药用，清热解毒，花淡红色而穗状花序。《夏小正》云："仲夏之月，启灌蓝蓼。"可见先秦时代便有人工种植蓼蓝的记载。仲夏即农历五月，那么采集成熟的蓼蓝便要更晚一点。蓼蓝、绿草都喜湿润环境，生长于水边者尤为茂盛。《采绿》一篇的背景为何种节候与地点，思过半矣。

正因为绿草与蓼蓝的生长习性相近，采集之时，当以一并采集为宜。因此，"终朝采绿""终朝采蓝"两句，有互文见义之致，非谓今日终朝采绿，明日终朝采蓝，而是采绿采蓝，日复一日。"掬"，两手合捧之意。"襜"，《毛传》云"衣蔽前谓之襜"，也就是今天所称的围裙。采绿终日而不满一掬，采蓝终日而不满一襜，足见工作效率之低。因此有人认为，这是由于统治阶级为了满足一己所需，向百姓摊派征集绿草，导致供应缺乏，而诗句正表达了百姓对此徭役的反抗情绪。此说不能完全否定。但若从复沓的角度来看，一襜的分量毕竟比一匊多，可见采集工作虽缓，却还是有进度的。为什么如此缓慢呢？第二章的三、四句有解答。所谓"五日为期，六日不詹"，就是说女主人翁的丈夫外出行役，本来讲好是五月的日子归来，但现在到了六月的日子还杳无踪影。"五日为期"正好呼应了"仲夏之月，启灌蓝蓼"之说，可见按照原计划，丈夫于五月归来时正值种植蓼蓝之际，实际上却延宕不返，已经拖到采集蓼蓝的时候了。野外杂草众多，女主人翁采集时偏独举出绿草、蓼蓝两种染料，且以其为时间参照，大概正与她的工作性质有关。

以上解读，是为了方便读者把握前两章的整体内容。然观原作者的书写策略，却更引人入胜。首章谓采集终日而不满一匊，如此效率肯定远低于平常。为何如此呢？内文并未立刻回答，而是笔锋一转，说"予发曲局，薄言归沐"——头发已经弯曲打结了，最好回家洗沐一番。"予"，我也；"曲局"，蓬乱弯曲也；"薄言"，为连用之语助词；洁发为沐，洁身为浴。人皆有爱美之心，而女性特为尤甚。单从首章来看，为什么采集效率奇低？是工作令她蓬头垢面的缘故吗？女主人翁在此卖了个关子。次章一、二句继续说采集终日而不满一襜，效率似乎有所提升，但仍差强人意。到了三、四句，才终于点出丈夫滞留未归之心结——在苦苦思念之中，哪有心情卖力工作呢？参《卫风·伯兮》云："自伯之东，首如飞蓬。岂无膏沐？谁适为容！"自从丈夫东征后，我的头发散乱得像飞蓬那样。难道我还缺少润发的膏脂吗？但丈夫不在，我这般修饰颜容又为了谁呢！这四句完全可以与"予发曲局"合看。而朱熹指出："妇人思其君子，而言终朝采绿而不盈一匊者，思念之深，不专于事也。又念其发之曲局，于是舍之而归沐，以待其君子之还也。"白川静也指出："发乱是生命力枯竭，心神憔悴的表现，于是思恋男子的精神也衰竭了。"（《诗经的世界》）对于《采绿》的女主人翁而言，沐发虽不能从根本上解决问题，但如此举动却能令她心中重新点燃希望。

自第三章起，章法便脱离复沓而单行直下。女主人翁回家洗沐后，翌日如常采集绿草与蓼蓝。洗沐后的容颜虽然无人欣赏，但是能令自己的心情有所调适。因此，她不仅采集效率略有提升，也令她对丈夫归来后的美好日子浮想联翩。她说："之子于狩，言韔其弓。之子于钓，言纶之绳。"假如丈夫出去狩猎，我就为他把弓套好；假如他外出垂钓，我就为他把丝绳理好。"韔"音畅，弓袋，此处作动词用。"纶"音伦，名词指钓绳，动词原有理顺之义；此处用作动词，即整理钓绳之义。如此想望之辞，与《周南·汉广》"之子于归，言秣其马"如出一辙。朱熹说："望之切，思之深，欲无往而不与之俱也。"正是。再看《郑风·女曰鸡鸣》："将翱将翔，弋凫与雁。""弋言加之，与子宜之。宜言饮酒，与子偕老。"描写年轻夫妇的和睦生活，并提及丈夫趁清早外出射猎凫雁，带回家给妻子烹调。这段文字大概可以作为《采绿》"之子于狩"的注解。此外，本章虽不与前二章复沓，但两度出现"之子于×，言×其（之）×"的句式，依然令人感到缠绵婉转，而节奏也比前二章更为明快，显示如此美好的想象稍可慰藉女主人翁的忧愁。

第三章兼言猎、渔，而末章单承三章"之子于钓，言纶之绳"二句，前章已谈及：捕鱼、食鱼为男女情欲、婚配的隐语。晚明孙鑛虽说"言钓则狩可例见"，但与狩猎相比，捕鱼的象征性无疑更为突出。末章同样不与前二章复沓，也不似第三章之排偶，却仍予人以回环往复的感觉，此因其重复用字之故。首句"其钓维何"之"维"字，在次句"维鲂及鲔"中再度出现，有顶真之效果；而三句又把"维鲂及鲔"全然重复一次，同为顶真而方式有变。末句"薄言观者"的"薄言"二字，又与首章"薄言归沐"前后照应。鲂为鳊鱼，鲔为鲢鱼。"者"通诸，为"之乎"的合音。丈夫渔获甚多，自己则在一旁守候观看，幸福感不言而喻。将"薄言观者"与前文"薄言归沐"并置，我们可以知道，女主人翁陪伴丈夫垂钓之际，一定打扮得漂漂亮亮的吧！当她看着丈夫垂钓得鱼，丈夫也必然在看着她久违的妆容……然而，这一切都只是想望而已。或者说，前两章的哀怨现实与后两章的甜蜜想象形成了不可调和的矛盾与张力，乃至于相反相成。读到这里，我们不由得思考：如果此诗果然如《毛诗序》所言，产生于西周末世，诗中这对有情眷属日后当真还有再度团圆、白头偕老的机会吗？

三、为章于天：《大雅·棫朴》

和《小雅》一样，《大雅》的篇章同样产生于西周王畿，但创作时代较早而录入《诗经》的时代较晚。由于创作年代差异，作品在主题上也有不同的倾向。其中一个主要的特色，就是偏向于更宏大的叙事。如《生民》《公刘》《绵》《皇矣》《大明》五篇，现代学者往往看成一组周族史诗，从先祖后稷、公刘、古公亶父、王季、文王一直述及武王伐商。这已与宗庙颂歌颇为接近了。此外，还有一些厉王、宣王时期的作品，或刺或美，不一而足。本节选取《棫朴》一篇，与各位分享。

《毛诗序》云："《棫朴》，文王能官人也。"所谓"官人"，典出《尚书·皋陶谟》："知人则哲，能官人。"即知人善任之意。朱熹则云："此亦咏歌文王之德"，"盖德盛而人心归附趋向之也"。

其说也是自《毛诗序》发展而来。清人姚际恒将《毛诗序》的"官人"二字改为"作士",强调周王作育菁莪,但旨意也大抵相近。今人程俊英则有新见:"这是一首写文王郊祭天神后领兵伐崇的诗。古代天子每将兴师征伐,总要先郊祭以告天。崇是商的侯国。伐崇是为伐商作准备。"可备一说。此诗全文及译文如下:

原文	译文
芃芃棫朴,	灌木如此茂盛,
薪之槱之。	伐下可作柴烧。
济济辟王,	众多人才来归,
左右趣之。	周王左右环绕。
济济辟王,	群臣左右周王,
左右奉璋。	纷纷捧起玉璋。
奉璋峨峨,	英才最为适宜,
髦士攸宜。	身上盛服端丽。
淠彼泾舟,	泾河战船容与,
烝徒楫之。	众人举桨联手。
周王于迈,	周王带兵前进,
六师及之。	六军相随在后。
倬彼云汉,	天上银河宽广,
为章于天。	形成灿烂章纹。
周王寿考,	周王万寿无疆,

遐不作人？　　自可百年树人。

追琢其章，　　人才切磋琢磨，
金玉其相。　　表里金玉相若。
勉勉我王，　　我王勤恳不惰，
纲纪四方。　　足以治理万国。

此诗共五章，每章四句，全为四言句式。基本上没有显著的复沓手法，但各章间偶会使用顶真，以营造一唱三叹之致。首章隔句押韵，为"之"字富韵（幽侯合韵）；次章一二句押阳部，三四句押歌部，逐句押韵；三章隔句押韵，为"之"字富韵（缉部）；四章亦隔句押韵（真部），末章逐句押韵（阳部）。全诗押韵形式为：OAOA/BBCC/ODOD/OEOE/BBBB。

首章前二句起兴，而兼比义。"芃"音蓬，"芃芃"为茂盛貌。"棫"音域，白桵也。"朴"，枹木也。二者均为灌木之名，可备木柴之用。"槱"音有，指聚积木柴，焚烧以祭祀天神。《毛传》云："山木茂盛，万民得而薪之；贤人众多，国家得用蕃兴。"正是将棫朴比喻为贤能之士，下启三四句。"济济"，美好而众多之貌，可参《周颂·清庙》"济济多士"、《周颂·载芟》"载获济济"。"辟"，君主之意，与"王"组成复合词。"趣"通趋，趋向、归向之意。君王乃天下一人，不可能"济济"，因此这个词语并非作定语而修饰"辟王"，而需与下句连读，作状语用，谓济济贤才都归向周王，来到他的左右。如此一来，芃芃之棫朴与济济之左右才能形成比兴对应的关系。先秦许多礼仪，都需要焚烧柴薪。此章所言焚薪，固然是状述眼前所见的某一种仪式，然而是否如程俊英所言为伐崇前的郊祭告天，似乎证据还不充分。

第十五章 倬彼云汉：《雅》《颂》篇章析隅

次章前二句采用顶真格，承接首章，而有推进。前章尚谓济济贤才前来聚集于周王左右，本章则将"趣之"替换为"奉璋"二字。"奉"同捧，"璋"为《周礼》六瑞之一，据云周天子"以赤璋礼南方"。根据香港中文大学邓聪教授研究所得，璋是先秦最高级的玉礼器，先秦古籍虽有提及，但一直不知为何物。清末吴大澂《古玉图考》将带柄端刃有扉牙的刀形古玉，命名为牙璋。目前考古发现年代最早的牙璋，距今约4500年。邓聪指出，近年通过对远古牙璋显微观察，发现刃口使用痕迹显著，可能是武器，其后才用于祭祀山川。距今3700年前后，牙璋在中原地区成为宫廷礼仪重器和王权象征，可能是夏王朝核心的玉礼器。商代夏兴，牙璋文化却在全国各地广为流布。如与商代同期的三星堆出土文物中也有牙璋，甚至还有一尊持璋的小青铜人像。商朝中叶，玉牙璋从海路抵达香港。如南丫岛大湾M6便出土了牙璋，可能是当地首领所拥有，涉及政治权力及祭祀礼仪的象征。在翦灭殷商的过程中，周王室以夏朝的继承者自居，以建构自身之法统。因此，周王身边的贤才捧璋而立，进行某种祭祀仪式，是很自然的。参考三星堆的持璋人像，头部已经断落无觅，而铜人双臂向前直伸，略为上扬，合拳捧持牙璋的柄部。牙璋器身亦为青铜铸就，长度竟达铜人身高的四分之三，当为艺术夸饰。然从比例观之，牙璋尖端必高于铜人头顶，其神圣性可见一斑。由此小像的姿态，不难想见《棫朴》诗中周王左右才俊们"奉璋峨峨"的姿态。而这些才俊从"趣之"而至"奉璋"，可见他们都接受了周王的任命，各有司职。"峨峨"一语双关，既指玉璋尖端有高峻之貌，也指捧璋官员盛服端庄。

《棫朴》所描写的是一种什么礼仪呢？《礼记·祭统》："君执圭瓒祼尸，大宗执璋瓒亚祼。"郑玄注云："圭瓒、璋瓒，祼器也，以圭璋为柄。"祼音灌，是周代重要的仪节，有祼祭和祼飨两类。祼祭就是将酒浇在地上祭奠祖先，裸飨指君主对朝见之诸侯酌酒相敬。朱熹说："祭祀之礼，王裸以圭瓒，诸臣助之；亚裸以璋瓒，左右奉之。"可见他认为《棫朴》所记乃祭祖的裸祭。裸祭之礼，有王裸、亚裸两道仪式。王裸中由君王手持玉圭，在祭祀时以圭柄打开盛鬯酒的玉器，以诸臣为助；亚裸则由大宗手持牙璋，在祭祀时以璋柄打开盛鬯酒的玉器，以左右为助。以周代而言，周王同时也兼有大宗之身份，大概王裸、亚裸皆由周王主礼。但是，《棫朴》次章不言王裸中捧圭之诸臣，只言亚裸中捧璋之左右，其因何在？末句"髦士"一语道破了个中玄机。"髦"字本指幼儿前额下垂的短发，"髦士"因而引申为青年才俊之意。这些青年聚集在周王身边，一步步学习训练，首先在亚裸中担任左右捧璋的工作，这正是他们所宜（攸，所也）。如果表现杰出，日后升任诸臣，再参与王裸，是理所当然的。由此可见，我们不应轻易放过古礼的资料，因为里面也不乏用于文学的素材。

"国之大事，在祀与戎。"次章讲述祭祀礼仪后，三章便进入军事环节了。"淠"音譬，船行之貌。泾即泾水，为渭水的支流，发源于宁夏而流入陕西，流经西周王朝王畿所在之地。"烝"，多也；"烝徒"即众人。"楫"本为名词，为船桨之义，此处作动词用，指举桨划船。"于迈"，正在前进之意。周代天子军队有六师，二千五百人为一师。朱熹认为全章皆为兴义："言淠彼泾舟，则舟中人无不楫之。周王于迈，则六师之众追而及之。盖众归其德，不令而从也。"所言极是。盖次章仅言裸祭中的贤才，人数有限；此章则更言水陆二军之士兵，皆为周王所培养，则周王"官人""作士"之能力，可想而知。

到第四章，更进一步使用了一个华丽的比兴，既赞美周王之贤德，又祝贺其长寿。方玉润《诗经原始》云："以天文喻人文，光焰何止万丈长耶！"诚然。"倬"音卓，广大之意。云汉，即银河。"章"，文章、文采也。《文心雕龙·原道》将"文"分为天文、地文、人文三种："夫玄黄色杂，方圆体分，日月叠璧，以垂丽天之象；山川焕绮，以铺理地之形：此盖道之文也。仰观吐曜，俯察含章，高卑定位，故两仪既生矣。惟人参之，性灵所钟，是谓三才。"《棫朴》所言天上之云汉，便是天文、道文，灿烂辉煌，造化自然。而周王身为天子，至高无上、允文允武，正与云汉相若。而作为天子，必须为国培育英才，假使如此天子眉寿无疆、长年在位，必能将圣德施于天下，造福苍生。"遐"通何，作人即造就人才，全句意思是："怎能不造就人才呢？"有趣的是现代汉语中，反问句往往是明知故问，有一种不屑之意。而在《诗经》中的反问句虽也同样有这种用法，却还时常进行祝颂，如《曹风·鸤鸠》"胡不万年"，《小雅·南山有台》"遐不眉寿""遐不黄耇"等。此处的"遐不作人"也为一例，在对周王的祝颂之余，还不无勉励其继续作育英才、持之以恒之意。

末章进一步阐释上章之意。清人汪龙《毛诗异义》论此章，谓周王"圣德纲纪四方，无不治理，又总著政教之美，官人之效。经之设文，盖有次第矣"。"追"读堆，通"雕"，追琢即雕琢。《荀子·富国》引用此句，正作"雕琢"。金为雕，玉为琢。"相"，传统皆训"质也"，亦即内质之意。也就是说，英才本如璞玉，还要经过切、磋、琢、磨，才能授以大用。不过，"相"训为外表十分常见，训为内质则为数甚少。若就玉工雕琢之工序来看，原本就是对璞玉外形之改造，至于其内质，本身就甚贵重。而就《棫朴》此章二句观之，其字面意思正为雕琢浑金璞玉，使其有华美之外表，文字如此方才通顺。然而，在讲求表里如一的儒者看来，若将此二句仅解释为外表之修饰，而不及内质之精进，似乎不佳，此盖其随文释义，训"相"为"质"之故。其实在中国诗歌传统中，如屈原《离骚》"众女嫉余之蛾眉"借喻自己贤而遭忌，或曹植《美女篇》中的美女不嫁隐喻自己仕进无门，都是拈出外表之美来比拟内在之美。从上下文来看，"追琢其章"的"章"与前文"为章于天"的"章"正好映照，因此历来学者多认为此二句乃赞颂周王。如屈万里先生云："二语美王如雕琢之金玉也。"①翁其斌也指出现代不少学者将之解释为周王"既有美好的装饰，又有优秀的内质"。②不过，云汉"为章于天"乃自然形成，与金玉有待精雕细琢而成"章"究竟不尽相同。因此我们认为末章这两句虽然承接上文，指的却是在周王如云汉之天章的感召与栽培下，四方青年才俊也如切如磋、如琢如磨，成为大器，继而协助周王治理天下。如此与下文也同样衔接无间。"勉勉"，《荀子》作"亹亹"，其意不变，既有陈述式的勤勉之意，又有条件式的鼓励之意。朱熹说："凡网罟，张之为纲，理之为纪。""纲纪"即治理、管理。从个人而言，即使是斐然君子，也要发奋图强。从集体而言，普天之下莫非王土，所有子民都应接受周王的栽培。因此就两方面来看，这种雕琢尽善都是永无止境的。因此，周王担荷责任之重，也可以想见。

朱熹说："此诗前三章言文王之德为人所归，后二章言文王之德有以振作纲纪天下之人，而人归之。"此说得之。盖第三章所言军事活动与其说是征伐，毋宁说是演习，此章内容并不构成全章唯一主旨。然朱熹认为诗中的周王是文王，而连带猜测作者为周公，主要是因为"周王寿考"一句："文王九十七乃终，故言寿考。"这就有点武断了。文王享寿九十七，只是一种传说，今人已多有辩驳。再者，文王即使伐崇，毕竟在"三分天下有其二"的情况下依然侍奉商纣，若诗中言其"纲

---

① 屈万里：《诗经诠释》，上海辞书出版社，2016年，第335页。
② 姜亮夫主编：《先秦诗鉴赏辞典》，上海辞书出版社，1998年，第534页。

纪四方"，岂非大逆不道？考西周诸王中，穆王在位五十五年，宣王在位四十六年，虽不知其年寿，但享国诚然不短。且若将"周王寿考"当成祝颂语，就不必拘泥于其年岁了。再者，宣王因为是中兴之主，《大雅》中不乏产生于其时代的作品。如《大雅·云汉》为宣王因久旱祈雨之诗，开篇有"倬彼云汉，昭回于天"两句，虽然诗旨不同，却与《棫朴》中"倬彼云汉，为章于天"两句极为相似。因此，我们姑以其为美宣王之作，以质于方家。总而言之，此诗下开台阁文章华丽之风，具有崇高之美，读者断不应以其为歌颂周王之作而轻忽之。

四、学于光明：《周颂·敬之》

今本《毛诗》所录《周颂》共三十一首。《周颂》产生年代早，措辞古奥而文约义广，加上一般并不押韵，又非以四言句为主，令理解更为困难。值得注意的是，随着清华简的出土，学者发现其中有一篇《周公之琴舞》。此篇篇首提及，周公作多士儆毖之诗九篇，首献一篇后，转为成王作儆毖之诗九篇，依次演奏。成王所作的第一首相当于《周颂·敬之》，后八首及周公之作皆为逸诗。所谓儆毖，就是警诫之意。如前文所言，李守奎指出周公之作是对多士的儆戒，成王所作既有自儆，也有对辅臣的儆戒。参《周颂·小毖》中惩前毖后的旨意，与简文恰好呼应。由此可见，颂诗也有儆毖之体，自戒戒人，有所作为。由于传世的《诗经》文本变易甚多，学者难免有"诗无达诂"之叹。《周公之琴舞》的出现，令我们对理解诗义颇有裨益。对于两种版本的《敬之》篇，沈培教授将两种版本的作品对应进行了细致的对读，使该篇一些难有确诂的诗句有了较合理的解释。[1]有见及此，本节拟选取《敬之》一篇解读，兹将两种版本并置于下表。为方便起见，我们姑且尝试将全诗译文续貂于《毛诗》本之右，以备读者参考：

《毛诗》本	白话译文	《周公之琴舞》本
敬之敬之，	警诫啊，警诫啊，	启曰：敬之敬之，
天维显思，	天道是多么显著啊，	天惟显帀，
命不易哉。	天命是多么不容易啊。	文非易帀。
无曰高高在上，	别说上天高高在上，	毋曰高高在上，
陟降厥士，	他会让他的使者升降往来，	陟降其事，
日监在兹。	每天监临于人间。	卑监在兹。
维予小子，	我这个少年人并不聪颖，	乱曰：讫我夙夜不逸，
不聪敬止。	但懂得心存警诫。	敬之。
日就月将，	时光流逝，我会取法	日就月将，
学有缉熙于光明。	天光日华，学到一片光明。	孚其光明。
佛时仔肩，	上天不会等待我有了大任，	弼寺其有肩，
示我显德行。	才示告我显德之行。	示告余显德之行。

朱熹将此诗前后六句分为两章（下详），如此猜测在简文中得到了印证：首句以"启曰"开端，后六句以"乱曰"开端。"乱曰"在《楚辞》中十分常见，为终篇之乐章，而首句的"启曰"自可类推为

---

[1] 沈培：《〈诗·周颂·敬之〉与清华简〈周公之琴舞〉对应颂诗对读》，收入复旦大学出土文献与古文字研究中心主编：《出土文献与古文字研究》（第六辑），上海古籍出版社，2015年。

肇始之乐章。王力认为此诗是《周颂》中少有的用韵之作，"之"、"之"（"敬之敬之"分为两句）、"思"、"哉"、"士"、"兹"、"子"、"止"押之部，"将""明""行"押阳部，其押韵形式为：AAAAOAA/AABBOB。而沈培认为："分析《敬之》的韵例，可能还是以虚词不入韵比较好。我们认为，《敬之》的韵脚是：'敬''易'，耕锡合韵；'士''兹'，之部。'将''明''行'，阳部。简文的韵脚同样是这些，并无不同。"补充一点："敬"字从"苟"得声，"苟"音击，正在锡部。如是一来，其押韵形式为：AAOAOBB/OACCOC。二说可以互参。

《毛诗序》说此篇为"群臣进戒嗣王"之作，嗣王即成王。然观诗中"维予小子"四字，实为成王自称。所以，这一篇似乎更宜解作成王自戒之作。但是，当时成王冲龄继位，是否能创作出这般思想深度的作品？朱熹因而对《毛诗序》之说有所调整，对前六句的解释为"成王受群臣之戒，而述其言"。以为这番话虽是以成王口吻讲出来的，内容却引自群臣的进戒之语。如此一来，就似乎比较圆融了。至于后六句，朱熹说："此乃自为答之之言。"也许在朱熹看来，前六句涉及天命思想，对于一个十三岁的少年来说毋乃过于艰深；而后六句则是自谦自勉之语，少年人不会说不出。对于《毛传》和朱熹的看法，清人姚际恒各有取舍："小序谓'群臣进戒嗣王'，只说得一半。《集传》于上章云'成王受群臣之戒而述其言'，于下章云'此乃自为答之之言'。愚向者亦不敢以一诗硬作两人语，惟此篇则宛肖。上章先以'敬之'直陈，意甚警切，下皆规戒之辞；下章则纯乎成王语，故敢定为此说。今皆以为成王，谓其既受群臣之戒而述其言，又述其自答之言，岂不迂而且拙乎！且凡颂诗岂必王者自作？大抵臣工述之耳。"换言之，姚氏赞成前后两章内容语气有不同处，尾章乃成王口吻无误，但首章仍可从《毛诗序》之言，归在群臣名下，不必如朱熹般硬坐为成王述群臣之戒语。我们姑从姚氏之说。

回头再看首章六句的内容。商代帝王认为"我生岂不有命在天"（《尚书·西伯戡黎》），将自己视为天帝在人间的代理人，可以任意作威作福。武王、周公有鉴于殷商亡国，将天命与民心结合起来，提出"天视自我民视，天听自我民听"（《尚书·泰誓》）、"黍稷非馨，明德惟馨"（《尚书·君陈》）的思想，这是华夏民族的人本主义与忧患意识之肇端。因此，周人认为天命无常，统治者唯有修德安民，江山才能稳固。周王虽以天子自居，却往往具有较为深切的危机意识。这种祸福相倚、天远人迩的观念，不仅影响到东周诸子，更对华夏民族文化的塑造产生了关键功用。而《敬之》篇开首两句"敬之"，就表达出周王执政必须随时保持警诫，以敬天保民为首要之务。二、三句所谓"天维显思，命不易哉"，朱熹解为"天道甚明，其命不易保也"，谓上天之道昭然可见，统治者若要勉力保有天命，实属不易。而沈培的说法更为明快："其实，'命不易哉'本身大概没有'命不易保'的意思，其意应该就是'天命不容易'，大概就是'有天命或得到天命是不容易的'或'天命是不容易有的''天命是不容易得到的'的意思。"又"命不易哉"在简文中作"文非易帀"，"帀"即思字，亦语助也。至于"命""文"之异文，沈培以为："《周公之琴舞》说'文非易帀'，体现的是对文德的重视。'文德'和'天命'实际上是联系在一起的，因此简文和毛诗这两句所体现的思想是一致的。"

《毛诗》此章后三句进而诠释天道如何显著："无曰高高在上，陟降厥士，日监在兹。"朱熹解为："无谓其高而不吾察，当知其聪明明畏，常若陟降于吾之所为，而无日不监临于此者，不可以不敬也。"大意是：不要说苍天高高在上，其实他洞悉幽微，我每天所作所为都受到天的监视，所以不能不敬天。不过，若要仔细分析后两句的含义，历来可谓众说纷纭。沈培认为可依据《周公之琴舞》"陟降其事，卑监在兹"的版本来解释："士""事""使"三字在古籍中往往相通，"卑"即"俾"，因此，两句应解作："上帝的使者升降于天地之间，每天在这里监临。"而使者是谁呢？沈培引《淮南子·天文训》"日月者，天之使也"二句，并推测道：如果早期周人也有如此观念，那么这两句说的就是天派遣日月作使者，让它们去人间监察。

《毛诗》对尾章"维予小子，不聪敬止"两句之解说，也一样莫衷一是。欧阳修《诗本义》将"不聪敬止"解作"不聪明于敬天之道"，朱熹解作"我不聪而未能敬也"，马其昶《诗毛氏学》将此句看作反问句，意同"聪敬"，亦即："予小子敢不聪听而敬戒乎？"不一而足。沈培指出："维予小子不聪敬止"对应的简文作"讫我夙夜不逸，敬之"，两相对读，很容易就知道《敬之》当读为"维予小子不聪，敬止（之）"。如此一来，《毛诗》两句的意思就是："我小子虽然不聪敏，但是很敬天。"（此说宋人杨简、明人曹学佺等也曾提出。）可见周代早期颂诗在句式上不尽统一，后人将"维予小子不聪敬止"断成两个四言句，自然会出现解读误区。此外，"讫我夙夜不逸"一句更容易理解："讫我"就是"维予"，"夙夜不逸"就是日夜不敢安逸。至于这两个版本的异文，我们怀疑"不聪"或许是较早的版本，但诚然也较为费解，因此在流传过程中逐渐变为"不逸"，后又将"小子"替换为"夙夜"二字，一来保持既有的六言句式，二来进一步阐明"不逸"之意。

尾章三、四句"日就月将，学有缉熙于光明"，朱熹解为：我"愿学焉，庶几日有所就、月有所进，续而明之，以至于光明"。所谓"缉熙"，马瑞辰云："《说文》：'缉，绩也。'绩之言积。缉熙，当谓渐积广大以至于光明。"又说"缉熙者积渐之明，而光明者广大之明也"。

可以参考。然而，《周公之琴舞》中并无"缉熙"一语，此句仅作"孚其光明"。"孚"字从爻从子，沈培认为当训为"学"或"效"，又说："从简文可知，'光明'是'学（或效）'的对象。今本毛诗'学有缉熙于光明'可以分解为两个说法，一个是'学有缉熙'，一个是'学于光明'。很显然，'学于光明'的意思正是'学其光明'的意思。而'学有缉熙'也可以理解为'学到了"缉熙"'，因此，整个句子就是'从（天或日月之）光明学到光明'的意思。"天为天帝，日月为其使者，成王立志师法上天与日月之光明，并且"日就月将"，真与"日月光华，旦复旦兮"之诗句不谋而合。

《毛诗》尾章五、六句"佛时仔肩，示我显德行"，简文作"弼寺其有肩，示告余显德之行"。第六句字数虽然不同，其意则一。至于第五句，"仔肩"即任务之意。沈培认为简文的"弼"当训为"弗"，"寺"当训为"待"；这两句串讲，亦即："天不会等待我有了大任才示告我显德之行。"此说极是。理解了尾章后，我们认为如此得体之言，是否出自幼年的成王之口，洵然值得思索。但一如马瑞辰所言："'日就月将，学有缉熙于光明'，此《三百篇》言学之始。"正因为成王愿学，故能在周公与群臣的辅佐下开创四十余年不用刑罚的"成康之治"。

观乎人文说《诗经》

第十六章

秉文之德：《诗经》的文化意义

一、《诗经》与神话

今人刘魁立在为《中国大百科全书》所写的"神话及神话学"的词条中指出："神话就实质和总体而言是生活在原始公社时期的人们通过他们的原始思维不自觉地把自然界和社会生活加以形象化、人格化而形成的、与原始信仰相关联的一种特殊的幻想神奇的语言艺术创作。"当初民以惊异的眼光观照宇宙万物种种不可解的奇妙，总会以设身处地、推己及人的方式来加以解释。如先秦神话中，认为天地是由帝颛顼让重、黎两个孙辈拓宽，地貌是因共工氏怒触不周山后形成，人类是女娲抟土而造……不一而足。现代学者将神话划分为创世神话、始祖神话、洪水神话、战争神话、英雄神话、发明创造神话等类型。而西方学者 Hans-Peter Kohler 提出，神话应具备以下几种重要特征：其一，无论在哪种文化中，神话都属于宗教性故事，因此会涉及一个或多个超自然灵体的存在与活动：他们可以是男女神祇，也可以是半人半神（demigod）。其二，神话会尝试解释万事万物的起源与行为，如宇宙如何诞生，人类从何而来，彩虹如何产生，鲸鱼何以喷水，人与动物为何有饥饿感，等等。其三，一则神话故事并非孤立的，而是与其他同一文化中的类似故事有显著关联，所牵涉的神祇们可以组成一个神谱。其四，神话的著作权并不属于任何一个人，而是共享的。由于神话是通过口头传播，所以同一则故事往往超过一个版本。其五，这些神话对于其创造者所生活的社群而言，被视为真实不虚之事。因此我们可以认为，上古神话是人类童年时代的知识集成，后世的宗教、文学、历史、哲学、社会学诸学科皆可溯源至神话。

不过西周之立国，也意味着理性主义思维的滥觞。据《六韬·文韬》所言，文王曾在畋猎前占卜，说"将大获，非熊非罴"。出猎途中果然遇见大贤姜太公，拜为太师。而《论衡·卜筮》却记载："周武王伐纣，卜筮之，逆，占曰：'大凶。'太公推蓍蹈龟而曰：'枯骨死草，何知而凶？'"当时商纣已众叛亲离，武王以吊民伐罪的名义出师，临出发时循例占卜，却是大凶之兆。众人恐惧之际，姜太公沉着应变，推开蓍草、踩着龟甲说："这些枯骨、死草，哪里知道吉凶？"当日牧野一战，商朝果被推翻，武王大获全胜。姜太公因一次占卜结果而身居高位，却决断地推翻另一次占卜结果，为僻处西北的小邦周打开全新的局面。因此西周立国的基调，就带上了"天道远、人道迩"的色彩。在如此文化氛围下，神话的衰落是可想而知的。今人王增永《神话学引论》指出，史诗源于神话，直接使用许多神话材料，但神话出现于母系氏族社会的繁荣时期，史诗诞生于父系氏族社会后期；神话包括生殖、图腾、自然、祖先等多种类型，史诗则一般以创世与英雄故事为主题。而周代巫史分流导致史学发达，自然也令上古神话材料无法凝结成人神杂糅的长篇史诗。如前章所言,《大雅》中那五首被现代学者视为周族史诗的叙事作品,除《生民》尚存超自然色彩、《皇矣》中的上帝略有人格化倾向,其余三首皆以现实书写为宗旨。赵沛霖论《皇矣》开头两句"皇矣上帝,临下有赫"道:"诗中的上帝和其他神除了具有神通广大、威力无边一般的神话特征之外,还具有明显的非神话因素,即伦理道德因素。"[①]不过,纵然神话时代逐渐远去,神话素材却依然片鳞半爪地残留于周代文化中,这在《诗经》中仍可看出端倪。

举例而言,《诗经》中有六处记载了大禹的名号。如《商颂·长发》:"洪水芒芒,禹敷下土方。"《殷武》:"天命多辟,设都于禹之绩。"《大雅·文王有声》:"丰水东注,维禹之绩。"《韩奕》:"奕奕梁山,维禹甸之。"《小雅·信南山》"信彼南山,维禹甸之。"以及《鲁颂·閟宫》"奄有下土,缵禹之绪。"这些资料似乎无一例外地点出了大禹平水土的形象,后人能生活在这片土地上,皆有赖大禹的丰功伟业。但仔细剖析,这几笔资料间仍有区别。20世纪20年代时,顾颉刚提出"层累地造成的中国古史"观念——时代愈靠后,传说的古史期愈长,大禹其人便是一个重要例证。顾氏认为,周人心目中最古的人物是禹,而到孔子时代就有了禹以前的尧、舜,到战国时代又有了在尧、舜以前的黄帝、神农,到秦朝又有了黄帝、神农以前的燧人氏、伏羲氏、有巢氏,到汉朝以后又有了开天辟地的盘古等。因此他推断:盘古、三皇、五帝都是神话传说人物,并不存在。而大禹也一样,原来是神,大约以蜥蜴类爬虫为基础的图腾,后来才被人格化,成为历史人物。翻遍古籍,最早记载大禹的是《商颂·长发》"洪水茫茫,禹敷下土方",这里的禹不是作为凡人出现,而是一个下凡的神。直到鲁僖公时,《鲁

---

① 赵沛霖:《〈诗经〉的神话学价值》,《文艺研究》1994年第3期,第101页。

颂·閟宫》提到"奄有下土，缵禹之绪"，大禹才开始作为一个人王被传颂。(《与钱玄同先生论古史书》)今人赵沛霖也指出，《长发》《韩奕》等篇关于大禹的记载"仅仅限于改造山河，治理洪水，其他内容均无涉及；不但没说与夏朝的关系，而且连他的世系也不清楚，既不知其父鲧和祖父颛顼，也不知其祖先为黄帝。殷周典籍《尚书》中关于禹的记载基本也是如此，这可以证明《诗经》的记载确实可信。既然如此，那么春秋以后典籍关于禹的那些记载肯定不会是信史，而只能属于神话传说。这就是说，作为史学对象它们没有足够的品格，而作为神话学的对象却具备了比较充分的条件"。① 2002 年，文物专家发现了西周青铜器遂公盨，器物内底有铭文 98 字，其中有"天命禹敷土，随山浚川"之语，与《长发》"禹敷下土方"乃至《尚书·禹贡》"禹敷土，随山刊木，奠高山大川"之语大体相近。如此看来，关于大禹的记载诚然可以上推至西周，但这个人物始终未必能因遂公盨的面世而被断定为人王而非天神，相关研究仍有待于来日。诚如姚小鸥所言，《长发》《閟宫》二篇提及的"禹之绩（迹）""禹之绪"，乃是一种隐喻禹创生大地的神话语汇。那是因为春秋战国以来，在人们的历史观中，天地开辟神话的遗存已与传说中的洪水灾变相混淆，有关禹的创世神话开始向治水的英雄传说演变。②无论如何，《诗经》中关于大禹的记载，毕竟为相关研究提供了重要的证据与参照。尤其是提及大禹的《长发》《殷武》二篇皆出自《商颂》，说明商代文献中已很可能有大禹的记载。

关于殷商民族的起源，也见于《商颂》的记载。《长发》云："洪水芒芒，禹敷下土方。外大国是疆，辐陨既长。有娀方将，帝立子生

---

① 赵沛霖：《〈诗经〉的神话学价值》，《文艺研究》1994 年第 3 期，第 101 页。
② 姚小鸥：《〈诗经〉中的禹创世神话》，《诗经与楚简诗经类文献研究》，第 130—143 页。

商。"《玄鸟》云:"天命玄鸟,降而生商,宅殷土芒芒。"这个与姜嫄履大人迹类似的感生神话,在《楚辞》《吕氏春秋·音初》《史记·殷本纪》中皆有记载。而甲骨文中,也出现过"玄鸟妇"三字,可见这个故事起源之早。几种文献记载的内容详略互见,也各有异同,但相同之处皆为:有娀氏的公主简狄因好奇而吞食燕卵,怀孕生下契,是为商族的始祖,而燕子原是上帝派遣的使者。东夷民族以鸟为图腾,因此类似吞卵受孕的感生神话在淮河流域、齐鲁、东北地区乃至朝鲜半岛皆出现过,如秦祖大业、淮夷领袖徐偃王、爱新觉罗氏始祖布库里雍顺、高句丽始祖朱蒙等皆然。《楚辞·离骚》云:"凤皇既受诒兮,恐高辛之先我。"郭沫若、饶宗颐等皆认为这两句说明玄鸟也可能是凤凰。《天问》云:"璜台十成,谁所极焉?"而《吕氏春秋》的资料,本书第一章已有征引:"有娀氏有二佚女,为之九成之台,饮食必以鼓。帝令燕往视之,鸣若谥隘。二女爱而争搏之,覆以玉筐。少选,发而视之,燕遗二卵,北飞,遂不反。"这个故事,与希腊神话中天帝宙斯化为黄金雨,与被父王软禁在青铜高塔中的达娜厄公主(Danaë)结合的神话在母题上十分接近。而《史记》中的说法却有所不同:"殷契,母曰简狄,有娀氏之女,为帝喾次妃。三人行浴,见玄鸟堕其卵,简狄取吞之,因孕生契。契长而佐禹治水有功。"和处理姜嫄故事的手法一样,《史记》首先强调简狄为帝喾次妃(而非未婚公主),以纾解无夫而孕的"尴尬"。其次,《史记》提出简狄是在"三人行浴"时吞食燕卵,而非高台之上。而袁珂比对《吕氏春秋》等典籍后提出:"有娀氏仅二女,三人未有所闻。三字或二字之误。"① 但"三人行浴"的场景确与爱新觉罗氏的感生神话相近:三位天女恩固伦、正固伦、佛库

---

① 袁珂:《古神话选释》,人民文学出版社,1979年,第216页。

伦降临长白山沐浴，佛库伦吃下喜鹊遗落的朱果而怀孕。因此，《吕氏春秋》和《史记》的差别可能是传闻异辞。进而言之，《吕氏春秋》的文字因仅是论述"北音之始"，尚未道及吞卵受孕的环节。但根据其叙述，高台上有两位公主（《淮南子·墬形》记其名为简狄、建疵），而燕子所遗乃是"二卵"，因此就情节设计来看，我们怀疑：简狄与其妹建疵是否各食一卵？如此叙述的原因何在？如前文所言，《史记·秦本纪》谓秦祖大业也是其母女修因"玄鸟陨卵"而生。因此我们猜测，建疵、女修大概是同一人物，大业、少昊、皋陶也是一人；而吕不韦及其门客如此编派（或强调一则早已不彰的神话），乃是为了宣示殷商、嬴秦同为东夷族群，甚至亲密的双胞族，借此以抬高秦人的地位、标示秦国的法统。①如此看来，作为最早记载简狄故事的文献，《商颂》文字虽然简略，却在传播过程中与周秦之际仍然存留民间的各种吞卵受孕传说相结合，发展出不同版本，甚或为秦国所用，演绎出为政治服务的新神话。

至于周代的神话及信仰方面，我们在前章已谈及《大雅·生民》的姜嫄感生神话、江妃二女的崇拜以及陈国巫女的生活，兹不赘言。值得注意的是，今人敖依昌、谭小华认为，姜嫄后稷的故事也与交感巫术有关。②所谓交感巫术，弗雷泽（James Frazer）《金枝》提出："如果我们分析巫术赖以建立的思想原则，便会发现它们可以归结为两个方面：第一是'同类相生'或'果必同因'；第二是'物体一经相互接触，在中断实体接触后还会继续远距离的相互作用'。前者可称为'相似律'，后者可称为'接触律'。"由于两者都认为物体通过神秘的

---

① 陈炜舜：《试论秦人起源与屏翳飞廉崇拜》，《中韩研究学刊》第9辑（2021年6月），第49—90页。
② 敖依昌、谭小华：《试论〈诗经〉中的交感巫术》，《甘肃理论学刊》总215期（2013年1月），第143—146页。

交感可以远距离地相互作用,所以把这两类巫术都归于"交感巫术"这个总名称之下。①而敖、谭二氏提出:"'后稷'除了是农业祖先神,还是五谷的通称。'嫄'原指大地,这里可以看出周人将原始崇拜物和祖先崇拜结合为一体。当时由于生产力水平低下,先民便将人的生殖与农业的丰收相联系:谷物在肥沃的大地上获得丰收,大地孕育五谷,这正与人类的繁衍后代过程相似,于是将祈求丰收与人类的生育繁衍相结合。正是基于这种'同类相生'的'相似律'巫术思维,原始人会选择在农作物生长繁盛时期进行丰收的祭祀,同时伴有正式或者模拟的男女结合,希望通过男女结合来帮助植物生长,以求丰收。"②至于《诗经》中捕鱼食鱼、采集植物等诗,更可能与交感巫术有关。闻一多《说鱼》指出:"鱼是匹偶的隐喻,打鱼、钓鱼等行为是求偶的隐语……以烹鱼或吃鱼喻合欢或结配。"今人赵国华《生殖崇拜文化论》也云:"从表象上看,鱼的轮廓与女阴轮廓相似:从内涵上说,鱼腹多子,繁殖力强。"③这就是为什么上至贵族作品《硕人》,下至民歌色彩浓郁的《采绿》《敝笱》等,皆使用了鱼的意象。植物方面,如今人钟年指出:"不难发现我国上古存在着普遍的桑崇拜观念。桑崇拜产生的根本原因是当时人们物质生产的需要,生产与生殖两种因素的相互结合与促进,形成了中国古代跨越广阔时空的桑崇拜民俗。"④赵国华则说:"我们推测中国的远古先民曾将多种植物作为女性生殖器的象征。这象征物为木本植物,或为桑(《鄘风·桑中》)……发现了

---

① [英]J.G.弗雷泽:《金枝》上册,商务印书馆,2013年,第26页。
② 敖依昌、谭小华:《试论〈诗经〉中的交感巫术》,《甘肃理论学刊》总215期(2013年1月),第143—146页。
③ 赵国华:《生殖崇拜文化论》,中国社会科学出版社,1990年,第70页。
④ 钟年:《论中国古代的桑崇拜》,《世界宗教研究》1996年第1期,第115页。

崇祀高禖的起源秘密之后，我们便可以知道，殷商人的奉祀'桑林'，即为奉祀高禖，起源也正是因为殷商的先民曾以桑象征女阴，实行崇拜。……桑林就是桑树林。因为桑树叶片纷披，桑葚累累，所以被远古人类选为女性生殖器的象征物，别无任何奥妙。"①先秦神话中的世界树如空桑、扶桑、若木等，大抵都是以桑树为原型。若以《诗经》为例，《魏风》云"十亩之间兮，桑者闲闲兮"，似乎有青年农夫和采桑女在黄昏结伴归去之意。《邶风·静女》中情人相会的"城隅"，大抵也是桑树茂盛之处——参汉乐府《陌上桑》"采桑城南隅"等句可以想象。而鄘地情侣在桑林幽会作歌，乃至《桑中》篇在后来的卫道士眼中竟成了"淫诗"的代表作。此外，又如白川静认为《卷耳》篇的女主人翁是想让大道将卷耳所表达的思念之心传给大道那一方的情人或丈夫。（《诗经的世界》）闻一多论《芣苢》篇："芣胚并'不'之孳乳字，苢胎并'以'之孳乳字，'芣苢'之音近'胚胎'，古人根据类似律（声音相似）之魔术观念，以为食芣苢即能受胎而生子。"（《诗经通义》）当然，"以形补形"的观念至今仍广泛存在于华人社会，在两千多年前的周代更不用说。然而所谓鱼类、桑叶近似女阴，或"芣苢""胚胎"同音等，其说即使可信，但诸如此类究竟在周代尚为众所周知的隐语，还是渐已形成"不识不知、顺帝之则"的习俗，尚待进一步厘清。闻氏以"芣苢"为"胚胎"之说固然新颖，唯在传世文献及出土文物中，"胚胎"一词最早见于晋代郭璞《尔雅注》，《诗经》时代似乎并无此词。故其说尚待进一步证实，未宜直接取信。无论如何，在崇尚人本思想的周代中原诸国，原始巫术思维虽仍残留于人们的潜意识中，却已在以理性与现实为主导的社会上逐渐被边缘化了。

---

① 赵国华：《生殖崇拜文化论》，中国社会科学出版社，1990年，第223—224页。

二、《诗经》与历史

史学在中国如此发达，与史官文化的建立有直接的关系。周代以前，史巫一体，同为沟通天人之际的使者。甲骨文中，"使""史""吏""事"为同一字。如所谓"帝史凤"，大概是指天帝以风（凤）为使者，向世人传达号令。既然风是来自天上的使者降临人间，不难推想商王左右的史官就是来自人间的使者，通达天庭。《周易·巽卦·九二》云："用史巫纷若。"《礼记·礼运》云："王前巫而后史，卜筮瞽侑，皆在左右。"而《尚书·金縢》记载周公向太王、王季、文王在天之灵祷告，是由史官来"册祝"，也就是宣读祷文。可见殷周易代之际，史巫依然未分。但从此时开始，周王室逐渐形成了以太史为首的史官系统，其中包括太史、小史、内史、外史、御史等职位。

《汉书·艺文志》认为周代君主的一切言行都有史官记录："左史记言，右史记事，事为《春秋》，言为《尚书》。"此说虽然较晚，且有一定的理想化色彩，但可见在汉人眼中，周代史官的主要工作是对现实的记录，而去祭祀占卜之职能甚远。不过如《史记》记载，周桓王十五年（前705），陈厉公之子敬仲完出生，恰好周天子的太史路经陈国，于是请他占卜，得到"观之否"卦。可见东周前期，史官仍掌有卜筮之责。无论如何，巫史一体时代之文化对周代史官最大的影响，就是对知识的掌握。分流以前，王家巫史是最高级的知识人；分流以后，史官作为知识人的形象更远甚于巫官。如《周礼·春官·大史》："大史掌建邦之六典，以逆邦国之治；掌法以逆官府之治；掌则以逆都鄙之治。"近人钱穆先生甚至说："在周代，官学则掌于史。章学诚《文史通义》所谓六经皆史之史字，并不指历史官，而实指官学言。古代政府掌管各衙门档案者皆称史，此所谓史者，实略当于后世之所谓吏。古代之六艺，即六经，皆掌于古代王室所特设之吏，故称六艺为王官学。而古代王官学中最主要者则应如后代历史之一类。故古代宗庙史官实为职掌官学之总枢，而其他一切所谓史者，则似由史官之史而引申。"（《两汉经学今古文平议》）《诗经》亦王官学之重要典籍，若从钱氏之说，则早期诗学之传授也当由史官负责。

且如前章所论，《诗经》中的《国风》、二《雅》的原作者以平民、贵族居多，大抵是通过采诗、献诗的途径来裒集。而三《颂》方面，其原作者则可能是君主左右的史官和巫祝。孔子曾说"文胜质则史"，朱熹注云："史，掌文书，多闻习事，而诚或不足也。"（《四书集注·论语·雍也》）此言虽有贬义，但也显示在孔子看来，史官是博学多闻，甚至斐然成章的。若谓《周颂》诸篇篇幅较短，文笔较为质直，那么《大雅》中那些周族史诗及相关篇章，文辞瑰玮，叙事有条不紊，兼以其题材之特殊性，可知诚非一般人所能为。今人马银琴将这五篇史诗作了详尽考论，认为《绵》《大明》属于史官作品，《生民》《皇矣》为乐官作品，《公刘》则是宣王时期大夫献诗。马氏进一步指出："后稷的诞生神话与文王的受命神话，以及对公刘的追忆，都是在乐官的主导下逐渐建构起来的。因为不受史官'持中'精神的制约与限制，在叙述的真实性上均无法深究。但是，在乐教文化占主导的西周时代，由乐官建构起来的周民族先祖的历史记忆，又反过来影响了后世史家的历史叙事。于是，在《周本纪》中便出现了'姜原出野，见巨人迹'、周道之兴始自公刘，以及'文王盖受命而称王'的记载。从根本上而言，周民族的历史记忆，存在着一个建构的过程，《诗经》中的五首史诗

第十六章 秉文之德：《诗经》的文化意义

性作品，是这个建构过程中阶段性的成果与体现。"① 当然，如前章所论，《生民》中"克禋克祀，以弗无子"的描述毕竟与周代的婚姻制度有所扞格，因此诗人在创作此篇时也当在一定程度上参考了更为古远的神话传说，并酌取其素材加以使用。

至于周代建国后的史事，《诗经》中无疑也有少数如《江汉》《常武》般篇幅较长的叙事诗。再如《鲁颂·閟宫》，今人陈虎指出"由于其叙事的连续性和完整性在《诗经》中是最具典型性的，它从鲁国的起源一直叙述到鲁侯受民受疆土与御侮，其长度等于《诗经》中许多首诗相加的含量，所以我们可以单独将其看成是一部完整的微型史诗"。他甚至认为："虽其名为赞美鲁僖公的颂诗，但实际在内容上则涉及鲁国的远祖、鲁侯受命受疆土和在东方东征西讨的艰难立国过程，以及最初的几位国君等内容，其叙事方法已粗具《史记》中'世家'体裁的雏形，当对司马迁在《史记》中创立'世家'之体裁，具有重要的启示作用。"② 然而，《诗经》中大多数作品在史家眼中也许仍然仅属于相对支离破碎的史料片段。如《周颂》中的《大武》乐章虽然以武王灭商为主题，但歌颂性远甚于叙事性。成王自我警戒诸诗虽然反映出他在登基之初或东征之后的心态，但说理性远甚于叙事性。《豳风》之《破斧》《东山》及《小雅·采薇》等呈现出士兵的悲忧喜乐，乃至战事之惨烈与持久，但战争的详细过程却并未记录。甚或《卫风·淇奥》美武公、《硕人》美庄姜，《秦风·黄鸟》悲三良，《齐风·南山》刺文姜，《邶风·新台》刺宣公，甚至周公所赋《豳风·鸱鸮》、许

---

① 马银琴：《〈诗经〉史诗与周民族的历史建构》，《学术论坛》第 40 卷（2017.01），第 16 页。
② 陈虎：《试论〈诗经〉的史学价值和意义》，《南京社会科学》2002 年第 10 期，第 57 页。

穆夫人所作《鄘风·载驰》，都必须通过《毛诗序》《左传》《尚书》等典籍的文字才能进一步了解诗作的背景。换言之，这些作品颇能展示历史坐标某个定点上的临场感，但其内文却甚少倚傍于一段较长时间之流动——哪怕如《卫风·氓》那般——来显现史事的发展与变化。当然，若将这些作品与史书合观，其中的内容却又是上佳的辅助材料。如《破斧》所呈露宏大的气魄、悲欣交集的心情，反映出参与周公东征的士兵牺牲小我、完成大我的态度，足以让我们窥知周军整体的精神面貌，十分珍贵。再如《小雅·十月之交》中提及："十月之交，朔月辛卯。日有食之，亦孔之丑。"据天文学家考订，这场日食发生在周幽王六年夏历十月一日（前776年9月6日），是世界上最早的日食记录。此外，这些作品中也记载了一些不见于史籍的史事。如《十月之交》提及"作都于向"，也就是当时的宰辅虢石父在向地另起都城，并强迫大量官民迁居于彼，这个事件在其他史书中罕见记录。又如《大雅·荡》以文王的口吻批评殷商，实际上是指责厉王。以"天不湎尔以酒，不义从式"一章为例，可见厉王时代的姬周王庭已完全背弃周初《酒诰》的精神，这对于西周贵族心态史的研究颇有裨益。不过，不同学者对这些材料的解读也可能产生分歧。如《商颂·殷武》所言"奋伐荆楚"，究竟是殷商中叶武丁伐楚，还是春秋前期宋桓公会同齐侯、鲁侯伐楚，至今仍未达成定论。

不过在王官失守以前，《诗经》（至少部分篇章）主要是由史官所传授教习，因此其政治意义也一直受到重视。《孟子·离娄下》云："王者之迹熄而《诗》亡，《诗》亡然后《春秋》作。晋之《乘》、楚之《梼杌》、鲁之《春秋》，一也：其事则齐桓、晋文，其文则史。孔子曰：'其义则丘窃取之矣。'"也就是说，周天子采集歌谣的制度废止后，诗就没有了。诗没有之后，就出现了《春秋》一类的史书。

如晋国的《乘》、楚国的《梼杌》、鲁国的《春秋》，都是一样的：记载的是齐桓公、晋文公之类的史事，文字由史官记录而成。孔子说："各国史书褒贬善恶的好的方法，我私下取来运用到《春秋》中去了。"就本义或引申义而言，《诗经》作品往往有美刺的功能。所谓美刺，一如白川静所说，乃是"将《诗》篇理解作政治性、道德性的批判表现"。(《诗经的世界》)一旦采诗、献诗的制度遭到废止，没有新作来反映时事，那就只有靠史书来承担美刺的功能。因此孔子《春秋》一字定褒贬，书成而乱臣贼子惧，正是这个原因。由此看来，《诗经》部分作品成于史官之手，在漫长的编纂过程中又为史官所传授，大抵已赋予这些作品以美刺褒贬的意义；因此不管是春秋贵族赋《诗》引《诗》，还是孔门传《诗》论《诗》，《诗经》在体裁上与史籍大相径庭，却同样能承担教化功能，良有以也。

三、《诗经》与礼俗

西周是一个以礼为本的时代。礼的源头之一是原始时期的祭祀活动，为了求得风调雨顺、趋吉避凶，初民不得不诉诸天神、祖灵的超自然能力。祭祀祷告的巫术仪式，就是礼的一个肇端。到了西周建立，周公"兴正礼乐，度制于是改，而民和睦，颂声兴"，把礼制推向较为完备的阶段。此时的礼在吸纳人本精神后，不只限于宗教祭祀，更扩大到人伦物理，成为人们日常生活的规范与准则。如记载周代官制的《周官》又称《周礼》，可见官僚体系的精神乃是以礼为本。而周代礼制分为吉、凶、军、宾、嘉五类。"吉礼"为祭祀之礼，包括祭天、祭祖、祭神等。"凶礼"包括丧礼和荒礼，如某处发生饥馑、瘟疫等灾祸，天子便通过撤乐、减膳等礼仪表示同情，诸侯国或盟友加以慰问，是为吊礼；某国遭遇兵灾，邻国要给予支持和援助，是为恤礼。"宾礼"为天子与诸侯间朝觐会同之礼。"军礼"与军事活动密切相关。"嘉礼"为喜庆欢会活动之礼仪，包括饮食礼、婚冠礼、宾射礼，分宾主按等级遵循的飨燕礼、脤膰礼和贺庆礼等。而天子、卿大夫、士、庶民等不同阶层，各有其礼，今存《士仪礼》十七篇便为士阶层使用的礼仪。从前章论述可知，《诗经》中涉及祭祀宴饮、农事劳作、战争徭役、婚丧喜庆等各方面的作品，无不关乎礼仪。平王东迁后，虽然中原诸国进入了"礼崩乐坏"的局面，但西周制定的礼制却依然存留，甚至成为民俗的一部分，在诗作中显现出来。此节仅以婚、丧之礼为例而略加论述。

前章谈到的《周南·桃夭》《卫风·硕人》《唐风·绸缪》乃至《郑风·丰》等皆涉及婚礼。若参看《仪礼·士昏礼》和《礼记·昏义》，可进一步了解当时婚嫁仪节的详情。诸侯大夫之礼则据此增益，庶民之礼则据此减损，可想而知。如《礼记·昏义》云："是以昏礼纳采、问名、纳吉、纳征、请期、迎亲，皆主人筵几于庙，而拜迎于门外。"这就是后世所谓的"六礼"。《礼记·昏义》又强调婚礼要"敬慎重正"："敬慎重正而后亲之，礼之大体，而所以成男女之别而立夫妇之义也。男女有别而后夫妇有义，夫妇有义而后父子有亲，父子有亲而后君臣有正。故曰：昏礼者，礼之本也。"因此如《齐风·南山》所言："蓺麻如之何？衡从其亩。取妻如之何？必告父母。""析薪如之何？匪斧不克。取妻如之何？匪媒不得。"几乎可视为当时关于婚嫁的谚语。饮食男女是人之大欲，而族类也由此而繁衍。但人不同于禽兽者就在知礼义，如果夫妇结合纯粹基于情欲，则难以知义，夫妇无义，则父子无亲、君臣不正，会在家族与社会上产生一连串的负面效应，导致恶性循环。故此，周代婚嫁礼仪，在今天看来可谓繁文缛节，但其人文精神就在于让新人及其他参与者知晓"君子之道造端乎夫妇",能成为夫妇是难得之事,故而应当如宾如友、好好相守。如果是顺从情欲、无媒苟合,后来是否能修成正果,实不可得而知。如《卫风·氓》是弃妇诗,其首章便提到:"匪我愆期,子无良媒。将子无怒,秋以为期。"当男子向女子提出相好后,女子本来踌躇,希望男子觅得媒妁,正式将自己娶过门,但如此要求却引起男方的恼怒。可惜女子当时为了平息对方的怒气,答应在秋天过门,媒妁也不要了。男子不愿通过媒妁之言来结合,也许并非一开始就存心不良,而是由于贫困而无法负担繁缛礼仪的费用。但是女子的妥协,无疑将自己置于毫无保障的不利处境。虽说当时女性社会地位普遍较低,礼制对女性的保护不足,即使明媒正娶的妇女也可能无故被休,但如这位女子未经历正式婚礼,即使出于对男子真诚的爱情,还是可能被旁人视为发自情欲的苟合;一旦遭到遗弃,也很难得到社会的同情。诗中写道"兄弟不知,咥其笑矣",正好说明了这种问题。如《鄘风·蝃蝀》一篇,几乎可以作为《氓》的脚注:诗中的女子不经父母之命、媒妁之言,不惜远离父母兄弟而嫁给意中人。对于今人而言,她对婚姻自由的争取与反抗固然令人感动,但叙述者批评她"大无信也,不知命也",也是基于当时的社会礼俗。《礼记·昏义》说婚礼是"合二姓之好,上以事宗庙,而下以继后世也,故君子重之",却并未为爱情留下任何空间。因此我们常说,爱情在中国古代是没有地位的。但无可否定的是,爱情的变化也是不可控的。尤其在以礼为本的周代,如果以不可控之爱情作为婚姻的基础,其持久性诚然堪疑。

进而言之,诗人们对于卫宣公、齐襄公、文姜、宣姜、陈灵公、夏姬等人荒淫无耻行为的批评,是可以理解的。但从齐襄公与文姜的关系中,我们还可窥见齐国特殊的礼俗。《汉书·地理志》云:"始桓公兄襄公淫乱，姑姊妹不嫁，于是令国中民家长女不得嫁，名曰'巫儿'，为家主祠，嫁者不利其家，民至今以为俗。"也就是说，姜齐时代曾命令家中长女不得出嫁，需留家主祠。[有趣的是，古希腊天帝宙斯的三位胞姊，体现出女性婚嫁的三种状态：三姐婚神赫拉（Hera）是宙斯的合法妻子；二姐农神德墨特耳（Demeter）没有法定丈夫，却与宙斯诞下一名女儿；大姐灶神赫斯提亚（Hestia）不婚，像极了姜齐的巫儿]这种巫儿婚俗至汉代仍然存在，而且追溯至齐襄公：他与自己的姑姊妹乱伦，不让她们出嫁，还下令齐国民间家庭的长女不许出嫁，留家主祭祀，以图遮丑。不过，既然当时齐人对襄公的乱伦行为深恶痛绝，却竟一直遵从他所创立的习俗，可谓匪夷所思。不仅齐襄公，其弟桓公亦复如是。《荀子·仲尼》云："齐桓，五伯之盛者也……内行则姑姊妹不嫁者七人。"西汉陆贾《新语·无为》就批评道："齐桓公好妇人之色，妻姑姊妹，而国中多淫于骨肉。"实际上，这种周人及后世眼中的乱伦，大抵源自更古老的习俗。如前章所言，殷商王族就可能实行族内婚，而周室针对这种习俗，定下了"同姓不婚"的礼制。禁止乱伦的基础，一为维持道德伦理，二为保证基因健康。此外，如古埃及历朝皆同姓通婚，乃为保持血缘纯净；至如不具神圣性的平民百姓，就极力禁止了。换言之，这个禁忌的基础不仅具有道德性、生物性，更具有政治性。齐国是殷商与薄姑国的故地，《史记·鲁周公世家》记载，姜太公封于齐，"简其君臣礼，从其俗"，五个月内就报政于周公。兼以姜齐公室乃是华夏化的羌人（闻一多说），因此承袭族内婚的旧俗而革除未尽，是很有可能的。周室大概鉴于姜太公的丰功伟绩，也未就此加以劝止。这样便为襄公、桓公的兄妹私通之举埋下了伏线。春秋时代，兄妹乱伦毕竟已成为众所周知的禁忌，但诗人、史家与民间的斥责对象，多以襄公为主而少及桓公，大概还是因为襄公功不补过罢。

至于丧葬礼俗方面，前文谈到的诗篇已颇有涉及。如《秦风·黄鸟》，固然显示出秦国落后野蛮的殉葬礼俗。而《小雅·蓼莪》篇，今人战学成指出："在云南滇东北汉族地区和元江白族地区，以及湖北宜昌、大冶等地都发现民间的丧事活动中有所谓'歌《蓼莪》三章'悼亡诗演唱，其歌词同《诗经》原诗大同小异，显然与《诗经》时代的悼亡诗有承传关系。"①至于《唐风·葛生》提及"角枕粲兮，锦衾烂兮"，《礼记·丧大记》云："君锦衾，大夫缟衾，士缁衾。"如此看来，这似乎是国君夫人哀悼诸侯国君的悼亡诗。但孔颖达正义云："妇人夫既不在，独齐而行祭。当齐（斋）之时，出夫之衾枕，睹物思夫，言此角枕粲然而鲜明兮，锦衾烂然而色美兮，虽有枕衾，无人服用，故怨言我所美之人，身无于此，当于谁齐（斋）乎？独自取洁明耳。"并不认为女子身份为君夫人，大抵角枕、锦衾虽为殓葬之物，但在诗歌中有所夸饰尔。又诗中"百年之后，归于其居""百年之后，归于其室"之句，今人郝建杰认为指的显然是地下墓穴建筑，而非普通仅为达到藏尸目的的土葬。而且一个"归"字，还说明实行夫妻合葬的礼俗。②再如《桧风·素冠》，《毛诗序》云："刺不能三年也。"郑笺阐释云："《丧礼》，子为父，父卒为母，皆三年。时人恩薄礼废，有能行。"无论此诗是美是刺，其为丧歌当无问题。战学成说："诗篇刻画出守丧三年之孝子形象。他戴着白孝帽，穿着白孝衣、白蔽膝，

---

① 战学成：《丧葬与〈诗经〉悼亡诗》，《学术交流》总第145期（2006年4月），第155页。
② 郝建杰：《〈唐风·葛生〉丧葬礼俗考论》，《周口师范学院学报》第34卷第1期，第49页。

身体消瘦，精神疲惫，心力交瘁地居丧守礼。"[1]和丈夫同死。其说大概因为诗中并未显现出"三年"之义，但程氏从诗中体会到"伤心"之感，如是则与《毛诗序》所言"刺"有差距了。

四、《诗经》与哲思

商周鼎革，不仅是一次普通的改朝换代，对后世中国更是影响深远。相对殷商而言，姬周虽然是一支后起族群，在物质文明方面尤其远远不及。但殷商后期对周人的压制，不仅导致政治军事的反弹，更激发其精神文明的后来居上。唐代学者李翱《帝王所尚问》云："夏尚忠，殷尚敬，周尚文，何也？曰：帝王之道，非尚忠也，非尚敬与文也，因时之变，以承其弊而已矣。救野莫如敬，救鬼莫如文，救僿莫如忠，循环终始，迭相为救。"也就是说，夏人虽尚忠，却无太多与之配套的礼仪，故而会失之粗野。所以殷人会以敬加以补救。所谓敬，就是崇敬鬼神，这一特征在甲骨卜辞中有大量的显现。进而言之，先鬼神而后苍生，乃至商王以鬼神在凡间的代理者自居、凭一己之喜恶而作威作福，发展到最后便是殷纣亡国。因此周人在继承殷礼及物质文明的同时，却敬鬼神而远之，以民为本，开启了中国的人文精神。难怪孔子身为殷人后裔，却对周人的礼乐文明称许得无以复加："周监于二代，郁郁乎文哉！吾从周。"我们如果比较《商颂》《周颂》，前者噍杀急促，后者中正和缓，足以窥见两个族群不同之精神。

周人精神文明的核心，其一是民本思想，其二则是忧患意识，两者又绾结难分。如《周易·系辞下》云："《易》之兴也，其于中古乎？

---

[1] 战学成：《丧葬与〈诗经〉悼亡诗》，《学术交流》总第145期（2006年4月），第155页。

作《易》者，其有忧患乎？"所谓"中古""忧患"，传统认为是周文王拘羑里而演《周易》的故事。如《金楼子·兴王》谓纣王担心文王势力壮大："纣怒，囚文王于羑里，虽有忧患，方修先圣之业，广解六十四卦，着其卦词，谓为《周易》，时谓西伯为圣。"这个传说仍待进一步证实，但翻览今本《周易》经文，确实具有殷忧启圣之思，非一般卜筮者言可比。[①]而文王之子周公旦的著述中，更发扬了这种忧患意识。如《尚书·康诰》云"惟命不于常""天畏棐忱，民情大可见"，可知周公认为天命无常，只系于人民生活的好坏情况；因此执政者必须兢兢业业、戒慎恐惧。而《诗经·豳风》中，相传为周公所作的《鸱鸮》，则有"迨天之未阴雨，彻彼桑土，绸缪牖户"的比喻，也就是说趁着尚未下雨，赶紧剥一点桑根皮，把门窗修补妥善。"未雨绸缪"的成语，出处正是在此。此外，这种忧患意识在其他篇章中也屡见不鲜。如《大雅·文王》："宜鉴于殷，骏命不易。"明确表示要敬天保民，以殷商的灭亡为鉴。《小雅·十月之交》："四方有羡，我独居忧。民莫不逸，我独不敢休。"这位幽王时期的老臣眼见满朝文恬武嬉，却丝毫不敢同流合污。这种意识甚至也逐渐在民间渗透。

先秦时代，诗歌与韵文尚未如后世般体裁判然，但也不难发现，《诗经》中的作品仍以抒情为主流，叙事、说理成分若非作为抒情之铺垫，也是服务于祭祀。正因如此，《诗经》中虽不时出现睿智之语，却往往有句而无篇，与箴铭之通篇说理不同。不过相对而言，箴铭篇幅相对不大，因此其文字短小精致，往往闪烁着思想的灵光。而这些短语未尝不能嵌入篇幅较长的诗作中。如《周颂·思文》云："立我烝民，

[①] 郑吉雄：《周易的忧患意识》，收入郑吉雄主编：《古典今情：跨越时空的经典阅读与赏析》，香港中文大学出版社，2023年，第1—34页。

莫匪尔极。"《大雅·皇矣》云:"不识不知,顺帝之则。"而《列子·仲尼》却谓帝尧微服游于康衢,闻儿童谣曰:"立我烝民,莫匪尔极。不识不知,顺帝之则。"如此看来,这几句话可能是先秦时代的熟语,为不同文本所征引。再如《左传·襄公八年》记载郑国大夫子驷之语:"周诗有之曰:'俟河之清,人寿几何?兆云询多,职竞作罗。'"这四句不见于今本《诗经》,子驷却说出自"周诗",可见属于逸诗。此诗的全貌已无法知晓,遑论其主旨,但从《诗经》诸篇的结构观之,这四句显然只是全诗的一部分,却因其富于哲理而为子驷所征引。其意为:等待黄河澄清,人的寿命又有几何?占卜实在次数太多,只是争着为自己结网织罗。当时楚国伐郑,郑国欲等待晋国救兵,却远水难救近火。故子驷引诗,意谓等待晋国救兵恰如等待黄河变清。

回观今本《诗经》,确有不少充满哲理的诗句,有些甚至是《诗经》的原作者征引的更古老的谚语。如《大雅·荡》末章:"人亦有言:'颠沛之揭,枝叶未有害,本实先拨。'"意思是一棵大树倒下,它的枝叶还看不出疾病,但其实已从根部腐烂了。诗人引用此语,是指殷商或周厉王败亡前夕,表象依然鲜花着锦,但朝廷内部已经腐朽不堪。又如《大雅·烝民》:"人亦有言:'德輶如毛,民鲜克举之。'"同样是引用前人之语,意思是仁德轻(輶,轻也)得像羽毛一样,但人们很少能将它举起来,也就是说仁德施行起来并不困难,端赖其志向如何。此语比喻生动,故《中庸》亦有征引。再如同篇第五章:"人亦有言:'柔则茹之,刚则吐之。'维仲山甫,柔亦不茹,刚亦不吐。不侮矜寡,不畏强御。"原本的谚语"柔则茹之,刚则吐之",意思是遇到软的食物就吞掉,硬的食物就吐掉,有随机应变之意。但此诗原作者尹吉甫却据此变化出"柔亦不茹,刚亦不吐"两句,赞许仲山甫不欺善、不怕恶,可谓推陈出新,含义更见深远。复如《大雅·荡》

首章:"靡不有初,鲜克有终。"指凡事皆有开始,但很少有结果。诗人用以讽刺持志不终者,告诫他们为人做事要贯彻始终。这些句子在《左传》中皆有征引。更有趣的是《小雅·十月之交》中"高岸为谷,深谷为陵"两句,本来只是描述幽王时期的灾变状况,但《左传·昭公卅二年》记载史墨对赵简子说:"社稷无常奉,君臣无常位,自古以然。故《诗》曰:'高岸为谷,深谷为陵。'三后之姓于今为庶,主所知也。"史墨征引此二句,就完全是比喻夏商周王室的后代已无立锥之地、猥为庶氓了。

以下再以《论语》为例,举出几则引《诗》的例子,以见《诗经》中的哲思,以及引《诗》者如何应用。如《小雅·小旻》末章云:"战战兢兢,如临深渊,如履薄冰。"谓做人戒慎恐惧,就好像走近深渊旁边、踏在薄冰之上一样。下一篇《小宛》则作"战战兢兢,如履薄冰",省去"如临深渊"一句,乃是为了配合全章的句数,却并不影响其原意。此后,《左传》两度引用此诗(僖公二十二年、宣公十六年),而《论语·泰伯》及《孝经》也曾引用。尤其是《论语》记载:

> 曾子有疾,召门弟子曰:"启予足!启予手!《诗》云:'战战兢兢,如临深渊,如履薄冰。'而今而后,吾知免夫!小子!"

"启",观看之意。曾子临终前,要门人看看自己的双手双脚,一则表示自己受于父母的身体发肤并未毁伤,二则表示自己一生所作所为并无差池。然后他引用这三句,表示自己一生待人接物都小心谨慎,以至于今,现在即将辞别人世,知道自己终能全身而去,免于作恶受刑的可能,如释重负。正因如此,这三句诗的意涵也尤显深刻了。

《小旻》末章除了这三句,还有两句颇为著名,那就是:"不敢暴虎,不敢冯河。""暴"通"搏",暴虎指赤手空拳与猛虎格斗。"冯",清人马瑞辰认为是"淜"的假借,指不用船而徒步渡河。两者皆属于极为凶险之事,此语是劝诫人们不可逞一时之强,而要懂得如何妥当应对。如《论语·述而》记载了这样一段故事:

> 子谓颜渊曰:"用之则行,舍之则藏,唯我与尔有是夫!"子路曰:"子行三军,则谁与?"子曰:"暴虎冯河,死而无悔者,吾不与也。必也临事而惧,好谋而成者也。"

孔子对颜渊说:"如果用我,就去施行理想;如果不用我,就去隐居。只有我和你才能这样吧!"子路听到后颇为不平,对老师说:"如果让您率领三军,您愿找谁共事呢?"孔子回答:"赤手空拳和猛虎搏斗,徒步涉水过黄河,死也不后悔的人,我是不会与他共事的。我所要找的人,一定是遇事谨慎小心,善于谋划并且能完成任务的人。"可见孔子在这里反用《诗经》之意,批评子路只是"暴虎冯河"、进退无度、有勇无谋的莽夫,并劝他要懂得把勇气与智谋相结合,那样才会是一个真正的勇者。

再如《邶风·匏有苦叶》有"深则厉,浅则揭"两句,意思是涉浅水可以撩起衣服,涉深水只得连同衣服一起下水,比喻处理问题要因事制宜,与《烝民》"柔则茹之,刚则吐之"两句意思相近。《匏有苦叶》这两句也见于《论语·宪问》的征引:

> 子击磬于卫。有荷蒉而过孔氏之门者,曰:"有心哉!击磬乎!"既而曰:"鄙哉!硁硁乎!莫己知也,斯已而已矣。深则厉,浅则揭。"子曰:"果哉!末之难矣。"

孔子在卫国时，有次正在敲磬，一个背着草筐的人从门前走过，说："这个敲磬的人很有心思嘛！"过了一会儿又说："声音硁硁作响，真可鄙呀！没有人了解自己，就自己作罢好了。这就像涉水一样，水深就穿着衣服蹚过去，水浅就撩起衣服蹚过去。"孔子回答道："说得真干脆呀，没有什么可以责问他了。"这位荷蒉丈人既能听出孔子敲磬之意，又懂得征引《诗》句，可见是有学识的，大概是道家隐者之流。他引用"深则厉，浅则揭"两句，就是劝诫孔子要学会识时务、与世推移，不要知其不可为而为之。这与接舆、长沮、桀溺等人的言论颇为接近。但孔子不当避世的隐者，就是要挽狂澜于既倒、拯苍生于水火，这份胸襟与情怀自是那些隐者们难以比拟的。

应当注意的是，《诗经》中虽不乏关涉哲理的诗句，但可视为哲理诗的作品，大概只有《小雅·鹤鸣》一首而已。清初王夫之《夕堂永日绪论》称此诗"全用比体"，是"三百篇中创调"，而今人刘国泰则以其为中国最早的哲理诗。此诗全文如下：

> 鹤鸣于九皋，声闻于野。
> 鱼潜在渊，或在于渚。
> 乐彼之园，爰有树檀，其下维萚。
> 他山之石，可以为错。
>
> 鹤鸣于九皋，声闻于天。
> 鱼在于渚，或潜在渊。
> 乐彼之园，爰有树檀，其下维穀。
> 他山之石，可以攻玉。

《毛诗序》云："《鹤鸣》，诲宣王也。"郑笺申发道："诲，教也，教宣王求贤人之未仕者。"三家《诗》无异说。而朱熹《诗集传》论首章，将鹤、鱼、檀、萚四个比喻，概括为诚、理、爱、憎四种思想，且认为从这四者加以引申，可以作为"天下之理"。而末章"他山之石，可以攻玉"二句，朱子引程颐之说曰："玉之温润，天下之至美也。石之粗厉，天下之至恶也。然两玉相磨，不可以成器，以石磨之，然后玉之为器，得以成焉。犹君子之与小人处也，横逆侵加，然后修省畏避，动心忍性，增益预防，而义理生焉，道理成焉。"此说未必为《诗》本义，但言之成理，足以自圆其说。而刘国泰的分析更为细致，兹移录于下：

> 诗的两章，同分两层。"鹤鸣"至"维萚"（"维谷"）为第一层，其中又含三比：一比，"鹤鸣于九皋，声闻于野（天）"，写贤者自处其地，才智则可传闻于天下而不受空间所限。这既说明了人才的不可掩埋性，也含对统治者的告诫——不要掩埋了人才。"九皋"是鹤日常生活之地，有人说喻贤者隐居之所，不必。因为在那时，隐居还不能看作一般贤者的正常生活。"野"与"天"，也都是鹤生活的场所，是"九皋"的扩大，"野"横而言之，"天"纵而言之，故不可将"九皋"与"野""天"视为表现"隐"与"著"这种互有对立意味的概念。二比，"鱼潜在渊，或在于渚"（鱼在于渚，或潜在渊），写贤者既可在此，也可在彼。就贤者本身来说，只要能施展才华，无论彼此，皆能为其所安；对统治者来说，或纳贤者于此以为己用，或弃贤者于彼以为人用。于此于彼，本无定则，人为而已，故当求贤。两章相倒言之，深意也就在此。三比，"乐彼之园，爰有树檀，其下维萚（谷）"。"乐彼之园"，

就是人世间这个大乐园,它既可容参天大树,也可容低矮之木,高低相生,相辅相成。高无所谓"善",低亦无所谓"恶",因为物各有性,皆有其长,只有物尽其美,人尽其长,真正的乐园才可建成。韩愈所论"匠氏之工""医师之良""宰相之方"(《进学解》)正是对此意的具体生发。以上三比,分别说明"贤者处在此,其贤可彰于彼""贤者既可用于此,也可用于彼""同在一地,既可用这种贤人,也可用那种贤人"等道理,它们既可分别直接引出结论,三者之间表现为并列关系,显示出结论的普遍性,同时又含有一种内在的递进关系,使结论来得更加顺理成章,自然而然。不过,也许我们更应该说:它们是互补关系,是从三个侧面同时推出同一个结论,使这个结论更为有力,全诗的主题也因此而更加突出。这个结论,也就是诗的第二层:"他山之石,可以为错(攻玉)。"这一层,从形式上看也是个比,内容上则又是结论,是以比喻为结论,说明必须搜求异国他乡之贤者。[1]

正因为《鹤鸣》全诗用比,诗中第一层仅有鹤、鱼、檀、萚、谷等喻体或意象,主体或象征却是缺位的,以致言人人殊。不过,第二层的"他山之石,可以为错(攻玉)"虽仍然用比,含义却较第一层明显,因此我们可以根据第二层"取长补短"的逻辑思维,进一步推敲第一层所言何意。但所谓"取长补短",在不同背景、地位、思想和经历的人眼中却也见仁见智,故毛、郑从政治的角度提出诗旨在广罗客卿,而程、朱从自修的角度提出诗旨在增益预防。因此,这篇文

---

[1] 刘国泰:《我国最早的一首哲理诗——简论〈诗经·小雅·鹤鸣〉》,《江西师范大学学报(哲学社会科学版)》1989年第1期,第27—28页。

本形成了一个开放的机制。相比之下,这种化具象为抽象,又由抽象落实回具象的语言艺术,同时期的作品中大概只有《周易》经文可以比拟了。无独有偶,如本书前引《周易·中孚卦》之九二爻辞云:"鸣鹤在阴,其子和之。我有好爵,吾与尔靡之。"这首古歌大概是新婚合卺之歌,以一双鸣鹤为比兴,而以合卺交杯为旨。但《小象传》曰:"'其子和之',中心愿也。"也就是把伴侣间情投意合的含义提取出来,推及世间一切相契相合。如此虽是引申义,却无疑赋予这首古歌更为多元的内涵。而如前文所言,史墨引用《十月之交》"高岸为谷,深谷为陵"两句比喻"三后之姓于今为庶",同样采用了这种手法。

第十七章

克开厥后：《诗经》在后世的跫音

一、秦汉之际《诗经》传播述略

现代学者将商代甲骨文字、商周金石文字以及战国文字统称为"古文字"，其文字结构与隶书、楷书颇为不同，未经专门训练，难以辨识。秦始皇统一天下，有鉴于六国文字书写各个不同，于是命李斯创制小篆，全国通用，这项政策就是"书同文"。但小篆笔势圆润而弧线多，不便于日常使用，因此程邈"变圆为方"，以笔画符号取代象形字的结构，下层官吏颇为称便，这种新兴字体就称为隶书。三国以后的楷书，就是由隶书变化而成的。可以说，小篆是象形体古文字的结束，隶书是改象形为笔画化的新文字的开始。

秦始皇"书同文"有大功，焚书却有大过。马银琴指出，秦国直到统一前夕，《诗》《书》礼乐之教一直是秦国公室的教育内容之一，而丞相范雎集百家之言，蔡泽深受儒学熏习，吕不韦虽是杂家，却以儒学为主体思想。秦始皇焚书,不但是针对儒家,也是针对秦文化以外的六国文化,冀图割断民间对历史的记忆。然而,仍有一批功名利禄之儒留下来继续秦博士之职。①西汉惠帝时废挟书律、开书禁,朝廷派人搜求、写录古籍,一些先秦遗书被陆续发现。而最早出现的经籍正是由儒生口耳相传,再由朝廷整理出写本,立为官学加以传授。写本是以当时通行的隶书抄写,故称为今文经。如济南伏生的《今文尚书》二十八篇,就是在汉文帝时由晁错记录整理的。此后学者递相授受,立于学官者有大小夏侯及欧阳三家。至于《诗经》,《汉书·艺文志》云:"遭秦而全者,以其讽诵,不独在竹帛故也。"也就是说《诗经》韵文便于记诵,加上许多学者早在少年时代便倒背如流、学而时习,因此秦火无法阻挡《诗经》的传播。今人刘立志《汉代〈诗经〉学史论》一书附有《汉代〈诗经〉学著述考补》,共胪列两汉《诗经》学著作五十三种,每种以下皆有解题,甚为齐备。西汉前期传习今文《诗经》的有三个学派,其创始者分别为齐人辕固生、鲁人申培公、燕人韩婴。由于传授、搜集的时地不同,加上因口耳相传产生的差异,齐、鲁、韩三家《诗》的文句和解释各有差别,形成学派后,各种师法更可谓壁垒分明。

汉武帝末年,从孔子故宅的夹壁中发现一些经籍如《尚书》《春秋》《礼记》《论语》《孝经》等,以先秦文字写成,称为古文经。其中《古文尚书》比伏生所传《今文尚书》多出十六篇,经孔安国整理后献上,但因巫蛊之祸而未能立于学官,仅在民间传授。其他经书也往往有古文版本,如北平侯张苍献古文《春秋左氏传》,河间献王刘德(武帝之兄)搜求而得《周官》《尚书》《孟子》《老子》,鲁三老献《古孝经》,

---

① 马银琴:《周秦时代〈诗〉的传播史》,第178—181页。

鲁淹中出土《礼古经》等。这些新发现的古文经虽是以古文字抄写于秦火以前，弥足珍贵，但可能发现得较晚，未有师承，同时又受到业已立于学官的今文学派所压制，因此在西汉之世并未受到统治者重视，一般都是由私学传授。古文经中比较特殊的是《诗经》，其创始者是鲁人毛亨（世称大毛公）。毛亨生于战国后期，是荀子的门徒，其诗学承自孔子弟子卜商（子夏）。毛亨为《诗经》作训诂传，并授予赵人毛苌（世称小毛公），后世称为《毛诗故训传》，简称《毛传》。《毛传》大抵成于战国末，以六国文字写成，故称古文经。刘立志《汉代〈诗经〉学史论》即认为根据《汉书·河间献王传》的记载以及北宋郭忠恕所征引的"古毛诗"文字与出土战国简帛文字相同，考明《毛诗》确有先秦古文本。而现存最早且完整的《诗经》注本，就是《毛传》三十卷。全书章句训诂大抵取自先秦群籍，解《诗》往往与《孟子》《左传》关联密切，保存古义甚多。《汉书·儒林传》记载了《毛诗》在西汉的传承："毛公（苌），赵人也。治《诗》，为河间献王博士，授同国贯长卿。长卿授解延年。延年为阿武令，授徐敖。敖授九江陈侠，为王莽讲学大夫。由是言《毛诗》者，本之徐敖。"当时齐、鲁、韩三家《诗》立于学官，《毛诗》虽为河间献王所重，却也仅在民间传授，形成毛苌、贯长卿、解延年、徐敖这个传承谱系。西汉末年，由于王莽本人"信而好古"，加上刘歆推波助澜，包括《毛诗》在内的古文经学终被列为官学。东汉初年虽一度取消，但因贾逵、马融等学者的倡导，《毛诗》在章帝时再度立于学官。东汉后期，大儒郑玄为《毛诗训诂传》作笺注，以《毛诗》为本，兼采一些三家《诗》说，实现了《诗》今古文经学的融合。《郑笺》一出，《毛诗》正统地位得到确立，其学大行于世。此外郑玄又作《诗谱》，"列诸侯世及《诗》之次"，俾研读者一目了然。到唐太宗时，孔颖达奉敕主编《五经正义》，其中《诗经》部分乃是王德韶、齐威等人为《郑笺》作疏，题为《毛诗正义》。由于是孔颖达总其成，故通称孔疏。孔疏以隋人刘焯《毛诗义疏》、刘炫《毛诗述义》为稿本，融贯群言，汇集了汉魏六朝《诗经》的成果，并时有新见。

必须注意的是，《毛传》中有一个重要的组成部分——《毛诗序》。《毛诗序》分为大序、小序，小序是指三百零五篇中每篇的题解，大序则是首篇《关雎》题解之后的一大段文字，被视为全书的序言。大小序的作者，有谓大序为子夏所作、东汉初年卫宏所作等，历来聚讼纷纭。《四库全书总目》认为各篇的小序为毛苌以前经师所传，大序为毛苌以下弟子所附。也就是说，《毛诗序》总结了战国秦汉先秦以来儒家论《诗》的主张，经毛苌统合，又由其门人晚辈修订完善。《毛诗序》中的《诗大序》可谓中国文学史上第一篇专论诗歌的文章，兹移录于下：

> 诗者，志之所之也，在心为志，发言为诗。情动于中而形于言，言之不足故嗟叹之，嗟叹之不足故永歌之，永歌之不足，不知手之舞之足之蹈之也。情发于声，声成文谓之音。治世之音安以乐，其政和；乱世之音怨以怒，其政乖；亡国之音哀以思，其民困。故正得失，动天地，感鬼神，莫近于诗。先王以是经夫妇，成孝敬，厚人伦，美教化，移风俗。故诗有六义焉：一曰风，二曰赋，三曰比，四曰兴，五曰雅，六曰颂。上以风化下，下以风刺上。主文而谲谏，言之者无罪，闻之者足以戒，故曰风。至于王道衰，礼义废，政教失，国异政，家殊俗，而"变风""变雅"作矣。国史明乎得失之迹，伤人伦之废，哀刑政之苛，吟咏情性，以风其上，达于事变而怀其旧俗者也。故变风发乎情，止乎礼义。发乎情，民之性也；止

> 乎礼义，先王之泽也。是以一国之事，系一人之本，谓之风；言天下之事，形四方之风，谓之雅。雅者，正也，言王政之所由废兴也。政有小大，故有小雅焉，有大雅焉。颂者，美盛德之形容，以其成功告于神明者也。是谓四始，诗之至也。

这篇文章有几个重点。第一，谈及诗歌如何产生。所谓"诗言志"，就是在《尚书·舜典》《左传》《庄子·天下》《荀子·儒效》等先秦典籍中皆有谈到。所谓"志"乃是指与个人修养和政治教化相关联的志向与襟抱。"志"是理性的，在诗歌中尚未与感性的情感结合在一起论述。《诗大序》继承这条脉络，进一步提出"情动于中而形于言"，提出抒情言志的新观念，并将思想、语言、感性、理性、诗歌、音乐、舞蹈等元素有机有序地绾合在一起。第二，谈及诗歌的社会性。在治世、乱世与亡国时期，会出现不同风格的诗歌，这些作品不仅能触动人心、感动天地鬼神，还能让施政者有所参照，使社会安定、风俗淳美。第三，关于诗之六义。对于风、雅、颂，《诗大序》作出了详细的界定，还提出变风、变雅和四始等概念。所谓四始，是指《国风》《小雅》《大雅》《周颂》的首篇，如《史记·孔子世家》曰："《关雎》之乱以为《风》始，《鹿鸣》为《小雅》始，《文王》为《大雅》始，《清庙》为《颂》始。"而变风、变雅，就是前文所言乱世之音和亡国之音。不过，《诗大序》虽将情、志结合，却认为即使变风、变雅也要"发乎情，止乎礼义"，如此一来，就只有"正情"才能被接受了。《诗大序》为子夏所作的旧说，今人一般颇有怀疑。张健说得好：西汉后期的刘歆是《毛诗》的积极传扬者，其于哀帝时请立《毛诗》等于学官，受到众博士抵制，刘歆与其发生激烈辩论。如果刘歆见《毛诗大序》，《诗序》出子夏，此正可证明《毛诗》的合法性与权威性，但刘歆只字未及。我们有理由相信，刘歆的时代不存在《诗大序》；即便存在，刘歆本人也深知子夏作《大序》说不能令人信服。(《重探汉代经学中的赋比兴说》)因此关于《诗大序》的产生年代，思过半矣。至于小序方面，由于作者强调美刺之说，因此对不少作品——特别是《国风》篇章的本义有所曲解，充其量只能视为引申义。不过，小序往往与《左传》《孟子》乃至晚近出土的《孔子诗论》相合，说明其内容多承袭先秦旧说而来，就《诗经》学史而言依然具有十分宝贵的价值。李春青说："今看《孔子诗论》，我们就清晰地知道了，原来儒家从孔子、子夏的时候开始，在《诗经》的传授过程中就是用类似《诗序》的形式用一两句简洁扼要的语句来概括每首诗的主旨的。而且先秦的儒家早已经将说诗的基本路向牢牢锁定在政治、道德的框架之中了——无论诗的文本义如何，都要'发掘'出它所隐含的政治、道德的意义来。"(《诗与意识形态：西周至两汉诗歌功能的演变与中国诗学观念的生成》)

至于三家《诗》方面，从东汉末年便渐渐衰落。与简明易学、没有穿凿附会成分的《毛诗》相比，《齐诗》内容空洞，章句烦琐，东汉末便已亡佚。《鲁诗》在西晋失传。《韩诗》到北宋亡佚，现仅存《韩诗外传》，已非韩婴原著。宋元之际，王应麟有感于汉代四家《诗》只有《毛传》传世，因此开始为三家《诗》辑佚，编成《诗考》，对后世的三家《诗》辑佚工作影响深远。仅以清代观之，相关著作知名者便有卢文弨《增校诗考》、臧庸《韩诗遗说》、郝懿行《韩诗外传补遗》、冯登府《三家诗遗说》、阮元《三家诗补遗》、魏源《诗古微》、陈寿祺和陈乔枞《三家诗遗说考》、王先谦《诗三家义集疏》等。今人马昕著有《三家〈诗〉辑佚史》，张锦少则有《清代三家〈诗〉学新论》，有兴趣的读者可以查阅。

汉代《诗经》著述除了四家《诗》外，《诗纬》方面也可一提。

第十七章 克开厥后：《诗经》在后世的跫音

所谓"纬书"多产生于西汉，其名乃相对儒家的经书而言，又称纬候、图纬等，是谶纬神学解释儒家经书的著作，与齐地方士化儒生关系很深。由于西汉天命神权、天人感应等观念盛行，随之出现许多关于祥瑞灾异、术数占卜之说，术士们将之附会儒经，以神化刘姓皇权，奉孔子为宗教主，将儒学发展为具有完整宗教神学体系的儒教，甚至成为东汉官方意识形态。纬书内容驳杂，也保存了不少古史神话、天文地理、乐律术数、农学医药等方面的零散资料，荒诞而精彩。五经皆有与之相配的纬书，《诗纬》便有《推度灾》《泛历枢》《含神雾》三种。《诗纬》与《齐诗》相应，以《诗》配五性六情，据天人感应相通之理，认为气运律历与人的思想感情相通，特别是君主的思想性情影响气运律历，因此由灾祥可以观测人事，推知统治者的思想、性情（《孔子百科辞典》）。毛宣国指出："纬书的诗学价值不仅体现在它对《诗经》篇章的具体解释中，更重要的是它提出了对后世诗学有着深刻影响的诗学理论观点。这些观点主要表现在《诗纬》与《乐纬》中，另外，《礼纬》《春秋纬》《易纬》《尚书纬》《孝经纬》中也包含着一些重要的诗学观点。谈到纬书的诗学理论构成时，有两点值得注意：一是纬书内容构成驳杂，加上又不像今古文经学那样有一个明确的师承系统，所以其中有许多拼凑杂糅处，有一些观点只是对汉代经学家诗学理论的袭用……对这种袭用，虽不能简单否定，因为它反映了诗学理论方面的一些共识，但毕竟不是纬书具有原创性的观点，所以必须有所甄别。二是纬书中包含着大量完全脱离经书的灾异祥瑞与天象人事内容，人们常常容易将纬书视为迷信荒诞之书而忽视它与经书之间的本质联系。实际上，纬书虽然包含大量迷信荒诞内容，从总体上说仍是在经书的引领下进行的。纬书的诗学理论也是如此。"[1]如《含神雾》对于诗的论述便有两处颇值得后人所注意，其一为"诗者，持也"之说："诗者，持也。以手维持，则承奉之义，谓以手承下而抱负之。在于敦厚之教，自持其心，讽刺之道，可以扶持邦家者也。"这是通过声训将"诗"解释为"持"，而别出机杼地创发新意。其二为"诗者，天地之心"："诗者，天地之心，君德之祖，百福之宗，万物之户。""诗者，天地之心，刻之玉版，藏之金府。集微揆著，上统元皇，下序四始，罗列五际。"毛宣国据而认为，《含神雾》将"天地之心"与"刻之玉版"联系起来，可能表现的是一种古老的诗歌观念；这一点，从1987年安徽含山凌家滩四号墓出土的玉龟玉版图案可以得到证明。玉版是远古巫师用于通天的法器，玉版的形制说明早在远古社会，中国人已经有了天圆地方、大地有四极八方、四方有神祇作为象征的空间观念。而《含神雾》"天地之心，刻之玉版"的说法将《诗》与巫术行为联系起来，赋予某种神秘色彩。但提出这一说法的目的却在于强调诗可以感通天地人神，使诗成为可以预知"人事兴衰得失之源，王道治乱安危之故"的工具。正因为此，纬书作者在提出"天地之心，刻之玉版"说法之后又提出诗"集微揆著，上统元皇，下序四始，罗列五际"的观点，强调诗具有"列终始，推得失，考天地，以言王道之安危"的巨大功用，将诗的意义指向世间人伦。[2]

---

[1] 毛宣国：《纬书的〈诗经〉阐释与诗学理论》，《中国文学研究》2013年第1期，第63页。

[2] 毛宣国：《纬书的〈诗经〉阐释与诗学理论》，《中国文学研究》2013年第1期，第64页。

二、宋代以降《诗经》传播述略

宋人治《诗经》，因不满于汉唐以来孜孜于章句而忽视经书大义，开始提倡探求诗作本义。由于他们发现汉儒诗说中存在不少扞格矛盾，因此开始对《毛传》《毛诗序》产生怀疑。宋代理学盛行，导致思辨风气兴起。学者探究《诗经》本义时，往往能自出机杼，大胆议论，突破传统的经学的束缚。今人郝桂敏将宋代《诗经》学分为五个发展阶段，亦即：（一）保守期：庆历以前的北宋时期；（二）创发新义期：庆历以后的北宋时期；（三）深入发展期：理宗以前的南宋时期；（四）衰微期：南宋中后期；（五）总结期：南宋晚期。[1]其中最为知名的学者包括欧阳修、苏辙、朱熹、王柏等人。欧阳修《诗本义》尝试推求作品的本义，敢于对《诗序》和毛、郑加以批评，颇有新见。苏辙《诗集传》认为《诗序》各篇只有首句是子夏所传毛公之学，其余皆为东汉卫宏集录，当悉从删汰。南宋朱熹《诗集传》是里程碑式的著作，今人将其成就归纳成三点：其一，疑古辨经，态度谨严；其二，谈义理而不废考据；其三，能够突破经学的观点约束，初步从文学的角度解《诗》。对于《毛诗序》，《诗集传》不录，但朱熹又另撰《诗序辨说》，逐条批驳。至于《诗集传》最大的缺陷在于两点：其一，虽然朱熹承认爱情诗的存在，却斥责这些诗篇为"淫奔"之作。其二，在标注字音时采用吴棫的叶音说，临时改变某字读音，造成混乱。值得一提的是，朱熹的《诗经》研究受到郑樵《诗辨妄》一书的影响。郑樵认为："乱先王之典籍，而纷惑其说，使后学至今不知大道之本，

---

[1] 郝桂敏：《宋代〈诗经〉文献研究》，中国社会科学出版社，2006年，第15—24页。

自汉儒始。"如此观点使朱熹从尊序派转为疑序派。王柏为朱熹三传弟子，著有《诗疑》。他不信毛、郑与《毛诗序》，甚至不信《左传》中的相关资料，对于朱熹之说也有存疑之处。他认为《周南》《召南》应各有十一篇诗，故将《召南》中《何彼秾矣》和《甘棠》归入《王风》，将《野有死麕》削去。他又认为《诗经》中有"淫诗"三十二篇，并非孔子定本，而是汉儒窜入，必须削去。王柏这些言论的动机虽是出于卫道，却在客观上动摇了儒家经典的神圣地位，也进一步解放了学术思想。

元代《诗经》研究仍承宋学遗绪，学者以朱熹《诗集传》为依归。唯马端临《文献通考·经籍考》于旧说多所考辨。明初胡广奉成祖之命敕撰《五经大全》，对于唐宋元旧说多有汇集，并附有图例，以供参考。此外如李先芳《读诗私记》、朱谋㙔《诗故》、姚舜牧《诗经疑问》等继承汉学或兼采汉宋，冯应京《六家诗名物疏》考证名物制度，陈第《毛诗古音考》破除宋人叶音说，排列《诗经》韵字，研究古今音变化，开清代古音学之先河。然因明代中叶以后，阳明心学大行其道，学者束书不观、游谈无根，《诗经》研究受到影响。何楷撰《诗经世本古义》打乱三百篇次序而重加编次，按二十八宿次序分部，钩稽字句，牵合史传，故《四库提要》讥其为"大惑不解之书"。不过今人刘毓庆指出，《诗经》文学研究的繁荣是明代《诗经》学研究的突出特点，改变了《诗经》学原初的发展方向，使之走上了新的发展道路。在《诗经》学史上有着不容忽视的意义。[①]除了专门论著，明代后期从文学角度评点《诗经》的著作也为数不少，值得注意。至于清代《诗经》学，今人洪湛侯将之分为前期、中期、后期三期："前期指清初至乾隆编《四库全书》以前百余年间，实际上是'诗经宋学'过渡到'诗经清学'

---

① 刘毓庆：《从经学到文学：明代〈诗经〉学史论》，商务印书馆，2002年。

的转型期;中期指乾嘉时代'诗经清学'的形成和发展的时期;后期指道、咸至清末数十年间,这一时期,'诗经清学'继续发展,今文三家诗派逐渐复兴。"[1]而曹自斌指出:"清代后期的《诗》学,《毛诗》'考据派'基本是沿着'乾嘉之学'的治学方法走下去,尊毛义成为解诗主流。这时出现了'思辨'一派,如崔述的《读风偶识》、姚际恒的《诗经通论》、方玉润的《诗经原始》等能够研究《诗经》的文学意义。三家《诗》的研究在清代后期开始活跃起来。"[2]姚际恒《诗经通论》、方玉润《诗经原始》以及牛运震《诗志》等著作,由于从文学角度切入,其内容至今仍为《诗经》研究者广为征引。

民国时期的中国社会正处于剧烈的嬗变与转型时期,《诗经》研究成果也可谓新旧互见,既有传统学者如章太炎、吴闿生、林义光等,又有新派学者,如胡适、闻一多、郭沫若、朱自清等。吴闿生《诗义会通》和林义光《诗经通解》就内容而言仍是传统经学的延续,但颇有通达之说。五四以后,新派学者的研究可谓胜义纷呈。胡朴安《诗经学》于1928年付梓,提出要从文字学、文章学、史地学、博物学、礼教学等五方面来析论《诗经》,这未尝不是新诗经学的滥觞。再如古史辨学派代表人物顾颉刚从历史学角度对古文献资料作辨伪求真的考核,并进而研究《诗经》学术史上不同学派的思想观念和治学方法。其《〈诗经〉在春秋战国间的地位》等论文可谓代表著作。闻一多结合民俗学、文学分析和考据的方法,揭示《诗经》的内容和艺术性(包括一些隐语或意象的文化内涵),对《诗经》思想内容和文艺特质作了全新的阐释和展现,并开创了新的训诂方法。郭沫若提出一个把《诗经》运

---

[1] 洪湛侯:《诗经学史》,中华书局,2002年。
[2] 曹自斌:《明清中原〈诗经〉学概述》,《郑州大学学报(哲学社会科学版)》第50期(2017年6月),第95—96页。

用于古代史研究的科学研究体系，其《关于周代社会的商讨》和《简单地谈谈〈诗经〉》二文对《诗经》的史料价值和文学价值作出全面的评价。此外，朱自清《赋比兴说》、朱东润《诗心论发凡》等，在当时都颇有影响力。可以说，这个时期的《诗经》研究超越了传统训诂、疏解、感悟和鉴赏的模式，在观念和方法上皆有重大迈进。这些丰硕成果，也为当代《诗经》研究奠定了坚实的基础。

三、出土文献与《诗经》述略

如前节所言，汉代今古文之争始于文本之差异，以及随之而来的诠释分歧。但是在印刷术发明以前的写本时代，即使不遭遇秦火，传世各种《诗经》写本的文字差异也必然甚大。19世纪后期以来，地不爱宝，大量古代文献出土，大大拓宽了学术研究的广度与深度。关于《诗经》，不计《缁衣》（有郭店楚简、上博简）与《五行》（有郭店楚简、马王堆帛书），从20世纪70年代起有几次重要的发现。

第一种是阜阳汉简。1977年，安徽省考古工作队在阜阳双古堆一号墓发掘出大量简牍，墓主人应是第二代汝阴侯夏侯灶［汉文帝十五年（前165）去世］。经整理发现，这些汉简有十多种古籍，其中就包括《诗经》残简约170片，由胡平生、韩自强系统整理，编成《阜阳汉简诗经研究》（1988），简称《阜诗》。这是现存最早的《诗经》古本。《阜诗》以汉隶书写，保留了《国风》和《小雅》共69首诗的残章断句，字句与《毛诗》多有不同，从而引起对诗句新的理解。如《邶风·北风》"惠而好我，携手同车"，《阜诗》"车"作"居"。二字古音相同，但意义则差别甚大。今人吴洋认为："考虑到此诗的前两章分别作'携手同行''携手同归'，则从'同行'到'同归'再到'同居'

是一个层次分明的递进关系，如此看来，阜阳汉简《诗经》的'同居'似乎更为合理。"①

第二种是上博简《孔子诗论》。1994年开始，上海博物馆从香港古玩市场收购了一批竹简，有千余支。2001年，《上海博物馆藏战国竹书》（一）出版，其中《孔子诗论》并无传世本，随即引起学界重视。整理者认为《孔子诗论》虽非《诗经》全貌，却是由战国人亲笔书写的，时代早于四家《诗》与《阜诗》，可以考见先秦《诗经》学面貌，十分珍贵。《孔子诗论》分刻于29支竹简上，多为残简，且有留白简，文意不连贯。马承源将简文内容分为六个部分，亦即《诗序》《颂》《大夏》《少夏》《邦风》《综论》。李学勤根据文句、各章之间语意和位置关系，将竹简分为四组十二章。《诗论》的文本性质和思想研究，也是学术界关注的焦点。关于《孔子诗论》的作者，整理者马承源认为是孔子，廖名春认为是子羔，此外还有"子上说"和"未定说"。李学勤则在《〈诗论〉的题材和作者》一文中提出："《诗论》的作者，能引述孔子论《诗》这么多话，无疑和子思一般，有着与孔子相当接近的关系。符合这个条件，能传《诗》学的人，我认为只能是子夏。"《诗论》中共出现诗篇58篇，均可以与今本《毛诗》相对照，仅有《扬之水》一篇不知属于何风（因《诗经》有三篇同题作品）。对于具体作品，《诗论》的评论非常简短，如第二十六简："《邶风·柏舟》闷。《谷风》悲。《蓼莪》有孝志。《隰有苌楚》得而悔之也。"虽然简短，却颇能整体把握诗歌情感。杨松年指出："就言论的范畴来说，《论语》中孔子论诗的言论偏重于诗的功能、运用的说明，战国楚竹简侧重于篇章的论述，

---

① 吴洋：《大雅重光——出土简帛〈诗经〉文献综述》，《光明日报》2021年12月20日。

当然也兼及诗的特色、作用的描述。可以说，结合两部分的数据分析，可以让我们更清楚孔子对《诗经》的看法，早期儒者对诗的意见。"(《战国楚竹简〈孔子诗论〉和〈论语〉孔子诗说论析》)这是十分中肯的意见。至于《孔子诗论》与《毛诗序》的关系，不少学者指出了二者的差异性。但江林昌则认为："竹简《诗论》的基本观点大多为《毛诗序》所继承，竹简《诗论》很有可能是学术史上所传说的子夏《诗序》，是目前所知的《毛诗序》的最早祖本。"①

第三种是清华简。这是清华大学于2008年收藏的一批战国楚简，经测定属于战国中晚期的文物。直至目前，清华简已整理出十一辑的内容。如第一辑（2010）中《周武王有疾周公所自以代王之志》一篇，当即传世之《尚书·金縢》，其中提及"周公乃遗王诗，曰《鸱鸮》，王亦未逆公"，文字与《尚书》本大同小异，可见周公赋《鸱鸮》之说，最迟在战国中晚期已经流行。又如同辑之《耆夜》记载周公在"饮至"宴会上即兴赋《蟋蟀》的故事，可与《唐风·蟋蟀》相互参证，有助于我们认识《唐风·蟋蟀》诗旨。第二辑（2011）之《周公之琴舞》第十五简部分内容与《周颂·敬之》相同，本书前章已经讨论。由于《周公之琴舞》共录有周公诗一首、成王组诗九首，仅成王诗第一首与《敬之》相同，其余皆不见于《诗经》，因此学者徐正英、马芳、刘丽文等遂认为这"现行本《诗经》确实对古诗删削过"。姚小鸥则提出：春秋之后，诗、乐二家殊途传承，所重有别。《周公之琴舞》产生于诗、乐二家分流之际，向人们展示了未经汉儒整理的诗家传本早期形态，保存有若干关于乐舞的术语。在诗家的传承历史中，这些乐舞术语逐

---

① 江林昌：《上博竹简〈诗经〉的作者及其与今传本〈毛诗序〉的关系》，《文学遗产》2002年第2期，第15页。

渐被剥离，最终在汉代定型为今本《诗经》。[①]

　　第四种是安大简《诗经》，2015 年由安徽大学收藏。经检测，这批竹简的时代为战国早中期。2019 年，黄德宽、徐在国主编之《安徽大学藏战国竹简》（一）出版，收录竹简 93 支，载录《诗经》六国之风，诗篇计有 60 首。安大简《诗经》以典型的战国楚系文字书写，比阜阳汉简《诗经》早一到两百年，保留诗篇的完整程度也超过后者，是至今所见最早的《诗经》抄本，价值重大。与传世本《毛诗》相比，安大本有大量异文，这些异文已经在学术界引起了广泛的争论，对于深入理解诗篇的意义产生了积极的影响。吴洋指出，传世本《毛诗》中多次出现的诗句"之子于归"中的"之"字，在安大简《诗经》中无一例外皆作"寺"，而其他的"之"字则仍作"之"。这充分说明"之子于归"一句有其特殊的含义，很可能是女子出嫁的专用语。[②]此外，安大本还出现了不少逸章、逸句。如前章所言，传世本《毛诗·召南·驺虞》仅两章，而安大本却多出第三章。传世本《唐风·扬之水》共三章，前两章每章六句，末章四句，安大本末章比传世本多出两句："如以告人，害于躬身。"如是一来，安大本《扬之水》三章皆为六句，格式整齐。此外，安大本又有所谓"侯（矦）风"，但名下收录的篇目均见于今本《魏风》；安大本《魏风》所收除首篇《葛屦》见于今本《魏风》，余皆见于今本《唐风》。周建邦认为安大简本可能源于魏侯为了与韩、赵争取正统而编定的版本，形成既收今本《魏风》的《侯风》，又将

---

① 姚小鸥：《试论清华简〈周公之琴舞〉的文本性质》，《诗经与楚简诗经类文献研究》，第 69—77 页。
② 吴洋：《大雅重光——出土简帛〈诗经〉文献综述》，《光明日报》2021 年 12 月 20 日。

今本《唐风》称为《魏风》。①

第五种是海昏侯《诗经》，为 2015 年在发掘江西南昌西汉海昏侯墓时所发现，目前整理工作仍在进行中。整理者朱凤瀚曾发表《西汉海昏侯刘贺墓出土竹简〈诗〉初探》一文，初步介绍了海昏侯《诗经》的基本情况。朱文指出，海昏侯《诗经》存简 1200 枚，书前有《诗经》目录，目录中记录有各部分的篇数和章句数，其总体结构、诗篇数与今传本《毛诗》相同。海昏侯《诗经》正文残损严重，但可看出各诗结构严整，章句起讫分明，且标注章句次序和章句数目。此外，海昏侯《诗经》正文中保留有注解，篇末有类似《诗序》的诗旨说明，如《桧风·隰有苌楚》诗后标注"说（悦）人"，应是根据诗中"乐子之无知""乐子之无家""乐子之无室"等诗句推导出的意思。然而，《毛诗序》与"悦人"之说颇为不同："《隰有苌楚》，疾恣也。国人疾其君之淫恣而思无情欲者也。"上博简《孔子诗论》则说："《隰有苌楚》，得而悔之也。"由此可见秦汉之际《诗经》学派之纷繁。

第六、七种分别是荆州夏家台、王家嘴楚简，皆为近十年内正式考古挖掘的新发现。2015 年前后，荆州博物馆考古工作者从荆州郢城遗址南郊的夏家台战国楚墓中清理出 400 余枚竹简。其中，《诗经·邶风》《尚书·吕刑》均为首次在楚墓中出土发现。这批竹简出土于郢城遗址南郊的夏家台 106 号墓，墓葬为带墓道的一椁一棺小型墓葬，墓主人为楚国低级贵族。竹简上"我心匪鉴，不可以茹。亦有兄弟，不可以据"等字清晰可辨，经考证后确认为《诗经·邶风》中的部分内容。

王家嘴位于荆州市荆州区纪南镇洪圣村。2019 至 2021 年，荆州

---

① 周建邦：《安大简〈诗经〉"矦风""魏风"及其相关问题小识》，收入邬文玲、戴卫红主编《简帛研究》2021 年春夏卷，广西师范大学出版社，2021 年，第 194—100 页。

博物馆在此进行考古发掘。2021年6月，从编号为M798的一座战国楚墓中出土了一批竹简。经过初步整理和释读，其中可与今本《诗经·国风》相对读者达150余篇（今本《诗经·国风》共160篇）。此外，还有少量不见于今本《诗经》的"逸诗"，目前可以看到篇名的共有8篇。王家嘴出土的楚简《诗经》在内容、篇章、编排等方面与今本《诗经》差异较大，为研究先秦时期《诗经》之面貌提供了重要数据。

四、书画中的《诗经》

今人李杰荣指出：《诗经》里有大量的动植物、宫室、礼器、制度、地理等，自汉代起，就有不少著作对其进行解说，但大都随文释义，语焉不详，相关的绘图的出现，有助于读者对诗中名物等有直观具体的认识，如东晋卫协、唐代程修己等人的草木虫鱼图，就属此类。再如唐代张彦远《历代名画记》卷三《述古之秘画珍图》曾列举散佚人间的秘画珍图，其中就有《韩诗图十四》《诗纬图一》，但仅列画目，作者不详，年代不明，大抵《韩诗图》是据汉代四家《诗》之《韩诗》所绘的图，至于《诗纬图》，有可能是依据汉代趋向于谶纬神学化的《齐诗》所绘的图，当中可能涉及阴阳律历。这种以图注经的方式，在后代绵延不绝。[①]《历代名画记》记载："刘褒，汉桓帝时人，曾画《云汉图》，人见之觉热；又画《北风图》，人见之觉凉。官至蜀郡太守。"《大雅·云汉》为周宣王久旱祷雨之作，《邶风·北风》为卫国贵族在雪天逃亡之作。刘褒此二图，观者见之而"觉热""觉凉"，足见其画工之佳胜，可惜其图早已不存。

---

① 李杰荣：《汉至唐代的诗经图》，《河北师范大学学报（哲学社会科学版）》第36卷第1期（2013.01），第95页。

六朝时期，东晋孝武帝司马绍绘有《豳风七月图》《毛诗图》，卫协绘有《北风图》《诗黍稷〔离〕图》；刘宋陆探微绘有《诗新台图》，刘斌绘有《诗黍离图》。这些图画今已不存，但从诗旨来猜测，大抵晋孝武帝身为天子，以《七月》入画有劝农之意。卫协、刘斌绘《北风》《黍离》，当与晋室南渡有关。陆探微绘《新台》，殆与刘宋宫闱丑闻相关。此外《隋书·经籍志》著录《毛诗图》三卷、《毛诗孔子经图》十二卷及《毛诗古圣贤图》二卷，此当为学术绘画，须与著作合读。唐代《诗经》图，作者所知者仅二人。其一为成伯玙，南宋郑樵《通志·图谱略》著录其《毛诗图》及《毛诗草木虫鱼图》两种，当亦为学术绘画。其二为宫廷画家程修己。据载唐文宗以为卫协《毛诗图》中草木鸟兽、古圣贤君不够逼真，于是令程修己重绘。程氏乃画《毛诗疏图》，藏于内府。《新唐书·艺文志》著录《毛诗草木虫鱼图》二十卷，当即此书。另外值得一提的是，唐玄宗唯一传世的墨迹《鹡鸰颂》，全卷共 316 行，行 7 至 8 字。其小序略谓玄宗有兄弟五人，十分友爱，兄弟自藩国来京述职后往往欢聚一堂，"申友于之志，咏《棠棣》之诗"，以享天伦之乐。大约在开元七年（719）的秋日，有数千只鹡鸰欢快地栖集在麟德殿的中庭树上，十余日不曾离去。此时，官员魏光乘认为这是兄友弟恭的祥瑞，献上《鹡鸰颂》，玄宗于是将颂文抄录成卷。鹡鸰之所以为祥瑞，正因为《常棣》诗中有"脊令在原，兄弟急难"之句，可见鹡鸰早已成为兄弟的象征。

　　南宋前期，《诗经》图画中最著名的作品就是马和之《诗经图》。当时皇家画院编制只有十位画师，马和之级别最高。马和之与宋高宗经常合作，一人绘画、一人写字。《诗经图》即马和之绘，高宗、孝宗先后抄写《诗经》原文，采取左诗右图的形式，图文并茂。宋室南渡，高宗、孝宗力图恢复社会秩序，营造一个不同于北宋末年、健康正气的社会局面，因此决定制作《诗经图》。全图大约有二十卷，图画总计三百幅，现存真迹仅有十卷左右。今人徐邦达详细考辨并罗列了各卷目前收藏情况：

1.《邶风》七篇卷，作者前在上海曾见，今下落不明；

2.《鄘风》四篇卷，现藏广西壮族自治区博物馆；

3.《唐风》卷，现藏辽宁省博物馆，另一卷为北京故宫博物院藏，还有一卷在日本京都国立博物馆藏；

4.《陈风》卷，现藏英国大英博物馆，另一卷为上海博物馆藏；

5.《豳风》卷，现藏北京故宫博物院，另一卷为美国大都会美术馆藏；

6.《小雅·鹿鸣之什》卷，现藏北京故宫博物院；

7.《小雅·南有嘉鱼之什》六篇卷，现藏美国波士顿博物馆；

8.《小雅·鸿雁之什》六篇卷，现藏美国大都会美术馆；

9.《小雅·节南山之什》卷，现藏北京故宫博物院；

10.《大雅·荡之什》卷，日本藤井有邻馆藏；

11.《周颂·清庙之什》卷，辽宁省博物馆藏；

12.《周颂·闵予小子之什》卷，北京故宫博物院藏，另有一卷为上海博物馆藏；

13.《鲁颂》三篇卷，辽宁省博物馆藏；

14.《商颂》卷，听闻现在香港荣氏藏。

已定为宋以后仿本的如下：

15.《齐风》六篇卷，已销往国外；

16.《陈风》卷，辽宁省博物馆藏；

17.《召南》卷，上海博物馆藏；

18.《国风图》卷，北京故宫博物院藏；

19.《豳风图》六篇卷，现不知何处；

20.《毛诗》四篇卷，辽宁省博物馆藏。[1]

《诗经》作品之旨意固然有美有刺，但如明人汪砢玉《珊瑚网》论《邶风》《鄘风》《卫风》云："不写宣姜轶事，但写鹑奔鹊彊，树石动合程法，览之冲然，由其胸中自有《风》《雅》也。"查《鄘风·鹑之奔奔》云："鹊之彊彊，鹑之奔奔。人之无良，我以为君。"《毛诗序》以此诗为"刺卫宣姜"之作，"卫人以为宣姜鹑鹊之不若也"。但在马和之笔下，并不把宣姜其人画出来，而是选择以鹑、鹊为描绘对象，足见他个性之含蓄冲和，深受诗教濡染。至于马氏《豳风图》，明清两代也不时有临摹者。而现藏北京故宫原画，全卷共分七段，依次为《七月》《鸱鸮》《东山》《破斧》《伐柯》《九罭》《狼跋》，每段画前书《豳风》原文。图中人物形象生动，衣纹用兰叶描，笔法流畅潇洒，设色清丽古雅，在诸本《毛诗图》中，亦属精作。然《伐柯》篇内"构"字因避高宗讳而缺一笔，说明该书不是赵构所写，而是画院高手代笔。此图约在元初被分割为两卷，《破斧》篇曾为赵孟頫收藏。乾隆年间，两卷皆入内府，合璧装成一卷，卷首有清高宗弘历御书"苇龠余风"四字。祝勇论《豳风图》道："马和之的《豳风图》卷，整个长卷中洋溢着古风，每个人的表情、神貌，都是我们想象中的古人的样子。更值得称道的

---

[1] 徐邦达：《赵构书马和之画〈毛诗〉新考》，《故宫博物院建院七十周年特刊》1995年10月，第11—19页。

是，他没有对《诗经》的意象进行机械的图解，而是对原诗进行了剪辑和改编。比如《豳风·七月》里，没有过多描述农人们大干快上的劳动景象，而是更侧重于劳作后的歌舞酣饮，以及要出嫁少女的惆怅，以此来反衬劳动本身的艰辛与快乐。《豳风·九罭》里，更没有男欢女爱的内容，出现在画面中的是悠闲的捕鱼人（渔网无疑是对情网的隐喻），还有沙洲边飞翔的大雁，空茫的江景，展现出女子辽阔的荒凉。因此，马和之《诗经图》，是实的，也是虚的；那份虚，是留白，也是诗意。"[1]如此看来，《九罭》与《鹑之奔奔》两篇，马和之显然采取了相似的表现手法。

清高宗登基后，确实竭力搜集马和之《诗经图》，并发愿依照其笔意，绘制一幅完整的《毛诗全图》。于是乾隆四年（1739）春，敕令画院诸臣补绘马和之《诗经图》散佚的卷帙，至六年后的乾隆十年（1745）夏日竣工。高宗意犹未尽，又与画家董邦达合作，共同临仿《豳风图并书》一册，选用宣德笺金丝阑本行楷书《豳风》诗，又选太子仿笺本，墨画诗图，高宗画人物，董邦达添上树石屋舍。此后在清宫中未闻与《诗经》相关的图画绘制。倒是1922年，尚居紫禁城的溥仪以赏溥杰为名，将一千二百余帙书画精品盗运出宫，先藏于天津英租界的张园里，伪满成立后又运至东北长春，而马和之《毛诗图卷》也正是通过这种方法被偷运出宫，随后散佚世界各地。

此外，清代作为考据学兴盛的时期，继承前朝传统，出现了不少关于《诗经》的学术图谱，如徐鼎《毛诗名物图说》便是其一。此外，可以注意的是日本江户时期，出现了一批研究《诗经》的学者，其中

---

[1] 祝勇：《从〈诗经图〉到〈石渠宝笈〉》，http://theory.people.com.cn/BIG5/n/2015/1009/c40531-27675929.html。

儒学家细井徇为了推广《诗经》，"令童蒙易辨识"，于是与画师合作制成一部彩色版的《诗经名物图解》，于1851年左右问世。全书共有三卷，分为草、木、鸟、兽、鱼、虫六部，图画淡雅美观，笔法写实，画旁且有中文标注，览之可爱。

《诗经》虽然内容丰富，蕴藏了许多艺术素材，却大概因其儒家经书性质，若非得到帝王的加持，民国以前一般画家较少以其内容为绘画主题。不过清代以降，《诗经》的书法作品则为数渐多，如王澍、成亲王永瑆、杨沂孙、莫友芝、吴大澂、吴昌硕等皆有作品传世。而民国以后，以《诗经》篇章的文字来进行书法创作的情况就更常见了，如郑孝胥、叶恭绰、于右任、沈尹默、溥心畬、徐悲鸿、胡兰成等皆有相关作品。近数十年来，以《诗经》为主题的书画作品更是多不胜数，难以枚举。值得一提的，倒是海峡两岸邮政以《诗经》为主题发行的邮票。1985年6月22日诗人节，台湾地区邮政部门发行"中国古典诗词·诗经"邮票1套4枚，全套面值新台币25元。由台湾大学中文系主任叶庆炳教授指导选录《桃夭》《蓼莪》《蒹葭》《采薇》四诗配画，以春、夏、秋、冬四季为序，绘图者为画家林天时教授。邮票共发行120万套，深受集邮者喜爱。2018年9月8日，中国邮政发行《诗经》特种邮票1套6枚，分别为《关雎》《蒹葭》《无衣》《鹿鸣》《鹤鸣》《駉》，全套邮票面值人民币8.90元。邮票设计者为画家高云，采用传统工笔手法，虚实相间，艺术化地渲染了诗歌意境。如《无衣》描绘了士兵驰骋疆场、保家卫国的豪情壮志；《鹿鸣》描绘宾客们琴瑟歌咏、把盏举杯，鹿群在远处呦叫，洋溢着欢快的气氛；《鹤鸣》中鱼在小溪中遨游，溪边的几只仙鹤自由鸣叫，画面有声有色，有情有景；《駉》则描绘了群马奔腾的壮阔意境。

五、《诗经》翻译述略

最迟在北宋时期，《诗经》已被翻译成汉语以外的文字。《契丹文字研究类编》指出："《奴志》引用了《诗经》《书经》《易经》中的'五经百家之字'，说明辽朝已经把五经翻译成了契丹文字。其意义非常深远。"如果推论可信，辽代已将《诗经》译为契丹文。金世宗时，下诏将一些汉文经典翻译成女真文字。据《金史·世宗本纪》记载大定二十三年（1183）九月："译经所进所译《易》《书》《论语》《孟子》《老子》《扬子》《文中子》《刘子》及《新唐书》。上谓宰臣曰：'朕所以令译五经者，正欲女直人知仁义道德所在耳。'命颁行之。"世宗完颜雍（1123—1189）设置译经所，并道明翻译五经的动机在于让女真人"知仁义道德所在"。虽然这回译经所呈的译著中不包括《诗经》，但根据世宗之言，足知《诗经》也在翻译计划之列。到了清代，五经皆被翻译成满文，《诗经》甚至不止被一次翻译。今人金华指出："清顺治十一年（1654），已经有了《诗经》的满文译本，该译本在顺治、康熙两朝形成不同的版本；清乾隆三十三年（1768）对《诗经》进行新的翻译厘定，形成了新的译本，这几个译本的《诗经》至今仍有保留。"[①]王敌非则以《关雎》篇的翻译为例，指出："《诗经·关雎》的满文翻译中的有些词语的词性及语义都发生了改变，但仍能贴切无误地忠实于汉文原文，且以满语诗歌韵律的特点表现了《诗经·关雎》的押韵，不仅体现了译者伟大的智慧哲思及对汉文典籍理解的不断深

---

① 金华：《以〈诗经〉为例的满译汉籍文献编目研究》，《图书馆学刊》2021年第3期，第13—14页。

入,也体现了满汉文化的相互接纳与融合。"[①]进而言之,清代不少西洋传教士来华学习汉文经典,往往都是从满文译本入手。这不仅因为满语文作为国语、国文的政治地位,还由于满语属于黏着语的阿尔泰语系,语法与属于屈折语的欧洲诸语系相对接近,比较易于掌握。无可否认,汉文传统经典早期在国际上传播,多少也得益于满文译本。

最早接触《诗经》的西方学者,应是晚明来华的意大利传教士利玛窦(Matteo Ricci,1552—1610)。据张尔岐《蒿庵闲话》记载,利玛窦初到广东便"就馆延师读儒书,未一二年,四子五经皆通大义"。利氏身为传教士,会从《诗经》中寻找印证基督教的材料,如《文王》《大明》诸篇中皆有"上帝"的字眼,遂为利氏所援引。稍后,比利时人金尼阁(Nicolas Trigault,1577—1628)为使西方世界了解中国文化,着手将五经翻译成拉丁文,书成后于天启六年(1626)在杭州印行。可惜这种最早的西译本至今下落不明,后人无法得见。清代康熙后期,法国传教士来华者甚多,其中不少人对《诗经》的传播有所贡献。如白晋(Joachim Bouvet,1656—1730)有《诗经研究》,宋君荣(Antoine Gaubil,1689—1759)有《诗经西译》,但多为未刊稿本,不为世人所知。此外,传教士孙璋(Alxander de la Charme,1695—1767)从雍正六年(1728)起以五年时间完成了《诗经》拉丁文全译,且附有详细注释。然而孙璋去世后,译文手稿长期与其天文学手稿混杂一处,闲置于巴黎天文台。

步入 19 世纪,西方的《诗经》研究走向世俗化,东方学家和汉学家逐渐成为研究主力。不过,孙璋的拉丁文译本在默默无闻近百年以后,引起德国学者莫尔(Julius von Mohl,1800—1876)的兴趣,

---

[①] 王敌非:《民族文化在文学翻译中的体现:以满译〈诗经·关雎〉为例》,《黑龙江民族丛刊》2012 年第 4 期,第 151 页。

他于是将书稿加以编辑，撰序补注，译草木鸟兽虫鱼之名。该书于 1830 年出版，题为 *Confucci Chi-king, sive liber carminum, ex latina P. Lacharme interpretatione*。这是欧洲首度印刷《诗经》全译本。尽管这个译本"不仅充斥着错误，而且干涩枯燥，缺乏诗味，令人不堪卒读"[①]，却获得德国著名诗人、学者吕克特（Friedrich Rückert，1788—1866）的注意。他以此书为转译的底本，不仅进行文字加工，更注入一己之想象，于 1833 年推出 *Schi-king, chinesisches Liederbuch, gesammelt von Confucius*（《诗经：孔子汇编的中国歌曲集》）。此书的主要成就不在汉学，而在诗歌艺术，但对《诗经》在德国的传播接受影响甚大。不少学者皆参考其译文，《诗经》中的故事（如"筑台纳媳"）被改写成小说，甚至还被谱曲。1880 年，史淘思（Victor von Strauss und Torney, 1809—1899）的《诗经》德译本问世，周发祥认为此本"根据原文，推敲韵律，译得既信且雅，博得了一致的好评"[②]。汉学家葛禄博（Wilhelm Grube, 1855—1908）在他于 1909 年出版的《中国文学史》中写道：德国人对《诗经》特别喜爱，就是因为史淘思那种"不可超越的翻译，成了我们最完美的翻译文学中的宝藏"。当此之时，多种语言的《诗经》全译本也相继出现，据周氏统计，有克拉默（Johann Cramer）的德译本（1844，实际上是仅就吕克特译本略为加工而成）、加贝伦茨（H. C. von der Gabelentz）的德译本（1864，据满文本转译）、波蒂埃（M. G. Pouthier）的法译本（1872，辑入了孙璋的部分译文）、左托力（A. Zottoli）的拉丁译本（1879—1882）、艾伦（Clement F. R. Allen）的英译本（1891）、顾赛芬（S. J. Couvreur）的法译本和拉丁译

[①] 吴晓樵：《吕克特与〈诗经〉的德译》，https://www.chinanews.com/cul/2011-05-24/3063322.shtml。

[②] 周发祥：《〈诗经〉在西方的传播与研究》，《文学评论》1993 年第 6 期，第 71 页。

本（1892）等。

19世纪后期这些《诗经》全译本中，最值得注意的当属英国传教士理雅各（James Legge, 1815—1897）的英译本（1871）。理雅各于1839年来华传教，随即前往马六甲担任当地英华书院（Anglo-Chinese College）校长。在此期间，他深感若要引起一个民族的注意，就必须试图了解那个民族，因此自1841年起开始英译四书、五经等经典。他坚持认为基督教与儒家思想颇有相通之处，劝诫在华传教人员不要"使人讨厌且生反感"，而应认识到"孔子是古代著作事迹的保存者，中国黄金时代箴言的检注者和解释者"。1843年，理氏率领英华书院迁往香港，继续翻译事业。1861年，《中国经典》英译本第一卷在香港出版，内容包括《论语》《大学》与《中庸》的英译注释，随后又出版第二卷《孟子》的英译。1863年起，理氏得到中国学者王韬（1828—1897）的帮助，翻译事业更为顺畅。当时理雅各正在翻译《尚书》，由于王韬的协助，使他顺利完成第三卷《书经》《竹书纪年》的英译。随后，王韬持续帮助理雅各从事第四卷《诗经》的英译工作，译本于1871年在港出版。第五卷《春秋》《左传》则于1872年出版。1873年理氏返英，不久就任牛津大学汉学讲座首任教授，开创了牛津大学的汉学研究传统。此时，王韬继续协助理雅各翻译《礼记》，译本于1885年在伦敦出版，这是王韬参与英译的最后一种著作。至此，四书、五经已全部译成英文，共达28卷。此外，《孝经》《老子》《庄子》《太上感应篇》等经典也陆续翻译面世。由于理雅各在翻译时广为搜罗各种语言译本及相关文字，仔细比较、认真参考、反复斟酌，常常数易其稿。加上与王韬等人的切磋商讨，大大减少了失误，保证了翻译质量。1895年，理雅各还翻译出版了《离骚》。就理雅各的《诗经》译本来说，不仅注释丰富，还有一篇二百页左右的绪论，介绍《诗经》

的采集流传情况、内容、版本、笺注、传序、格律、音韵等相关课题，以及地理、政区、宗教等背景知识。为了紧贴原诗字面，译文采取散文方式，简明晓畅。注释则广泛罗列神话传说、历史掌故、名物制度、风俗习惯等材料。此书不仅是《诗经》翻译史上的巨著，也是中国文学、文化西播史上的里程碑。不过，理雅各的《诗经》英译虽力图做到尽善尽美，但毕竟是以汉学研究为依归，采取散文体裁来翻译固能巨细靡遗地呈现原文的含义，却终究缺乏诗意。这一方面，博通中西的学者辜鸿铭早有批评。理雅各显然也注意到这个问题，因此在牛津期间重新以英文押韵诗体另译《诗经》。不过就影响而言，这个译本似乎始终不及前此《中国经典》的散文译本。

20世纪开始，随着西方汉学研究的深化，《诗经》的选译、全译本如雨后春笋般出现。周发祥认为，整体的翻译趋向与目标是雅致化和精确化，而以亚瑟·韦利（Arthur Waley，1888—1966）的英译本和高本汉（Klas Bernhard Johannes Karlgren，1889—1978）的英译与注释本为典型。韦氏打散《诗经》原书顺序，按主题重新编次，分为恋爱、婚姻、勇士与战争、农作、游宴、歌舞等十七类。在序文、题解和脚注中旁征博引，将《诗经》与世界文学素材广泛比较，相得益彰。此书一再重印，经久不衰。高本汉氏服膺"读经必先识字"之说，从文字、音韵、训诂三方面深入探讨《诗经》。他既不满中国传统学者往往妄生美刺、穿凿附会，也批评西方学者不辨是非而袭用古人，使译文、注释偏离了诗作本义。高氏不把《诗》看作经书，不轻言"一音之转"，而是参照《诗经》他篇内证和先秦古籍外证，来确定各自的真实含义，然后再由字义推句义、句义推篇义，立论稳妥。因此，高氏《诗经》英译与注释二书可谓《诗经》传播史上的又一里程碑。①而在俄苏方面,虽然学者对《诗经》的关注可追溯至19世纪的王西里(В. П. Васильев,1818—1900),但首位为《诗经》作俄文全译的学者则是王氏的再传弟子施图金(А. А. Штукин,1904—1964)。施氏从20世纪30年代初开始翻译《诗经》,其间历尽磨难,几乎失去生命。1930年肃反运动期间,施图金因挺身捍卫业师阿理克(В. М. Алексеев,1881—1951)遭到不公待遇,被点名批判,并入狱劳改,1946年出狱;未几又被发配边地,直到1954年获释。长期的囹圄生活使他疾病缠身,两度中风,半身不遂,但他1954年回到列宁格勒后继续翻译《诗经》,学会用左手写字,终于在1957年实现夙愿,出版了《诗经》俄文全译本。这也是《诗经》西传史上另一部重要的韵体全译本,努力全面反映出《诗经》的语言美和意蕴美。阿理克认为施本译文准确,不轻易附和前人,注释避繁就简,避免了逐字逐句地死译以及对异域风情的猎奇,且注重节奏、音韵,采用俄诗旧韵,颇有古雅之味。不过,扬抑抑格(dactylic)虽为《雅》《颂》诗歌增加了庄重感,却并不适宜语言简洁的《国风》。因此阿氏他要求译者努力隐去自身,使译文达到"只是为汉语披上一层若隐若现的俄语外皮"的境界。②

进入20世纪下半叶,美国的汉学研究迅速兴起,《诗经》西传的重心于是移到了北美。与此同时,《诗经》西传也进入了以研究为主的时期,其著名学者包括了金守拙(George Alexander Kennedy,1901—1960)、陈世骧(1905—1988)、周策纵(1916—2007)、华兹生(Burton Watson,1925—2017)、王靖献(1940—2020)、宇

---

① 周发祥:《〈诗经〉在西方的传播与研究》,《文学评论》1993年第6期,第71页。
② 阎国栋、张淑娟:《俄罗斯的〈诗经〉翻译与研究》,《社会科学战线》2012年第3期,第143页。

文所安（Stephen Owen）、柯马丁（Martin Kern）、金鹏程（Paul R. Goldin）、夏含夷（Edward L. Shaughnessy）、顾明栋等。周发祥将西方的《诗经》研究归纳为诗体研究、民俗学研究、语言学研究、帕里－洛德理论（the Parry-Lord Theories）的运用、意象研究、关于《诗经》学的反思六个方向。[1]张万民则针对文化研究方面，归纳为《诗经》礼乐文化研究、物质文化研究、民俗文化研究三个方向。[2]限于本书篇幅，相关介绍就从略了。

在东亚文化圈，《诗经》早在东汉时期已传播至朝鲜半岛。三国时期，《诗经》被朝鲜人列入基本教材（陈尚胜《中韩交流三千年》）。吕娜、贾世秀总结了《诗经》在韩国传播与研究的特点，亦即传播过程中的本土化、道德伦理的生活化以及研究方法的多样化。[3]而张永平则把《诗经》在日本的传播划分为四个时期：（一）古代，《诗经》逐步融入上层社会，此时为《诗经》传播摄取、模仿时期。（二）中世，《诗经》在日本的传播具有两个特点，其一是传播主体集中，其二是宋学新注本传来，此时出现了古注、新注并存的现象。（三）近世（江户时期），《诗经》出现了众多版本，这对江户雅俗文学理论的构建与后续发展都提供了文本支援。（四）近代（明治时期），《诗经》在日本的传播呈现出由经学到文学转变的特点，这一时期的汉学者利用了包括清代考据学、西方哲学、历史学、文艺学等在内的多种研究方法对《诗经》进行多方面的考察，尝试从全新的角度来对中国古典文学进行系统性

---

[1] 张万民：《英语世界的诗经学》，河北教育出版社，2021年。
[2] 同前注。
[3] 吕娜、贾世秀：《〈诗经〉在韩国的传播与研究》，《现代交际》2019年11月号，第57—59页。

的研究。[①]由于直到近代，日韩汉学家都熟谙汉语，因此《诗经》并无日文、韩文之译本。进入新世纪，日本学者松冈荣志推出《诗经（汉日对照）》二册（2015），为《诗经》在东亚文化圈的传播注入了新的活力。

而在大中华地区，《诗经》的英译工作也颇为学者所注意。早在民国初年，辜鸿铭在翻译《论语》《大学》《中庸》时，便指出理雅各的《诗经》翻译质朴不文，特别注意将这三种典籍中引用的《诗经》句子翻译成富韵律美的英文。但相对于《诗经》全书而言，这只是九牛一毛。20世纪80年代，大陆翻译家杨宪益主编"熊猫丛书"，旨在弥补西方对中国文学了解的空白，这套丛书便收录了他的《诗经》英译本。此后许渊冲、汪榕培、贾福相、王方路等学者皆先后推出自己的《诗经》英译本，可谓精彩纷呈。2009年，中国国家汉办宣布将组织海内外相关领域学者共同翻译五经，推出英译本。这也是中华人民共和国成立60年来，中国政府首次在世界范围内组织开展对中华核心文化典籍的翻译工作。

---

① 张永平：《日本〈诗经〉传播研究》，清华大学出版社，2018年。

主要参考文献

传统典籍

- 孔安国传，孔颖达疏:《尚书正义》，北京大学出版社，1999年。
- 毛亨传，郑玄笺，孔颖达疏:《毛诗正义》，北京大学出版社，2000年。
- 王符:《潜夫论》，上海古籍出版社，1990年。
- 司马迁撰，裴骃集解，司马贞索隐，张守节正义:《史记》，中华书局，2013年。
- 伏胜撰，郑玄注:《尚书大传》，商务印书馆，1937年。
- 何休注，徐彦疏:《春秋公羊传注疏》二十八卷，明崇祯汲古阁本。
- 班固撰，颜师古注:《汉书》，中华书局，1997年。
- 高诱注:《吕氏春秋》，上海书店，1986年。
- 许慎撰，段玉裁注:《说文解字注》，上海古籍出版社，1988年。
- 赵晔:《吴越春秋》，商务印书馆，1937年。
- 刘向:《列女传》，辽宁教育出版社，1998年。

- 郑玄注，孔颖达疏，陆德明音义：《礼记注疏》，台湾商务印书馆，1983年。
- 郑玄注，贾公彦疏：《周礼》，上海古籍出版社，2010年。
- 郑玄注，贾公彦疏：《仪礼》，上海古籍出版社，2010年。
- 韩婴撰，许维遹校释：《韩诗外传集释》，中华书局，1980年。
- 王弼注，韩康伯注，孔颖达疏：《南宋初刻本周易注疏》，上海古籍出版社，2014年。
- 孔晁注：《逸周书》，中华书局，1920年。
- 杜预注，孔颖达补正：《左传注疏及补正》，世界书局，1963年。
- 崔豹：《古今注》，商务印书馆，1956年。
- 郭璞注：《尔雅》，上海古籍出版社，1995年。
- 沈约注：《竹书纪年》，台湾商务印书馆，1968年。
- 刘勰撰，黄叔琳注，杨明照校注：《增订文心雕龙校注》，中华书局，2005年。
- 郦道元：《水经注》，巴蜀书社，1985年。
- 朱熹：《四书章句集注》，中华书局，1987年。
- 朱熹：《诗序辨说》，上海古籍出版社，1995年。
- 朱熹：《诗集传》，上海古籍出版社，1980年。
- 李昉等：《太平御览》，中华书局，1960年。
- 洪兴祖：《楚辞补注》，中华书局，2015年。
- 郑樵：《六经奥论》，上海古籍出版社，1987年。
- 马端临：《文献通考》，中华书局，2011年。
- 汪砢玉：《珊瑚网》，商务印书馆，1934年。
- 陈第：《毛诗古音考》，中华书局，1988年。
- 钟惺：《评点诗经》，上海古籍出版社，1989年。
- 方玉润：《诗经原始》，中华书局，1986年。
- 牛运震：《诗志》，中华书局，2020年。

- 王夫之:《夕堂永日绪论》,金陵曾氏刻本,清同治四年(1865)。
- 王先慎:《韩非子集解》,中华书局,1998年。
- 王先谦:《荀子集解》,中华书局,1988年。
- 王先谦:《诗三家义集疏》,中华书局,2009年。
- 吴闿生:《诗义会通》,中西书局,2012年。
- 沈德潜:《古诗源》,华夏出版社,2006年。
- 张玉穀:《古诗赏析》,中华书局,1979年。
- 阮元:《揅经室集》,中华书局,1993年。
- 姚际恒:《诗经通论》,语文出版社,2020年。
- 范家相:《三家诗拾遗》,商务印书馆,1939年。
- 孙诒让:《墨子闲诂》,中华书局,2001年。
- 袁枚:《随园随笔》,新文化书社,1935年。
- 马瑞辰:《毛诗传笺通释》,中华书局,1989年。
- 崔述:《读风偶识》,北京文化学社,1928年。
- 张尔岐:《蒿庵闲话》,商务印书馆,1939年。
- 郭庆藩:《庄子集释》,中华书局,1961年。
- 陈仅:《诗诵》,上海古籍出版社,1995年。
- 陈继揆:《读风臆补》,语文出版社,2019年。
- 惠栋:《古文尚书考》,艺文印书馆,1986年。
- 阎若璩:《尚书古文疏证》,上海古籍出版社,2010年。
- 魏源:《诗古微》,岳麓书社,1989年。

近人著述

- 于新:《〈诗经〉研究概论》,中国社会出版社,2010年。
- 马银琴:《周秦时代〈诗〉的传播史》,社会科学文献出版社,2011年。

- 马辉洪、寇淑慧:《中国香港、台湾地区:诗经研究文献目录(1950—2010)》,学苑出版社,2012年。
- 王力:《诗经韵读》,《王力文集》第六卷,山东教育出版社,1985年。
- 王静芝:《诗经通释》,辅仁大学文学院,1991年。
- 王增永:《神话学概论》,中国社会科学出版社,2007年。
- 车行健:《民国经学六家研究》,万卷楼图书公司,2020年。
- 车行健:《诗本义析论——以欧阳修与龚橙诗义论述为中心》,里仁书局,2002年。
- 车行健:《释经以立论——汉代毛郑诗经经解的思想探索》,里仁书局,2011年。
- 孔德凌:《郑玄〈诗经〉学研究》,人民文学出版社,2021年。
- 邓佩玲:《〈雅〉〈颂〉与出土文献新证》,商务印书馆,2017年。
- 叶舒宪:《诗经的文化阐释》,湖北人民出版社,1994年。
- 扬之水:《诗经名物新证》,北京古籍出版社,2000年。
- 扬之水:《诗经别裁》,江西教育出版社,2000年。
- 吕珍玉:《诗经详析》,五南出版社,2010年。
- 刘凤翥:《契丹文字研究类编》,中华书局,2014年。
- 刘冬颖:《"变风变雅"考论》,中国社会科学出版社,2005年。
- 刘立志:《〈诗经〉研究》,中华书局,2011年。
- 刘立志:《汉代〈诗经〉学史论》,中华书局,2007年。
- 刘明:《两汉〈诗纬〉研究》,学苑出版社,2012年。
- 刘毓庆:《从经学到文学:明代〈诗经〉学史论》,商务印书馆,2002年。
- 刘毓庆:《诗骚论稿》,商务印书馆,2017年。
- 李山:《〈诗经〉的创制历程》,中华书局,2022年。
- 李玉良:《〈诗经〉英译研究》,齐鲁书社,2007年。

- 李辰冬：《诗经研究方法论》，水牛出版社，1978年。
- 李辰冬：《诗经通释》，水牛出版社，1971年。
- 李明滨：《中国文学俄罗斯传播史》，学苑出版社，2011年。
- 李春青：《诗与意识形态：西周至两汉诗歌功能的演变与中国诗学观念的生成》，北京大学出版社，2005年。
- 杨伯峻：《论语译注》，中华书局，1980年。
- 杨伯峻：《孟子译注》，中华书局，1963年。
- 杨伯峻：《春秋左传注》，中华书局，2009年。
- 吴宏一：《诗经与楚辞》，台湾书店，1998年。
- 吴宏一：《诗经新绎》，远流出版事业股份有限公司，2018年。
- 何宁：《淮南子集释》，中华书局，1998年。
- 何志华、陈雄根：《先秦两汉典籍引〈诗经〉资料汇编》，香港中文大学出版社，2004年。
- 何敬群：《益智仁室论诗随笔》，人生出版社，1962年。
- 余冠英：《诗经选》，人民文学出版社，1979年。
- 汪祚民：《诗经文学阐释史（先秦—隋唐）》，人民出版社，2005年。
- 张万民：《英语世界的诗经学》，河北教育出版社，2021年。
- 张永平：《日本〈诗经〉传播研究》，清华大学出版社，2018年。
- 张启成：《诗经风雅颂研究论稿》，学苑出版社，2003年。
- 张岱年：《孔子百科辞典》，上海辞书出版社，2010年。
- 张洪海：《〈诗经〉评点史》，上海社会科学出版社，2018年。
- 张洪海辑著：《〈诗经〉汇评》，凤凰出版社，2016年。
- 张锦少：《清代三家〈诗〉学新论》，中西书局，2022年。
- 陈子展：《诗经直解》，复旦大学出版社，2015年。
- 陈启源：《毛诗稽古编》，台湾商务印书馆，1983年。

- 陈尚胜:《中韩交流三千年》,中华书局,1997年。
- 陈炜舜:《先民有作:古逸诗析注》,中和出版有限公司,2019年。
- 陈桐生:《〈孔子诗论〉研究》,中华书局,2004年。
- 陈致:《诗书礼乐中的传统》,上海人民出版社,2012年。
- 陈致:《跨学科视野下的诗经研究》,上海古籍出版社,2010年。
- 陈致著,吴仰湘、黄梓勇、许景昭译:《从礼仪化到世俗化:〈诗经〉的形成》,上海古籍出版社,2009年。
- 林庆彰、蒋秋华编:《明代经学国际研讨会论文集》,"中研院"中国文哲研究所筹备处,1996年。
- 罗振玉编:《殷墟书契菁华》,1914年珂罗版印本。
- 季旭升:《诗经古义新证》,文史哲出版社,1995年。
- 周啸天主编:《诗经楚辞鉴赏辞典》,四川辞书出版社,1990年。
- 周满江:《诗经》,上海古籍出版社,1980年。
- 屈万里:《诗经诠释》,联经出版有限公司,1983年。
- 赵茂林:《两汉三家〈诗〉研究》,巴蜀书社,2006年。
- 赵国华:《生殖崇拜文化论》,中国社会科学出版社,1990年。
- 郝桂敏:《宋代〈诗经〉文献研究》,中国社会科学出版社,2006年。
- 胡平生、韩自强:《阜阳汉简诗经研究》,上海古籍出版社,1988年。
- 胡宁:《楚简诗类文献与诗经学要论丛考》,中华书局,2021年。
- 俞平伯:《槐屋古诗说》,北京出版社,2019年。
- 闻一多:《风诗类钞》,收入《闻一多全集》,生活·读书·新知三联书店,1982年。
- 闻一多:《诗经通义》,时代文艺出版社,1996年。
- 姜亮夫主编:《先秦诗鉴赏辞典》,上海辞书出版社,1998年。
- 洪国樑:《诗经、训诂与史学》,国家出版社,2015年。

- 洪湛侯:《诗经学史》,中华书局,2002年。
- 郑吉雄主编:《古典今情:跨越时空的经典阅读与赏析》,中文大学出版社,2023年。
- 姚小鸥:《诗经三颂与先秦礼乐文化》,北京广播学院出版社,2000年。
- 袁珂:《山海经校译》,上海古籍出版社,1985年。
- 袁珂:《古神话选释》,人民文学出版社,1979年。
- 袁梅:《诗经译注》,齐鲁书社,1980年。
- 钱锺书:《管锥编》,生活·读书·新知三联书店,2001年。
- 钱穆:《两汉经学今古文平议》,商务印书馆,2015年。
- 徐元诰:《国语集解》,中华书局,2002年。
- 翁丽雪:《诗经问答》,里仁书局,2010年。
- 高亨:《诗经今注》,清华大学出版社,2010年。
- 郭沫若:《卜辞通纂》,科学出版社,1983年。
- 郭晋稀:《诗经蠡测》(修订本),巴蜀书社,2006年。
- 黄玉顺:《易经古歌考释》,巴蜀书社,1995年。
- 黄怀信:《上海博物馆藏战国楚竹书〈诗论〉解义》,社会科学文献出版社,2004年。
- 黄焯:《毛诗郑笺平议》,上海古籍出版社,1985年。
- 曹建国:《楚简与先秦〈诗〉学研究》,武汉大学出版社,2010年。
- 蒋述卓:《宗教艺术论》,文化艺术出版社,2005年。
- 程俊英、蒋见元:《诗经注析》,中华书局,1991年。
- 程俊英:《诗经译注》,上海古籍出版社,2014年。
- 裴普贤:《诗经:先民的歌唱》,时报文化出版企业股份有限公司,2010年。
- 潘富俊:《诗经植物图鉴》,上海书店,2003年。
- 濮茅左主编:《孔子诗论》,中西书局,2014年。

- [日]白川静著，杜正胜译：《诗经的世界》，东大图书公司，2009年。
- [日]吉川幸次郎著，章培恒等译：《中国诗史》，复旦大学出版社，2001年。
- [英]J.G. 弗雷泽：《金枝》，商务印书馆，2013年。
- [美]方泽林著，赵四方译：《诗与人格：传统中国的阅读、批注与诠释》，商务印书馆，2022年。
- [美]柯马丁著，郭西安编：《表演与阐释：早期中国诗学研究》，生活·读书·新知三联书店，2023年。
- Karlgren, Bernhard (translation), *The Book of Odes: Chinese Text, Transcription and Translation*, Stockholm: Museum of Far Eastern Antiquities, 1950.
- Waley, Arthur (translation), Owen, Stephen (foreword), *The Book of Songs: The Ancient Chinese Classic of Poetry*, New York: Grove Press, 1996.
- Legge, James (translation), *The Book of Poetry*, Global Grey ebooks, 2018.
- Legge, James, *The She King; or, The Book of Poetry, Translated in English Verse, with Essays and Notes*, Hong Kong: Lane, Crawford & Company, 1871.
- Wang, Ching-hsien, *The Bell and the Drum: Shih ching as Formulaic Poetry in an Oral Tradition*, Oakland: University of California Press, 1974.
- Watson, Burton, *Early Chinese Literature*, New York: Columbia University Press, 1962.

单篇著述

- 马芳：《从清华简〈周公之琴舞〉〈芮良夫毖〉看"毖"诗的两种范式及其演变轨迹》，《学术研究》2015年第2期。
- 马银琴：《〈诗经〉史诗与周民族的历史建构》，《学术论坛》第40卷（2017

年 1 月）。

- 马银琴:《上博简〈诗论〉与〈诗序〉诗说异同比较:兼论〈诗序〉与〈诗论〉的渊源关系》,《简帛研究》(2002— 2003)。
- 王永:《〈商颂〉十二篇之原貌索隐——兼论王国维之〈说商颂〉》,《宁夏大学学报(人文社会科学版)》2006 年第 5 期。
- 王敌非:《民族文化在文学翻译中的体现:以满译〈诗经·关雎〉为例》,《黑龙江民族丛刊》2012 年第 4 期。
- 毛宣国:《纬书的〈诗经〉阐释与诗学理论》,《中国文学研究》2013 年第 1 期。
- 尹荣方:《姜嫄履帝迹生稷神话的再认识》,《现代中文学刊》1997 年 6 月号。
- 吕娜、贾世秀:《〈诗经〉在韩国的传播与研究》,《现代交际》2019 年 11 月号。
- 朱东润:《国风出于民间论质疑》, 收入《读诗四论》, 长沙: 商务印书馆, 1940 年。
- 朱兴国:《万舞与蹲踞式人形考》, 复旦大学出土文献与古文字研究中心《学者文库》, 2009 年。
- 刘光胜:《清华简〈耆夜〉考论》,《中华文化论坛》2011 年第 1 期。
- 刘国泰:《我国最早的一首哲理诗——简论〈诗经·小雅·鹤鸣〉》,《江西师范大学学报(哲学社会科学版)》1989 年第 1 期。
- 江林昌:《上博竹简〈诗论〉的作者及其与今传本〈毛诗序〉的关系》,《文学遗产》2002 年第 2 期。
- 许又方:《〈诗经〉车、马意象及其文化义涵浅析》,《东海中文学报》第 38 期(2019 年 12 月)。
- 许又方:《〈诗经〉中的"四牡××"》,《中国文学学报》(香港中文大学／北京大学)第七期(2016 年 12 月)。
- 李开金:《试论朱熹的比兴说》,《武汉大学学报（哲学社会科学版)》, 1980 年第 5 期。

- 李守奎：《清华简〈周公之琴舞〉与〈周颂〉》，《文物》2012年第8期。
- 李荣杰：《汉至唐代的诗经图》，《河北师范大学学报（哲学社会科学版）》第36卷第1期（2013年1月）。
- 杨晋龙：《朱熹〈诗序辨说〉述义》，《中国文哲研究集刊》第12期（1998年3月）。
- 杨松年：《战国楚竹简〈孔子诗论〉和〈论语〉孔子诗说论析》，《中国文学报》第九期（2018年12月）。
- 肖莉：《〈诗经〉宴饮诗与周代宴饮礼俗》，《黄冈师范学院学报》第37卷第4期。
- 吴洪平：《〈诗经〉宴饮诗起源微探》，《长江丛刊》2019年1月号。
- 吴洋：《大雅重光——出土简帛〈诗经〉文献综述》，《光明日报》2021年12月20日。
- 吴晓樵：《吕克特与〈诗经〉的德译》，https://www.chinanews.com/cul/2011/05-24/3063322.shtml。
- 狄马：《陕北民歌：从男欢女爱到"思想观念"》，《文艺报》2022年3月25日。
- 张希峰：《田畯后稷新考》，《中国文化研究》1995年第1期。
- 张健：《重探汉代经学中的赋比兴说》，《中山大学学报（社会科学版）》2023年第2期。
- 陈虎：《试论〈诗经〉的史学价值和意义》，《南京社会科学》2002年第10期。
- 陈炜舜：《试论秦人起源与屏翳飞廉崇拜》，《中韩研究学刊》第9辑（2021年6月）。
- 陈葆文指导，许倍瑜著：《论〈左传〉引〈诗〉、赋〈诗〉之外交运用及其意义》，台北教育大学语文与创作学系2014学年年度学生论文发表会。
- 林宏佳：《〈汝坟〉诗旨试探》，《东华汉学》第16期（2012年12月）。
- 林宏佳：《〈南山有台〉植物喻意试探》，芳村弘道教授退职纪念论集《立命馆文学》,第 664 号(2019 年)。
- 竺家宁:《论上古音与〈诗经〉的无韵诗》,《语言研究》第 32 卷第 3 期(2012 年 7 月)。
- 金华:《以〈诗经〉为例的满译汉籍文献编目研究》,《图书馆学刊》2021 年第 3 期。
- 金春峰:《孔子的"诗论"——对〈诗三百〉的反思》,《孔子研究》2011 年第 2 期。
- 金春峰:《论儒学与诗的发展流变》,《湖南大学学报(社会科学版)》,2021 年第 1 期。
- 周予同:《六经与孔子的关系问题》,《复旦学报(社会科学版)》,1979 年第 1 期。
- 周发祥:《〈诗经〉在西方的传播与研究》,《文学评论》1993 年第 6 期。
- 周建邦:《安大简〈诗经〉"侯风""魏风"及其相关问题小识》,收入邬文玲、戴卫红主编:《简帛研究》2021 年春夏卷,桂林:广西师范大学出版社,2021 年。
- 赵沛霖:《〈诗经〉的神话学价值》,《文艺研究》1994 年第 3 期。
- 郝建杰:《〈唐风·葛生〉丧葬礼俗考论》,《周口师范学院学报》第 34 卷第 1 期。
- 郝敬:《安大简〈诗经〉的异序问题——兼论先秦文献文本的非稳定性》,《安徽大学学报(哲学社会科学版)》2022 年第 6 期。
- 胡宁:《从新出史料看先秦"采诗观风"制度》,《上海大学学报(社会科学版)》2017 年第 6 期。
- 战学成:《丧葬与〈诗经〉悼亡诗》,《学术交流》总第 145 期(2006 年 4 月)。
- 钟年:《论中国古代的桑崇拜》,《世界宗教研究》1996 年第 1 期。
- 祝勇:《从〈诗经图〉到〈石渠宝笈〉》,http://theory.people.com.cn/BIG5/n/2015/1009/c40531-27675929.html。

- 敖依昌、谭小华:《试论〈诗经〉中的交感巫术》,《甘肃理论学刊》总第215期(2013年1月)。
- 顾颉刚:《与钱玄同先生论古史书》,《中国近代思想家文库·顾颉刚卷》,中国人民大学出版社,2014年。
- 徐正英:《诗经学公案再认识》,《光明日报》,2016年12月31日。
- 徐邦达:《赵构书马和之画〈毛诗〉新考》,收入《故宫博物院建院七十周年特刊》,1995年10月。
- 徐江胜:《"贫而乐,富而好礼"新探》,《中国文化研究所学报》第83—84期(合刊),2008年6月。
- 唐颖虹:《〈诗经·豳风·七月〉"女心伤悲,殆及公子同归"考辨》,《青春岁月》2017年第9期。
- 曹自斌:《明清中原〈诗经〉学概述》,《郑州大学学报(哲学社会科学版)》第50期(2017年6月)。
- 章可敦:《〈诗经〉战争诗的独特文学风貌及其成因》,《西北民族大学学报(哲学社会科学版)》2015年第1期。
- 阎国栋、张淑娟:《俄罗斯的〈诗经〉翻译与研究》,《社会科学战线》2012年第3期。
- 蒋秋华:《郝敬的诗经学》,收入中国诗经学会编:《第三届诗经国际学术研讨会论文集》,香港:天马图书公司,1998年。
- 蒋鲁敬:《据王家嘴楚简〈诗经〉解读〈左传〉引"诗"一例——兼谈〈诗经〉在楚地的流传》,《中国文化研究》2023年第2期。
- 蔡宗齐:《早期五言诗新探——节奏、句式、结构、诗境》,《中国文哲研究集刊》第44期(2014.03)。
- 廖群:《代言、自言与刺诗、淫诗:有关〈国风〉的两种阐释》,《文史哲》第6期。
- Kern, Martin, "Lost in Tradition: The Classic of Poetry We Did Not Know", in

Hsiang Lectures on Chinese Poetry, Vol. 5 (pp29–56). Centre for East Asian Research, McGill University, 2010.

- Kern, Martin, "Speaking of Poetry: Pattern and Argument in the 'Kongzi Shilun'", in Gentz, Joachim and Meyer, Dirk, *Literary Forms of Argument in Early China*, Leiden; Boston: Brill, 2015.
- Kern, Martin, "The Odes in Excavated Manuscripts", in Kern, Martin (ed.), *Text and Ritual in Early China*, Seattle: University of Washington Press, 2005.

（林敏整理）

后记

少时便对《诗经》产生向往,到市政局公共图书馆借来余冠英《诗经选》、高亨《诗经今注》、袁梅《诗经译注》甚至王力《诗经韵读》,读来似懂非懂,却也勉力记诵了数十首作品。中学理科、大学商科,硕博士班读回中文系,虽以《楚辞》研究为主,但仍难忘《诗经》,不时翻阅。博士毕业而执教宜兰,曾请缨负责《诗经》课,就是为了教学相长,增益己所不能。回到香港后,承蒙系上同仁厚爱,仍命我负责此科。如是一来,我纵不以《诗经》为研究专长,却也五六度任教,前后历时近二十年。其间偶有拙见,但甚少形诸文字。直到2020年,才应邀与门人凌颂荣教授合著《中学生文言经典选读:诗经》一书,聊与《诗经》结下书缘。

数年前,北京大学出版社徐迈博士相邀撰写一本关于诗词写作的书。窃思明清以来蒙童作诗,近体取法唐宋、古体取法汉魏,《诗经》《楚辞》不过聊备涵泳而已。而本系必修的"诗选及习作"课一向以高步瀛《唐宋诗举要》为课本，可见一斑。将学诗者的眼界拓展至《诗经》《楚辞》，自有必要，故为此书专门安排了一章来谈《诗经》，共赏析了《关雎》《汉广》《蒹葭》《子衿》《东方之日》《东门之枌》《何草不黄》《蓼莪》等八篇作品。由于日常事务猥杂，担心书稿多有纰缪，于是征得徐博士许可，先以一年时间将包括这八篇在内的赏析文字发表在"橙新闻"网络专栏，以便逐一修订。

想不到，这几篇赏析《诗经》作品的拙文引起浙江大学江弱水师兄的注意。当时，中州古籍出版社已开展"中华文脉"的出版项目，副总编辑卢欣欣女士邀请弱水师兄撰写一本《诗经》解读方面的普及读物，内容需要面向大众、通俗易懂。师兄推荐我负责此事，还分享了这几篇拙文的链接。2021年3月下旬，卢女士与我取得联系，洽谈甚欢。5月初，我将书名定为《诗国晨曦：古今风雅话〈诗经〉》，又拟出各章节子目。编辑同仁认为没有问题，于是大家爽快地签了约。而我依然担心的是，自己当时手中有三本书稿要完成，兼以教研事务繁重，在当年年底再写出一本二十万字的书稿，几乎毫无可能。与卢女士协商之下，期限延至2022年8月底，但我心中仍不踏实。

果然不出所料，截至2022年6月下旬，才写出几千字而已，距离完稿仍前路漫漫。眼见承诺难以实现，遂再与责任编辑刘琳女士商议，将期限延至年底——由于我将于当年秋季前往浙江大学访问一学期，相信能心无旁骛地工作。更何况，我访学的传媒与国际文化学院正是江师兄执教处，在介绍人所在处撰写书稿，最好不过。确认后，我将本书之撰写纳入研修假期计划书中，按时完稿的信心大增。9月17日抵达杭州，入住防疫酒店十天，随即展开撰稿工作，至21日便完成了《追寻〈诗经〉的源头》（共六章）。此后，移居富春江畔桐庐母岭的舒羽山房。这里是弱水师兄夫人舒羽女士应当地政府之邀开设的写作中心，活动纷呈；我能在金桂飘香的季节旅居此地两月有余，可谓荣幸之至。10月10日，完成《〈诗经〉的文学美》（共四章）；10月28日，完成《生活于〈诗经〉中的先民》（共五章）；10月31日，完成《观乎人文说〈诗经〉》（共二章）。一个半月之内，竟写出二十万字的初稿。余下的11月，就留下来沉淀思绪、修订文字了。当然，此前为诗选讲义撰写的八篇赏析文字，除《关雎》一篇因其特殊地位而依然纳入本书第十四章，其余各篇的内容则或分解酌选，或增删改写，不复以赏析形式呈现，以免两书文字雷同处过多。此外，《追寻〈诗经〉的源头》谈及古逸诗的部分，也往往参考拙著《先民有作：古逸诗析注》，兹不赘述。在此期间，我还先后两度负责以《诗经》为主题的讲座。其一在"桐江秋信·2022桐庐富春江诗歌节"（2022年10月24日）上，讲题为《〈诗经〉中的水变奏：以〈关雎〉〈汉广〉〈蒹葭〉为中心》；其二在杭州师范大学弘一大师·丰子恺研究中心"专家讲座"（2022年11月18日）上，讲题为《〈诗经〉拾芳：以婚恋、歌舞、战争与离散为关键词》。能将最新研究成果与学界、文化界友人分享，洵可乐也。完稿后，复请弱水师兄赐序，以志此因缘。

癸卯初春，师兄传来序文，称许拙著"兼有普及与提高两重功能"，诚然切中我撰稿时之设想。如《秦风·蒹葭》所祭汉水女神乃周昭王妃嫔，秦立国后欲消除故周烙印而失祀，而引申出汉儒"秦襄公不用周礼"之说；《豳风·七月》载有若干先周谣谚，由周公缀合而成；《卫风·硕人》所歌颂者乃庄姜之德行，美貌尚在其次；《王风·黍离》乃东周大夫行役故都之际，有感幽平二王旧事而作……这些愚见皆建基于前贤之说，也犹算略有新意，都是在台、港两地授课时产生的零思；纵未能一一撰成论文，却能借此良机，以更加平实通俗的文字向广大读者献曝，亦可谓幸甚。

弱水师兄于寒假期间尚费心撰序，令人感佩。回想卜居浙江之际，整个 10 月无论常驻桐庐舒羽山房，还是偶在师兄的余杭居所，我多半都"躲进室中成一统"，举指敲键，废寝忘食。能够顺利完成书稿，固然得到富春水、良渚城的江山之助，更有赖于师兄一家的周到贴心。弱水师兄当时正在撰写杜诗批注的大作，我二人休息时，往往散步继续论学而毫无倦意。舒羽姐和周家伯父、伯母对我的生活悉心照料，还有王正兄携来的美酒、华姐烹饪的江南美味、各位好友的宴请乃至小猫蔷薇的不时造访、阳台上的大桂树散发的清芬，都令这段"闭关"生活充满了温馨之感。

此外，师兄序言齿及《可爱的一朵玫瑰花》之歌，一名《都达尔与玛丽亚》(Дудар-ай)。记得书稿即将完成之际，参与舒羽姐主办的"桐江秋信·2022 桐庐富春江诗歌节"，与旅行者乐团的主唱兼弹拨手张智兄一见如故。欢送宴上，张智兄相邀以哈萨克语歌唱《都达尔与玛丽亚》，宾主尽兴。忽思多年前，曾即兴将哈萨克语原文歌词译为四言体，兹不揣浅陋，移录于此：

娟彼室女，来自西只。
小字末艳，甫及笄只。
见此邂逅，号子都只。
以心以念，怅何如只。
子之都兮，美且鬈只。
诞作好逑，其唯天只。
（一解）

卜期后会，言秣驹只。
暖而不见，野踟蹰只。

族类固异,心则同只。

夫复何疑,一点通只。

子之都兮,美且鬈只。

诞作好逑,其唯天只。

(二解)

海则有岸,湖有泮只。

我似轻裘,貂汝冠只。

惠而好我,载驰驱只。

过时不来,他人愉只。

子之都兮,美且鬈只。

诞作好逑,其唯天只。

(三解)

末艳之名,书竹帛只。

持剪以卫,更何惜只。

翃遘不吊,矢靡慝只。

生不同衾,死同穸只。

子之都兮,美且鬈只。

诞作好逑,其唯天只。

(四解)[1]

---

[1] 附带一提,Maria 一名来自古代亚兰语的 Mariam,原本为苦涩之意,简称为 Maria,除掉了词末鼻音。后来 Maria 一名因基督教圣母之故流传至全世界,但在伊斯兰教语境中,比较熟悉的仍然是 Mariam 一名。大秦景教流行于中国时,将圣母之名译为"末艳",今从之。至于都达尔(Dudar)之号,系因其鬈发之故。兹以《诗经》为据,译其名曰"子都"。

日前收到序言后，有感师兄孜孜矻矻，遂亦于今日草成此后记，乃略可减缓虚度时光之感。并即兴再效四言体，以终拙文，曰：

毚兔斯爱，逶兮迤兮。
肃肃兔罝，施中逵兮。
施中逵兮，获者谁兮。

毚兔斯首，敖兮游兮。
肃肃兔罝，施中由兮。
施中由兮，无使投兮。

毚兔在野，众人逐兮。
肃肃兔罝，施中谷兮。
无触于株，踊兮跃兮。

相彼毚兔，尚无罹兮。
我生之初，尚无为兮。
时乎时乎，焉可追兮。

陈炜舜

癸卯年正月初二识于乌溪沙壹言斋

又及：拙著承蒙诸位前辈学者鉴评审读，予以珍贵意见，启我良多，谨致谢悃。总编辑卢欣欣、编辑刘琳尽心尽力的辛劳工作，令拙著顺利付梓，未敢或忘。甲辰年八月初八日补记。